今生今世的诺言

王勇\著

作家出版社

图书在版编目（CIP）数据

今生今世的诺言 / 王勇著. -- 北京：作家出版社，2018. 5（2023.2重印）
ISBN 978-7-5063-9884-8

Ⅰ. ①今… Ⅱ. ①王… Ⅲ. ①长篇小说－中国－当代 Ⅳ. ①I247. 5

中国版本图书馆CIP数据核字（2018）第015429号

今生今世的诺言

作　　者： 王　勇
责任编辑： 秦　悦
装帧设计： 龙姜利
出版发行： 作家出版社
社　　址： 北京农展馆南里10号　　　**邮　　编：** 100125
电话传真： 86-10-65930756（出版发行部）
86-10-65004079（总编室）
86-10-65015116（邮购部）
E-mail:zuojia@zuojia.net.cn
http://www.haozuojia.com（作家在线）
印　　刷： 固安兰星球彩色印刷有限公司
开　　本： 640mm × 960mm　　1 / 16
字　　数： 416千
印　　张： 30.25
版　　次： 2018年5月第1版
印　　次： 2023年2月第2次印刷
ISBN 978-7-5063-9884-8
定　　价： 58. 00元

作者的话

我敢说，世界上没有谁的爱情像他们的爱情一样，那么凄苦，那么美丽；

我敢说，世界上没有谁的婚姻像他们的婚姻一样，那么心痛，那么甜蜜；

我敢说，世界上没有谁的家庭像他们的家庭一样，那么无情，那么有义……

当我把他们的故事写下来的时候，有一个著名文学评论家一看就放不下，很快就把全书看完了，然后他对我说，作为小说，还有许多不成熟的地方，但书中的人物和他们的故事让我在阅读中泪流满面，他们的情感和命运悲欢让人痛楚，又让人感动，你写的不是小说，而是一个个在凄风苦雨中坚强的生命，一朵朵在饱受摧残中绽放的爱情之花……

是的，我只是用我笨拙的笔，没有雕琢，不懂技巧地记录下了这群人的故事……

1

警报声声。

车顶上的警灯闪烁着。

一辆吉普车在九曲十八弯的山路上疾驰。

后视镜里的一双眼睛凝眉沉思着。三十多岁的夏春光是滇东南麻栗皮县公安局局长，他坐在后排座位中间沉思，后视镜聚焦了他的面孔和神情。坐在他两边的法医小赵、副局长老李也沉默着。坐在副驾驶位上的警花贺二梅望着窗外，想着心事。

夏春光从衣袋里掏出笔和日记本，翻开一页写起来："1963年3月3日……"

车子转了个弯，车内的人随着颠簸，身子歪了歪又坐正。

"没想到，一上任就遇到这样的案子……"

夏春光心里嘀咕着，脑海里浮现着十多分钟前副局长老李急切向他陈述案情的情景……

"局长，出大事了……"

第一天上班的夏春光正坐在窗前的办公桌前翻阅卷宗，老李急急跑进来。

夏春光放下手里的一本卷宗，看着跑到面前的老李："怎么啦？"

老李焦急地："小刘庄的刘老大，死在了家里。"

夏春光猛地站起来："刘老大？就是昨天我刚到局里报到时，你和我说的，那个得了麻风病后，老婆失踪的刘老大？"

老李点点头："刘老大是孤儿，他才四五岁，就没了父母，乡亲们收养了他，凑钱供他读了几年书，他长大后，帮他讨了老婆。"

夏春光叹了口气："谁知道他又得了麻风病，老婆也失踪了！"

“他失踪的老婆还没有下落。现在他也突然死在了家里。”老李说着，难过起来，“要是找不到他老婆，他女儿就成孤儿了！”

夏春光挥挥手：“我们别在这里瞎扯了。快，到现场去！”

老李看着夏春光：“你昨天才来上任，怎好让你才上班就冲锋陷阵，我带人去吧。”

夏春光急了：“你是担心我不会破案吧?”

“我知道，你在部队干的就是侦察，在省公安厅也是破案高手，我是怕现场危险，毕竟是麻风病人的案子，听说，麻风病传染很厉害的……”

“再危险也没有战场上危险……”夏春光说着，走出了办公室，老李连忙跟上去……

车子上完一段坡，夏春光回过神来，看着全神贯注开车的驾驶员：“能不能再开快点?”

驾驶员双手扶着方向盘：“这破车，再快就散架了。”

夏春光：“第一时间赶不到，真不知道还会出什么乱子……”

2

“再等十分钟，公安局的再不来，老子也不等了……”

小刘庄生产队刘老大家门口，生产队队长刘长青抱着刘老大两岁左右的女儿小草，看着焦急地在刘老大家门口走来走去，张望着山路那边的生产队会计刘二顺，焦急地说。

“就是，人人都怕，难道我们不怕?”刘二顺显得更不耐烦。

3

“该死的麻风病……”

吉普车在坑坑洼洼的土路上颠簸着急驰，夏春光在心里骂着，又想起了不堪回首的往事……

“烧死老麻风，烧死老麻风……”

1948年初秋。一个风高物燥之夜。麻栗皮县夏春光家世代居住的牛头镇古街上，一簇簇火光在夜色中飞快移动着，十多个村民举着火把奔跑而来，连声喊着：

“烧死老麻风，烧死老麻风……”

大恶霸黄老八跑在村民前头，边跑边煽动村民：“阮家得了麻风病，不把他们家的人烧死，会传染我们……”

“站住！站住……”

十八岁的夏春光大声呵斥着，举着猎枪从后面追来：“哪个狗日的敢害阮家，老子杀了他……”

跟在黄老八旁边的是黄老八的打手黑六，他边跑边回头看了看夏春光，对着黄老八喊道：“八爷，夏春光追来了！”

黄老八挥手道：“别管他，前几次要不是他捣乱，我们早把阮家除掉了。”

夏春光飞奔着：“狗日的，你们都给老子站住！”

黄老八带领人往前冲：“快点、快点……”

“叭……”

夏春光冲到村民前面，举枪朝天放了一枪，枪声在夜空中回荡。

黄老八、黑六和众村民被吓住了，停止前进，恨恨地看着举枪挡在路中间的夏春光。

夏春光怒视着黄老八、黑六和村民：“阮家都躲到山上独居了，你们这帮狼心狗肺的东西，还想怎么样？”

“你这穷鬼，死了还不如死一只狗，当然不怕麻风病。”黄老八凶神恶煞般看着夏春光，“我黄家良田万顷，家财万贯，好日子还没过够，可不能染上那怪病。”

夏春光看着村民：“乡亲们，狗日的黄家盘剥穷人，又害穷人，现在又鼓动你们去害人，黄老八没人性，难道你们的良心也被狗吃了？”

黄老八煽动村民：“夏春光这杂种，爱上了麻风病的姑娘，他不怕死是他的事，你们可别犯傻，你们要是也得了麻风病，就只有等死。”

村民们不知所措地看着黄老八。

“乡亲们，别听狗日的黄老八瞎说，阮秀天天和她爹生活在一起，也没见她得病，她家已经搬到镇外的山上去住了，那是他们给乡亲们的人情。”夏春光看着村民，“大家都是替黄老八家卖命的，都应该互相照应，难道你们就不领阮秀和她爹的情。”

“乡亲们，要不是我黄家租田地给大家种，大家有饭吃吗？”黄老八看着村民们，又怒视着夏春光，“夏春光这狗日的不领情，大家受到了麻风病的威胁，他却一次次破坏了我们清扫麻风病的行动，这不是故意把大家往死亡路上推吗？千万不要上他的当。”

黄老八的打手黑六走上前，逼视着夏春光：“你狗日的，还想讨麻风的姑娘做老婆，是不是想和她生出小麻风来害大家？”

黄老八看着村民：“只要你们和我一起把麻风除了，消除麻风对我们的威胁，免大家三年的租子。”

黑六转身看着村民：“都听到了吗，八爷要免租了，你们还愣着干什么，快把夏春光狗日的给绑了，别让他挡道。”

夏春光晃动着手里的枪：“哪个狗日的敢动，老子就先杀了他。”

村民们面面相觑。

黄老八看着村民：“你们要是把今天这事摆平了，除了免大家三年的租，以前欠我黄家债的，也一笔勾销。”

夏春光晃动着手里的枪：“狗日的黄老八，你再妖言惑众，老子开枪了……”

夏春光吼叫着，一只脚不小心踩进路坑里，差点摔倒，黑六乘机“嗖”地抛出铁珠，打在夏春光手上，夏春光“哎哟”一声，手里的枪落地。

黑六和村民们一拥而上，把夏春光按翻在地，捆个结实，绑在路边大树上。

夏春光挣扎着大骂：“狗日的，害人不得好死……”

山坡上，阮秀家里，阮秀躺在床上熟睡，父亲坐在床头抽着旱烟，紧皱眉头。他们丝毫没预感到，又一次大难正向他们逼近。

被绑在大树上的夏春光看着村民们，急得大喊：“乡亲们，你们可别受黄老八这老魔鬼的唆使，阮家可是两条人命啊。”

一个村民看着夏春光：“兄弟，我们知道你喜欢阮秀，我们也不光图八爷免租免债，我们也怕麻风病啊。”

黑六吼道：“和他啰嗦个屌，快走。”

黄老八、黑六往前冲去，黑六回头看看村民：“你们还不快走?”

村民们随黄老八、黑六往前冲去。

被绑在大树上的夏春光望着众人的背影大骂：“狗日的，害人不得好死……”

阮秀家里，父亲磕磕铜烟锅，把烟锅放在床头，慢慢在床上躺下。

阮秀在床上翻了个身，又睡着了。

“停下!”带着黑六和村民，举着火把从山路上急急跑向阮秀家的黄老八突然停下来，喊道。

大家连忙在黄老八左右站住。

黑六不解地望着黄老八：“老爷，怎么不走了?”

黄老八看着黑六：“黑六，我们在这里等着，你先去把阮家的门从外面扣上，不能让他们父女跑掉一个，跑了一个都会祸害乡亲……”

黑六有些害怕地：“老爷，我……”

黄老八不满地看着黑六：“怎么，你也怕啦?”

黑六一狠心：“老爷! 有你在，我怕个屌!”

说着，黑六屁颠屁颠地往前跑去。

被绑在大树上的夏春光看着火光离阮秀家越来越近，挣扎着，大声喊道：“狗日的黄老八，老子杀了你全家……”

黑六飞跑到阮秀家门口，把门从外面扣上，用木棒把门插死。

黄老八带领村民手持火把冲到门口，喊叫着：“烧死老麻风……”

“秀……秀……”被绑在大树上的夏春光，眼看着阮秀和父亲就要遭难，拼命挣扎着，大声喊着，呼呼的风声卷走了他的呼喊。

“烧死老麻风……烧死老麻风……”黄老八喊叫着，把火把抛上阮秀家茅草屋顶。

村民们跟着黄老八，将火把抛上阮秀家茅草屋顶。

茅草屋顺着风势，“噼噼啪啪”燃起大火，火光冲天……

“阮秀，阮秀……”

被绑在大树上的夏春光看着远处的火光疯狂呼喊着，挣扎着。天亮时分，他终于挣脱身上的绳索，疯狂地冲向阮秀家，然而，出现在他眼里的，已是阮秀家被烧焦的残壁断垣。

“阮秀，我不为你和你爹报仇，我就不是男人……”夏春光在断壁残垣上怒吼着，搜寻着，找到了阮秀父亲的铜烟锅，捡起来，拿在手里看着，哭诉着，“岳父大人，我对不起您……”

夏春光哭诉着，又找到他送给阮秀的一面铜镜，更加伤悲：“秀……对不起……对不起……对不起……”

黄老八家里，黄老八正坐在龙椅上自鸣得意地喝着茶，黑六站在一边，讨好地笑着：“老爷，麻风倒是除了，但麻风的姑娘也死了，这么个天仙一般的美人没了，你不觉得可惜？”

“你小子，就是我肚子里的蛔虫，我心里想什么，你都清楚。”黄老八说着，把茶杯放在桌上。

黑六拿起桌子上的烟杆，递到黄老八手里。

黄老八接过烟杆，口含烟嘴，眉开眼笑。

黑六连忙划燃火柴，给黄老八点上烟。

黄老八吸了口烟，慢慢吐出一口烟雾：“唉，我原本打算把阮秀娶来做九姨太的，谁知他爹得了麻风，我就不敢要了。”

黄老八说着，站起来，在屋里走了一圈：“我不要，就会让夏春光那个穷鬼占了便宜。”

“那是那是……”黑六献媚道。

黄老八看着黑六：“你说，看着自己不敢要的美人和一个穷鬼在一起，我心里会舒服吗？我得不到的东西，我宁可把它毁了，也不会让别人得到！”

黄老八说着，转身看着门外大笑：“哈哈……哈哈哈……”

夏春光流着泪，拿起阮秀父亲留下的铜烟锅，放进挖好的坑里：“岳父大人，您被烧成灰烬，我只找到您生前不离身的铜烟锅，就当它是您吧，我把您安葬在这里了……”

埋下铜烟锅，垒了一座新坟，夏春光又挖了一个坑，把阮秀留下的铜镜埋进去：“秀，我知道，你也被烧成灰了，我也只能把我送你的铜镜当作你，安葬在这里了……”

挂在树上的鸟笼里，一只画眉鸟默默站着。

黄老八走到鸟笼前，用手指逗逗鸟笼里的画眉鸟。画眉鸟在鸟笼里跳着。

黑六走到黄老八身后，讨好道：“老爷，那帮穷鬼，真免了他们的租子和他们欠的债？”

黄老八慢慢回过头，看着黑六：“先稳住他们，以后再说。”

黑六讨好地点头道：“是，老爷！”

夏春光站在阮秀墓前，默视着他刻在墓碑上的字：

爱人阮秀之墓 夫 夏春光立

一阵风吹来，呜呜地响。

夏春光在阮秀父亲墓前跪下，看着墓碑上的字：

岳父大人之墓 女婿 夏春光立

山风更加猛烈了，夏春光的眼泪像断了线的珠子，不停地往下落……

吉普车又一阵颠簸，夏春光回过神来，两行眼泪却不知不觉从眼眶里流出。

贺二梅的目光从窗外收回来，一偏头，看到照在后视镜里的夏春光脸上有泪水，一愣，偏头看着夏春光。

夏春光意识到失态，连忙擦去眼泪。

贺二梅回过头，心里揣测着："都说英雄流血不流泪，他怎么了？难道，他想起了什么人？恋人？他不是没有恋人吗？"

4

一条大河，蜿蜒在遥远的深山里。

一条船穿行在大河里，阮秀坐在船上，欣赏着河畔摇头摆尾的野花，与她同龄，深爱着她的小满划着船，笑眯眯地看着她。

小满亮开嗓门，唱起了情意绵绵的山歌：

大河涨水小河清
不知小妹在哪边

阮秀听着小满的歌，脸上荡起欢喜的涟漪，小满站在船尾划着桨，爱恋地看着船头上背对他坐着的阮秀。

阮秀回过头看小满，目光和小满的目光碰到一起，阮秀羞涩地低下头："满哥，唱得真好。"

小满看着阮秀笑道："想唱就唱，开心就好。"

小满说着，望着河里荷花的倒影又唱起来：

小河流水归大河
我和阿妹何时合
……

5

吉普车里，贺二梅看着后视镜里夏春光的脸，心生疑问："昨天，我对他的情，不知道他是否意会到了……”

贺二梅这么想着，思绪回到了初见夏春光时……

昨天下午，一辆吉普车开到麻栗皮县公安局大门口停下，夏春光从副驾驶位上下来，急忙打开后排车门。

五十多岁的县委书记马正毅从后排座位上下车，看着夏春光：“他们等着我们呢，快进去吧。”

马正毅说着，走进公安局大院，夏春光跟了上去。

公安局副局长老李领着几十名公安干警迎过来，老李上前一步，握着马正毅的手：“欢迎马书记！”

马正毅看着身旁的夏春光：“我把你们新局长交给你们了！”

老李连忙握住夏春光的手，他身后的几十名民警连忙鼓掌欢迎。

年轻漂亮的女民警贺二梅捧着一束鲜花走上前，向夏春光暗送了一个秋波。

夏春光看着贺二梅，傻笑着。

贺二梅把花献给夏春光，期待夏春光说点什么，夏春光接过花，却依旧傻笑着。

贺二梅只好向夏春光行警礼，甜甜的笑容里露出一丝羞涩，亮晶晶的眼神里露出爱恋。

夏春光一只手抱花，一只手举起来，向贺二梅还礼。

贺二梅嫣然一笑。

站在一旁的同事周莲看出了贺二梅对夏春光的特殊情意，忍不住“扑哧”一笑。

贺二梅见周莲看出了她的心思，急急退回人群中，害羞得低下了头。

夏春光举起鲜花，向大家挥挥手。掌声停下来。

马正毅拍拍夏春光的肩膀，高兴地对大家说：“上次我到你们这里开会，就和大家讲过了，你们的新局长，是到北京参加英模表彰大会，受到毛主席接见的全国一级战斗英雄，从北京受表彰回来，他一直在省里工作，工作和生活条件都比我们麻栗皮县好，但他是我们麻栗皮县人，一再向组织要求回到麻栗皮县，参与建设新麻栗皮，组织就把他调回我们麻栗皮县工作了。我相信，在夏春光同志的带领下，我们麻栗皮县公安局，没有做不好的工作……”

“啪啪啪……”干警们兴奋的掌声打断了马正毅的话。

一头牛从树林里窜出来，司机连忙打了下方向又回正，避开了牛，车子却猛地歪了一下，打断了贺二梅的回忆，她看着后视镜里低头沉思的夏春光，又在心里揣摩：“他这么帅，还是大英雄，怎么就没有姑娘追他呢……”

6

贺二梅和夏春光，以及他们身边的人都没想到，在远方，有一个美丽善良的姑娘苦苦思恋着夏春光，她叫阿曼，三十多岁，是湘西州医院医术精湛的优秀医生。

贺二梅在这边揣摩着为什么没有姑娘追求夏春光，阿曼在那边被和她年龄相仿的高文辉叫进了办公室，内科主任高文辉是她的同事，也是她的好友。

“阿曼，你要找的人有消息了。”

一走进高文辉的办公室，高文辉就给了阿曼一个大大的惊喜，让她愣了半天，才仿佛从梦中醒来一样，惊奇地喊道：“什么，有消息了？”

高文辉坐在办公桌前，深情地注视着阿曼：“他叫夏春光。”

阿曼兴奋得差点跳起来：“他在哪儿？”

高文辉摇摇头：“不知道。”

阿曼疑惑地：“不知道？”

“上次，你向我父亲描述他的长相后，我父亲一直记着你的描述。”高文辉说着，站起来，走到阿曼身边，扶着阿曼的肩膀，“今天早上，父亲告诉我，他突然想起来，他有个部下叫夏春光，和你描述的人相像……”

阿曼看着高文辉，等待下文。

“后来我父亲调到其他部队去了，再没见过夏春光。”高文辉遗憾地说，“不知他是死是活……”

阿曼伤心得眼泪流了出来。

高文辉："阿曼，都找了那么多年了，还是没找着……"

阿曼打断高文辉："以前不知道他的名字，找不到他，现在知道他的名字了，会找到的……"

高文辉看着阿曼："这么多年来，我对你，也像你找他那么执着……"

阿曼摇着头："文辉，放弃吧，你会失望的。"

高文辉松开阿曼的肩膀，走到窗前，默默望着窗外："你都没有放弃他，我为什么要放弃你。"

高文辉说着，转过身，走到桌子前，拿起病历夹，有些生气地转身走了，走到门口，回过头来："我宁愿失望，也不会放弃！"

高文辉说罢，走出门去。

阿曼看着门外："文辉……"

7

小草在刘长青怀里睡着了，嘴里含着未吃完的半截红薯。

刘长青抱着小草，在刘老大家门口焦急地走来走去。

刘二顺张望着山路那边，突然看见一辆吉普车从弯道里驶出来，疾驰过来，喊道："来了！"

8

县委会议室里，马正毅看看参加会议的人们："今天早上，刚刚上任的公安局局长夏春光同志，打电话向我报告，说小刘庄的麻风病人刘老大死了……"

马正毅说着，难过得说不下去了，过了片刻，才又接着说："接到夏春光的电话，我的头一下就大了。在此之前，刘老大的老婆失踪了，要是我们能及时帮助刘老大找到他老婆，也许刘老大的死，就不会发生，虽然，我现在还不知道刘老大的死因，但我可以肯定，刘老大的死，一定和他老婆的失踪，和他得麻风病有关……"

马正毅的自责，让大家的表情都严肃起来。

9

夏春光和四名同事走到刘老大家门口，老李推开房门，大家看到了堂屋里饭桌上吃剩的菜饭、酒瓶，刘老大的尸体横在饭桌旁。

夏春光盯着饭桌上的酒菜思索起来，其他人拍照的拍照、验尸的验尸，都立即忙开了。

刘长青手里抱着小草，和刘二顺往屋里张望。

夏春光看到刘长青怀里的小草，从屋里出来，走到刘长青面前，从刘长青手里抱过小草："这就是刘老大的女儿？"

刘长青点点头："是！"

"这孩子倒挺乖的啊。"夏春光说着，看着刘长青，"你们是如何发现刘老大死在家里的？"

刘长青看了刘二顺一眼："是刘二顺发现的，他给你讲吧！"

夏春光把小草递给刘长青抱着，从衣袋里拿出笔记本，看着刘二顺："不要讲漏任何细节。"

刘二顺点点头，回忆起早上的事来……

清晨，村民们陆续走到学校门前。

刘二顺从学校门前的大石头上站起来："现在开始发布票，我喊到哪家的名字，哪家来领。"

刘二顺点着村民的名字，村民依次上前领布票。

"刘老大，刘老大……"

当点到刘老大的名字时，刘二顺连喊了几声，仍然无人答应，刘二顺大声喊道："刘老大来了没有？"

还是无应答。

刘二顺嚷道："又是刘老大没来……"

人群中有人嚷道："刘老大要是来了，我们就不敢来了……"

刘二顺火了："你们都怕，就我不怕吗……"

“就有这么可怕吗?”夏春光的话打断了刘二顺的回忆。

刘二顺看着夏春光:“开会的时候,刘老大都不去的,因为大家害怕他的麻风病,他一出现在哪里,哪里的人就跑开了。刘老大没来领布票,我只得大着胆子,把布票送到刘老大家,我拿着布票来到刘老大家门口,喊了几声,没有人答应,只听见屋里小草的哭声,我就走过去推开刘老大家的门,看见刘老大死在地上,小草坐在地上哭。把我吓得七魂掉了六魂,赶快去报告队长刘长青。”

“二顺跑到我家,告诉我刘老大死在家里了,我也吓得七魂掉了六魂。”刘长青接过刘二顺的话,“我赶忙叫二顺去公社打电话报案,我去刘老大家,把小草抱了出来……”

“报告!”

刘长青正说着,传来法医小赵的声音。

夏春光偏过头。

小赵从刘老大家屋里出来。

夏春光迎上去:“有什么发现?”

小赵:“经检验判定,是中毒而死。”

贺二梅从刘老大家屋里跑出来:“局长,发现刘老大写的遗书。”

贺二梅说着,把遗书递给夏春光。

老李和驾驶员从屋里跑出来,期待地看着夏春光。

夏春光展开遗书看了看,招呼大家道:“我看这也不是什么秘密,大家都过来看看。”

大家围过来,一起阅读刘老大的遗书:

“我是刘老大。我得麻风病后,老婆跑了……得麻风病的人,老婆都嫌弃,我活着还有什么意义?我不忍心把我苦命的女儿小草,一同带到另外一个世界……我老婆是害怕我的病才跑的,我死了,也许她就回来了,要是我死了,我老婆还不回来,求各位父老乡亲,像当年收养我一样,收养我苦命的女儿……”

看完遗书,夏春光痛苦地闭上眼睛,不让眼泪从眼角流出来:“麻风病,又是麻风病,害人的麻风病……”

夏春光说着，从刘长青怀里抱过小草："可怜的孩子，比阮秀的命还苦……"

贺二梅看着夏春光："阮秀？阮秀是谁？"

夏春光抬头看看天空："一个你不知道的人。"

贺二梅小声嘀咕着："知道我就不问了……"

10

县委会议室里，马正毅喝了一口茶，把手里的茶杯放在桌子上，继续讲道：

"本来，这个会，我是想等到夏春光他们调查回来才开的，但我实在坐不住了。上级早就要求我们，建一个救治麻风病人的麻风村，把麻风病人集中在一起隔离治疗，控制麻风病的传染源，可为什么我们的麻风村建设工作一拖再拖，以至于发生了刘老大老婆失踪，刘老大突然死亡的惨剧，我们的麻风村，究竟要什么时候才能建起来，大家都说说，都说说……"

"旧社会，由于种种原因，麻风病人得不到应有的关心。"年轻的副书记牛胜利插话道，"现在是新社会，党和政府下决心要把麻风病人从痛苦中解救出来。我们也一直在为麻风村的事情而努力，可是，没有一个医务人员愿意去救治麻风病人，谁都怕被传染……"

马正毅突然拍起了桌子："是啊，听说县里要抽调人去组建麻风村，很多干部，特别是医务工作者，纷纷找我和我老伴说情，生怕把他们和他们的亲戚朋友抽调去麻风村。"

马正毅气愤得说不下去了，停了片刻又说："刘老大的死，给我们再次敲响了警钟，我们再不把麻风村建起来，我们就无法向人民交代，向上级组织交代……"

11

"我们的会开了半天，就无人发发善心，抚养刘老大的孩子……"小刘庄小学教室里，夏春光抱着小草站在讲台上，看着台下的村民，没好气地说。

坐在台下的刘长青看着台上的夏春光："局长，我不是怕……我也想……只是把孩子留在我家，别人知道我家里有个麻风病人留下的孩子，就没人敢到我家来了……"

坐在台下的群众纷纷附和道："是呀是呀……就是……哪个不怕嘛……"

夏春光猛地拍响教桌："抛弃小草，你们忍心吗？你们都怕，是吗？我不怕，我来养！"

夏春光怀里的小草吓得哇哇大哭。

坐在台下的贺二梅站起来："局长，你……"

夏春光又一拍桌子："小贺，不是叫你养，我养，你怕什么？"

贺二梅看着夏春光，不知说什么。

12

"老马，建麻风村的事，还是难以落实啊。"

马正毅家客厅里，牛胜利看着马正毅，一脸的无奈。

马正毅叹气道："是呀，我们的工作要是一帆风顺的话，这个麻风村早就建起来了，但是，我们不管遇到多大困难，也要拯救那些麻风病人。"

马正毅二十来岁的儿子马明亮坐在书房里看书，牛胜利和马正毅的谈话搅得他很烦躁。

牛胜利："说来说去，最大的难题还是人员问题。"

马正毅："是呀，我们都动员几次了，无论是医生的，不是医生的，都没有人愿去麻风村工作啊！"

"老马，现在外面对抽调人去麻风村工作的议论，实在是太多了。"

马正毅正说着，五十多岁的妻子赵英提着水壶走过来，给牛胜利的茶杯里添上水，看着马正毅："有的议论实在是……"

马正毅看着妻子："你这个组织部长说说，你们都听到什么议论了。"

赵英看看儿子的书房："外边议论说，要叫人去麻风村，除非你这个当书记的，把你在县医院当医生的儿子弄到麻风村，否则不会有人去的……”

马正毅喝了一口茶，想了想：“我看，他们说得没错……”

马明亮冲出书房，睁大眼睛看着马正毅：“什么？难道你真想把我整去麻风村?”

马正毅气不打一处来，狠狠拍了拍桌子：“有什么不可以？党和人民培养你，是让你为人民服务的，不是让你当官做老爷的!”

“我不去!”

马明亮大喊一声，生气地走出家门，用力把门关上。

13

“什么？要你去麻风村?”

县城河边，阿丹听了马明亮的话，吓得惊叫起来。

马明亮抬头看着夜空中的星斗，担忧地说：“今晚，我爹说……要叫我去当麻风医生……”

阿丹走上前，摸摸马明亮的脑门：“没发烧啊，怎么说胡话呢?”

马明亮偏头看着阿丹：“我明白着呢……”

阿丹摇摇头：“那就是你爹糊涂了。”

马明亮急了：“我都快急死了，你说我该怎么办啊?”

阿丹大惊：“你说的是真的啊……”

14

清晨，马正毅坐在办公桌前，一筹莫展。头天晚上儿子冲出书房时，睁大眼睛看着他说的话，在他心里重复着：“什么？难道你真想把我整去麻风村?”

夏春光走到门口：“报告!”

马正毅抬起头，见是夏春光，连忙站起来：“春光，我等你半天了。”

夏春光走到马正毅办公桌前的椅子旁坐下：“我送刘老大的女儿小

草去上托儿所，来晚了……”

马正毅看着夏春光：“你真要收养刘老大的女儿？”

夏春光点点头：“昨天我就决定了！”

马正毅看着夏春光：“说到刘老大的女儿，又使我想起了另一个孤儿……”

夏春光疑惑地看着马正毅：“孤儿？谁？不会说我吧？”

马正毅笑笑：“怎么会是你呢？”

夏春光很认真地说：“我也是孤儿啊……”

“我当然知道，你也是孤儿，但你这个孤儿，还算是幸运的。”马正毅说着，有些难过起来，“我说的那个孤儿，可比你苦多了，而且他还不知道他是个孤儿呢……”

夏春光看着马正毅：“你还未告诉我，你说的孤儿是谁呢！”

马正毅摇摇头：“那是我的一个秘密。”

夏春光装作不高兴的样子：“好啦，不说就算。”

马正毅：“也许有一天，你会知道……”

夏春光：“马书记，我听说，你们昨天开会，研究了我们县建麻风村的事……”

马正毅长长地叹了口气：“唉……”

夏春光关切地看着马正毅：“怎么？建麻风村的事情有麻烦？”

马正毅点点头：“没有人愿意去，特别是医生，更不愿意到麻风村去工作。如果强行派人，又怕不尽职尽责，到头来，还是害了麻风病人。”

夏春光看着马正毅：“书记，我听说，你对组建麻风村的事，态度非常坚决。”

马正毅苦笑了一下。

夏春光又说：“很多人都说，建麻风村，是出力不讨好的事，你怎么非要把麻风村建成不可？”

“麻风病肆虐人类已有几千年，旧社会，麻风病人遭到非人的残害。”马正毅说着，语气沉重起来，“我就是麻风病人遭到血腥残害的一个见证人……”

“什么？你也是麻风病人遭到血腥残害的见证人？”夏春光惊诧地看

着马正毅。

马正毅眼里充满悲愤："是啊，一想起那血腥的场面，我的心就疼……"

马正毅难过得说不下去了。

夏春光默默地注视着马正毅。

过了一会儿，马正毅才继续说道："那还是1935年的事了，党派我到广州做地下工作，那天晚上，我路过白云山紫薇庙附近……"

马正毅说着，他当时看到的一切，闪现在眼前……

广州白云山紫薇庙附近的山路上，马正毅正急匆匆走着，前方突然传来密集的脚步声。

"有情况……"马正毅心里一惊，慌忙躲到路边的草丛里，右手把密集的草丛扒开一条缝，眼睛观察着前方。

不一会儿，几百人的队伍往这边走来。

"天都黑了，怎么这里会突然出现这么多人？"马正毅在心里说着，不由得眉头锁紧，"天呐，难道是抓了革命人士？"

密密麻麻的人群走到马正毅近前，马正毅看见几十个军阀官兵押着几百个人走来，眼睛瞪大了，心里疑团丛生："要是革命人士，怎么会有这么多人一次被抓呢？"

疑惑间，那几百个人被押到紫薇庙前面的野地里，一个高个子军官命令道："停下。"

人群刚刚停下来，那个军官手一挥，几个机枪手在人群前面架起机枪。

悄悄跟上来的马正毅在不远处的草丛里躲起来。

一个矮个子军官跑过来，看着正在指挥的军官，害怕地说："一次杀这么多人，万一透露出去，我俩的麻烦可就大了。"

高个子军官："我们不过是执行命令，怕什么？再说，这些全是麻风病人，别人都怕他们传染，杀他们，也算是为民除害嘛！"

矮个子军官："可我们是说给他们饭吃，把他们骗来的，他们还不知道，会在去吃饭的途中被杀呢。"

“除了服从命令，其他的，我们无权过问。”高个子军官说着，向机枪手们狠狠挥了挥手。

“哒哒哒哒……”

枪声响彻山野。

麻风病人一排排倒在地上……

讲完过去看到的惨景，马正毅眼角流下一行行眼泪：“那个时候，在荒山野岭枪毙几个犯人或革命者，并不少见，但没想到，这次枪决的三百多人，竟然是无辜的麻风病人。怪不得，这些人在被枪杀前，没有革命者临刑前英勇高呼的口号，行刑者们甚至都没有给他们编造哪怕莫须有的罪名。”

夏春光眼泪汪汪地看着马正毅：“真惨……”

马正毅擦了擦眼泪：“后来我才知道，制造这桩惨案的，就是广东军阀陈济棠……一次就枪杀了三百多麻风病人啊……”

夏春光的目光里露出愤怒：“恶魔……我一直认为，黄老八就是个罪大恶极的大恶魔了，但这个陈济棠，不知比黄老八要恶毒多少倍。”

马正毅看着夏春光：“黄老八？”

“他也是个魔鬼……”夏春光说着，眼泪涌出眼眶，他说不下去了。

马正毅看着夏春光：“他也是个魔鬼？能给我讲讲吗？”

夏春光点点头……

15

大山深处。河面上。

一只手抓着一条鱼伸出水面。

阮秀站在船上惊喜地喊道：“又抓到一条！”

小满猛然拱出水面，爬上船，把抓到的鱼丢进木盆里。木盆里已经装进了五六条鱼。

阮秀走过来，看看木盆里的鱼，又看着小满：“满哥，你真是抓鱼高手。”

小满凝视着阮秀："真的吗？"

阮秀点点头。

小满深情地看着阮秀："你不是说，我抓到鱼，你就奖励我吗？"

阮秀不说话，含情脉脉地看着小满。

小满把阮秀搂在怀里，就要吻她。

阮秀羞涩地闭上眼睛。

小满轻轻吻着阮秀。

突然，夏春光模糊的笑脸闪现在阮秀脑海里，阮秀惊叫起来："他来了……他又来了……"

小满难过地放开阮秀："又是那个影子？"

阮秀难过地点点头，眼泪涌出眼眶。

16

"未能保护阮秀和她爹，这么多年了，我心里一直难过，内疚……"

讲完黄老八残害阮秀父女的惨剧，夏春光泪流满面。

马正毅擦去脸上的泪水："这个黄老八，真是个魔鬼……"

马正毅说着，从桌柜里拿出一个小本子递给夏春光："我记录的这些，是我从史料中看到的……"

夏春光翻开本子，念起来：

"1936年，广东高要县县长马炳乾，在赵镇一次活埋二十多个麻风病患者。

"阳江麻风病院于1937年4月5日被当地反动军队围住，院内五十三个男女病患被捆往旷地枪决，麻风病院被焚毁。在此之前，广东四会一特派队以麻风病人强奸妇女为由，四处搜捕麻风病患者，一个月间被捕获的二十多个病患者被押往野狸岗枪决。

"1937年，广东省警察局将散居在广州的二百七十多个疑似麻风病人全部抓起来，将确诊为麻风病的二百三十四个患者拘禁在郊外贵云义庄，拟哄骗上船运到海上，凿破船底将麻风病人全部溺死，被麻风病人识破后，又采用大量安眠药拌混面粉制成面包，企图毒杀麻风病人，麻风病人嗅到面包有药味，不愿进食，最后采用了集中枪杀的残酷办法，在这次集体枪杀中，只有一名幸存者……”

夏春光念不下去了，惊怒地看着马正毅：“你记下的这些，都是真的?”

马正毅：“都有据可查!”

夏春光气愤地一拳头砸在墙上。

马正毅：“旧社会，麻风病人生活在水深火热之中，新社会，共产党决心把麻风病人从水深火热中解救出来，可是我们要建一个麻风村，拯救麻风病人，怎么就这么难呢……”

夏春光转身看着马正毅：“你坚定不移地组建麻风村，是不是你目睹和了解到，很多麻风病人受残害的缘故?”

马正毅：“不完全是。建麻风村，拯救麻风病人，既是新中国优越性的体现，也是共产党伟大的体现。早在1951年春天，周恩来总理就提出，中国争取在全世界率先攻克麻风病……1956年，中共中央就把麻风病防治，写进了《全国农业发展纲要》……”

“我们县建麻风村的最大困难，不就是没有人愿意去做救治麻风病人的工作吗?”未等马正毅说完，夏春光打断马正毅的话。

马正毅点点头：“就是啊……”

夏春光盯着马正毅：“我去组建麻风村，当麻风村村长……”

马正毅吃惊地看着夏春光：“你?你去当麻风村村长?……”

夏春光站起来，严肃地看着马正毅：“马书记，我是认真的。”

马正毅站起来，在屋里踱着，真诚地看着夏春光：“刚才听你讲述了你心爱的人，阮秀父女被黄老八害死的事，你要去当麻风村村长的心情，我可以理解，可是……”

马正毅说着，转身走到座位前坐下。

夏春光跟过来，在马正毅对面椅子上坐下。

马正毅看着夏春光：“你想过没有，你是全国战斗英雄，你还这么年轻，就担任了公安局局长这么重要的职位，你的前途远大着呢……”

夏春光急了：“马书记，难道去为麻风病人服务，前途就不远大了吗?既然如此，你何必口口声声责怪没有人愿意去救治麻风病人呢?”

马正毅直视着夏春光，思索起来。

夏春光也逼视着马正毅，等待回答。

马正毅恍然大悟似的点点头："春光，你的话点醒了我，是啊，别人不愿意去干的工作，我们为什么只要求别人去做，我们自己为什么不去做呢……"

夏春光摇摇头："书记，你又错了。"

马正毅疑惑地看着夏春光："错了？"

夏春光点点头。

马正毅望着夏春光，等待着夏春光说出理由。

夏春光："我可以去做组建麻风村，当麻风村村长的工作，但你不能去。"

马正毅疑惑地望着夏春光："为什么？"

"建麻风村，救治麻风病人的工作，必须有你这样坚定不移地要组建麻风村、救治麻风病人的领导支持，才能把这项工作做好。"夏春光说着，激动地站了起来，在屋里转了一圈，又看着马正毅，"你去麻风村了，万一来顶替你当书记的人，不像你这么坚定不移地要救治麻风病人，这项工作就难做好……"

夏春光激动地说着，又回到座位上，直视着马正毅："换句话说，没有你这样对麻风病防治工作非常坚定的领导，我对做好这项工作也没有把握，今天看到你作为县委书记，如此重视这个工作，我心里很有底气……"

马正毅点点头，打断了夏春光："你说的，我明白了。"

夏春光高兴地看着马正毅："这么说，你同意我去组建麻风村了？"

马正毅犹豫着："太突然了。再说，你不懂医学啊……"

夏春光信心十足地看着马正毅："我能学会打仗、破案，就能学会治病！"

马正毅突然醒悟什么似的，缓慢而有力地点了点头，欣喜地看着夏春光："说得好，既然我们人类能发展医学，就能战胜麻风病。"

夏春光："你同意了？"

马正毅还是犹豫着："你来当公安局局长才两天，你的调动得组织讨论，得征求上级公安机关的意见。”

夏春光看着马正毅：“这么多年来，我心里一直想着，什么时候能为麻风病人做点什么，我盼望组织能给我这个机会……”

马正毅突然想起什么似的：“对了，害死阮秀一家的黄老八，后来……”

夏春光：“我把黄老八杀了。”

马正毅兴奋地盯着夏春光：“你真把那个恶魔杀了？”

夏春光点点头，讲起他杀死黄老八的事来……

朦胧夜色，笼罩着黄老八家院内。

黄老八卧室里透出缕缕灯光。

夏春光手提长刀，翻上院墙，跳进院内，悄悄摸到黄老八卧室门口，从门缝往里望去，见黄老八和小老婆抱着，躺在床上已经熟睡。

夏春光从腰间拔出一把尖刀，从门缝伸进去，拨开门闩。

黄老八在床上翻了个身，咳嗽几声。

夏春光屏住呼吸，身子敏捷地闪在门边。过了一会儿，屋里又回归平静。夏春光从拨开门闩的门缝里，往屋里瞄了又瞄，见黄老八又睡过去，发出猪一般的鼾声，轻轻推开门，闪身而入，轻手轻脚摸向黄老八的睡床。

“哐当……”

突然，夏春光碰倒床前的木凳，木凳倒地，发出响声。

黄老八迷迷糊糊地喊了一声：“谁？”

夏春光一步跃到黄老八床边，冷冷怒视着黄老八：“你的仇人！”

黄老八和小老婆惊醒，看见夏春光提着长刀杀气腾腾地站在床前，黄老八的小老婆吓得“啊”的一声晕过去，黄老八惊恐地看着夏春光：“你……你……”

夏春光眼里闪着复仇的光芒，慢慢举起长刀。

黄老八惊恐地看着夏春光：“你……你……你想干什么……”

夏春光怒视着黄老八：“你横行乡里，鱼肉百姓，我不过是从你家拿了点人参去救命，你就逼死了我爹妈，我还未找你算账，你又残害了我的生死恋人和她爹……”

黄老八惊恐得几乎说不出话来：“兄……兄……兄弟……有……有有……有话好……好好好……说……”

夏春光冷冷地：“要说也只有一句话，到了新账老账一起算的时候了！”

黄老八伸手从枕头下摸出手枪。

夏春光手里的长刀呼的一声，狠狠刺在黄老八胸口上。

“啊……”

黄老八惊叫一声，倒在床上，手一松，手枪掉在床前。

夏春光拉起黄老八床上的被角，擦去刀上的血迹，闪身离去……

“黄老八死有余辜，你为民除了一害……”听夏春光讲完杀死黄老八的过程，马正毅拍手称快，看着夏春光问道，“我听你刚才提到，你爹妈也是黄老八害死的？”

夏春光点点头：“是啊，我爹妈……死得好惨啊……”

马正毅：“我只从你的档案中知道，你很小就失去了父母，是个孤儿，不知道你是怎么成为孤儿的……”

夏春光难过起来：“我家和阮秀家是世交，阮秀母亲生下阮秀时，大出血死了，我母亲把小我半岁的阮秀抱来，和我一起吃我母亲的奶长大。”

夏春光说着，端起水杯喝了一口水，马正毅连忙提起桌子上的保温瓶，给夏春光的水杯里加了水。

夏春光继续说：“我七岁那年，阮秀父亲病重，需要人参熬药，只有黄老八家有人参，他就是不卖，我就偷黄老八家的人参，救了阮秀父亲一命，事后被黄老八查出来了，黄老八逼迫我父母赔偿十万大洋，我父母哪里赔得起啊，黄老八早就对我年轻漂亮的母亲起了歹心……”

说到这里，夏春光难过得眼泪流了出来。

马正毅掏出一块手帕，递给夏春光。

夏春光接过手帕，擦擦眼泪，继续说：“黄老八把我母亲抓去顶债，要我母亲从了他，我母亲誓死不从。我父亲和阮秀父亲把我母亲救了出来，黄老八带着家丁，把我父母追到悬崖绝壁上，我父母走投无路，跳崖自杀了……”

说到这里，夏春光忍不住泪流满面。

马正毅也难过得泪珠滚滚。

夏春光擦擦眼泪：“我爹妈死后，阮秀的父亲收养了我，含辛茹苦，把我和阮秀送进私塾读书，我和阮秀长大后，相亲相爱订了婚，我从阮秀家搬了出来，准备按当地婚俗，等成婚时入赘阮秀家，做上门女婿，谁知道……我和阮秀还未成婚，黄老八就害死了阮秀一家……”

夏春光说着，气愤得一拳擂在桌子上：“我真无能，一个男子汉，竟然保护不了自己的亲人……”

“你不用自责了。”马正毅安慰夏春光道，“要是凭你一个人的力量就能斗过那些恶霸，那个世道，就没有那么多恶霸了。”

夏春光点点头：“是的，只有跟着共产党，我们穷人才能做主人。杀死黄老八后，我在逃亡途中参加了解放军……”

17

夜晚。马明亮和恋人阿丹默默从河边走来。

“要是你爹把你强行调去麻风村，怎么办啊?”阿丹忧心忡忡地看着马明亮。

马明亮看着流动的河水：“我就是不知道，如何逃脱去麻风村的厄运，你帮我想个办法吧。”

“我想，你爹要是逼迫你，你死活不去，我看他也没办法的。”

“他是我爹，死活不去，也不是办法。”

阿丹摇摇头：“唉，你这么说的话，我也没有办法了。”

马明亮侥幸地看着阿丹：“我爹很爱我的，我想，他可能是一时安排不了人去麻风村，气糊涂了，一时说的气话。”

阿丹点点头：“也是，世界上哪有父母把自己的儿子往火坑里推的?”

18

茶几上的台灯亮着。

马正毅和爱人赵英坐在椅子上聊天，马正毅不断地咳嗽。

“老马，凡事都不要太……”

马正毅挥挥手，不让老伴再说下去。

赵英无奈地摇摇头，把手帕递给马正毅。

马正毅擦了擦嘴：“连你也这么说，我心里……”

赵英：“这几天，外面议论更多了，人人都怕被抽调去组建麻风村……”

马正毅：“我倒要看看，哪个最怕，特别是共产党员，最怕去的，我非调他去。”

赵英：“你不会真把明亮调去麻风村吧。”

马正毅为难地看着爱人：“如果明亮是我们亲生的儿子，我非叫他去不可，这孩子命苦，真让他去，他不愿意的话，我还真下不了决心……”

响起敲门声。

马正毅和爱人同时往门口张望一下，赵英站起来，走到门口，打开门，见县医院黄院长提着礼品站在门口，连忙招呼道：“呀，是黄院长。快请进。”

黄院长笑着，进门，看着坐在椅子上的马正毅：“马书记，听说这几天您身体不舒服，我一直没空来看您，真是对不起。”

马正毅指指茶几旁的椅子：“坐、坐……”

黄院长把礼品放在茶几上。

赵英看着礼品：“黄院长，来就来了，还拿这么些东西干什么。”

黄院长坐下：“嫂子，看你说的，这都是些不值钱的，一点心意而已。”

马正毅看看黄院长：“心意领了，东西你还是带回去。”

黄院长：“马书记，别这么说，您平时那么关心我，一点心意，拿来了怎么好往回带……”

赵英把一杯水端到黄院长面前的茶几上：“黄院长，喝水。”

黄院长连忙起身："谢谢！"

赵英："不客气，黄院长，你坐。"

"哎！"黄院长笑应着坐下。

马正毅看着黄院长："明亮在你们医院，工作怎么样？"

黄院长笑道："我正想向书记汇报。"

马正毅笑道："不必做什么汇报。我只不过是问问。"

黄院长笑着，很认真地看着马正毅："明亮虽然才参加工作不久，但他是卫校毕业的高才生，业务当然是一流的，工作也任劳任怨，院里正研究，准备报他当副院长呢……"

马正毅笑笑："明亮才参加工作，就能当副院长？"

黄院长："明亮年富力强啊，再说，他现在已是预备党员，该给他挑点担子，这也是对他的锻炼！"

马正毅："对明亮的提拔问题，要慎之又慎。"

黄院长："本来早就讨论了，只是院里工作忙，就给耽误了，不过，我们很快就打报告。"

马正毅："你来……就为这事？"

黄院长笑着："当然，这是大事。另外，听说县里正讨论麻风村人选的事……"

马正毅注视着黄院长："怎么？你想去？"

黄院长惊慌失措地："不不，书记，您是知道的，院里工作我丢不开，再说我爱人，身体不太好，孩子也还小……"

马正毅脸上的笑容依旧："不想去，还打听干什么？"

黄院长："只是顺便问问，顺便问问……"

马正毅脸上的笑容淡去："黄院长，自从县里决定要建麻风村，你们县医院的医生护士，他们的家人、亲戚朋友，差点把我的门槛踏破了，人人都生怕和麻风村沾上边。"

马正毅说着，端起茶几上的茶水喝了一口，慢慢把杯子放到茶几上，又看着黄院长："其他医护人员来说情，倒也罢了，想不到你黄院长也……"

黄院长："书记，我……我……"

马正毅："还有事吗？"

"不，没，没了。不打扰您休息了。"黄院长尴尬地站起来。

马正毅："把东西拿回去……"

"书记，一点小东西，拿来了怎么好拿回去……"黄院长说着，逃也似的离开马正毅家，出门时，顺手把门关上。

马正毅走过来，把黄院长带来的东西狠狠摔在地上："真不是东西！"

又响起敲门声："笃笃笃……"

马正毅大吼一声："都给我滚！"

门外传来马明亮的声音："爹，是我！"

赵英忙走到门口打开门。

马明亮进屋，看着地上的东西："妈，这又怎么了？"

马正毅气呼呼地咳嗽着走进卧室。

赵英："你们院长，刚刚来过。"

赵英弯腰拾地上的东西："这是他带来的东西，看把你爹气的……"

马明亮："是不是……又是为麻风村的事来说情的？"

赵英："是呀，要不然，怎么把你爹气成那样！"

马明亮若有所思地："怪不得，黄院长今天突然对我说，要提我当副院长呢……看来，也是在拉我做挡箭牌啊，只是他没想到，我也自身难保啊！"

赵英走到茶几前，收拾着茶杯："唉，这麻风村人选的事还没个眉目，说情的差点把我们家门槛踏破了。"

赵英说着，端起茶杯，看着马明亮："人人都怕被调去麻风村，特别是你们医院的那些医护人员，有找我的，有找你爹的，有送物的，有送钱的，都把我们当什么人了，搞得外面议论纷纷的，说你爹以建麻风村为由，扰乱人心，让大家都来送礼，这是哪档子事呀……"

马明亮："哪个不怕去麻风村啊，我想，人家来说情也有人家的道理。"

马正毅气呼呼地从卧室里出来，看着马明亮："这里没你说话的份！"

赵英给马明亮使个眼色："快休息去吧。"

马明亮气急地走进卧室。

马正毅坐下。

赵英把茶杯端走。

马正毅点支烟吸着：“夏春光把刘老大的女儿领在身边，该够他呛的了。”

赵英走到马正毅身边坐下：“谁说不是呢？他一个大男人，从来没带过孩子。”

马正毅看着赵英：“要不，你把孩子接到我们家来？”

赵英：“我和夏春光提过这事，他不让，他说他对小草有感情了。”

马正毅：“要是我们的干部，都像夏春光一样，对麻风病人和他们的家人有感情，麻风村的事情就不愁了。”

19

夏春光宿舍里，小草睡在床上，夏春光坐在桌前吸着烟，默默地看着熟睡的小草，小草父亲刘老大的遗言敲击着夏春光的心：“……要是我死了，我老婆还不回来，求各位父老乡亲，像当年收养我一样，收养我苦命的女儿……”

“苦命的小草……”夏春光看着睡梦中的小草，轻声说了一句，马正毅说的话又在他耳畔回荡：“没有人愿意去，特别是医生更不愿意到麻风村去工作。如果强行派人，又怕不尽职尽责，到头来，还是害了麻风病人。”

夏春光站起来，从墙上挂着的挎包里拿出一个绣球，默默看着：“阮秀，我一定要去麻风村，你和你爹要是能活到现在，就……”

夏春光说着，一拳擂在桌子上：“我就不相信，征服不了麻风病！”

看着绣球，阮秀送绣球给他的情景，又闪现在夏春光脑海里……

纱幔般的夕阳，映照着牛头镇外的竹林。

夏春光手拿铜镜，在竹林边走着，唱着情歌：

哥有情来妹有意
订下终身度百年

阮秀手拿绣球，走向夏春光，深情地唱道：

你我订下百年合
天崩地陷不分离

夏春光几步冲到阮秀面前，深情地望着阮秀。

阮秀深情地望着夏春光。

夏春光、阮秀合唱道：

连就连来连就连
要连就连一万年
生相依来死相守
风雨同舟过一生

阮秀看看手里的红绣球，深情地看着夏春光："春光哥，从今以后，我把我的一颗心，交给你了！"

阮秀说着，把绣球递向夏春光。

夏春光接过绣球，动情地看着："秀，我会永远像爱护自己的生命一样爱护它！"

阮秀高兴地点点头。

夏春光把手里的铜镜递给阮秀："它是我给你的爱情信物。"

阮秀接过铜镜，情不自禁地扑进夏春光怀里。

夏春光紧紧抱住阮秀，久久没有分开。

路边的野花在风中舞蹈。

"爹……妈……"

小草的梦话把夏春光从往事中唤回来，他把绣球放回挎包里，走过去给小草盖好踢开的被子。

小草在又睡梦中喊了一声："爹！"

夏春光看着熟睡的小草，难过地说：“可怜的孩子……”

20

宿舍里，马明亮坐在灯下读着资料：

1864年，夏威夷新颁布了一条法令，规定所有的麻风病人必须被流放到莫洛凯岛，自己照料自己。在中世纪的欧洲，麻风病人一旦被发现，就会被运到没有人烟的孤岛上。在中国古代，如果有人得了麻风病，也会被说成“上辈子作孽的报应”，遭到害怕沾染厄运的全村人的驱逐，在路沟或是荒山上的草棚中、山洞里自生自灭。而他们的家人，也难逃脱人们的排斥。

马明亮摇摇头，合上书本：“看来，世界上人们最恐惧的病就是麻风病了。”

马明亮说着，站起来，走到窗前，凝视着夜空：“我该怎么办啊！”

马明亮站在窗前，想了好一阵，又走到书桌前，拿出和阿丹的黑白合影凝视着：“阿丹，你说，我到底该怎么办？”

21

“到底该怎么办啊？”

阿丹坐在客厅窗前，凝望着窗外的夜空，心里冥思苦想着：“要是明亮的父亲来硬的，该怎么办啊？”

坐在阿丹旁边的母亲喝了一口茶，把茶杯放到茶几上，侧眼看着阿丹：“阿丹，你找马明亮做男朋友，我原先想，我家祖坟冒烟了，女儿能嫁县委书记的儿子。”

阿丹对面的父亲不满地看了母亲一眼，又低头喝茶。

母亲继续说：“听说他爹要他去麻风村，阿丹，我和你事先打个招呼，只要和麻风沾上边，就是省委书记的儿子，也不能嫁啊！”

父亲又抬起头，非常不满地看着妻子：“你这不是太势利了吗？再说，去当麻风医生，不一样也是工作吗?”

母亲没好气地看着丈夫：“我教育我的女儿，你插什么嘴？好丑看不清，难怪永远是个教书匠。”

父亲也不相让：“教书匠怎么了？我看你这个食堂服务员，也没比我强到哪里去。”

母亲气呼呼地站起来，指着丈夫：“食堂服务员怎么啦？我在县委食堂工作，虽然是服务员，也是县委的人，不照样是为人民服务吗?”

父亲站起来，看着妻子：“那明亮当麻风医生，就不是为人民服务吗？我看呐，去干很多人不愿干的工作，那才叫全心全意为人民服务!”

阿丹转过头，看着父母：“你们别吵了好不好，我心里烦着呢!”

22

深山里，小满家。

小满躺在床上沉思着：“十五年了，荷花来到我身边，整整十五年了，荷花的身世一直是个谜，这个谜解不开，荷花就无法知道，她幻觉里和睡梦中出现的那个影子是谁……”

23

小满家，阮秀卧室里。

阮秀坐在油灯下纳鞋底。突然，她停下了，抬头看着窗外，又想起了心事：“我不知道我幻觉里和睡梦中出现的那个影子是谁，就无法和小满哥成婚，小满哥都等了我十五年了，是我把小满哥害苦了……”

24

小满从床上坐起来，看着窗外夜空中的星星：“十五年前，荷花来到我身边，是天意吗?”

小满说着，往事涌上心头……

十五年前的一天早晨，深山中的大河里，一条打鱼的木船向前驶去。

十九岁的小满在船上撑竿划船，小满父亲大福在船上收渔网。

突然，小满看见了倒在河边草丛里的阮秀，大惊："爹，那里躺着个人。"

大福抬头看着儿子："在哪?"

小满伸手一指："在那。"

大福顺着小满指的方向看去，见阮秀一动不动地躺在草丛里，也大吃一惊："好像是个姑娘，快去看看!"

小满连忙把船划过去。大福跳下船，伸手在阮秀鼻前试了试："还有气!"

小满抬头看看山崖，看见山崖上挂着一块衣服碎片，若有所思地说："看样子，她是从山崖上摔下来的。"

大福看着儿子："快把她送回家……"

"荷花的突然出现，也许是天意……"小满躺坐在床上，想着救回阮秀的往事，自言自语着，"我和荷花，相亲相爱了十五年，却有一个影子，隔在我和她中间，难道，这也是天意吗……荷花原来的名字叫什么，要是她能想起她原来的名字，也许就什么都想起来了……"

25

"小满哥不但救了我的命，还给我取了个好听的名字……"

油灯下，阮秀手里的针穿过鞋底，她拉住针头，拉出长长的麻线，又想起了小满给她取名的情景……

河湾处的地里，正和阮秀锄地的小满放下手里的锄头，坐在锄把上，看着阮秀："阿妹，歇歇吧。"

阮秀拿着锄头，走到小满面前，看着坐在锄把上用手往脸上擦汗的小满："满哥，我老听你唱那些情歌，是不是为你的心上人唱的？"

小满忍不住大笑："哈哈……哈哈哈……"

阮秀看着小满："满哥，你笑什么？"

小满站起来，看着远方："我爹妈为躲镇上马财主家的高利贷，带着我逃到这荒无人烟的野山之中，已有多年了，一年到头见不到外人，更不用说见到一个姑娘，我哪有什么心上人。"

说罢，小满默默地看着远方，孤独感涌上心头。

阮秀充满歉意地看着小满："满哥，对不起，我让你想起了你的伤心事。"

小满转头看着阮秀，笑道："没什么。对了，你再想想，你到底是怎么来到这里的。"

阮秀难过地："我连我叫什么名字都想不起来了，其他的更想不起来了。"

"别急，慢慢想。"小满关切地说，"在你没想起你的名字之前，我给你取个名字，方便称呼你，好吗？"

阮秀高兴地看着小满："嗯！"

小满看着河边的荷花，脱口而出："你看，那些荷花多么美丽，你长得那么漂亮，就叫荷花，好吗？"

阮秀惊喜地看着小满："荷花？"

小满："好吗？"

阮秀："我可没有你说的那么美！"

小满凝视着阮秀。

阮秀羞涩地低下头："满哥，你总那么看我，看得人家多不好意思！"

小满："你比荷花还漂亮，就叫荷花吧！"

阮秀抬头看着小满："只要你喜欢，叫什么都行。"

小满欣喜地拉起阮秀的手："荷花！"

阮秀笑眯眯地答道："哎！"

"什么时候，我才能想起我以前的名字啊……"想着小满给她取名的往事，阮秀看着闪亮的油灯，"小满哥说，我被他和他父亲所救，都是天意，难道我想不起过去，也是天意吗……”

26

“天意，也许，一切都是天意。”

夏春光坐在宿舍里写着日记，一边写一边自言自语：“当年，我没能救下阮秀和她得麻风病的父亲，现在我有了为麻风病人服务的机会，也许，这就是天意。”

夏春光说着，放下笔，走到窗前，打开窗户，见对面的宿舍窗前站着一个姑娘，正朝他这边张望，他仔细一看，是贺二梅，便向贺二梅招呼道：“二梅，还没睡？”

贺二梅看着夏春光，眼里流露出爱意：“你不是也没睡吗？”

夏春光笑笑：“我在思考一些问题，还无睡意……”

贺二梅探寻的目光看着夏春光：“还记得，你刚来时，我代表局里给你献的花吗？”

“那么大，那么美，那么香的一束花……”夏春光笑道，“我想忘，也忘不了……”

“哈哈哈……”贺二梅开心地笑起来，热情的目光大胆地注视着夏春光，“英雄也是个有情调的人嘛！送花，虽然是李副局长的安排，但花却是我亲自采来的哦……”

“那就更得记住了啊！好了，不早了，早点休息吧！”

夏春光说罢，未等贺二梅回答，自己先关了窗。

贺二梅看着夏春光已关上的窗，脸上露出失望的神情：“刚刚说他有情调，他就没情调了……”

夏春光在窗前坐下，摇摇头，不置可否地笑笑：“这个贺二梅……”

27

夜已深了，贺二梅还靠在床头，一边瞎想着，一边织着毛衣。织着织着，她靠在床头睡着了，做了一个美梦。

梦中，夏春光笑盈盈地，轻轻地走进贺二梅的宿舍。

坐在床上折叠毛衣的贺二梅惊喜万分，拿起毛衣，从床上下来，扑向夏春光。

夏春光停下脚步，微笑着看着扑到他面前的贺二梅。

贺二梅把毛衣套穿在夏春光的白衬衣上。

夏春光抱起贺二梅，不停地转着圈。

“咯咯……咯咯咯……”

贺二梅高兴地笑着，从梦中醒来，回想着梦中的情景，心里无比的甜蜜，又织起毛衣来……

28

湘西。阿曼宿舍里。

一支笔在夏春光的肖像上画着。

灯光照着阿曼的脸，阿曼专注的目光看着画板，画着夏春光的素描肖像。

画笔突然停下来。阿曼凝视着夏春光的肖像，往事不如烟，又一次在她脑海里呈现……

“救命、救命……”

十五年前，深秋。湘西。

十七岁的阿曼被五花大绑，一高一矮两个土匪，一人擒住她的一只手臂，往山上拖。

阿曼拼命挣扎着，呼喊着：“救命、救命……”

“嘚嘚嘚嘚……”

急促的马蹄声传来，一匹战马飞奔着，从山路上疾驰而来。

“救命、救命……”

阿曼的呼喊更甚。

“吁……”

骑马飞奔的夏春光听到呼喊声，连忙勒马停下。

“救命、救命……”

阿曼拼命呼喊。

马上的夏春光循声往山坡上望去，看见被五花大绑的阿曼，被一高一矮两个土匪拖着往山上走，十分愤怒：“狗日的土匪，又下山抢人了！”

夏春光骂着，呼地跳下马，举着冲锋枪冲上山坡：“站住……”

听到喊声，两个土匪回头看见了追过来的夏春光，惊慌起来。

高个土匪：“共军追来了！”

矮个土匪：“怎么办？”

高个土匪：“快跑，逃命要紧！”

矮个土匪看着夹在中间的阿曼：“她怎么办？”

高个土匪：“现在是命要紧，管不了她了！”

矮个土匪：“回去司令问起来怎么办？”

高个土匪：“就说没抢到！”

矮个土匪：“好，快跑。”

两个土匪丢下阿曼，拼命逃窜。

追过来的夏春光举枪射击：“哒哒哒……”

两个土匪逃进森林里。

阿曼瘫软在草丛里，惊恐得浑身发抖。

夏春光跑到阿曼身边，微笑地看着阿曼：“小妹妹……”

阿曼惊恐地哭起来：“呜——呜呜……”

夏春光拉起地上的阿曼：“小妹妹，你怎么被他们拉到这里来了？”

阿曼还是害怕：“呜——呜呜……”

夏春光看着阿曼笑着：“别怕，我是解放军……”

阿曼抬起头，盯着夏春光帽子上的五角星看了看，确认夏春光是解放军后，说：“我是县中学的学生，放学回家的路上，被土匪绑架了，他们说……他们说……”

夏春光：“小妹妹，别急，慢慢说！”

阿曼：“他们说……要我上山去，做他们司令的第八任压寨夫人……呜呜……”

夏春光：“小妹妹，别怕，现在没事了……”

阿曼扑进夏春光怀里："解放军哥哥！"

夏春光轻轻推开阿曼："小妹妹，我送你回去！"

阿曼点点头。

夏春光把阿曼背下山，和阿曼一起骑着马，来到城外蜿蜒曲折的大河畔，阿曼看着清清的河水："解放军哥哥，我渴了。"

夏春光一手拉着马缰绳，一手取下身上背着的军用水壶，晃晃，发现水壶里没水了，拉拉马缰绳，马在岸边停下，夏春光跳下马，看着阿曼："你在马上别动。"

阿曼点头道："嗯！"

夏春光走到河边，打了一壶水，回到马前，把水壶递给阿曼，阿曼接过水壶，看看夏春光，喝起水来。

夏春光默默地看着阿曼。

阿曼喝完水，用手擦去嘴角的水滴，发现夏春光在看她，不好意思地低下头。

夏春光收回目光："看到你，我想起了我的小阿妹，她和我是同年生的，只比我小几个月，看起来，她比你年纪大一点。"

阿曼抬起头，看着夏春光："你的小阿妹？还和你是同年生的？怕是你的情妹妹吧？"

夏春光刚想回答，阿曼又接着问："你那么看我，是不是她和我长得像啊？"

夏春光点点头："有点！"

阿曼："她叫什么名字，也是你们部队上的吗？"

夏春光难过地摇摇头："不是。她叫阮秀，可惜……已经被人……害死了。"

阿曼惊恐起来："被人害死了？是不是被土匪害的？"

夏春光摇摇头："是被一个大恶魔害的。"

阿曼惊恐地："大恶魔，什么大恶魔？"

夏春光从阿曼手里拿回水壶："想起这些，我就心疼……唉……不说了，我们走……"

夏春光说着，拿起水壶喝了几口水，把水壶背在背上，牵着马默默向前走去。

阿曼骑在马上，默默看着牵马走在前头的夏春光，心里嘀咕着：“他的好妹妹叫阮秀？被大恶魔害的？”

“啪……”

阿曼沉浸在往事中，画笔突然从手里滑落，打断了她的思绪。

阿曼捡起画笔，又凝视着夏春光的肖像：“难道，他就一点没明白我的心思……”

阿曼自语着，又想起给夏春光赠送爱情信物的往事……

“解放军哥哥！”

那天清晨，艳丽的阳光普照大地。夏春光坐在驻地的帐篷外洗衣服，突然听到歌声一般动人的喊声。

夏春光抬起头，看见不远处站着他救下的阿曼。

阿曼见夏春光看见了她，微笑着招招手，又亲切地呼唤道：“解放军哥哥！”

夏春光站起来，走到阿曼面前：“小妹妹，你怎么来啦？”

阿曼羞红了脸：“我来感谢你！”

夏春光笑着：“这有什么好谢的。”

阿曼深情地看了夏春光一眼，羞怯地低下头：“我想送你一件礼物，感谢你的救命之恩，想来想去，还是送这个好。”

阿曼说着，举起手里用纸包着的东西：“请你收下，希望你能喜欢。”

阿曼把东西塞在夏春光手里。

夏春光一时不知说什么好。

“我回去了……”

阿曼说着，转身跑了。

夏春光看着阿曼跑去的背影：“路上注意安全！”

阿曼边跑边回答：“有解放军哥哥保护，我不怕了！”

夏春光摇头笑笑，打开礼物，见是阿曼的一张黑白照片，照片上的阿曼开心地微笑着。他把照片翻过来，看到背面写着一行小字：“赠解放军哥哥留念！”

阿曼突然从路上回过头，看着夏春光甜美地笑着：“解放军哥哥，我叫阿曼，有空到我们学校找我玩！”

阿曼说完，又转头向前跑去。

夏春光看着阿曼的背影，微笑着点点头：“她笑起来，真像阮秀。”

……

“我向很多部队打探你的去向，但不知道你的名字，也不知道你是哪个部队的，怎么也打听不到，我还能见到你吗？”

想着往事，阿曼心里塞满了找不到夏春光的伤感，以及寻找夏春光的渴求，她凝视着画纸上夏春光的肖像，拿起笔又添了几笔：“你不是说，我长得像离开了你的阮秀吗？你会像记得阮秀一样记住我吗？”

29

夏春光坐在办公桌前写着日记：“阮秀，这几天，我一直在等去组建麻风村的通知，等得我好心焦啊……”

写着写着，夏春光放下笔，点支烟，吸了两口，吐出一串烟雾，又继续写起来：“秀，你放心，我一旦去为麻风病人服务，一定会尽心尽力的，以后到九泉之下和你相会，我会告诉你，我都为麻风病人做了什么……”

夏春光写着，和阮秀在一起的情景又闪现在脑海里……

到深山老林里打猎的夏春光和阮秀迷路了，天已黄昏，他们还提着打来的两只山鸡，在山林里辨认着，寻找着出山的路。看着暗下去的天色，阮秀忧虑不安：

“春光哥，我们都转了半天了，还找不到出山的路，怎么办啊？”

夏春光左右看看：“我们真的迷路了……”

阮秀担心地：“要是走不出去，怎么办啊？”

夏春光抬头看看：“天快黑了，我们得在山里过夜了。”

阮秀扑在夏春光身上："我怕!"

"有我在，别怕。"

夏春光安慰着阮秀，搜寻着，突然用手一指："你看，那里有个山洞。"

说罢，夏春光拉着阮秀的手，从空旷宁静的山谷中走到山洞洞口。

山洞口周围茂密的树枝间，一群小鸟被夏春光和阮秀弄出的响声惊动，呼呼呼地从树枝间飞起，消失在山林里。

阮秀和夏春光走进山洞，夏春光把猎枪和山鸡放在地上："今晚，我们就在这里过夜了。"

夏春光说着，看着阮秀："你在这里等我，我出去找柴来烧火，晚上很冷的。"

阮秀点点头。

夏春光走向洞外。

洞里有条小河，洞顶有个大大的口子，夕阳从口子里射进来，射在小河里，河面上泛着层层金光。

阮秀走到洞里的河边，捧水洗脸。

太阳落到了山那边，河里的金光消失了。

夏春光扛着一大捆干柴火走进来，找一块宽阔的地方，把柴火点燃。

火苗闪动着。夏春光坐在火堆旁，拿着用木棍穿着的山鸡在火上烤。

阮秀坐在夏春光身旁，心事重重地看着闪动的火苗。

山鸡烤熟了，鸡肉上冒着一层溢出来的油，夏春光撕下一块肉，递给阮秀："秀，吃吧。"

阮秀一动不动地看着闪动的火苗。

夏春光见阮秀发呆，又喊道："秀……"

阮秀回过神，看着夏春光："什么?"

夏春光："秀，你又发呆了……"

阮秀难过地："春光哥，我爹得了麻风病，我们还是分开算了。"

夏春光看着阮秀："秀，别再这么说好吗？不管你爹的病会不会好，我们都是无法分开的!"

“春光哥，我妈生我时，大流血……死了……你妈把我抱去你家，和你一起吃你妈的奶，我才活下来……”

阮秀说着，眼泪忍不住往下落，说不下去了。

夏春光默默看着阮秀，不知如何安慰阮秀好。

阮秀擦擦脸上的泪水，又说：“我的命，从我一生下来，就和你连在一起了，心也连在一起了……”

阮秀说着，深情地看着夏春光：“我们已经无法分开了，我多想做你的老婆，服侍你一辈子……可是……”

夏春光放下手里的烤山鸡，把阮秀轻轻揽进怀里：“七岁那年，黄老八害死了我爹妈，没有你爹和你的照顾，我可能早就死了……”

“我们两个，从吃奶时就生死连在一起了……”夏春光说着，搂紧了阮秀，“就如你说的……我们两个人，已经连为一体了，怎么可能因为你爹得了麻风病，就分开呢……”

“呜……呜……”

阮秀在夏春光怀里哭得很伤心。

夏春光捧起阮秀的脸：“秀，别哭，好吗？你一哭，我心里就好痛好痛……”

夏春光说着，俯下头，轻轻吻着阮秀。

阮秀的心被夏春光的情温暖了，久违的激情又在她心里荡漾开来，她终于情不自禁，和夏春光热吻，热吻……

他们的呻吟声，如生命中最美丽的吟唱，灌满了山洞。

夏春光的身和心燃烧起来，把阮秀抱到地上，伸手脱去阮秀身上的衣服。阮秀幸福地闭上眼睛。夏春光看着阮秀的玉体，喘息声一阵高过一阵，脱去自己的衣服。阮秀伸出手，轻轻勾住了夏春光的脖子。夏春光迫不及待地压到阮秀身上。

“不，不能……”

阮秀突然惊叫起来，推开夏春光。

夏春光坐起来，凝视着阮秀：“秀……”

阮秀痛苦地闭上眼睛：“等我爹的病好了，我们才可以……我不能连累你……”

夏春光一把抱起阮秀，阮秀忍不住放声大哭：“呜……”

“笃笃笃……”

敲门声打断了夏春光的回忆，他合上日记本，偏过头，看见贺二梅站在门口，笑道：“进来吧。”

“局长，没打扰你吧？”

贺二梅走进来，看着夏春光，笑着。

夏春光也笑着：“没事。找我有事吗？”

贺二梅在夏春光对面的木椅上坐下：“我晚上请你吃饭。”

夏春光看着贺二梅：“为什么请我吃饭？”

贺二梅：“你才到公安局不久，虽然你是局长，但在公安局里，你还是新同志，我是老同志了，老同志请新同志吃饭是应该的嘛……”

夏春光笑道：“感谢老同志对新同志的关心，不过，今晚我有事。”

贺二梅有些尴尬：“那你什么时候有空嘛……”

夏春光想了想：“这样吧，等我有空，我这个新同志，请你这个老同志。”

贺二梅高兴地看着夏春光：“真的吗？”

夏春光反问贺二梅：“你说我会骗你吗？”

贺二梅笑笑：“我相信你……”

30

“你爹现在是什么态度？”

马明亮和阿丹坐在县城河边的河岸上，阿丹看着马明亮，问道。

马明亮：“这几天，倒没再提要我去麻风村的事。”

“我就说，你是他儿子，他不会那么狠心，逼你去那种地方。”阿丹笑起来。

马明亮抓起河岸上的一块石块，用力抛在河面上。石块在河面上打了几个水漂，沉入水下。马明亮看着波纹闪动的河面：“他不提了，我心里……反倒不安了。”

阿丹担心地看着马明亮："怎么了？"

马明亮站起来："为找人去麻风村，我爹妈和牛胜利叔叔，伤透了脑筋。"

马明亮说着，弯腰捡起一块石子，用力抛进河里："看到他们那样，我心里也不是滋味。"

阿丹站起来，走到马明亮身边："是不是你自己动摇了？"

马明亮转身看着阿丹："我心里很矛盾。"

阿丹盯着马明亮："明亮，你可别犯傻，麻风村不是正常人去的。"

马明亮沿着河边慢慢走着："我也看了一些有关麻风病人的资料，他们……是世界上最苦的人了。"

阿丹跟上去："你也应该知道，凡是和麻风病人扯上关系的人，也会和他们一样苦。"

马明亮停下，回过头来看着阿丹："要不是这样的话，怎么会没有人愿意到麻风村去呢？"

阿丹："没有人愿意去，不说明你就得去。"

马明亮仰头看着天空："是啊……我该怎么办啊……"

阿丹上前一步："明亮，我还是那句话，不能去，千万千万不能去。"

马明亮凝视着阿丹："阿丹！"

阿丹扑进马明亮怀里："明亮！"

马明亮把阿丹抱紧："阿丹，我爱你！"

阿丹紧紧抱着马明亮："我也爱你！"

31

月亮挂在山那边。

贺二梅拿着织好的红毛衣，悄悄来到夏春光宿舍门口。门关着，灯光从窗户玻璃上透出来。

贺二梅猫在窗户旁，伸头往屋里看着，看见小草坐在床前，双脚泡在洗脚盆里。夏春光轻轻揉着小草的小脚丫，给小草洗脚。

贺二梅看看手里的红毛衣，举起手，想敲门，又犹豫着。

夏春光把小草抱到床上，亲切地看着小草：“睡觉喽……”

贺二梅举起的手颤动着。

突然，窗户和门缝里透出的灯光消失了。夏春光已经关灯睡觉。

贺二梅着急地跺了一下脚。隔着窗户玻璃往屋里望了望，什么也没看见，失望地，一步两回头地离去。

32

湘西的夜晚是多情的。

公园里热热闹闹。人们或坐在公园里乘凉，或在公园里散步。一对对恋人或是说笑着慢慢走着，或是坐着说话，或偎依在一起，脸上都洋溢着幸福。

阿曼和高文辉走到一条长椅子前，见长椅上无人，高文辉先坐下来，看着阿曼：“这儿不错，恋人椅子……”

阿曼不置可否地笑笑，坐下。

高文辉看着阿曼：“这个星期天，你有安排吗?”

阿曼：“有事吗?”

高文辉：“我想，这个时节，到野外野炊，一定很有情调。”

阿曼：“野炊? 就我们俩去?”

高文辉笑笑：“不行吗?”

阿曼笑道：“我觉得，搞野炊，要多约几个人去才疯得起来。”

高文辉：“两人疯，不是也很浪漫?”

阿曼：“这……”

高文辉：“你不会是不愿意和我去吧?”

阿曼笑道：“我那么说了吗?”

高文辉：“那……”

阿曼稍微想了一下：“这个星期天……我计划把几个病历整理一下，留作以后写论文的资料。”

“哦……是吗……”高文辉很失望。

阿曼抬头看了看，抬起手指了指：“你看……那边……”

高文辉顺着阿曼指的方向看去："怎么了？"

"那边人多，热闹，我们去那边走走？"

"我记得，你好像不喜欢热闹的地方啊！"

阿曼有些尴尬地："我……"

高文辉若有所思地："好吧，走，过去走走。"

阿曼反倒有些犹豫不决了。

高文辉站起来，看着阿曼："走啊！"

阿曼站起来："我看，不早了，我们该回去了，明天早上，我要准备个手术。"

高文辉有些难过的样子，但很快说道："也好，我也要回去整理一些资料，走吧！"

阿曼点点头，往前走去。

高文辉看着阿曼，心里嘀咕着："难道，我对她，真的无回天之力了……"

阿曼回头看着高文辉："走啊。"

高文辉连忙跟上去，两人一前一后往前走去，高文辉心里嘀咕着："看来，她的心，被她的救命恩人全给占据了。"

阿曼往前走着，心里纠结着："难道，今生今世，我真的……放不下他了……"

33

一个个窗户里，透出朦胧的灯光。

高文辉送阿曼到宿舍门口。

阿曼回头看着高文辉，客气地说："要不，进屋坐坐？"

高文辉看着阿曼，心里嘀咕着："你的邀请，实际是在下逐客令。"

阿曼看着高文辉："怎么不说话。"

高文辉笑道："把你送到门口，我就放心了，我还要回去整理资料呢。"

阿曼顺水推舟："那好吧。"

高文辉有些留恋地："晚安！"

阿曼笑着："慢走。"

高文辉笑着，点点头，转身离去。

阿曼用钥匙开了门，走进屋，啪的一声按下开关，灯亮了。

阿曼关上门，转身靠在门上："我这样对待文辉，是不是太无情了？"

阿曼有些自责地走到窗前，看着窗外："为什么，老天让他救了我，又把他从我的生活里赶走，我找了他十五年，却找不到他……"

阿曼说着，痛苦地闭上眼睛："你在哪里，你在哪里……"

阿曼呼喊着，难过得一拳砸在墙壁上。

34

马正毅坐在办公室里批阅文件，听见敲门声，抬起头，见牛胜利站在门口，高兴地站起来："胜利，回来了……"

牛胜利走进屋，在沙发上坐下。

马正毅端起桌子上的水杯，走到牛胜利对面坐下。

秘书给牛胜利端来一杯水："牛副书记，喝水。"

牛胜利接过水杯。

秘书走了出去。

牛胜利喝了口水，把水杯放到茶几上，看着马正毅："我一回来，就赶到你这里来了，我需要第一时间向你汇报。"

马正毅眉头一皱："怎么这么急？"

牛胜利："以前，我们只知道，很多麻风病人与家人、村里人隔离开来，住到了村外，但并不知道，被隔离开来的相当一部分麻风病人，有的是被家里人或者村里人，用武力威胁赶出村庄的，这些人，现在生死不明……"

马正毅大惊："有这样的事情发生？"

牛胜利点点头："马厂公社大火地生产队的李大娃，就是被人打了一枪失踪的。"

马正毅拍拍沙发扶手："是谁开的枪，真是胆大妄为。"

牛胜利："听说，开枪人也有不得已的苦衷，为了不激化矛盾，调查中，我们暂时没有接触当事人，这些情况，我们是路过大火地生产队时，听一个群众说的，具体情况，最好是等麻风病普查工作全面展开后，详细调查……"

马正毅点点头。

"相当一部分离群而居的麻风病人，没有吃的，可以说是贫病交加……"牛胜利说着，端起茶几上的水杯，喝了一口水，又把水杯放在茶几上，"要从根本上解决这些问题，只有尽快把麻风村建好，给麻风病人们一个家……"

马正毅为难地看着牛胜利："对夏春光要求去组建麻风村的事，上级也还没有答复。"

牛胜利无言以对。

马正毅想了想："等不是办法，这样吧，马上召集县里的主要领导，研究夏春光的请求和组建麻风村的最快捷途径，上级的指示，我再电话追问一下。"

牛胜利有些担心地看着马正毅："我看，关于夏春光要求去当麻风村村长的事，我们得慎重。"

马正毅不解地看着牛胜利："为什么……"

牛胜利："现在社会上议论颇多……"

马正毅看着牛胜利："哦？都议论什么了？"

牛胜利："这些议论，自从上次县里的主要领导开会，讨论夏春光要辞去公安局局长，去当麻风村村长的事之后，就有了。"

马正毅有些着急："过程就不要讲了，你直接说，都议论什么了。"

牛胜利："说法可多了，有的说，夏春光变成白痴了，让人眼红的公安局局长不当，偏要去当让人唾弃的麻风村村长……有的说，夏春光去破了一个麻风病人自杀的案子，收养了一个麻风病人家的弃儿，是不是被麻风病传染了，还有人说……"

说到这里，牛胜利停下来，看着马正毅。

马正毅着急地看着牛胜利："你看我干什么，继续往下说啊……"

牛胜利看着马正毅："有的议论涉及你，你听了，可别往心里去啊……”

马正毅笑笑：“我是那种小肚鸡肠的人吗?”

牛胜利：“那我可就说了?”

马正毅挥挥手：“说，快说快说……”

牛胜利：“有的议论说，夏春光是受到毛主席接见的战斗英雄，前途无量……”

没等牛胜利说完，马正毅插话道：“是啊，确实如此嘛，这种议论，没有什么不好啊?”

牛胜利：“你等我把话说完嘛。有人议论说，你马书记打压干部，你知道夏春光是受到毛主席接见的战斗英雄，会被组织提拔重用，你怕他将来取代你当县委书记，所以就借机把他整去组建麻风村，让他背上老麻风的恶名，在政治前途上永世不得翻身……”

听牛胜利说到这里，马正毅气得呼地从沙发上站起来：“无稽之谈!”

牛胜利看着马正毅：“我们不是事先说好，你不发火的嘛……”

马正毅调整了一下情绪：“好好好，不发火，不发火……”

马正毅坐下来，看着牛胜利：“那你对这事，是如何看的?”

“这种议论，当然是无中生有，是无稽之谈。”牛胜利说着，看着马正毅，“不过，夏春光一个不懂医学的人，一门子心思要去组建麻风村，做麻风病防治工作，我觉得，除了他有一颗全心全意为人民服务的心而外，应该还有其他的原因……”

马正毅看看门外，又看着牛胜利：“本来，有些事情，涉及他个人的隐私，不便说，不过，事情发展到这个地步，我就给你讲讲夏春光的隐私吧……”

35

卧室里，阿丹默默地看着桌子上的相框里她和马明亮的合影，沉思着，马明亮的话在她心里回荡：“为找人去麻风村，我爹妈和牛胜利叔叔伤透了脑筋。看到他们那样，我心里也不是滋味。”

想着马明亮说的话，阿丹心里十分烦恼，她站起来，走到窗前，看着窗外天空中飞翔的小鸟，心里又想起马明亮说的话："我也看了一些有关麻风病人的资料，他们……是世界上最苦的人了。"

阿丹拉上窗帘，回到桌子前，看着照片上的马明亮："明亮，不能去啊，千万不能去当麻风医生啊……"

36

"想不到，夏春光心里埋藏着这样的伤痛。"马正毅办公室里，牛胜利惊奇地看着马正毅，"对了，春光都是老伙子了，还独身一人，会不会是他放不下那个已经被害死的，叫阮秀的姑娘？"

马正毅摇头道："春光的个人问题，我们以后再关心吧，现在的大事是，赶快解决建立麻风村的问题。"

牛胜利点点头："好，我马上去通知开会。"

马正毅站起来："去吧。"

牛胜利站起来，走了出去。

马正毅走到窗前，拿起窗台上的浇花壶，一边浇着窗台上花盆里的花，一边思索着……

37

"我该怎么办？"

县医院花园里，马明亮坐在石凳上，愁眉不展，心里越来越烦躁，他不由自主地站起来，在花园里走来走去："我要是去了麻风村，阿丹怎么办？"

马明亮自语着，突然停下来："不，我不能去！我要是去了，不但毁了我的前程，也毁了我和阿丹的爱情！"

38

阿丹坐在卧室里沉思着："明亮最终会听我的，还是会听他父亲的?"

39

马正毅办公室里，赵英坐在会客沙发上看着文件。

马正毅正在打电话："胜利，刚才上级公安部门已经来电话了，他们同意我们的意见，等我和春光谈话后，你和赵英就马上去公安局，把推选新局长的事情落实了，公安局的工作任务重，春光走后，不能缺了一把手。"

电话里传来牛胜利的声音："放心，我已经准备好了。"

夏春光走到门口："报告!"

马正毅看到夏春光，向夏春光招招手。

夏春光走进去。

赵英站起来："春光，来，这里坐。"

"赵部长，你坐。"

夏春光笑着，在赵英对面坐下。

"那就这样吧，春光来了。"马正毅说罢，放下话筒。

夏春光看了看马正毅。

马正毅走到赵英旁边的沙发上坐下，高兴地看着夏春光。

夏春光兴奋地看着马正毅："我一接到你的电话就来了，肯定是有好消息!"

马正毅："建麻风村的事，不能再等了，先把麻风村建好，把麻风病人安顿进去，没有医护人员去，让麻风病人们先有个家也好。"

夏春光点头道："这才是先见之明嘛。"

马正毅看着赵英："组织部长，你给春光谈谈吧。"

赵英看着夏春光："县委刚刚作出决定，同意你去当麻风村村长，你虽然从公安局局长改任麻风村村长，职务变了，但工资级别不变，以后工资调整，也按这个级别。”

夏春光笑着：“级别、待遇怎么都无所谓，只要能放开手脚工作就好。”

赵英笑着：“等会儿，我们就去公安局，对新公安局局长的人选，征求一下公安局科以上干部的意见，叫你过来，是想先听听你的意见。”

夏春光笑着：“我服从组织。”

40

贺二梅坐在办公室里整理文件。

周莲走进来：“二梅，我们局里要换领导了。”

贺二梅抬起头：“科长大人，你快说说，都要换谁了，是不是要提拔你啊?”

周莲走到自己的办公桌前坐下，看着贺二梅：“要换局长了。”

贺二梅像听错了似的：“什么……”

周莲：“我们的局长要换了。”

贺二梅不相信似的看着周莲：“是要换夏局长吗?”

周莲笑笑：“不是夏局长，我们还有几个局长啊。”

贺二梅把手里的文件放在桌子上：“不是……这……夏局长不是才来吗，就要换了？夏局长犯错误了?”

周莲：“瞎说。”

贺二梅不解地看着周莲：“那怎么要换啊？夏局长是来镀金的，要高升了?”

周莲：“叫你不要瞎说。”

贺二梅有些不耐烦了：“科长大人，你告诉我咋回事，我就不瞎说了嘛。”

周莲：“刚才，局里召开科长以上干部会议，县委牛副书记和组织部赵部长来征求意见，准备提拔李副局长当局长，说是县里要组建麻风村……”

没等周莲说完，贺二梅插话道：“县里要组建麻风村的事，我听说了，不是说无法解决人事问题吗……”

周莲打断贺二梅的话：“听我说，别打岔。”

贺二梅：“好好好……”

周莲：“就因为组建麻风村，人事问题解决不了，夏局长主动向县委提出，他辞去公安局局长职务，去当麻风村村长，组建麻风村……”

贺二梅大惊，从坐着的椅子上跳起来：“什么什么……你说什么……”

41

晚霞给托儿所的门窗披上橘红色的纱幔。

年轻的所长江梅拉着小草站在托儿所门口张望着，夏春光气喘吁吁地跑过来，抱歉地看着江梅：“江所长，对不起，我来晚了，让你久等啦……”

江梅笑笑：“没事，你一头忙着工作，一头忙着照顾小草，也够呛的了……”

“我乐意！”夏春光笑起来，从江梅手里拉过小草，“江所长，我们走了……”

江梅挥挥手：“再见！”

“再见！”夏春光回应着，拉着小草往前走去。

走了一段路，小草不走了，夏春光蹲下来，微笑着，看着小草：“走不动了？”

小草忧郁地摇摇头：“我要回家……”

夏春光抱起小草：“我们就是回家呀。”

小草摇摇头：“不是回你家，我家在小刘庄，我想回我家。”

夏春光看着小草：“小草，你家里没人了，你就跟着叔叔，好吗？”

小草难过地咬着嘴唇，眼泪从眼眶里无声地流出来。

夏春光抱紧小草：“小草，今后我就当你的爹，我会像你爹一样爱小草，好吗？”

小草眼泪流着：“我没有爹了，我爹死了。”

夏春光难过得眼泪流出来：“小草，你是乖孩子，听我的话，让我当你的爹，好吗?”

小草流着泪：“我不知道!”

夏春光：“小草，我们上街去，我给你买好吃的。”

小草默默地点点头。

42

街上人来人往。夏春光抱着小草走来，人们见了，闪在一边，指指点点，小声议论着：“那个就是公安局局长。”

“他抱着的孩子，就是那个麻风病人留下的吧?”

“傻啊，他怎么就不怕麻风病?”

“……”

夏春光不理睬人们的议论，抱着小草往前走去，人们躲瘟神似的，连忙躲开。夏春光眼里露出愤怒的神情，但他很快冷静下来，给小草买了一盒面饼。

小草吃着饼子，露出微笑。

夏春光又买了好多饼子，卖饼子的把饼子用纸包好，夏春光一手拉着小草，一手抱着饼子，来到了县城中心的河边。

正是人们吃过晚饭来散步的时候，人们或成双成对，或三五成群，不是恋人就是一家人，在河边悠闲地走着。

夏春光拉着小草，在河边的长椅上坐下，坐在旁边的人们连忙离开，不时回头指指点点。

夏春光毫不理会，把小草抱在怀里，拿起一个饼子大口吃起来，边吃边唱起来：“革命人永远是年轻……”

小草在夏春光怀里睡着了，嘴里还含着没有吃完的饼子。

43

贺二梅坐在办公桌前发呆，桌子上放着她的包和她刚刚织好的一件毛衣。

“怎么，陷进爱河里啦？”同事周莲走到贺二梅面前，对发呆的贺二梅左瞧瞧，右看看。

贺二梅这才发现周莲进来，连忙把毛衣塞进包里。

周莲望着贺二梅：“怎么，你的爱情信物还没送出去呢？”

贺二梅心情复杂地：“你又说什么呐！”

周莲：“是不是听说夏局长要去组建麻风村，你拿不定主意了？”

贺二梅心情烦躁地提起包，往外走去。

周莲看着往外走的贺二梅：“去哪？还没下班呐！”

“别管我，我烦！”贺二梅头也不回地往外走，走到门口，与正进门的夏春光撞个满怀。

夏春光看着贺二梅：“二梅，这么急着出门，有急事？”

贺二梅抬起头，看着夏春光不说话。

夏春光看着贺二梅：“怎么啦？”

贺二梅忍不住，眼泪从眼里流出来，她一扭头走了出去。

周莲走过来，看着夏春光：“局长，你找我们有事？”

夏春光看着周莲：“寻找小草母亲的外调材料，整理好没有？”

周莲：“好了，我正准备给你送去。”

夏春光：“我等着看，快把材料给我。”

“好！”周莲答应着，回到办公桌前，从抽屉里拿出材料。

夏春光走过去。周莲把材料递给夏春光。

夏春光接过材料，翻看了一下，抬头看着周莲：“小草母亲的线索就一点也没有吗？”

周莲摇摇头：“材料里提到的线索，我们都一一查对过，但所有的线索都断了。”

夏春光：“这么说，小草的母亲是找不到了。”

周莲：“局长，我们会继续做好查找工作。”

“好吧。我把材料拿去仔细看看。”夏春光说着，转身离去。

周莲：“局长慢走。”

夏春光想起什么似的，停下脚步，回头看着周莲：“对了，刚才小贺出去时，我看她情绪不对，她怎么了？”

周莲故意反问："你不知道?"

夏春光笑笑："我知道还问你呀?"

周莲神秘地笑道："你不知道，我也不知道。"

夏春光疑惑地："这话怎么讲？什么叫我不知道你也不知道?"

周莲笑着："你是领导，应该关心关心下属，你自己问她去吧。"

"过几天我就不是你们领导了，但你还是二梅的领导，我看二梅有心事，你要关心关心她啊。"夏春光说完，摇摇头，转身离去。

周莲无可奈何地笑笑："需要关心她的人不是我……"

44

贺二梅坐在宿舍，拿着为夏春光织的毛衣，默默看着，神情凝重，心里想着周莲说的话："怎么，你的爱情信物还没送出去呢?"

"唉……"

贺二梅叹气一声，把毛衣放到床上，走到窗前，默默看着窗外，脑子里还是周莲说的话："是不是听说老夏要去组建麻风村，你拿不定主意了?"

贺二梅有些愤怒起来，心烦意乱地敲打着窗框边沿："怎么办？我该怎么办……"

45

"小草的母亲，会去了哪儿呢?"

办公室里，夏春光说着，把手里的材料放到桌子上，站起来，在屋里来回走着："都是麻风病害的，可恶的麻风病，害得多少人家破人亡……"

夏春光想着麻风病带给人们的苦难，走到窗户前，看着窗户外远处的山川："阮秀，终于确定了，我可以去组建麻风村了，总有一天，麻风病人的苦难，会结束的……"

46

“那个人到底是谁呢?”

阮秀的脸映在河水里，阮秀看着水里自己的脸孔，悄悄问自己：“他为什么总在我的梦里，总在我的意识里……”

在河边洗衣服的阮秀想着心事，手里拉着的衣服在水面上漂，少顷，衣服从指间脱落，往下游漂去。

小满扛着柴从河边小路上走来，看到河里漂移的衣服，丢下肩上的柴火，跳进河里捞衣服。

阮秀被水声一惊，回过神来，偏头看见在河里捞衣服的小满：“满哥，你干什么?”

小满拿着衣服，游到阮秀面前。

阮秀看着水里的小满：“满哥，你何时来的?”

小满从河里爬上来，把衣服递给阮秀：“我来了也不知道，衣服被水冲走也不知道，你怎么了?”

阮秀看着小满捞回来的衣服，难为情地笑笑。

小满脱下衣服，拧着衣服上的水。

阮秀看着小满身上健壮的肌肉，脸上泛起羞涩。

小满转过身，和阮秀四目相对。两人对望着，眼里似乎要射出爱的火花。小满身上的肌肉颤动起来。

阮秀看着小满，站起来，往前走了一步。

阮秀默默凝视着小满。

两人长时间地互相凝视着。

小满终于控制不住，冲上前一步，抱住阮秀。

阮秀紧紧抱住小满。

两人拥抱着，对望着，喘息声一阵紧过一阵。

阮秀轻轻闭上眼睛，抬起下巴，嘴唇慢慢嚅动。

小满的唇轻轻靠上去。

两人的嘴唇贴在一起，狂吻起来。

河边的野花在风中摇摆着。

小满抱起阮秀，走进河边树林里，把阮秀抱到草丛上，压到阮秀身上。

阮秀喘息着闭上眼睛。

小满伸手哆哆嗦嗦地解阮秀的衣扣。

突然，夏春光的眼睛闪现在阮秀脑海里，阮秀不由得惊叫起来："不……不……"

小满一怔："荷花……"

阮秀眼里突然滚出眼泪："眼睛，我看到了他的眼睛，他的眼睛一眨不眨地看着我……"

小满难过地起身，冲向树林外，冲到河边，一头扎进河里，拼命游着。

阮秀伤心大哭："呜……呜呜……"

47

贺二梅站在夏春光宿舍门前焦急地等待着。

夏春光抱着小草走过来，见贺二梅站在门口，问道："二梅，有事吗？"

贺二梅看看小草，默默看着夏春光。

夏春光："有事……你就说吧。"

"局长，我听说……你不当局长了，要去组建麻风村，是真的吗？"

夏春光点点头。

贺二梅想了想，说道："我想求你个事，行吗？"

夏春光笑着："什么事，说吧，只要我能办得到，我就给你办，别说求。"

"我求你……"

贺二梅说不下去了，看着夏春光，眼泪汪汪。

夏春光笑着："说嘛！"

贺二梅反复说着："我求你……我求你……"

夏春光笑着：“别急，慢慢说。”

贺二梅犹豫了一下，终于鼓起勇气：“我求你，别去组建麻风村，行吗?”

夏春光愣住了。

贺二梅低下头：“行吗?”

夏春光莫名其妙地苦笑了一下：“我的事情，我自己做主，你怎么求我别去组建麻风村呢？再说，我也没有打算把你调去啊……”

贺二梅抬起头，失望地看着夏春光：“这么说，你是铁了心……要去组建麻风村了?”

夏春光认真地：“是啊，我是铁了心要去组建麻风村了……”

贺二梅难过地看着夏春光：“你让我好伤心……”

夏春光莫名其妙地看着贺二梅，思索着：“我怎么伤你的心了?”

“呜呜……”

贺二梅忍不住哭起来，跑了。

夏春光怀里的小草看着跑远的贺二梅：“阿姨哭了……”

夏春光摇摇头，思索起来：“怪了，我什么时候伤过她的心啊……”

48

灯下，阿曼坐在桌子前，在笔记本上写着她思念夏春光的情诗：

找你找得好伤心
无数漫漫长夜
梦里总是你的眼睛
亲爱的，你好狠心
一走就再也没有回头
让我找你找得好伤心……

阿曼写着写着，忍不住泪流满面。她再也写不下去了，放下笔，扑在桌子上失声痛哭：“呜……呜呜……”

49

夏春光宿舍里，灯光照着火炉，火炉上的水壶嘴往外吹着热气。

“你拍一，我拍一，一只孔雀穿花衣……”

小草和夏春光面对面坐着，两人伸出手，左右开弓拍着手。小草一边念着儿歌：

“你拍二，我拍二，两只小猫画画儿；你拍三，我拍三，三只小羊爬上山……”

念到这里，小草停下来。

夏春光看着小草：“怎么不念了啊。”

小草：“后面的我记不得了……”

夏春光看着小草，微笑着：“这是谁教你的啊？”

小草：“隔壁的小哥哥教我的。”

夏春光高兴地看着小草：“是吗？那以后多多跟小哥哥学啊。”

小草：“他奶奶不让小哥哥跟我玩了。”

夏春光：“为什么？”

小草：“他奶奶说，跟我玩会得麻风。”

夏春光有些生气了：“胡说。”

小草：“我没有胡说，他奶奶就是这么说的。”

夏春光：“我是说他奶奶胡说。”

小草：“哦。”

夏春光偏头看见火炉上的水壶冒着热气，又回头看着小草：“该洗脚睡觉了。”

小草点点头：“嗯！”

夏春光站起来，提起火炉上的水壶，往盆架上的洗脚盆里倒了一点水，把水壶放在地上，端起洗脚盆，从水龙头下接了些冷水，用手试试温度，端过来放在小草面前：“洗脚了啊。”

小草把脚伸进盆里。夏春光给小草洗好脚，拿起旁边板凳上的毛巾，把小草的脚擦干净，把小草抱到床上：“小草先睡了啊。”

小草听话地答应道："好。"

小草很快进入了梦乡，夏春光走过去，把炉火熄灭了。

"呜呜呜……"

突然传来低声的哭泣声。

夏春光仔细一听，哭泣声是从贺二梅的宿舍里传来的，他连忙打开窗户，往贺二梅的宿舍望去。

贺二梅的窗户紧闭，立马传出低声的哭泣声。

夏春光想了想，转身出门而去。

50

宿舍里，贺二梅拿着给夏春光织的红毛衣，坐在床上伤心地流泪，小声哭泣着。

夏春光来到贺二梅门口，轻轻敲门。

听到敲门声，贺二梅止住哭声，抬头往门口望去，传来夏春光的喊声："二梅……"

贺二梅把毛衣放在床上，走到门背后，伸出手欲开门时，她的手却突然停住了，夏春光说的话又在她耳边回荡："我的事情，我自己做主。你怎么求我别去组建麻风村呢？再说，我也没有打算把你调去啊……"

又传来夏春光轻轻的喊声："二梅，我是夏春光，刚才是你在哭吗？"

贺二梅犹豫不决，脑子里还是夏春光说的话："是啊，我是铁了心要去组建麻风村了……"

门外，夏春光又问："二梅，是不是生病了？"

贺二梅痛苦地转过身，轻轻靠在门上，眼泪一串串，她用手堵住嘴巴，极力控制着不哭出声来。

夏春光站在门口，侧耳听着屋内的动静："怪了，刚才还听到哭声呢，这会儿怎么什么动静也没有了，难道是我听错了？"

夏春光说着，又敲了敲门。

还是无动静。

夏春光疑惑地慢慢离去，边走边回头望望。

贺二梅走到床前，扑到床上，伤心地流泪。她拉过被子盖在头上，哭得很伤心，但她极力控制着不哭出声来，身子憋得不断起伏着。

51

“找民工去搞麻风村基建的事情，好不容易落实了……”县委大院里，马正毅和牛胜利边走边谈着，牛胜利担心地说，“但各公社抽调的人，多是一些成分比较高的地主富农，会不会引起人们的误解？”

马正毅停下来，思考着。

牛胜利站在马正毅身边：“这倒是开群众会定的，开会的群众，都嚷着要派地主富农的子女去。”

马正毅：“我也知道，群众的这种做法……不合理，但这事本来就很难办，既然人已经确定了，就按各地报的名单抽调人吧，别再出什么意外了。”

牛胜利点点头：“也只能这样了，这事折腾了又折腾，差点就没能落实。”

马正毅：“最大的难题，还是只有夏春光愿意去组建麻风村，未能解决医生的问题。”

牛胜利：“是啊，夏春光毕竟不是医生，没有医生去不行啊，我看，还是硬性调人吧。”

马正毅摇摇手：“硬性调去的人，不会怀着关爱之情去关心麻风病人，会适得其反。”

牛胜利：“那怎么办？”

马正毅：“再想办法吧，实在不行，我再做做明亮的工作。”

牛胜利：“要是明亮不愿意，也别勉强他！”

52

“要不要到我家去坐坐？”

马明亮和阿丹走到阿丹家门口，阿丹看着马明亮：“你都好几天没到我家了……”

马明亮摇摇头：“算了，你妈现在很不乐意见我。”

阿丹：“只要你不去麻风村，我妈还是很喜欢你的。”

马明亮：“快回去吧，要不然，你妈又该骂我了。”

阿丹推开院门：“你也快回去吧!”

“嗯……”

马明亮答应着，转身离去。

阿丹进门，转身关上门。

53

“你的乐观精神哪去了?”

马正毅和赵英慢慢走出县委大院，走在回家的路上，赵英见马正毅愁眉不展的，劝道：“不就是建立麻风村的事情有困难吗？以前打仗，困难多的是，都没见你这样愁眉苦脸的。”

马正毅摇摇头：“解决这个难题，不比解决战场上遇到的难题轻松哦……”

赵英：“再难也要乐观，这可是你常教育我的。”

“好好好，要乐观。”马正毅笑起来，“要不，你还是做做明亮的工作吧。”

赵英为难起来：“我不忍心呐……”

马正毅：“是啊，我也不忍心让明亮去麻风村，明亮的命已经够苦的了……”

54

家里，马明亮端着一杯水，一边喝着，一边在屋里走来走去，思考着。走到父母卧室门口，看见父母卧室里的桌子上有一个笔记本，看着笔记本，想了想，走进去，把水杯放在桌子上，拿起笔记本，坐在桌子前看起来。

55

“先把麻风村的房子盖好，把麻风村建起来后，看看能不能找到医生去麻风村工作。”路上，赵英边走边给马正毅出主意，“如果实在找不到人，再和明亮谈吧。”

马正毅想了想：“好吧，麻风村从开工到建起来，也不是一天两天的事情，少说也得半年到一年，我们还可以利用这段时间，到县医院做工作，动员医务人员去麻风村工作，尽量不动明亮……”

56

马明亮坐在父母的卧室里，看着母亲写的日记，早已泪流满面，他合上笔记本，放在桌子上，伤心哭着，冲出父母的卧室，跑进自己的房间里，扑在床上，伤心地痛哭。

马正毅夫妇开门进来，听到马明亮的哭声，马正毅疑惑地看着赵英：“明亮怎么了？”

赵英偏头看着马明亮的房间：“是啊……明亮……怎么啦……”

马明亮哭着走到父母面前：“爹……妈……”

赵英关切地看着马明亮：“儿子，怎么啦……”

马明亮看着父亲：“爹，我去麻风村。”

马正毅抬头，吃惊地看着儿子：“什么？儿子，你说什么？”

赵英也惊奇地看着儿子：“明亮，你刚才说什么？”

马明亮看看母亲，又看看父亲：“我愿意去麻风村！”

马正毅吃惊地看着儿子，眼泪在眼眶里滚动着。

赵英看着儿子：“明亮，你可要考虑清楚。”

马明亮：“妈，其实，你心里也希望我去麻风村，不是吗？”

赵英：“你让我怎么说呢，你爹的压力也太大了。”

马明亮：“妈，你们没必要瞒着我！”

赵英奇怪地看着儿子：“瞒你，瞒你什么？”

马明亮哭着："我的身世！"

赵英惊奇地看着马正毅，马正毅也惊奇地看着赵英。

马明亮看着母亲："不是我爹告诉我的……"

父亲一愣，马明亮又对父亲说："也不是我妈告诉我的。其实，看到那些人来家说情的情景，听到外面那些议论，我知道爹的压力有多大……"

马明亮说着，扑到赵英的怀里痛哭……

赵英望着儿子："你到底知道了什么？"

马明亮抬起头来，看着妈妈："妈，我不是你们的亲生儿子，你们的亲生儿子在一次战役中失踪了，是吗？"

马正毅惊诧万分："明亮，你怎么知道？"

马明亮离开母亲的怀抱，眼泪汪汪地看着父亲："我还知道，我是你们在行军途中捡来的，而且是麻风病人的弃儿……"

马正毅的眼眶里滚出两行泪水："明亮，别说了……爹心里……"

马明亮："爹，怪不得，那年，妈要我参军，你要我读卫校，现在我明白了，你把我送到卫生学校读书，是希望我学成后，将来为麻风病人看病，我不去麻风村工作，不要说对不起你们，更对不起我的亲生母亲……"

赵英盯着儿子："明亮……你是不是偷看了我的日记？"

马明亮："妈，我无意间……"

赵英摇摇头："都怪我，怪我没有把日记本收好。"

"唉……"马正毅长叹了一声，"明亮知道了也好。不过，明亮，你去麻风村这事……"

马明亮："爹，请你答应我！"

赵英的眼泪流出来："我和你爹，又怕对不起你的亲生母亲。"

马明亮站了起来："我一定为麻风病人治病、治好病，你们放心，我会像对待父母一样，去对待麻风病人，这样才对得起我的亲生母亲，才对得起你们的养育之恩。"

马正毅拍拍儿子的肩："好孩子，你长大了……"

赵英看着儿子："你和阿丹都快要结婚了，阿丹会不会同意你去麻风村?"

马明亮:"我会做阿丹的工作……"

57

"什么?你决定去麻风村?"学校办公室里,阿丹接到马明亮的电话,万分震惊,"明亮,你疯了?"

马明亮的声音从话筒里传出:"我应该去麻风村!"

阿丹:"是不是你爹逼的?"

马明亮:"不是,现在是我自愿去的!"

阿丹:"我不信。"

马明亮:"阿丹,电话里也说不清楚,我先做做去组建麻风村的准备工作,忙完了,我去找你。"

"嘟、嘟……"

话筒里传来挂断电话的忙音,阿丹拿着话筒,连声呼喊:"明亮、明亮……"

话筒里只有忙音:"嘟、嘟、嘟……"

阿丹失望地放下话筒,两眼发呆。

58

新月如钩,挂在树梢上。

阿丹和马明亮默默坐在县城小河的风雨桥上。

马明亮低着头,手里的烟头烧到了手指,他一惊,扔下手里的烟头,抬起头,看着阿丹:"我真的应该去麻风村……"

阿丹泪眼蒙眬:"一定是你爹逼的!"

马明亮:"不……现在……是我自愿去的!"

阿丹突然暴躁起来:"我不信……我不信……"

59

贺二梅坐在宿舍窗前，呆呆望着对面夏春光的宿舍。

灯光从夏春光宿舍紧闭的窗户玻璃透出来。

许久，贺二梅从窗前站起来，眼泪从眼眶里涌出，她痛苦地关上窗户，咬着牙，克制着不哭出声来。

60

卧室里，阿丹坐在桌子前，灯光照在她脸上，她的脸多了一些苍白。她看着桌子上她和马明亮的合影。马明亮和她通电话时说的话，她和马明亮的对话，让她的内心无法平静：

“我应该去麻风村!”

“是不是你爹逼的?”

“不是，现在是我自愿去的!”

“我不信。”

阿丹突然暴躁起来，看着照片上的马明亮，呼喊着：“我不信……我不信……”

61

“亲爱的，你我今生有缘，你救我于危难时刻……”宿舍里，台灯下，阿曼写着信，“为什么，你一去无音信……”

阿曼流着泪，把写好的信装进信封里，用胶水粘好封口，贴上邮票，拿着信默默流泪一阵，拉开抽屉，抽屉里装满没有寄出去的一大堆信。

阿曼把新写的信放进去，眼泪滴落在信封上。

“亲爱的，在没有得到你的确切消息之前，我都会一直给你写信，我相信……”阿曼哭泣着，“终有一天，你会看到我给你写的这些信……除非……除非……你已离开了人世间……呜……呜呜……”

62

小满家院里，阮秀坐在夜色中沉思着。

一只只萤火虫在阮秀面前飞着，她望着飞来飞去的萤火虫：“萤火虫，你能不能告诉我，我看到的那个影子是谁……”

63

小草伏在饭桌上睡着了，旁边摆着没有吃完的半碗饭，灯光照着她有些凌乱的头发。

夏春光把小草抱到床上睡下，回到饭桌前，默默看着桌子上的一杯酒，思索片刻，拿起放在桌上的绣球看着：“秀秀，我要去组建麻风村，救治麻风病人了，若你九泉有知，助我一臂之力，让我办好麻风村，让世人都不再看到你和你爹那样的悲剧……”

夏春光说着，眼泪流出来，他用手指擦去眼角的泪珠，把绣球放在桌子上，然后端起酒杯，把酒洒在地上：“秀秀，这杯酒，是我敬你和你爹的，请原谅，我没有保护好你和你爹！”

夏春光又倒了一杯酒：“刘老大，这杯酒是我祭你的，假如有来世，希望你不要再做这样的蠢事。”

说着，夏春光把酒洒在地上，又倒满一杯酒。

马明亮悄悄来到夏春光宿舍门口，门开着，马明亮站在门口，默默看着夏春光。

夏春光又举起一杯酒：“世界上最受歧视的职业，恐怕就是麻风病防治；世界上最崇高的职业，也应该把麻风病防治算在内。这杯酒，我敬我自己，从今天起，品味孤独……”

夏春光说着，一饮而尽。

马明亮站在门口，看着夏春光的举动，眼泪汪汪。他见夏春光又倒了一杯酒要独饮，喊了一声：“等等！”

夏春光转过身，看到门口站着的马明亮，一惊：“明亮，你怎么来了？”

“我是来向你报到的，有我做伴，你不会孤独。这杯酒，我和你同饮……”马明亮说着，走到夏春光身旁。

夏春光惊奇地看着马明亮：“你和我做伴？”

马明亮：“我已决定，和你同去组建麻风村。”

夏春光：“是你爹强迫你去的？”

马明亮：“我心甘情愿的！”

夏春光不相信似的看着马明亮。

马明亮：“别问我为什么，以后你会明白的！”

夏春光：“你什么时候作出这个决定的，你爹怎么没有告诉我？”

马明亮：“是我叫我爹不要告诉你的，我想给你个惊喜！”

夏春光激动起来：“你是汉子。汉子喝酒用大碗！”

夏春光起身拿来两个大碗，倒满酒：“来，我们提前为自己壮行！”

马明亮端起酒：“干！”

两个大酒碗碰在一起。

两个汉子“咕咕”喝酒。

夏春光把空碗放在桌子上，看着马明亮：“你去麻风村，阿丹同意吗？”

马明亮把空碗放在桌子上，默不作声。

夏春光：“你突然决定去麻风村，她怎么接受得了……”

“我很爱阿丹，她也爱我……”马明亮说着，站起来，抓起桌子上的酒壶，咕咕咕灌了一阵，把酒壶啪地放在桌子上，往外走去。

夏春光看着离去的马明亮：“明亮……”

马明亮回过头：“我不相信阿丹不支持我的工作，我再去找她……”

夏春光担心地看着马明亮：“你醉了，别干傻事……”

“我没醉……”马明亮大声回答道，走出门，在路上跑着，喊着，“我没醉……阿丹……我爱你……”

64

阿丹家屋里传来收音机里播放的《智取威虎山》唱段。

马明亮跑到门口，一边敲门一边喊：“阿丹……”

门开了，阿丹父亲站在门口：“是明亮呀，快进来。”

马明亮随阿丹父亲走进屋里，身子有些摇晃。阿丹母亲坐在收音机旁，眯着眼睛听京剧。

马明亮走到阿丹母亲面前：“大妈，还没睡啊？”

阿丹母亲眯着眼睛：“不是说，你去找老麻风去了吗？”

马明亮看着阿丹母亲，欲言又止。

阿丹父亲：“明亮，阿丹在楼上，快上去吧。”

马明亮“嗯”地应了一声，慢慢上楼。

阿丹母亲睁开眼，看着上楼的马明亮，嘀咕道：“阿丹前世欠了谁的了？好端端的，偏偏惹上个麻风，还是趁早离远点……”

听到阿丹母亲的话，马明亮停下脚步，站在楼梯上愣了一下，又继续上楼。

阿丹父亲劝慰老伴道：“我说过多少次了，年轻人的事，由他们！”

阿丹母亲“哼”地哼了一声，把收音机的声音放得更大。

马明亮走进阿丹的房间，阿丹坐在床上，满眼泪水。

马明亮在阿丹身旁坐下：“阿丹，还没想通？”

阿丹抱住马明亮：“阿亮，我那么爱你，你真的要扔下我，去麻风村？”

马明亮擦去阿丹脸上的泪花：“怎么说去麻风村，就扔下了你呢？”

阿丹：“我不是怕麻风。只是，家里有个麻风医生，亲戚朋友就不会来往了，那样的日子，过着还有什么意思？”

马明亮：“阿丹，我这辈子，只有去麻风村才会心安。”

阿丹：“那你为什么不告诉我，你这是为什么？”

马明亮：“阿丹，总有一天，你会知道我为什么去麻风村……”

“算了，不说就算了……”阿丹站起来，“你走吧……我累了……”

马明亮："阿丹……"

阿丹："走啊，你不是要去麻风村吗？你走啊……"

阿丹母亲走进来，看着马明亮："阿丹让你走，你没听到吗？"

马明亮："大妈……"

阿丹母亲："你怎么这么厚的脸皮，你没听到阿丹叫你走吗……"

马明亮难过地看着阿丹，阿丹又大吼一声："你快滚啊……"

马明亮稍稍迟疑了一下，走了出去，急步下楼，往门外跑去。

阿丹父亲从房间里出来，看见匆匆离去的马明亮，喊道："明亮……"

马明亮消失在门外，楼上传来阿丹的哭声："呜……"

阿丹父亲无奈地摇摇头："唉，这麻风病闹的……"

65

天刚亮，夏春光背着行李，抱着小草就来敲马正毅家的门了。

赵英连忙打开门，见夏春光抱着小草站在门口，高兴地喊道："春光，快进来！"

夏春光进屋，朝马明亮的房间喊："明亮，准备好了没有？"

马明亮背着行包走出房间："可以出发了！"

马正毅走到夏春光面前："春光，你们责任重大，困难也会相当多，各种事情都可能发生……"

夏春光："我已有心理准备！"

赵英从夏春光怀里抱过小草："孩子就交给我吧！"

夏春光看着赵英："今后，让你受累了！"

赵英笑着："孩子和我在一起，你就放心吧。"

赵英说着，把头转向小草："是不是，小宝宝？"

小草不说话，默默地看着赵英。

马正毅拍拍夏春光的肩："走吧，民工们等着你们。"

夏春光看着马明亮："明亮，走吧！"

夏春光和马明亮背着行包出了门。赵英抱着小草和马正毅一起走到门口，眼里含着泪花："明亮，要多注意身体！"

夏春光和马明亮转过身。马明亮对父母点点头："爹，妈，你们可要照顾好自己！"

赵英："明亮，好好工作，不用担心我们。"

马正毅挥挥手："走吧，这不像去参军、去上前线，有人敲锣打鼓地来送，我这算送过你们了！"

赵英抱着的小草突然看着夏春光喊道："爹爹！"

夏春光一怔，愣了好一会儿，跑过来从赵英怀里抱过小草："这孩子，我教了那么长时间，她终于会喊我爹爹了！"

夏春光说着，眼里有泪花在闪动。

赵英抱过小草："春光，放心去吧，我会照顾好孩子……"

夏春光和马明亮走了，小草看着夏春光，伸出小手，又长长地喊了一声："爹……"

马正毅和抱着小草的赵英望着夏春光和马明亮的背影，流出了眼泪。

66

眼泪不断滴落在毛衣上。

贺二梅拿着给夏春光织的毛衣，坐在办公室里伤心落泪，往日情景，历历在目，涌现在她脑海里……

"科长，我们新局长什么时候来上任，你有消息吗？"

夏春光来上任之前的一天早晨，贺二梅约周莲去城中的小吃店里吃早餐，没吃两口，贺二梅便向周莲打探夏春光来上任的消息。

周莲逗趣道："突然请我吃早点，原来有求于我呀！"

"去去去……"贺二梅装出满不在乎的样子，"这算求你吗？随便问问，你当是求你什么了……"

周莲盯着贺二梅："看你眼睛又熬红了，熬夜为新局长织毛衣了？"

贺二梅假装生气地看着周莲："你什么意思？"

"你说呢？"周莲反问了一句，又说，"上次马书记到局里，说我们即将到任的新局长夏春光，不仅是个了不起的战斗英雄，也是个单身汉，要大家在生活上给予帮助。”

贺二梅反问周莲：“这有什么不对吗?”

周莲笑起来：“一切都对，我想说的是，马书记没到局里通报夏春光要来我们局里工作前，你就一次次和我讲，反复地讲，说有个从我们家乡出去的人，是个大英雄，叫夏春光，1949年后在省公安厅工作，省公安厅印发他的英雄故事后，你又百看不厌，马书记到局里通报，夏春光要来我们局当局长时，你兴奋得要死，后来我们俩一起喝酒，你喝醉了，你说，等新局长来后，你要送他一件礼物，问我织件毛衣送好不好，看来，你还真给新局长织毛衣了啊……”

贺二梅装出不在意的样子：“就算我给他织毛衣，也不过是革命同志之间的相互关心，你可不要瞎说啊。”

“我瞎说?”周莲盯着贺二梅，“未婚姑娘给未婚男人织毛衣，送毛衣，不就是表达爱情的一种方式吗? 你还说我瞎说，总有一天，狐狸会露出尾巴的。”

贺二梅伸出手，装出要打周莲的样子：“你敢骂我是狐狸?”

“看，自己承认了吧。”周莲笑道，“前几天我们下乡，你梦中说什么，你自己知道吧?”

贺二梅有些脸红了：“我说什么了?”

周莲笑着：“我不告诉你，不过，我今天证实了，你梦中说的，正是你心里想的。”

贺二梅装出生气的样子，扬起手要打周莲。

周莲拉了拉贺二梅的手：“美女爱英雄，自古就有之，要是我还没结婚，说不定也会像你一样，爱上这个送到面前的大英雄的。”

贺二梅更羞了：“你再瞎说，我真生气了啊……”

周莲笑起来：“好吧，不扯了，快吃，别上班迟到了……”

周莲说着，吃起米线来，贺二梅却沉浸在了对美好爱情的遐想中……

“啪嗒啪嗒”的脚步声把贺二梅从往事中拉了回来，她抬起头，见周莲走了进来。

周莲走到贺二梅面前，见贺二梅眼泪婆娑，责怪道：“哭什么? 与其在这里哭，不如去送送他，也算你的一份情意。”

贺二梅难过地看着周莲：“他不是宣布了，不准局里的任何人去送他吗？”

周莲摇摇头：“唉，让我怎么说你好？”

贺二梅：“我……”

周莲：“反正你也不可能再去找他了，不去送也好，免得今后心里别扭。”

“呜呜……”

贺二梅伤心大哭……

67

灿烂的朝阳映红大街小巷，几十人的马队向城外走去，夏春光和马明亮信心十足地走在马队前。一些民众和孩子回头观望，几个人议论着。

“看，那个就是不当公安局局长去当麻风村村长的夏春光。”

“这个人真犯傻。”

“事出有因呐。”

“……”

阿丹心事重重地躲在角落里，眼含泪水望着马明亮，她母亲在她身旁没好气地说：“走吧，他对你的感情，都比不上麻风呢，让他去吧，有他后悔的那一天！”

68

山峦起伏，莽莽苍苍。一条弯弯曲曲的山路从原始森林大山皱褶处的灌木丛中延伸出来。

山花簇拥的山路上，夏春光牵着驮着货物的马走在前面，马明亮牵着马走在最后，几十个民工被夏春光和马明亮夹在中间，他们赶马前行，马铃声声，回荡在山谷里。

年轻的民工陈林抬起头，擦着脸上的汗水。看着延绵起伏的大山，亮开嗓子放声唱起山歌：

爬一山来又一山
抬头看见火烧山
火烧芭茅根不死
哥不连妹心不甘

夏春光回过头，欣喜地看着陈林，问道：“兄弟，你叫什么名字？”

陈林继续往前走着：“陈林。”

夏春光：“小陈，一路上，顶你有说有笑的，歌也唱得好听。”

陈林：“夏村长，不说不笑，不唱不闹，不把人愁死？”

陈林说着，看看山路两边的大山，又唱道：

抬头看见大青山
山上鸟儿成对双
鸟儿离窝有归时
妹妹走了何时回

陈林刚刚唱罢，前面大山上突然传来低沉的女声回唱：

转过一山又一弯
天天陪着大青山
听见阿哥唱山歌
阿妹心里打哆嗦

“咦，见鬼了……”走在后面的马明亮喊起来，“我们在这荒芜人间的山间野岭走了几十里，前不见村，后不见店，对面大山上咋会有人唱歌呢？”

“听歌声，还是个女鬼呢。”陈林喊道。

对面大山上，得麻风病逃到山里的姑娘芳芳，伸手扒开一丛树叶，露出两只眼睛，窥视着远处山间山路上的夏春光他们，自言自语："活见鬼了，从来没有见人到山里来，今天怎么来了那么多人，那些人赶着马去哪里？"

"对面大山上传来的歌声，有点耳熟……"陈林看着对面的山岭，仔细搜索一阵，没看见一个人影，疑惑中，他心里闪过一个念头，脱口而出，"难道是她？"

"谁？"夏春光惊奇地看着陈林，"你知道是谁？"

"我唱歌试探一下，如果是她，她会和我对唱的。"陈林说着，亮开嗓子唱道：

哥是山来妹是水
山水有情来结缘
山围水来水绕山
山山水水不分离

陈林唱完，大家抬头望着对面大山上，山上无动静。陈林又唱：

入山看见藤缠树
出山看见树缠藤
藤不缠树心不死
哥不连妹心不甘

对面山上还是无动静。

"怎么没有回应呢，即使不是她，也应该是个爱唱歌的人，爱唱歌的人，不会不回应。"陈林说着，突然一惊，"难道真是鬼魂？我听老人讲，荒山野岭里鬼魂多呢。"

"哈哈哈……"马明亮笑起来，"陈林，是不是看《聊斋》看多了，你该不会说是《聊斋》里跑出来的狐狸精吧……"

"《聊斋》里的狐狸精，都貌美如花，温柔无比……"陈林有些陶醉。

众人忍不住大笑："哈哈哈……"

山上的树林里，芳芳望着远处山路上的夏春光他们："我才不管他们去哪里呢，我不招惹他们就是了，免得有麻烦。"

芳芳说着，躲进了山洞里。

69

下班回家的马正毅，把放在家里的地图找出来，摆在桌子上看起来，赵英拉着小草，端着一杯水走过来："老马，孩子们应该到了吧？"

马正毅在地图上指点着："你看，从这里还要进到山里四十多公里。"

赵英："这段路，是不是很危险呐？"

"是呀……"马正毅摇头叹气，"唉，苦了他们了……"

70

大山包围着千顷灌林丛生的开阔地，周围大山上的山溪顺着山势而下，有一座大山上的山溪流进低凹处，积水形成了大水滩，积水漫过水滩，从岩石上扑下来，形成一条条瀑布，山下开阔地的一边，一条大河顺着山边流淌。

夏春光带领民工，牵着马，披着夕阳，走出丛林，来到了河岸上。

这里是中国和越南的边界，丛林遮天蔽日。马铃声声，成群的鸟儿从树上惊飞。

夏春光率领人马在灌木丛中停下，指着山脚的一个洞口："那里就是我们的大本营。前段时间我来选址，就在那山洞里住过，洞里有水，可以住上百人马。"

马明亮看着夏春光："麻风村就建在这里？"

"不错。"夏春光答应着，走到马明亮身边，指着四周的大山，"这里交通不便，与世隔绝，既然人们对麻风病谈之色变，我们就把麻风村建在这里，最大限度地避开人们歧视的目光。"

马明亮若有所思地点点头。

夏春光又说："这里虽地处边远，但环境十分的优美，有山，有水，这样的环境，有利于麻风病人静下心来，对他们进行隔离治疗……"

马明亮："我总觉得，我们和麻风病人，都远离了人类，被人类抛弃了。"

"有什么办法呢，为了减少他人对麻风病人的伤害，把麻风村建在这里，也是迫不得已。"夏春光说着，把陈林拉到一边，小声说，"这二十多个民工，是费了九牛二虎之力才找来的，除了你，一个也不说话，思想负担很重，你是不是做做他们的工作?"

陈林："他们是害怕。"

夏春光："你不怕?"

陈林："我不怕，我是主动要求来的，他们是被村里强迫来的，他们是地富分子，就成了被强迫的对象。"

夏春光："别乱说，多关心他们。"

陈林："他们不是地主就是富农，就该……"

夏春光用手制止陈林说下去，指挥大家到山洞里安了家。

71

小满家，阮秀已经睡下，睡梦中又出现了夏春光虚幻的影子，她问道："谁，你是谁?"

影子不说话。

阮秀喊起来："你过来，让我看看你是谁……"

小满走到床边："荷花!"

阮秀在床上挣扎着："你是谁?"

小满看着阮秀："荷花！我是小满。"

阮秀醒来，坐起来，看着小满："你怎么来了?"

小满看着阮秀："我听到你在喊叫，过来看看你。"

阮秀揉揉眼睛，看清是小满，难过地："满哥!"

小满关切地看着阮秀："又做梦了?"

阮秀："似梦非梦，我又看到了那个影子。"

小满："看清了吗？"

阮秀难过地摇摇头。

小满拉拉被角，给阮秀盖好被子："睡吧。"

小满说着欲离去，阮秀突然拉住小满的手："陪我一会儿，我怕！"

小满在床头坐下。阮秀拉着小满的手。小满关切地看着阮秀："睡吧，有我在，别怕。"

小满父母房间里，母亲翻了个身，叹气道："唉，荷花这孩子，命真苦！"

阮秀拉着小满的手熟睡了，发出均匀的鼾声。

72

山洞里的火堆燃烧着，马明亮和民工们睡在火堆旁茅草铺成的地铺上，鼾声此起彼伏。民工小张突然爬起来，跑到山洞口撒尿。

民工小刘睁开眼，四处看看，爬起来，跑到洞口，把撒完尿即将回洞的小张拦住，拉到洞外："他妈妈的，我们还是逃跑算了。"

小张："逃跑？"

小刘："是啊，你想，我们在这里干，回去还不遭村里人嫌弃？"

小张："跑回去被村里人发现怎么办？又要扣我们家里的口粮。"

小刘："我想好了，我们不回去了，回去被发现，就没有我们的好日子过了。"

小刘指指前面的大山："我听到夏村长和马医生谈到，翻过那座山，就是越南了，我们干脆逃到越南生活去算了。"

小张想想："也是，我们在村里遭人嫌，老婆都难讨，听说越南女人多……"

小刘："是呀，跑过去找个越南老婆，日子怕还过得好些……"

小张："万一被抓住，定个叛国投敌的罪，就完了……"

"谁……"

不远处突然传来一声喝问，小张、小刘吓得哆嗦了一下，双眼紧张地在夜色中搜索着……

喝问声又传了过来："谁……"

"我是……小张……"小张战战兢兢地回答道。

小刘更紧张了："小……刘……我是……小……刘……"

外出归来的夏春光从不远处走过来："我还以为是坏人……"

小张、小刘见是夏春光，紧张地低下头。

夏春光："怎么还不睡。"

小刘："我们起来撒尿。"

夏春光关切地看着小张、小刘："快去睡吧，都累了一天了。"

"嗯！"小张、小刘答应着，往洞里走去。

夏春光跟了进去。

73

山谷里。灌木丛生的开阔地带。

一片片杂草、杂树被夏春光他们砍倒，麻风村建设如火如荼地展开。

工地一侧，小张、小刘躲在草丛里，陈林在草丛一侧撒尿，传来小刘的声音："我们什么时候去越南？"

陈林趴下，爬到小张、小刘躲藏的草丛旁偷听。

小刘："早走为好，免得在这里遭罪。"

小张："去越南，真能找到老婆？"

小刘："我也不敢保证，反正在这边难找，过去试试嘛。"

"听说越南那边，因多年的战争，寡妇多。"

"就是找个寡妇，也比找不到强。"

"就是，我们要是从麻风村回去，找老婆更难。还有，逃跑之前，我们劳动要积极，也要表现得快乐，不要让其他人看出我们想逃跑……"

"我们在一起时间长了，会引起别人的怀疑，走。"小刘说着，和小张一起离开。

"小刘和小张要逃往越南，这事要不要报告夏村长呢……"陈林从草丛里站起来，看着小张、小刘的背影，心里嘀咕着，突然狡黠地一笑。

夏春光和马明亮蹲在地上看麻风村规划图。

“治疗区和隔离区离得远了一点。”夏春光说。

“据我查到的资料，其他地方的麻风村，治疗区是医生住的，离隔离区有一公里以上，位置在上方，隔离区是麻风病人住的，位置在下方。”马明亮说，“治疗区和隔离区分别建在上方和下方，是防止麻风杆菌通过空气传给医生。”

夏春光坚定地说：“我们要把治疗区和隔离区建在同一区域内，而且联成一体，这样做，一方面方便对麻风病人进行管理，另一方面，医生和麻风病人住在一起，能和麻风病人接近，减轻他们的心理负担。”

马明亮看着夏春光：“是不是太危险了？”

夏春光笑着：“就是被麻风病人传染，我们也要在工作和生活中，和麻风病人零距离接触，我们是来为他们服务的，不是来和他们隔离的！”

马明亮点点头：“你说得对，我们把图纸改一下。”

陈林走过来：“应该在治疗区和居住区之间建一个运动场，让麻风病人有集体活动的场地。”

夏春光看着陈林：“这个建议好，运动场在治疗区和隔离区之间，是麻风村的中心，医生和麻风病人在这里锻炼身体和搞其他活动，有利于医生和麻风病人的交流。”

陈林：“我看，还该建一所学校。”

马明亮抬头看着陈林：“建学校？”

“是啊。”陈林说，“以后病人治好病，结婚生孩子，去哪里上学啊？”

“陈林想得倒周到。”夏春光说，“不过，我不想在这里建学校。”

陈林奇怪地问：“为什么？”

夏春光笑道：“病人治好了病，他们应该回到家里，和家人一起生活，他们的孩子，也应该和其他的孩子一道上学。”

“哦……”陈林感叹着，点点头。

74

傍晚。阿丹坐在窗前，看着窗外发呆。

母亲走到阿丹身后：“丹丹……”

阿丹回头，看着母亲。

母亲在阿丹面前坐下："还在想马明亮？"

阿丹看着母亲不说话。

母亲气呼呼地："他都抛下你，跑去麻风村了，还想他，没出息！"

阿丹眼眶里涌出泪水。

"别哭了，还愁嫁不出去呀。"母亲说，"你二姑妈来信了，她儿子林保山，现在也是副县长了，比马明亮强多了，你俩是天生的一对……"

阿丹转过头，看着窗外，不理会母亲。

母亲继续说着："你二姑妈不会生养，只有捡来的这个独儿子……嫁给独儿子，有福享……"

阿丹背对母亲："马明亮也是独儿子……"

"说你没出息，你还真没出息，马明亮不是丢下你走了吗……"母亲说骂着，又无可奈何地劝说道，"你好好想想吧……你嫁到溪畴县你二姑妈家，离家远些，就会忘记以前的一切的。"

阿丹很难过："妈，别说了……"

"你心里，怎么就只装着那个和麻风混在一起的马明亮呢？"母亲摇摇头，走了出去。

75

"外婆！外婆……"

院门外传来喊声。

阿丹母亲连忙从屋里出来，走过去打开院门，看见阿丹姐姐阿倩和儿子良良站在门外，有些生气地说："良良，今天太阳从西边出来啦？想起外婆来啦？"

"我可想外婆了！"良良说着，抬头看着妈妈，"就是我妈不领我来！"

阿丹母亲没好气地看着阿倩："你妈呀，心里没有我了。"

阿倩看着母亲："妈，我不是忙吗？"

"都在一个城里住着，有多远？"阿丹母亲生气了，"就真的忙得这么几步路也回不来？"

传来阿丹父亲的话："阿倩，还不进来？在门外和你妈啰嗦什么？"

阿倩不想和母亲解释什么，听见父亲喊她，趁机拉着良良走进院里，看见父亲坐在院里看书，问候道："爹，您身体还好吧？"

父亲抬头看着阿倩："好着呢。唉，也不怪你妈说你，你也怕有半年没回来了吧，今天怎么想起来回家了？"

"我今天遇到阿丹的一个同事，她同事说，阿丹这段时间情绪很糟糕。"阿倩说，"还说她工作上出了很多差错，我回来看看，她到底怎么回事？"

母亲走上来："你妹妹着魔了。"

"着魔？"阿倩着急地问，"就是您常说的鬼缠身？妈，你不要迷信了，哪有什么鬼。"

母亲看看屋内："她现在就在她房间里着魔呢，你快去劝劝她吧，让她早日从心里把她的老麻风赶走。"

阿倩大惊："什么？阿丹得了麻风？"

母亲生气地："你这乌鸦嘴！你诅咒你妹妹呀？"

阿倩疑惑地："您不是说……"

母亲不耐烦地："行了行了，你自己去问她吧！"

阿倩连忙进屋看阿丹去了。

母亲在院里的竹椅上坐下，看着良良："良良，过来，外婆看看，长高了没有？"

良良走到外婆面前，外婆把良良抱在怀里看着："嗯，长高了一点点！"

外婆笑着，突然想起什么似的："良良，听说你们托儿所，新来了一个小朋友？"

"嗯，是个小姑娘。"良良回答说，"叫小草。"

外婆吓唬良良道："良良，你以后和小草离远点，小草是麻风病人的姑娘……"

外公放下看着的书，抬头白了妻子一眼："你怎么这么和孩子说话呢？"

外婆有些生气了："我说错了吗，难道你想让我们孙子和麻风病人的姑娘……”

外公生气地指责老伴：“你……麻风病人的姑娘怎么了？她又没有麻风病……”

外婆反驳道：“有哪个不怕麻风病的，有哪个敢和麻风病人的家人接触……”

外公站起来，气愤地看着妻子：“心术不正，小人……”

外公说着，生气地往屋里走去。

外婆没好气地看着外公的背影：“我还不是为孙子好！”

良良看着外婆：“外婆，什么是麻风病？”

外婆：“麻风病是一种很厉害的病，得了麻风病，手、脚会脱皮、身上会烂、鼻子会塌，反正很可怕的……”

良良惊恐地：“外婆，别说了，我怕……”

外婆：“那记住了，离小草远点！”

良良恐惧地点点头。

外婆又交代：“还有，得了麻风病，就得住到山里，像野人一样。”

良良似懂非懂地点点头。

76

“麻风来了……”

托儿所活动室里，良良正和小朋友们在玩耍，看见小草走过来，惊叫一声。

一个小男孩疑惑地看着良良：“什么是麻风？”

良良指着小草：“她就是麻风！”

一个小女孩问良良：“良良，什么是麻风啊？”

良良重复着外婆说的：“麻风是一种病，得了麻风，鼻子就塌了，眉毛也没有了，手脚都会发烂发臭……”

良良身边的小男孩十分恐惧：“太可怕了……”

小女孩认真看了看小草：“小草好好的嘛！”

“等她发病，身上就烂了，我们快走，传染麻风就不得了啦……”

良良说着，想起什么似的，“对了，我听我外婆说，我姨的男朋友去麻风村工作，我姨都不敢接近她男朋友了。”

小朋友们惊慌而散，良良也跑开了。

小草孤单单地站在活动室里……

77

马正毅家里，小草坐在窗前的木凳上，望着窗外天空中飞翔的小鸟发呆。

赵英走过来：“小草，在看什么呢?”

小草回过头：“奶奶，我在看小鸟。”

赵英抱起小草：“喜欢小鸟的话，我叫你马叔叔从山里给你逮一只回来，好吗?”

小草：“我很喜欢小鸟，我不要逮小鸟……”

赵英：“为什么呢?”

小草：“小鸟有好多好多小伙伴，把它逮来了，它会很孤单的。”

赵英：“它和你在一起，不是有伴么?”

小草：“不，小鸟有小鸟的伴，人有人的伴。”

赵英：“看，我们小草多懂事啊!”

小草：“奶奶，小鸟有那么多的小伙伴，我怎么没有小伙伴呢?”

赵英一愣：“托儿所那么多小朋友，怎么没有小伙伴呢?”

小草难过地说：“今天……他们都不和我玩了……”

赵英：“为什么呢?”

小草：“他们说我是麻风。”

赵英把小草搂在怀里：“小草，别听他们瞎说……”

赵英说着，心里酸酸的，她极力控制着，不让眼泪流出来，心里默默说道：“怎么和麻风病有牵连的人，就那么孤独？明亮去了麻风村，阿丹现在见了我，也绕着道走……”

78

民工们走进山洞，小刘走到地铺前，突然大喊一声："我的衣服呢?"

夏春光和马明亮走进山洞。

小刘看着夏春光："夏村长，出事了，我的衣服被人偷了。"

马明亮走到小刘睡的地铺前："你好好找找，又没外人进山，怎么会有人偷衣服呢?"

小刘奇怪地说："马医生，我出去劳动时记得清清楚楚的，衣服就放在铺上的，难道衣服长翅膀飞了?"

夏春光走过来："怪了，大家都一直在盖房子，也没有外人来，怎么会……"

陈林站在灶台前，突然喊道："怪了，怪了，我中午收碗时，锅里明明还有好多饭，怎么都不见了。"

民工们拥到灶台前。

小张看着空空的铁锅："中午的饭，的确没有吃完啊。"

民工们有些骚乱。

夏春光："大家都不用慌，各自先看看自己的东西丢了没有。"

民工们在地铺上翻起来。

"我没丢东西。"

"我没有……"

"我也没有……"

翻了一会儿，民工们先后向夏春光报告说他们没丢东西。

小刘："我除了丢了一套衣服，其他东西都在。"

夏春光思考着："丢了一套衣服，锅里的饭不见了，这事很是奇怪，但我敢判定，衣服不是我们在场的任何一人偷的，饭也不是我们当中的人吃的……"

陈林想起什么似的："难道这山里真有妖魔鬼怪，是妖魔鬼怪干的?"

马明亮笑着："妖魔鬼怪是不存在的，但这事的确很奇怪啊!"

夏春光想了想："大家都歇着吧，今天该谁做饭，赶紧做饭，我是侦察兵出身，今天发生的事，我查清楚再说吧，大家不要乱想瞎猜，更不能乱说……”

大家都没想到，偷饭和衣服的，是一直躲居在大山里的芳芳。

大家正忙着盖房子的时候，芳芳从山上偷偷来到夏春光他们宿营的山洞，顺手拿了饭和衣服。民工们回到山洞，发现饭和衣服被偷时，芳芳已回到山上她住的山洞里，狼吞虎咽吃着偷来的饭，噎得不停地张着大嘴，伸着脖子，捋着胸口。吃完饭，她把偷来的衣服穿在身上。

79

夜里，小草坐在凳子上，闷闷不乐的。

马正毅走过来：“小草，怎么愁眉苦脸的……”

小草看着马正毅：“爷爷，什么是麻风？”

马正毅一愣：“小草，怎么想起问这个问题？”

小草：“托儿所的小朋友，总说我是麻风，不跟我玩……”

马正毅一愣：“小草，小朋友们是逗你玩的，过几天就好了……”

小草：“那什么是麻风嘛？”

“麻风……麻风嘛……”马正毅不知道如何回答小草，情急之中编了一句谎话，“是一种鸟……”

小草：“那是不是长得很丑？”

马正毅：“也不是很丑……只是……只是没有喜鹊那样好看……”

小草：“我长得很丑吗？不丑的话，小朋友怎么说我是麻风呢？”

马正毅：“我们小草长得很漂亮啊，小朋友们是开玩笑的，你像白天鹅一样美丽……”

赵英走过来抱起小草：“爷爷说得对，小草像白天鹅一样漂亮……”

小草在赵英怀里昂起头：“奶奶，我爹他们怎么还不回来？”

赵英笑笑：“他们的工作还没做完呢。”

小草失望地点点头：“哦……”

80

夜色笼罩着山野，山野一片朦胧。

夏春光和民工们在山洞里的地铺上睡着了，鼾声此起彼伏。

小刘突然从地铺上坐起来，前后左右看看，推醒睡在旁边的小张，轻声道："可以行动了……"

小刘说罢，和小张轻轻起床，走出山洞。

陈林从地铺上坐起来，看看洞口，又看看夏春光、马明亮，从地铺上爬起来，来到夏春光睡的地铺旁，轻轻拿起夏春光身边的冲锋枪，走出山洞。

81

河边，小张、小刘奔向国境线那边。

陈林提着冲锋枪追了过去。

小刘、小张跳下河，向对岸游去。

陈林跑到岸边："不准跑……"

小张回头看了一眼："不好，陈林追来了。"

小刘没回头："别管他，游到对岸，翻过前面那座山，就到国境线了……"

陈林大声命令："站住，不站住我开枪了……"

小刘、小张爬上岸，向山上逃。

陈林朝天放了一枪，枪声在山谷里回荡。

82

"我好像听到了枪声！"山洞里，马明亮惊叫着，从地铺上坐起来。

夏春光从地铺上呼地坐起来："我也听到了，是枪声。"

马明亮大惊："半夜三更的，怎么会有枪声……"

夏春光往四处看着。

马明亮见陈林、小刘、小张睡的地铺空着，喊道："村长，出事了。"

民工们惊醒。

"啪……"

又一声枪响从山谷里传来。

夏春光从地铺上跳起来："有三个人不见了，枪也不在了，快起来，去找人……"

83

"再不站住我真向你们开枪了……"

河岸上，陈林边追边喊。

夏春光带领民工们举着火把冲出山洞，站在洞口指挥道："明亮，你带几个人到河上游去找……"

马明亮带着十多个民工往上游跑去："快点快点……"

夏春光挥挥手："其余的人跟我来……"

十多个民工跟着夏春光往下游跑去。

远处的河岸上，陈林大声喊道："站住……"

山谷里回荡着夏春光、马明亮和民工们的喊声："陈林、小刘、小张……"

陈林看到了火把，站在河岸上大声喊："村长，小张、小刘要逃到越南去……"

夏春光带着民工循着陈林的喊声跑去。

陈林向夏春光招手："村长，我在这里。"

夏春光、马明亮和民工们冲到陈林身边，夏春光一把抢过陈林手里的冲锋枪："怎么回事？"

陈林着急地："小张、小刘要逃到越南去……"

夏春光眉头一皱："什么？"

陈林指指河对面的山上："已经过河上山了……"

夏春光连忙布置："明亮，你带几个人，在山上搜查……"

马明亮向民工挥手："跟我来!"

夏春光指着两个民工："你们两个，还有陈林，和我一起赶往国境线拦截……"

84

小张、小刘躲在山坡上的树林里，小张坐在地上，紧张地说："他们追来了，我们逃不出去了……"

"被他们抓回去，不死也得脱层皮。"小刘说，"豁出去了，快跑……"

小张两腿抖得站不起来："我害怕，跑……跑……不动了……"

小刘吓唬小张道："你站不起来，等他们追到，就死路一条……"

小张吓得哭泣："我……怕……我害……怕……"

小刘马上捂住小张的嘴："你不要命了……让他们听到就完了……"

85

马明亮和民工们打着火把在树林里搜索，马明亮不停地喊："小张、小刘……出来吧……你们逃不出去的……"

夏春光、陈林奔跑在丛林里。

马明亮喊着："小刘、小张……出来吧……千万别做傻事，私逃国外……罪就大了……快出来吧……"

天亮时，夏春光和民工追到界碑前，马明亮带着民工赶过来。

夏春光着急地问："明亮，怎么样?"

马明亮摇摇头："没发现他们的踪影。"

"来，大家商量一下，下一步怎么办。"夏春光说，"千万别让他们出事，否则，麻烦就大了……"

大家围成一圈。

夏春光捡起地上的一根树枝，在地上画着："森林里有野兽，他们不敢逗留，很可能隐蔽在山洞里，明亮和陈林带领大家分两路仔细搜查，我守住国境线上的出境通道，无论谁找到他们，都要以浓烟为信号，传递消息。天黑以前要是找不到，大家就到这里来，我们再想办法。”

86

树林里，小刘拽着小张，慌里慌张地躲藏着……

87

夕阳映照着山岭。

陈林和民工们疲惫不堪地从树林里钻出来，爬到一块高耸的大石头上，坐在上面一边休息，一边观察。

88

马明亮和民工站在最高的山峰上，往四周望着，晚霞映红他们的脸……

89

边境线上，夏春光用芭蕉叶卷成筒，放在耳朵上听四周的动静……

90

陈林和民工们坐在大石头上，民工们垂头丧气。

陈林的头慢慢地来回转动，两只眼睛搜索着，突然，他看到树林里的石崖下有一个洞口，眼睛一眨不眨地盯着洞口看。

过了好一阵，小刘、小张贼头贼脑地从洞口岩壁上探出头来，向外张望着，这一切正好暴露在陈林眼前，陈林兴奋地大喊一声：“我发现他们了，跟我走……”

听到陈林的喊声，小刘、小张猛地缩回头去。

陈林站起来："跟我走……"

91

山洞里，小刘、小张慌慌张张地后退着。

陈林带领民工迅速跑过来，堵住洞口。

"快，点火报信！"陈林喊道。

几个民工从身边的树丛、草丛里拽得柴草，堆在一起，陈林从衣兜里掏出火柴，抽出一根，嚯地划燃，点燃柴草，滚滚浓烟冲向天空……

92

边境线上，夏春光看到山里升起一股浓烟，对在山岗上搜索的马明亮和民工们喊："小刘、小张找到了……"

93

"出去……"

山洞里，陈林看着龟缩在岩石边的小刘、小张喊道。

小刘站在岩石边不说话，两眼敌视着陈林。小张站在小刘身边，低着头，浑身发抖。

"快出去吧……"陈林说着，一手抓着小刘的衣服，把小刘推出山洞。

小张抖栗抖颤地跟着走出山洞。

夏春光和马明亮带着民工们赶来，夏春光怒视着小张、小刘，大声吼道："有本事你们再跑啊……跑啊……"

小刘心一横，看着夏春光："既然被你们抓住了，怎么办就由你们了。"

夏春光大怒："要是在战场上，老子早就一枪把你们毙了……"

小张走到夏春光面前跪下："村长，我错了……"

夏春光狠狠抽了小张一耳光："起来，男人膝下有黄金，你还是个男人吗……"

小张一屁股坐在地上，号哭："呜……呜呜……"

小刘："村长，你枪毙我吧，我也知道错了，也无脸回去见我爹妈，死了还好……"

夏春光冷冷地看着小刘。

小刘大声吼叫："别这么看我，你杀了我……"

夏春光终于冷静下来，语重心长地说："小刘、小张……我本想把你们押送回去……但念你们一时糊涂，这事闹开了，对你们也不好，影响你们的前途，你们……你们不愿干，就自己回去吧……"

小刘："村长……我……"

小张爬起来："村长，我今后一定……好好干……"

夏春光转身往回走："回去吧，回去好好想想……"

大家跟着夏春光往回走，夏春光走近陈林："你是怎么搞的？你知道小刘、小张要逃跑，怎么不报告？"

陈林："我想立功！"

马明亮大声吼道："立功？立什么功？"

陈林看了看马明亮："我想在他们逃跑时，把他们抓回来，就立功了……"

夏春光："你什么时候发现他们想外逃的，他们为什么要外逃？"

"他们密谋外逃时，被我偷听到。"陈林说，"他们说，他们村里的人，对他们不好，从麻风村回去后，怕背着麻风的名声，回去后被人歧视，找不到老婆，就想逃到越南去找老婆，在越南生活……"

夏春光批评陈林："真是扯蛋，你要是及时报告了，还会出这样的事？差点儿酿成大祸……"

"开初我也想报告的。"陈林辩解说，"但后来一想，趁他们逃跑时，把他们抓回来，也许可以立个功，政府会……"

夏春光不再责怪："陈林，这可是个教训，小刘、小张万一出了什么事，你我可吃不了兜着走……"

"我知道了……"陈林懊悔着往前走去。

马明亮边走边说："我们的工作才刚刚开头，就出这样的事，以后不知道还会发生什么我们想象不到的事情!"

夏春光："唉，这事，不知怎么和你爹交代……"

94

马正毅斜靠在客厅竹椅上，抽着烟，灯光照着他疲惫的面孔，他目光凝重。

赵英端着一碗面条走进来："老马，吃饭了。"

马正毅抬头看看老伴："小草今天情绪怎么样?"

赵英把面条放在马正毅旁边的桌子上："小草刚刚睡下，昨晚老是在睡梦中说，我是白天鹅，不是麻风。"

马正毅叹息道："唉，这孩子，太可怜了，这么小，心灵上就蒙上了那么重的阴影。"

赵英为难地说："我想，不让小草上托儿所了，想把她留在家里，又怕她孤单……"

"还是让她上托儿所吧。"马正毅说，"让她从小多经历磨难，长大了才经得起风浪……"

"看到小草，我就想起明亮。"赵英担心地说，"以后要是他有了孩子，人们会怎么看?"

马正毅笑起来："你把心放到肚里吧，到那时消灭麻风病了，人们就不怕了……"

95

阿丹家里，来提亲的表哥林保山和阿丹父亲坐在客厅里喝茶。

"舅舅，我会对阿丹好的。"林保山喝了一口茶，对阿丹父亲说，"你再劝劝阿丹吧，我比马明亮……"

"保山，不是我说你。"阿丹父亲打断林保山的话，"一个男人，怎么能自夸海口，说自己有多大多大能耐呢……"

林保山：“舅舅，我是你看着长大的……”

阿丹父亲摆摆手：“虽然你是我外甥，你妈是我姐，但我们两家离得远，一年到头，也不往来几次，怎么能说你是我看着长大的？我知道，你爹妈不能生养，捡了你，当宝贝养着，从小娇生惯养，养成你什么事都想占上风……”

林保山脸色难看起来：“舅舅，哪有这么说外甥的……”

阿丹父亲端起茶，喝了一口，把茶杯重重地放在桌子上：“嫌我说话不好听是吧？”

林保山连忙说：“舅舅，你误……误会了……”

96

“丹丹，你表哥大老远地来了，成不成你还是去见见吧……”阿丹房间里，母亲看着一筹莫展的阿丹，劝道。

阿丹望望窗外，又抬头看着天花板，还是不说话。

母亲着急地看着阿丹：“妈为你操碎了心，你咋就一点不领情呢……”

阿丹站起来，走到窗前，默默看着窗外。

母亲摇摇头：“唉，我怎么这么命苦……”

97

客厅里，阿丹父亲气消了一半，对林保山说：“话又说回来，你们年轻人的事，由你们年轻人做主，我是不会过多过问的。”

“舅舅，您是长辈，我们是您的儿女。”林保山讨好地说，“儿女的婚姻大事，还不得由长辈做主？”

阿丹父亲看看林保山，欲言又止。

林保山往阿丹父亲茶杯里添了茶水：“我和阿丹打小……”

“保山，有些话我闷在心里已很长时间了。”阿丹父亲说，“你今天既然来了，我还是照直说了吧……”

林保山忙给阿丹父亲敬上一支烟："舅舅，您是长辈，对我们晚辈，该说什么，您直截了当的。"

"我奇怪的是，你林保山中学都未能上完，靠政府照顾安排了工作，也没经过什么大风大浪，凭什么当上副县长？"阿丹父亲说，"看来，投机取巧，真是一条捷径啊……"

林保山笑着："舅舅，这是革命工作的需要……"

阿丹父亲没等林保山把话说完就站了起来："行了吧，舅舅是个教书匠，不懂政治，就不和你谈革命工作了……"

阿丹父亲说着，走出客厅，走到院子里收拾院子里摆着的花花草草。

林保山看着院子里的阿丹父亲，满脸不快，心里嘀咕起来："舅舅是向着马明亮，我哪里不如马明亮……"

98

到镇上卖药材的小满一回到家，就把从镇上买来的东西从背篓里一一拿出来摆在地上。

阮秀走过来："满哥，挑一担药材去镇上，就能换回这么多好东西呀？"

坐在小满旁边吸水烟筒的父亲大福抬头看着阮秀："那些药材，在山里看起来是些草草，可挑到镇上的供销社，就能换钱呢。"

坐在大福面前的妻子桂花笑着："你大爹一直不同意搬出去，就惦记着这些药草呢。"

小满看着父亲："爹，现在太平了，我们还是搬出去住吧，老躲在这深山里，出去镇上赶一趟街，一个来回加上赶街的一天时间，要三天时间，多累啊。"

阮秀蹲下来，理着小满买回来的日用品，抬头看看大福："是啊，大爹，搬出去住，也还可以在农闲时，进山采草药去卖给供销社啊。"

大福摇摇头："你们不懂，我不是光惦记山里这些宝贝，现在虽然是新社会了，但搬出去人多的地方住，很多人生活在一起，还是你争我斗的。”

大福吸了一口烟筒，又说：“上次我去镇上赶街，就见人们为一点小事争得面红耳赤，有的还动手动脚地打来打去。”

桂花看着大福：“就你喜欢这种独来独往的生活。”

大福反问桂花：“这有什么不好吗？这么多年了，我们住在这里，没有外人来打扰，更不会和谁争什么，这种神仙过的日子，哪里去找？”

桂花笑笑：“得了得了，进山前，你是私塾先生，文化高，我说不过你。”

“只可惜那时，我这个私塾先生，没本事养活一家人，才欠了那么多高利贷，躲到这深山老林之中。”大福说，“现在想来，倒得感谢那个大恶霸，把我们逼到这个自由自在，不愁吃穿的世外桃源。”

小满从衣袋里掏出一个香袋，递给阮秀：“荷花，这是我偷偷找高人帮你求的，那个高人说，你只要把这个放在你的枕头下面，就不会看到那个影子了。”

阮秀接过香袋：“真的吗？”

小满笑笑：“我相信是真的！”

“我这就把它放到我的枕头下面。”阮秀说着，站起来，高兴地跑进卧室。

“荷花睡梦中老出现那个男人的影子……”大福说着，看着小满，“要是那个影子不会消失，今后你打算怎么办？”

小满坚定地说：“我等她，哪怕等一辈子。”

桂花无可奈何地摇摇头：“难道这是命中注定的？”

99

“既然命里注定，我就得为阮秀守候一生。”

工地上，夏春光拿着吃完饭的空碗，坐在地上，看着远山，想着他的心事，在心里默默地说：

“九泉之下和她见面时，再和她结成夫妻。”

马明亮和民工们端着饭，还坐在工地上吃着。

河对面的山林里突然传来一个女人的歌声：

怪怪怪呀怪怪怪
山下来了什么人
是人不到这里来
是鬼是人费猜疑

听到歌声，陈林大惊，抬起头来："像她的声音……难道她真跑到这里了……"

夏春光、马明亮一惊，疑惑地看着陈林。

马明亮："你说什么……"

陈林往河对面的山上张望一下，把碗放在地上，跑向河边。

夏春光、马明亮疑惑地看着陈林的背影。

100

"芳芳……"

陈林跑到河边，望着河对面的山上，用手拢着嘴巴，大声呼唤着……

101

"唱山歌的这个女人肯定是偷衣服的人。"

陈林的举动，引起大家的议论：

"偷衣服的女人和陈林有什么关系？"

"那还用说，想女人想疯了，听到女人的声音就忍不住了呗。"

"哈哈哈……"大家忍不住大笑。

马明亮："大家不要乱讲话，小心影响团结。"

一个民工翻了翻眼，看了看马明亮。

陈林低着头走过来，一屁股坐在草堆上。

夏春光给陈林端上饭碗："给，先吃了再说。"

陈林接过饭碗，呆呆地望着河对面的大山。

夏春光在陈林旁边坐下来：“想什么呢？还在想那个在山上唱山歌的女人?”

陈林疑惑地说：“那声音多像她的声音啊，可是……她怎么会跑到这里来呢？她在这里吃什么，穿什么？她一个人在这深山老林里不害怕吗?”

“你说的那个她，到底是谁?”夏春光问道。

陈林不想说出心中的秘密，看看夏春光，低下头，一个劲地往嘴里扒饭，夏春光看出陈林有难言之隐，也不再追问。

102

“谁，你是谁……”

睡梦中，阮秀看见夏春光的影子在她床前晃动着，晃得她不得安宁，在睡梦中喊起来。喊了几声，夏春光模糊的影子悄然退去。阮秀从梦中惊醒，满头大汗，她从床上坐起来，看着窗外的月光黯然伤神，没了睡意，下了床，往外走去。

阮秀的脚步声惊醒了小满的母亲桂花，桂花从床上坐起来，惊动了熟睡的丈夫大福。

大福翻了个身，有些不满地嚷道：“你又半夜三更地爬起来做什么，老把我弄得不得好好睡觉。”

桂花看着躺在床上的丈夫：“我听到荷花又在梦中喊叫。”

大福躺在床上没睁眼：“这姑娘虽然想不起什么了，但她脑子里应该对以前的人和事有点印象，要不然，她不会老在梦中看到使她不安的什么东西。”

阮秀走出门，站在门口，看着山那边的月亮，苦苦回忆着：“我似乎见过这个人，可我想了十五年了，就是想不起来，我到底在哪里见过他……”

“荷花!”

阮秀正苦苦地想着，身后传来桂花轻轻的喊声，她回头看着桂花，心里有些不安："大妈，你怎么起来了？"

桂花走到阮秀身边，看着阮秀："又在想你的身世？"

阮秀难过地看着桂花："哪能不想呢！可再怎么想，就是想不起以前的任何事情、任何人了。"

桂花看着阮秀："有些事，想不起来，也许还是好事。"

阮秀低下头，难过得眼泪滚滚……

103

阳光照着麻风村建设工地。

一间立好柱子的新房里，小张拿着一把锯子在一根高大的木柱下锯木头。小刘扛着木料走过来，看见小张身旁的木柱倾斜，就要倒下，他担心柱子倒下砸到小张，连忙大喊："小张，快闪开。"

小张抬起头，不知所措地看着小刘。

小刘来不及多说，丢下肩上的木料，一个箭步冲上去，一把推开小张。

粗大的木柱倒下，把小刘打倒。

木柱压在小刘头上，小刘头上流出鲜血。

"小刘……"小张大喊一声，扑向小刘。

不远处，夏春光、马明亮和民工们抬起头。

一个民工大喊："村长，小刘……"

夏春光冲向小刘。

马明亮、陈林冲向小刘。

民工们冲向小刘。

马明亮、小张和民工们抬开压着小刘的巨大木柱。

夏春光抱起小刘。

小刘满脸是血。

夏春光把小刘抱到空地上。

马明亮跑回山洞里，取出药箱冲回来。

夏春光坐在地上，怀里抱着小刘，陈林和民工们站在周围。

小张跪在夏春光面前，拉着小刘的一只手，流着泪喊："刘哥……醒醒……刘哥……"

马明亮跑过来，民工们闪开一条道。

马明亮蹲下，从药箱里扯出纱布，为小刘包扎，包扎完毕，说道："快把他送到山洞里，不要让太阳再晒着他的伤口。"

小张："我来背。"

夏春光把小刘放到小张背上。

小张背着小刘，民工们在后面扶着，急急走进山洞里，大家跟了进去。

小张放下背着的小刘，人们把小刘扶到地铺上躺下。夏春光、马明亮和民工们围在四周。夏春光蹲在地铺旁，急切呼唤："小刘……醒醒……小刘……"

小张跪在地铺旁小声哭泣，边哭边喊："刘哥……刘哥……"

小刘脸上的肌肉抽动了几下。

小张喊道："刘哥……刘哥……"

小刘慢慢睁开眼。

夏春光叮嘱："小刘，挺住……一定要挺住啊……"

小刘吃力地："村……长……我可能……不能和……你们一起……建……麻风村了……"

马明亮蹲在小刘身边："小刘，我是医生，我一定……"

小刘看看小张："小张……我不该……带你……逃跑……好好跟着村长他们……干……"

小张流着泪："刘哥……你放心……我一定……"

小刘："小张，你家离……我家近……你回去后……常去……看看我爹……妈……他们都有病……"

小刘话未说完就闭上了眼睛，心脏停止了跳动。

小张大喊："刘哥……"

夏春光站起来，慢慢转过身，走到洞壁前，伸出拳头狠狠打在洞壁上，眼泪流出来。

民工们泪如泉涌。

小张扑到小刘身上大喊："刘哥——呜呜呜……"

夏春光大声喊着："小刘，你这么走了，我如何向你父母交代，如何向马书记他们交代啊……"

104

马正毅办公室里，马正毅听了马明亮的报告，仰靠在靠椅上，望着屋顶，眼泪从眼眶里滚出来。

马明亮坐在一旁，默默看着父亲。

过了好一阵，马正毅才对马明亮说："明亮，事情我都清楚了，你赶快回去吧，告诉夏春光，天大的事，我扛着……"

马明亮默默看着十分难过的父亲，不知说什么好。

马正毅催促道："明亮，你快走吧，别让夏春光担心。"

马明亮点点头，往外走去，走到门口，回头看着父亲头上的丝丝白发，泪水流了出来，他一咬牙，抹了一把脸上的泪水，急急往外走去。

105

"呜……呜呜……"

小刘家里，小刘父母听马正毅和牛胜利讲述了小刘牺牲的经过，小刘的妈妈哭得死去活来。

"你们有什么要求，都尽管提……"马正毅对小刘父母说着，眼泪控制不住流出来。

"被抽去建麻风村，这也是他的命啊……"小刘的父亲抹着眼泪，说道，"他的弟弟妹妹还小，我和他妈身体不好……就不去麻风村了，将他安葬在麻风村就可以了……人都死了，再有什么要求……都是空的……我们……没什么要求……"

牛胜利看着已经哭得声音嘶哑的小刘的妈妈："嫂子，你有什么要求……"

小刘的妈妈哭着："他被抽去麻风村……村里很多人……都不希

望……他再回来……呜呜……他真的回不来了……呜……呜呜……"

牛胜利连忙安慰道："嫂子，节哀……有什么要求，你说吧……"

"就按他爹说的办……"小刘母亲更加悲伤，"就是我们身体好，也不敢去麻风村看的，更不用说……把他接回来安葬了……我们怕……以后没有人敢到我们家来……呜……"

听着小刘母亲的话，马正毅和牛胜利都忍不住泪珠滚滚……

106

苦战一年，夏春光和马明亮带着民工，盖起了治疗区和麻风病人生活区的二百多间茅草房，一个特别的新村落就这样出现在大山里，几十排茅草房排列整齐，治疗区、生活区的路边插上了木牌。治疗区和生活区中间是平整的运动场。

夏春光本想好好庆祝一番，带着大家好好"游览"一下他们冒着生命危险建起来的这个村落，但民工们似乎都不愿在这里多待一分钟，夏春光刚刚宣布完成任务，民工们就迫不及待地收拾好东西，匆匆忙忙吃了在这里的最后一餐饭，急切等待着夏春光宣布他们可以离开这里。

夏春光理解大家的心情，饭后，他叫大家背上行李，牵来当初开拔进来时赶来的马，在运动场上集合。

夏春光动情地向民工们说："也许，大家以前没有经历过的苦难，在这里经历了，大家在苦难中，为麻风病人们建起了生活区、治疗区，我代表麻风病人们，感谢大家！"

夏春光说着，向民工们三鞠躬。

民工们怔怔地望着夏春光。

夏春光："你们回家吧，我和马医生还要在这里处理一些事情，就不能送大家了，回去的路上，大家互相照应吧……"

陈林看着夏春光："夏村长，我不走了，让我留下来，和你们一起工作吧……"

众民工偏过头，奇怪地看着陈林。

夏春光走到陈林面前："为什么要留下来？"

泪水从陈林眼眶里涌出来。

马明亮走过来："陈林，怎么哭了？"

陈林抬手擦去脸上的泪水："为什么要留下来，我现在不想说。但我不会让你们失望，我也不会让麻风病人失望的……"

夏春光有些费解地望着陈林。

陈林恳求夏春光："村长，让我留下来吧，我不要工钱……"

夏春光看看民工们："陈林为什么要留下来，他现在不愿说，我也不问了。麻风村最缺的就是人手，我同意陈林留下来，和我们一起工作，如果有人还愿意留下来，我们一定想办法将大家招为国家干部……不懂医的，我们送去卫校学习……"

"我家上有老，下有小……"

夏春光还未说完，大家七嘴八舌地嚷起来：

"我还是回家当农民去……"

"……"

夏春光挥挥手："大家害怕麻风病的心情，我理解，走吧……"

小张看着夏春光，有些难过："村长，你们多保重，我们走了……"

民工们骑上了马，望着夏春光、马明亮、陈林。

"走吧……"夏春光又挥挥手。

民工们骑马离去，小张突然跳下马，看着河边的山坡，哇地大哭起来，哭着奔向山坡。

夏春光、马明亮、陈林疑惑地望着小张。

小张爬上河边的山坡，在小刘墓前跪下，哭着说："刘哥，你放心吧……我会……像对待我亲爹亲妈一样……对待你爹你妈的……"

夏春光、马明亮、陈林走到小张背后。

小张站起来，转过身，在夏春光面前跪下，泣不成声："夏村长……我对不住你们……对不住麻风病人……我也想留下来……但小刘哥为救我走……走了……他爹妈有病……他弟妹都还小……"

夏春光眼里涌出泪水，他扶起小张："小张，我敬重你，你走吧！以后，我们会……帮你的。"

马明亮眼里泪花滚滚："我们都会帮你的……"

“呜……”

小张扑在夏春光怀里大哭。

马明亮、陈林忍不住抱住夏春光，四人紧紧抱成一团。

山谷里回荡着小张的哭声：“呜……呜……”

107

月上柳梢。

夏春光往摆在桌子上的三个大碗里咕咕倒满了酒，看着马明亮和陈林：“把酒端起来!”

马明亮和陈林各端起一碗酒，夏春光端起剩下的一碗：“这两瓶酒，是我特意留下来，庆祝麻风村建成的……来，干了……干了这碗同心酒，今后我们三人，就齐心合力，为麻风病人做事吧……”

噔的一声，三只酒碗碰在一起，三人一口气喝干碗里的酒。

陈林看看夏春光，看看马明亮：“夏村长，马医生，我现在可以告诉你们……”

陈林说着，哽咽起来，眼泪在眼眶里滚动。

夏春光看着陈林：“陈林，别激动……慢慢说……”

“你们大概还记得我们进山那天和后来在山里听到的那奇怪的女人的歌声吧……”陈林开始讲述一段特别的往事。

夏春光和马明亮互相看看，又看着陈林。

“我听清楚了，那是芳芳唱的……”陈林说。

夏春光惊奇地看着陈林：“芳芳?”

马明亮也急切地问：“芳芳是谁?”

陈林抱头痛哭：“呜呜……芳芳她……呜……呜……呜呜呜……”

夏春光掏出烟，抽出一支递向陈林：“来，抽支烟，冷静冷静……”

马明亮划燃一根火柴。

陈林点上烟，深深吸了一口，吐出一串长长的烟雾：“芳芳，是我的对象，我们是一个村的……她不幸被麻风病传染，怕传染我和家人，她……”

陈林说着，沉浸在往事之中……

那天晚上，陈林已经睡着了，芳芳母亲突然跑到陈林家门口敲门："陈林……陈林……"

陈林从床上爬起来，开了门，看见芳芳母亲站在门口，惊诧地说："大妈……"

"你到我家一下，芳芳出事了……"芳芳母亲说着，焦急地转身离去。

陈林跟着芳芳母亲来到芳芳家，芳芳父亲把一张字条递给陈林，陈林一看，见芳芳写道：

"爹、妈、陈林哥，趁现在村里人还不知道我得麻风病，我走了，要是让村里人知道，我们两家的人都不得安生了……爹、妈，别怪女儿不孝。陈林哥，我走后，麻烦你抽空照看我爹我妈。如果下辈子我还能投胎做人，我们再做夫妻吧。我走后，要是有人问起，就说我跟外地人私奔了。爹、妈、陈林哥，我从此一走，生死由命，别挂念我，就当我死了……"

芳芳母亲看着陈林，眼泪汪汪："我们没嫌弃她，这死丫头啊……"

陈林看看芳芳母亲，又看看芳芳父亲："大妈、大爹，我一定要找到她，要是她不能回家，我就在外面陪伴她过一辈子……"

陈林从往事中回过神来，低头大口大口地吸着烟，眼泪控制不住滚滚而下："别说她得了麻风病，就是她病得不会说话、不会动，我也会侍候她一辈子！"

夏春光听着陈林的叙述，眼角滚出了泪珠。

陈林吐出一口烟雾："芳芳失踪后，我说服爹妈，出来找芳芳，一直没找到，我们进山时，听到山上有个女人唱歌，感觉那声音像芳芳的，但当时没听清，后来她又唱歌时，我听清了，就是芳芳的声音。"

夏春光思考着："估计她是逃到这里，在这里躲了起来。"

"我在寻找芳芳的过程中，听说你们来建麻风村，就跑来了。"陈林说，"我一来，就下定了和你们一起救麻风病人的决心。其他民工在的时候，这些事情我不敢说，怕民工们回去后，把芳芳得麻风病的事传到我们村，那就麻烦了……”

马明亮安慰陈林道：“终有一天，会找到她的，我们现在有了麻风村，她的病总会治好的。”

108

妹是一只金画眉
清早离窝夜不归
……

夜里，夏春光默默在麻风村里走着，传来陈林忧郁的歌声：

哥是一只小阳雀
天天叫来无应声
……

听着陈林的歌声，夏春光心里又一阵阵痛楚，忍不住喊道：“秀，我的阮秀，麻风村建好了……麻风村建好了……”

109

阳光洒在河面上，暖暖的。

渔船晃荡在河面上，悠悠的。

阮秀坐在船上，看着水里，小满抓着一条大鱼从水里拱出来：“荷花，你看！”

阮秀高兴地叫道：“呀，这么大的鱼。”

小满抓着鱼向船游来，游到船边，把鱼抛进船舱。

阮秀伸手把小满拉上船：“满哥，你真行，这么大的鱼，你也抓得到。”

小满双手抹着脸上的水："从小就下河摸鱼，没有这点功夫，不是白在水里漂了。"

阮秀高兴地："我们快回去吧，今天是大妈的生日，我们好好做几个菜，给她老人家祝寿。"

"嗯!"小满高兴地笑着，拿起桨划船驶向岸边。

110

小满母亲桂花在院子里扎草人，父亲大福背着背篓走进院里："老婆子，我从山里捡了好多菌子，晚上煮菌子汤给你庆贺生日。"

桂花抬起头笑着："小满和荷花也到河里抓鱼去了。"

"那晚上我们又吃山珍海味了。"大福高兴地说着，看见桂花手里正扎着的草人，问道，"你弄那个干什么?"

桂花笑着："扎个草人给荷花送送鬼，也许那个影子就不来缠她了。"

大福笑笑："这一套不可信。小满找高人求来的香袋都没有用，你这个凡人搞的这一套，更不管用了……"

桂花笑着："试试吧，说不准管用了呢?"

大福笑着："那你就试吧，我是不相信这一套的。"

111

夏春光、马明亮、陈林走在回县城的山路上。

马明亮抬头看看前方的山路："离家时间长了，真是想家了。"

陈林紧跟上去一步，拍拍马明亮的肩："怕是想阿丹姐姐吧……"

马明亮叹息道："唉，只怕此事古难全啊……"

"阿丹肯定很矛盾的。"夏春光对马明亮说，"这次回去，好好安慰她。"

马明亮："我也很矛盾，如果非要她爱我这个麻风医生，我是不是太自私了……"

陈林："明亮哥，你每天夜里，都在梦中唤着阿丹姐姐的名字，有时你还在梦里哭，你们俩，情深呐……”

马明亮：“情越深，心越苦……”

夏春光抬头看看远处的山峰，在心里问自己：“还会有爱我的人吗？我还会爱上别人吗？”

陈林看看夏春光：“村长，那个漂亮的小姑娘，是不是你的女朋友？”

夏春光莫名其妙地看着陈林：“哪个小姑娘？”

陈林神秘地：“照片上的那个啊。”

夏春光疑惑地：“照片？什么照片？”

陈林诡秘地笑着：“还保密呀！”

夏春光摇摇头：“你越说，我越糊涂了。”

陈林：“你敢拿你的挎包给我吗？”

“里面又没装什么秘密，怎么不敢？”夏春光说着，把背着的挎包从肩上取下，递给陈林，“有你帮我背包，我乐得轻闲。”

陈林接过包，挂在脖子上，从包里拿出一本小影集翻了翻：“就是这个小姑娘啊，美得像天仙一样。”

夏春光、马明亮凑过来看照片。

夏春光忍不住大笑：“哈哈哈……”

马明亮：“村长，她是不是你曾和我说过的那个阮秀？”

夏春光继续大笑：“哈哈哈……错了，错了……”

马明亮：“错了？”

夏春光忍住笑：“她不是阮秀，更不是我的女朋友。”

陈林追问：“她是谁？”

夏春光：“是我在湘西作战时，救下的一个小姑娘。”

马明亮：“你和她没有关系，她会送你照片？”

陈林：“是呀是呀……”

夏春光：“她现在在哪里，我都不知道，和她会有什么关系？”

陈林看着夏春光：“难道你不明白，她送你照片什么意思？”

夏春光看着陈林：“什么意思？”

陈林：“她送什么不好？为何偏偏送照片？那是她爱上你了！谈恋爱的人，要是对对方有意思，不就是先送对方一张照片吗？”

夏春光："净瞎说。"

马明亮看着夏春光："我看，八成是有这意思！说不准，人家哪天就找你来了。"

夏春光看看马明亮，又看看陈林："你们今天存心拿我寻开心是不是？"

陈林："后来你们见过面没有？"

夏春光："她送我照片的当天晚上，我们部队就转移了，以后再没见过。"

陈林："好可惜啊！"

夏春光："陈林，你再瞎说，小心我收拾你啊！"

陈林："好好好，不说了。"

夏春光："陈林，你胆子够大的，胆敢私下翻我的东西！"

陈林："还不是你诱惑的。"

夏春光："我诱惑？"

陈林："是啊，很多夜晚，大家都睡了，你从挎包里拿出这本影集，偷偷跑到洞外，用电筒照着看，还自言自语地喊着一个叫阮秀的人的名字，我想，你肯定是在看你女朋友的照片，我想看看你女朋友漂亮不漂亮，就偷看了。"

夏春光笑道："你小子真坏！我时常想起在湘西作战的事，想我的战友。想念战友，我就偷偷翻看这个小影集，上面有我和几个战友的照片，有的战友已经牺牲了。想到已经离我而去的战友、朋友的时候，总会想起一个叫阮秀的人，想不到被你小子……"

马明亮看着陈林接话道："陈林，哪个人没有点秘密，以后不准偷看别人隐私啊。"

"民工离开麻风村的时候，我叫一个民工回来后，到县委和马书记说一声，我们今天回来。"夏春光说，"估计马书记他们已经在家里等着我们了。"

"那就快走吧……"想到就要见到父母了，马明亮心里特别高兴，"我爹妈肯定等急了……"

112

革命人永远是年轻

他好比大松树冬夏长青

……

傍晚，赵英在家里擦着桌子，心里想着很快就要见到马明亮和夏春光他们，高兴地哼唱着：

他不怕风吹雨打

他不怕天寒地冻

……

“妈……”

赵英正快乐地做着家务，快乐地哼唱着，马明亮和夏春光、陈林来到了门外，马明亮从开着的屋门看见屋里的母亲，高兴地呼喊起来。

听到喊声，赵英转身看见马明亮领着夏春光、陈林回来，兴奋地喊道：“你们终于回来了？”

马明亮急忙走到母亲身边：“我爹呢？”

赵英笑着：“得知你们建设麻风村的三个大英雄今天凯旋，他亲自下厨做饭，为你们接风洗尘。”

马明亮笑起来：“看来，真是士别三日，当刮目相看啊，以前，我从来没见我爹做过饭，他也会做饭？”

传来马正毅的声音：“其实我的厨艺比你妈强多了，以前只是没时间做饭而已。”

随着话音，马正毅拿着一把芹菜走到厨房门口，幽默地摊开一只手招呼道：“三个大英雄，就等着品尝吧！”

夏春光走过去：“书记亲自下厨，看来，我这个麻风村村长，享受的待遇不低呀！”

马正毅笑着：“你们是英雄，我是公仆啊，也为你们服务服务嘛。”

传来牛胜利洪亮的声音：“酒来也！”

马明亮、夏春光、陈林回过头，看见牛胜利提着两瓶酒走到门口。

夏春光高兴地：“老牛，这回拿来的是掺酒的水，还是掺水的酒啊！”

牛胜利走进屋，赵英关上门。牛胜利走到马明亮、夏春光、陈林面前：“嗨，我们国家不是还处于困难时期吗？我老牛也还是困难户嘛，以前请你们喝掺酒的水，或者喝掺水的酒，那也是为了节约闹革命嘛！今天是你们凯旋的日子，我老牛也出出血。”

牛胜利说着，举起手里提着的酒：“这两瓶呀，全是掺酒的酒。”

大家笑起来：“哈哈哈哈……”

笑过之后，大家在屋里坐下，夏春光在屋里搜寻着。

赵英看着夏春光：“你是找小草吧？”

“这小家伙把他爹也忘了？”夏春光说，“我回来了，也不见她出来迎接迎接！”

赵英笑起来：“托儿所的江所长说我们工作忙，没空照料孩子，把小草接到她家去住了好长时间了。”

马正毅的笑容消失了：“嗨，那是因为托儿所的孩子知道了小草的身世，害怕小草，疏远她，小江为了向孩子们证明，小草也是和大家一样的孩子，不像有些人说的那样，不能和麻风病人的孩子接触，才把小草接到她家去住的。”

赵英点点头：“江所长这是在告诉孩子们，连老师也不怕，孩子们还怕什么？她真是用心良苦呀！”

夏春光难过地：“小草的生活中，不知道还要遇到多少麻烦啊！”

113

小草坐在江所长的宿舍门口，忧郁地看着远方。

江所长提着菜篮走来：“小草，想什么呢？”

小草小声说：“我想我爹！”

江所长笑道：“听说你爹今天要回来，说不定他一会儿就来看你了。”

“阿姨，你说我爹要回来，都说了好几次了。”小草有些不相信地看着江所长，“可他一直没回来，我爹可能不要我了……”

小草说着，眼泪滚出了眼眶。

江所长难过地抱起小草：“你爹那么爱你，怎么会不要你呢，他是工作忙呢！”

114

“春光，我前段时间遇到公安局的周莲，听她说，公安局有个叫贺二梅的姑娘，曾经喜欢过你，有这事吗?”

席间，赵英突然问夏春光。

“哈哈哈……”

夏春光忍不住大笑。

赵英看着夏春光：“笑什么？真有这事?”

夏春光笑够了，才说：“他们就会瞎编瞎说……”

马明亮看着母亲：“村长倒是有个他爱的人，但不是你说的什么贺二梅。”

夏春光不高兴地看着马明亮：“你别像他们一样，胡说八道啊。”

陈林看看夏春光，又看着马明亮：“马医生，村长不愿提他的爱情，就别说了。”

赵英无可奈何地摇摇头：“你们的事，我们真难搞懂……”

“这些事，以后再说。”马正毅端起酒杯，“来，为麻风村的美好明天干杯!”

牛胜利举起酒杯：“老马说得好，我们一起努力，帮麻风病人找回幸福!”

115

一个草人插在院子里，桂花把酒肉摆在草人前面，口中念念有词：“附在荷花身上的鬼，我今天酒酒肉肉地送你走，你赶快离开荷花，让荷花好吃好在的……”

桂花念着，又在草人下烧着纸：“从此以后，让荷花平平安安的……”

阮秀在一旁看着，表情凝重。

桂花站起来，对小满说：“你把这个草人，送远远的烧掉……”

小满听话地抱起草人往院子外跑，桂花拉起阮秀的手：“好啦，你以后会好的，走，回家去，把鬼关在门外。”

桂花说着，拉着阮秀往屋里走去，她丈夫大福在院子里坐着吸水烟筒，看着桂花做的这些。桂花回头喊道：“老头子，快进屋，我们要关门了。”

大福也希望桂花的这个美好愿望能实现，连忙跟着走进屋里，桂花赶紧关上了门。

116

宿舍里，阿曼坐在桌子前，看着桌子上镜框里和送给夏春光的那张照片一样的自己的照片，自言自语：“我送他的照片，他还带在身边么？”

阿曼翻开桌子上的笔记本，一张照片从笔记本里掉到桌子上，阿曼拿起照片看着，照片上，高文辉微笑着。

阿曼望着照片上的高文辉：“文辉，我知道你对我好，我也知道……你送我照片是什么意思，但是，我不能……你也知道，我心里装着我的救命恩人。”

阿曼说着，拉开桌子抽屉，把照片放进抽屉里，关上抽屉：“文辉，对不起了！”

阿曼说着，站起来，走到窗前，默默看了窗外一阵，又回到桌子前坐下。在笔记本上写着：“恩人，多少次，我梦见你站在人海中的一个角落微笑，多少次我从梦中笑醒，又流着眼泪走进梦乡，只为寻找你的足迹，我一定要找到你的足迹，沿着你的足迹找到你，不管你是否活着，也不管你结婚与否，我都要为我的爱找到一个答案，选择一个归宿……”

117

夜风吹拂着柳枝。

马明亮和阿丹走到柳树下的长凳前，阿丹在长凳上坐下，马明亮在阿丹旁边坐下。

本来心里有许多话要说的，两人却默默坐着，过了好一阵，马明亮才一语双关地说："这段日子，我的梦里，经常出现这条河。"

阿丹默默地看了马明亮一眼。

马明亮又说："梦见这条河，梦中就传来那些歌声……"

阿丹终于说话了："明亮……你真的不能从麻风村撤回来……"

马明亮想用诗的语言告诉阿丹自己的心里怎么想的，就说："梦中，听着那些歌声，我心都碎了……"

阿丹劝马明亮："你回来吧，只要你回来，那些歌声，还属于我和你……"

马明亮无法正面回答阿丹，又说："梦醒了，心又碎了……"

马明亮说着，起身向石桥漫步走去，阿丹起身跟了上去。

阿丹和马明亮走上石桥，转身互相对望着。

阿丹终于控制不住，扑进了马明亮怀里。

马明亮眼眶一下子热起来，想哭，但他极力控制着。

阿丹一语双关地说："我表哥来过了。"

马明亮抱紧阿丹。

"他是溪畤县的副县长。"阿丹又说。

马明亮抱着阿丹，仰望星空。

阿丹继续说："我妈要我嫁……给他……"

马明亮抱着阿丹不说话。

阿丹眼里涌出泪水。

不知为什么，马明亮松开了阿丹，转身离去。

阿丹望着马明亮的背影，大喊："明亮，我爱你，不想嫁给我表哥……"

马明亮站住，眼泪终于控制不住，涌了出来。

阿丹哭了："明亮……回……回来吧……你回来……我们结婚吧……"

马明亮用手掌往脸上擦了一把，想把脸上的眼泪擦掉，但不但没把脸上的眼泪擦掉，相反，脸上的泪水更多了，他一咬牙，快步离去，身后传来阿丹悲戚的哭声："呜……呜呜……"

118

夏春光走到江所长的宿舍门口，轻轻敲门："江所长，我是夏春光。"

门很快开了，江所长站在门口，看着夏春光："你终于来了，小草经常在睡梦中喊爹呢。"

江所长说着，忍不住落下眼泪："她喊着……喊着……都在梦里哭了……"

江所长说到这里，擦去眼泪，回过头："小草，你爹来了！"

小草从房间里跑出来，定定地看着夏春光。

夏春光急步走到小草面前，伸手要抱小草。

小草急忙闪开，跑到江所长身后，木然地看着夏春光。

夏春光看着小草，不知说什么。

江所长把小草拉到前面："小草，你爹来了，快喊爹啊！"

小草急急跑进房间。

夏春光看着离去的小草："这孩子，是不是把我忘了？"

小草抱着一个纸盒，从房间里跑出来，来到夏春光面前，笑起来。

夏春光蹲在小草面前："哟，小草笑起来，真是太好看了。"

小草打开纸盒，左看右看。

江所长看着小草："小草，你找什么？"

小草突然失声大哭："呜……呜呜……"

夏春光、江所长慌了神，不知所措地看着小草。

小草哭得更伤心："呜……"

江所长哄小草道："小草，你爹可想你了，他来看你了，你怎么哭了呢？"

小草哭着："糖……糖……"

江所长看着小草："糖?"

小草哭着："江阿姨……你好久以前，给小草两颗糖……小草吃了一颗……给爹留了一颗……糖……怎么不见了……"

江所长从纸盒里拿起包糖的纸："小草，你看，包糖的纸还在，那是时间长了，糖自己化了啊!"

小草哭着："爹吃不到糖了……呜……呜呜……"

夏春光一把抱起小草，泪珠滴落在小草脸上："小草……爹的乖女儿……你这么小就心疼爹……爹心里……比吃了糖还甜……"

江所长站在一边，忍不住眼泪滚滚。

夏春光的眼泪也"哗哗"往外流……

119

朝阳升起来。

城郊的小路上，江所长抱着小草，和马正毅、赵英、牛胜利送马明亮、夏春光、陈林到十字路口。

马明亮、夏春光、陈林回过头，看着江所长、马正毅、赵英、牛胜利。

"你们回去吧，我们又不是上战场。"夏春光说，"你们这么送来送去，我心里真不是滋味!"

马正毅看着夏春光："春光，普查麻风病人，是麻风病防治工作的开端，将是一路艰辛，你们遇到的困难，不会亚于打一场攻坚战啊!"

夏春光看着马正毅："老领导，你们放心，就是困难比天大，我们也将不辱使命!"

赵英走上前一步，看着马正毅："老马，别说了，让他们赶路吧。"

陈林张望着："她怎么没来?"

"你是说阿丹吧?"马明亮说，"我想，她也不会来的。"

陈林摇摇头："唉，人呐!"

马正毅挥挥手："走吧，走吧……"

夏春光招呼马明亮、陈林："走吧!"

三人往前走去。

路边的野花在风中摆舞。

马正毅、赵英、牛胜利、江所长站在十字路口挥着手。

江所长怀里的小草看着走远的夏春光，大声喊道："爹，要是再有糖吃，我给你留着。"

夏春光回过头看着小草："乖女儿，听江阿姨的话啊……"

夏春光说着，挥挥手，转身往前走去，眼泪涌出眼眶。

马明亮、陈林回过头，向马正毅、赵英、牛胜利、江所长挥挥手，转身往前走去。

山坡上，阿丹从草丛里站起来，看着已经走远的马明亮，眼泪流下来。她的一双泪眼目送着马明亮、夏春光、陈林在她视线里越走越远，身影越来越小。她伤心地抱着身边的一棵树，忍不住哭了："呜……呜呜……"

路上，马明亮从衣袋里掏出半个巴掌大的日志本："昨晚，我写了首诗……"

陈林一把抢过日记本，念起马明亮写的诗来：

多少曾经的日子
我们讲着一个故事
爱的花朵静悄悄地开
曾经的山盟海誓
留在昨天的相聚里
谁知道别离说来就来
让流泪也毫无准备
我守着孤独遥望春天
啊，流泪也毫无准备
我守着孤独遥望春天

多少浪漫的时光

我们唱着一首歌谣
心的细浪轻悠悠地摇
曾经的相依相偎
写在昨天的日记里
谁知道别离说来就来
让流泪也毫无准备
我守着孤独遥望春天
啊，流泪也毫无准备
我守着孤独遥望春天

马明亮的诗，让大家多了一些伤感，陈林念完，大家都不说话，默默走着，过了好半天，陈林才说："马医生，虽然我不懂诗，但你写的我读懂了，你写的就是你和阿丹的故事，也是我们大家的故事……"

听陈林这么一说，马明亮控制不住，大声朗诵道：

……
谁知道别离说来就来
让流泪也毫无准备
我守着孤独遥望春天
……

起伏的群山回荡着马明亮的声音。

120

赶了几个小时山路，晌午时分，夏春光、马明亮、陈林来到马厂公社马厂街上。

街上人来人往。

夏春光、马明亮、陈林疲惫地从人群中走到国营食堂门口，陈林忍不住往食堂里看。

夏春光看着陈林："怎么，饿了?"

"本来不那么饿的，现在闻到食堂里的饭菜香，一下子饿得慌。"

陈林说着，又往食堂内张望，看见一些人在吃饭，门口摆着一张卖饭菜票的桌子。

夏春光看看天，偏头看着马明亮："大晌午了，我也饿了，吃饭吧!"

陈林看着夏春光："我一闻到回锅肉的香味，就要流口水……"

夏春光狠狠心："吃，吃回锅肉。"

"哈哈，有肉吃喽……"陈林欢呼着，三人向食堂走去，售票员用怪异的目光看着他们。

陈林、夏春光、马明亮走进食堂，在一张饭桌旁坐下。

售票员向食堂内一个正收碗的女服务员招招手。

服务员跑到售票员面前："有事吗?"

售票员指了指夏春光他们，把嘴凑到服务员耳旁："快去报告领导，刚刚进去的这三个人，行踪怪异，怕不是好人!"

服务员见食堂里的夏春光、马明亮、陈林正数着手里的粮票，有些犹豫。

售票员催促服务员："快去啊……"

服务员立即跑到领导的办公室，向领导报告了情况。

食堂领导是个三十多岁的女人，听了服务员的报告，想起什么似的："上级不是批评我们没觉悟，一直不注意搞破坏的人的动向吗?这就有可能是来搞破坏的啊，快，把他们带到办公室来，我查查他们的来历再说。"

"好的!"

服务员答应着，跑了出去。

马明亮正在食堂门口售票处买饭菜票。服务员跑到夏春光、陈林面前："你们的人，还有一个呢?"

夏春光看看在门口买饭菜票的马明亮："买饭菜票去了。"

服务员向马明亮招手："喂，过来。"

马明亮拿着饭菜票走过来。

服务员："我们领导找你们……"

夏春光看了看服务员："我们又不认识，找我们干什么？"

服务员："这就不归我管了，你们跟我走吧。"

陈林站起来："同志，我们实在太饿了，我们先吃饭吧。"

服务员："不行，领导没批准你们吃饭，你们就不能吃。"

马明亮："这就奇了怪了，我们自己掏粮票、掏钱买饭吃，还要你们领导批准？"

服务员："你说什么？你们想让我们把你们送去给上级领导审查吗？"

夏春光在马明亮耳旁小声道："别惹麻烦。"

夏春光说着，转身看着服务员："好吧，我们去见你们领导。"

食堂领导坐在办公桌前看报纸，报纸遮住她的脸。

服务员领着夏春光、马明亮、陈林走进办公室。

服务员看着领导："他们来了。"

领导把报纸从脸上移开，久久审视夏春光、马明亮、陈林。

夏春光、马明亮、陈林被看得心里有点发毛，各自打量自己的身上。

许久，领导慢吞吞地问："哪里的？来我们这里干什么？"

陈林："吃饭！"

领导逼视着陈林："吃饭？怕不光是吃饭吧？"

马明亮："我们还要普查病人。"

领导："谁是病人？我看你们才是有病呢。"

陈林："同志，你怎么这么说话呢？"

领导："是我在调查你们，还是你们在调查我？"

夏春光："同志，是这样，我们是刚成立的麻风村的工作人员。"

领导一惊，站起来："什么？麻风村？"

夏春光："是的，我们是来普查麻风病人的！"

领导的脸吓得惨白："你们真是麻风村的？"

夏春光掏出介绍信："是的。这是县委给我们开的介绍信。"

领导接过介绍信看着，突然双手发抖，很快被吓得脸上冒汗，手抖得更厉害，介绍信从手中滑落。

"老麻风来啦……"领导突然惊叫着，逃命似的冲出办公室，冲到食堂，"老麻风来啦……"

几个服务员围上来，一个服务员问领导："怎么了?"

领导声嘶力竭："办公室里的那三个人，是麻风村的，快把他们赶走，你们想得麻风病吗?"

服务员们面面相觑。

夏春光、马明亮、陈林走过来。

领导指着夏春光、马明亮、陈林："他们是麻风村的……"

食堂里吃饭的人慌忙丢下碗筷，夺门而逃。

领导指着夏春光、马明亮、陈林大喊："把他们赶走!"

服务员们惊恐地后退。

夏春光咬咬牙："走!"

夏春光说着，走出食堂，马明亮、陈林跟了出去。

售票员从门口慌忙逃进食堂内，关紧大门。

"老麻风来啦……"街上的人喊着，四处逃散……

夏春光、马明亮、陈林站在空荡荡的街道上，陈林气愤地说："要是知道他们不卖饭给我们吃，我进去就抢点吃的，他们害怕，不敢再要我摸过的东西。"

夏春光点上烟，吸了两口，吐出烟雾："走吧……"

夏春光说着，带着马明亮、陈林赶往其他地方搞普查。他们路过一片玉米地，见玉米地里套种着红薯，马明亮指着红薯藤："搞两个红薯吃吃?"

"搞!"夏春光挥挥手，带着马明亮、陈林摸进玉米地，蹲在玉米地里，刨开泥土，扒出红薯，用手抹去红薯上的泥土，大啃大吃，马明亮边吃边把红薯塞进挎包里。

背着枪，站在岩石上守地的民兵看见夏春光、马明亮、陈林偷吃红薯，从岩石上跳下来，向夏春光、马明亮、陈林奔来。

夏春光、马明亮、陈林狼吞虎咽地吃着红薯，民兵见他们如此放肆，朝天放了一枪。

陈林手里的红薯抖落地上："妈呀，哪里打枪?"

民兵举枪冲来。

夏春光、马明亮、陈林从玉米地里站起来。陈林看着奔过来的民兵，惊慌失措：“别开枪……”

民兵奔到夏春光、马明亮、陈林面前，用枪指着夏春光：“你们哪来的？胆子不小，敢偷生产队的粮食，走……”

夏春光：“去哪？”

民兵：“去哪？你们偷我们生产队的粮食，当然是到我们生产队接受处理。”

夏春光、马明亮、陈林只好在民兵押送下前往生产队。山路上，陈林回头看民兵一眼，民兵吼道：“看什么？找死哇？我的枪子儿可不长眼睛！”

陈林吓得一哆嗦，乖乖跟着夏春光、马明亮往前走去。

这个生产队是马厂公社的大火地生产队，民兵押着夏春光、马明亮、陈林来到生产队的社房，队长高大年正好在社房里睡觉，民兵向他报告了情况，他十分气愤，打开社房里的扩音器，用高音喇叭通知道：“守地的民兵抓回来三个偷生产队粮食的贼，各家各户都到社房门前开会……”

不一会儿，人们叽叽喳喳地嚷着赶来了，集中在一起等待队长发话。

高大年叫民兵把夏春光、马明亮、陈林押到群众面前，当众进行审理：“你们是哪里来的贼，偷了我们多少粮食，老实向社员们交代……”

“今天我也来一次横的。”夏春光这么想着，从挎包里拿出介绍信，上前一步，递给生产队长高大年。

高大年接过介绍信看着，突然吓得两脚一软，坐在地上：“我的妈呀！”

社员们傻了：“队长，怎么啦？”

高大年慢慢从地上爬起来，两腿发抖。

社员们奇怪地看着高大年。

过了好半天，高大年才恐惧地对社员们说：“他们……他们是……麻……麻风村的……”

“啊……”社员们惊得目瞪口呆。

夏春光从包里拿出文件，向社员们抖着：“这是县里的文件，我们是县上派来普查麻风病人的，谁要是对抗和不支持我们，就是反对县上的领导，我们就告他……”

“妈呀，谁敢反对县上的领导呀……”高大年又是一惊。

“明白就行！”夏春光严肃地说。

马明亮借机说道：“所以，你们要支持我们的工作。”

高大年战战兢兢地转过身，看着马明亮：“如何……如何支持……”

“据我们掌握的情况，你们生产队有个叫李大娃的麻风病人，被你们赶出村了。”马明亮说，“你们要帮助我们找到他。让我们带到麻风村治疗，我们过几天来领人……”

“李……李大娃……不……不知跑到哪里去了。”高大年害怕得话也说不顺溜了，“怕我们也……找不到他……”

夏春光从包里拿出一元钱：“我们一天没吃东西了，我们实在饿得不行了，才扒了你们几个红薯吃……现在付钱给你们！”

高大年摆手：“别……别……我们不要……”

社员们惊慌地喊：“队长，我们可以回家了吗……”

高大年看看夏春光。

夏春光挥挥手：“回去吧！”

社员们一哄而散。

高大年看着夏春光，有些讨好的样子：“你们在这里等着，我给你们弄点吃的来。”

一户户社员家，社员惶恐地关上门。

高大年回到自家院里，抓院子里的鸡，把鸡撵得漫天飞，好不容易逮住了一只。

夏春光、马明亮、陈林坐在社房外的操场上，吸着烟等高大年。

过了好一阵，高大年提着一口锅、一只鸡、一把面条走来了。

见高大年拿来这么好的东西，夏春光、马明亮、陈林欣喜地看着高大年。

高大年把锅、鸡、面条放在夏春光、马明亮、陈林面前：“你们自己弄了吃吧，我家里有事，不陪你们了……”

夏春光知道高大年是害怕，摇了摇头：“唉，真是……”

高大年急急忙忙地转身离去。

“怎么把锅还你?”马明亮看着高大年的背影，大声问。

“不要了……”高大年说着，加快了脚步，一边走一边自言自语，“真是的，老麻风用过的东西谁还敢要……”

夏春光、马明亮、陈林把高大年送来的鸡杀了煮了，把面条也煮了，美美地饱餐了一顿，夏春光把钱放在铁锅边，用一块石头压着，算是买鸡、买面条的钱，又写了一张字条压在钱上，和马明亮、陈林离开了大火地生产队。

不一会儿，高大年悄悄来看“究竟”，看着地上铁锅旁用石头压着的钱，捡也不是，不捡也不是：“真是的，老麻风的钱谁敢要。”

一个小孩冲过来：“你不敢要我要。”

小孩弯腰拾起钱飞跑而去。

高大年气得直跺脚：“让你使了这钱得麻风……”

121

“隆……隆隆……”

闪电划过天际，雷声一阵紧似一阵。

大雨如注。天昏地暗。树，灰蒙蒙的，山，灰蒙蒙的。

雨水从四面八方汇成股股洪流，扑进深山中的大河里，大河发怒了，巨浪滚滚。

河岸边的小路上，夏春光、马明亮、陈林在泥泞中艰难前行，雨水在他们脸上流。大雨挡住了他们的视线，只能看见眼前模糊的路面。

“你们两个小心点，掉进河里就麻烦了。”走在后面的夏春光大声喊着。

河面上，洪流卷着树枝滚滚而去。

雷电轰鸣。借助闪闪的电光，夏春光看见山体滑坡，大喊一声：“小心!”

走在前面的马明亮、陈林不知所措地回头看着夏春光。夏春光冲上前，猛推马明亮、陈林一把：“山体滑坡了。”

马明亮、陈林被推出几米开外。

一堵泥沙轰然而下，扑向夏春光。

夏春光掉进大河里。

马明亮和陈林大声喊叫：

“老夏——”

“村长——”

浪涛声声，淹没了他们的喊声。

他们沿着河边寻找着，呼喊着：“村长……”

“老夏——”

“村长——”

“……”

马明亮、陈林呼喊着，寻找着，不知喊了多长时间，不知找了多长时间，天黑了，雨停了，但夏春光却没找着。马明亮、陈林寻找的脚步没有停歇，他们打着手电筒，在河边继续寻找。

“夏村长——”

“老夏——”

“……”

找到半夜，不见踪影，马明亮、陈林找来柴火，在河岸烧了一堆火。

“呜……呜……呜……”

陈林坐在火堆旁，号啕大哭。

“别哭了，要是老夏还活着，看到火光，他会找来的……”马明亮安慰陈林。

陈林哭喊道：“要是……村长死了……我们怎么办……麻风村……怎么办……”

马明亮：“是啊，老夏要是出了意外……我们怎么办?”

陈林哭着：“村长……老婆……老婆……”

马明亮：“都这个时候了，你还想着讨老婆。”

陈林：“我是说，万一村长他出意外了……他连老婆都还未来得及讨……就走了……”

“轰隆……轰隆隆……”

突然传来什么东西落进河里的巨响。

“村长?”

“老夏?”

马明亮、陈林惊叫着，站起来，跑向发出响声的河边，打开手电筒，两束电光射向河面，只见块块从岸边滑落的巨石滚进河里，发出巨大的响声：“轰隆……轰隆隆……”

马明亮、陈林又呼喊起来，他们的喊声久久回荡着：

“夏村长……夏村长……”

“老夏……”

122

“爹，昨天下这么大的雨，今天好捞鱼了……”雨后的第二天清晨，太阳刚露脸，住在距夏春光落水处几十里远的下河湾生产队的社员阿三，就扛着打柴的扁担，迎着霞光来到了河边，父亲老曾头背着背兜跟在他后面，阿三边走边望着河里，“要不，今天我不上山砍柴了，您也别上山采药了，我们下河捞鱼去……”

“不长记性!”听了儿子的话，老曾头很生气，“上次你捞鱼去卖，被市场管理员说成是走资本主义道路，把鱼没收了，就差没把我们拉去游街，你还敢去捞鱼?”

阿三回嘴道：“有什么丢人的?不就是给那些狗杂种饱餐了一顿吗，可惜没让鱼刺把他们哽死……”

阿三说着，突然看见河岸竹林边上的树杈中间夹着一个人，眉头一皱：“爹，你瞧!”

老曾头还在气头上，没好气地：“瞧哪样?不好好走路，掉下河把你淹死!”

“那树杈中间夹着个人，估计是掉进河里，被河水冲到那里的。”阿三说。

老曾头立在路上，顺着阿三指的地方看，突然一怔：“去看看……”

阿三向前奔去，老曾头跟在阿三后面跑去。他们很快来到树林边，阿三从水不深的河边蹚水走到树林边，把夹在树杈中间的人抱上岸，他就是被河水冲到这里的夏春光。

老曾头连忙伸出手指头，在夏春光鼻孔前试了试："还有气……"

阿三把夏春光平放在地上，双手在他的肚子上不停地压。

泥水从夏春光口里不断排出。水排得差不多时，阿三用嘴对着夏春光的嘴，进行人工呼吸，夏春光哼了一声。

老曾头喊道："快，把他背回家……"

123

"村长……"

河岸上，陈林和马明亮寻找着，呼喊着，他们的喊声飘得悠远：

"老夏，你可死不得啊，你死了，麻风村怎么办啊……"

"村长，你还没讨老婆啊，你就这么死了，可就亏大了啊……"

"陈林，村长都出事这么长时间了，我看，我们得向县里报告。"马明亮突然想起什么似的，征求陈林的意见。

陈林想了想："是啊，万一找不到村长，我们怎么向你爹和县里的其他领导交代啊。要不，我继续寻找，你赶快回去向你爹报告？"

马明亮："好，你要注意安全。"

陈林："我没事，你快去吧。"

马明亮："我走了。"

马明亮走出几步，突然停下来思考着。

陈林看着马明亮："快去啊！"

马明亮转回来，走到陈林面前："我看还是先不惊动县里的领导。"

"为什么？"

"这里离县城那么远，要是老夏真找不到了，县领导来了也无济于事，还耽误了我们找村长。"

陈林点点头。

马明亮："我们要学会处理各种突发事件，要是村长不在了，以后我们工作中，不知道还要遇到多少突发事件，我们不能处理突发事件，以后怎么把麻风村的工作做好啊！"

陈林：“那我们继续找村长去吧，沿着河下游找。”

马明亮：“走。”

两人往河里察看着，往下游寻找着，陈林不停地喊着：“村长，你还没讨老婆呢，你可不能死啊……”

124

火塘里的柴火燃烧着。夏春光躺在火塘边的草席上。阿三坐在夏春光身边，盯着夏春光，看见夏春光突然醒来，欣喜地叫道：“爹，他醒了！”

老曾头匆匆走过来，蹲在夏春光身边：“醒了！”

夏春光看看阿三，又看看老曾头：“你们是谁？”

阿三笑笑：“我们是谁？我们是这个家的主人啊！”

夏春光警惕地望着阿三：“你们想干什么？”

老曾头笑笑：“我们想救你……”

“我和我爹去砍柴，采药，见你被河水冲到树杈里，被树杈夹着，把你背了回来。”阿三说。

老曾头笑着：“算你命大，要不是有那树杈挡着，不被树杈夹住，怕你早就……”

夏春光感激地看看老曾头，又看看阿三：“感谢你们救了我。”

阿三大大咧咧地：“谢个卵！”

“见死不救，还是人吗？”老曾头说着，偏过头，“小娥，姜汤好了没有？”

“来了！”阿三的妹妹小娥答应着，端着姜汤走过来。

老曾头从小娥手里接过姜汤，端到夏春光面前：“来，把姜汤喝了，驱驱寒。”

夏春光接过姜汤，感激地看着老曾头。

老曾头笑着：“快喝下。”

夏春光感激地点点头，“咕咕咕”喝起姜汤来。

喝完姜汤，夏春光突然想起什么似的：“我得赶快去找他们……”

老曾头疑惑地："他们？谁？"

"和我来的两个同伴。"夏春光说，"不知道他们是否平安……"

"我们发现你时，没有其他人啊。"阿三说。

夏春光："你们是在你们村附近的河段发现我的？"

阿三："是啊。"

夏春光想了想："这么说，我从落水的地方，被冲了很远，才被树杈夹住，捡了一条命。"

老曾头："你命真大。"

"我的事还没做成，老天爷不会让我死的。不行，我得马上去找他们……"夏春光说着，欲从草席上爬起来，"他们要是找不到我，该急死了。"

老曾头："现在天都快黑了，今晚就在我家住下，明天再去找他们吧。"

阿三："是啊。要是他们好好的，你现在去找和明天去找他们，都一样，如果他们出事了，你现在去找，也晚了。"

夏春光想了想，又在草席上躺好："也好，锻炼锻炼他们处理突发事件的能力……"

125

河边，一堆火燃烧着，马明亮、陈林坐在火堆旁烤着。马明亮从挎包里摸出一个红薯："这是我们偷红薯时，我偷偷塞在包里的，陈林，来，你吃！"

陈林摇摇头："找不到夏村长，我怎么吃得下……"

马明亮劝道："一天一夜没吃东西了，吃吧！"

陈林还是摇头："我真的吃不下，马医生，你吃吧！"

马明亮难过地："我也吃不下。"

马明亮说着在火堆旁的地上躺下："睡吧，等天亮我们继续找老夏。"

陈林凝视着沉沉的夜空，想着心事……

126

“爹，叫客人吃饭了。”

小娥和母亲把菜饭端上桌，回头喊道。

老曾头把夏春光扶起来，走到饭桌旁坐下。阿三抱着一个土罐走过来，在饭桌旁坐下，往桌子上的空碗里倒满三碗酒。

老曾头端起一碗酒，递向夏春光：“这是我们自己烤的麻栗果酒，烤酒的时候，我在里面加了几味草药，喝了驱驱寒，你的身子就没事了！”

阿三端起酒：“来，干一碗！”

夏春光接过酒碗，眼里充满感激，“咕咕咕”喝干了酒。

阿三又给夏春光倒了一碗酒：“看你的打扮，像县里的干部！”

夏春光脱口而出：“我是麻……”

夏春光说到“麻”字，意识到说漏了嘴，赶紧打住，喝了一口酒。

阿三：“你姓麻？”

夏春光：“不是，我是说麻……麻烦你们了……”

老曾头：“我们都跟你说了，不要说客套话。”

阿三：“你是不是县里的人呢？”

夏春光：“是是，我是县里派来的。”

阿三：“县上来干部了，怕是上级又有什么新指示了吧？”

老曾头怕儿子说错话惹来麻烦，白了儿子一眼：“吃饭也堵不住你的嘴，少说两句你舌头会烂？”

夏春光：“我是下乡搞调查的。”

“我看你也不像那些来传达所谓的上级指示精神的人。”阿三说着，激动起来，“那些人，什么鸡巴本事也没有，就会吹胡子瞪眼，吓唬老百姓，凶巴巴的。”

老曾头看着儿子，“咳嗽”示意儿子别乱说。

夏春光端起酒：“大叔、兄弟，感谢你们救了我，我借花献佛，敬你们一碗！”

夏春光喝干碗里的酒，把酒放在桌子上。

“从喝酒就看得出来，你是个豪爽的汉子。”阿三说着，看着夏春光，“还没问你，你姓哪样?”

夏春光想也没想：“姓夏，我叫夏春光。”

“夏春光?”阿三突然想起什么似的，“我去县城找我的中学同学玩，听他们讲，有个大英雄，叫夏春光，他不当公安局局长，跑去办麻风村，一个从战场上的鬼门关闯过来的大英雄，多少人羡慕的公安局局长不当，去当麻风村村长，我听了很佩服的，不会是你吧?”

夏春光想了想，看看阿三、老曾头，又看看阿三母亲、小娥：“你们一家救了我的命，我不能和你们说假话，我就是从麻风村来的夏春光……”

“啊……”阿三母亲一惊，手里的饭碗“啪”地落在地上……

小娥看见母亲吓得饭碗落在地上，也害怕了，端起饭碗匆匆离开饭桌。

老曾头也害怕，手里端着的酒碗不停地晃荡。

阿三一点儿也不怕，看看父母，又看着夏春光：“嗨，我就是佩服你，我还想去拜访你呢。”

阿三说着，又给夏春光倒了一碗酒，端起酒碗给夏春光敬酒：“我敬你一碗!”

阿三把酒“咕咕”喝下，夏春光也喝干了自己酒碗里的酒。

127

沉沉黑夜笼罩着四野。

野鸟、野兽的叫声此起彼伏。

河边，马明亮和陈林躺在已只有点点火星的火堆旁睡着了，陈林在睡梦中小声喊着：

“村长……村长……你可别死……”

128

“夏同志，要不，你快去找你的同伴去吧……”

牛身子一般大的大树疙瘩燃得正旺的火塘边，老曾头看一眼正在打盹的夏春光，说道。

“啊……”夏春光迷迷糊糊地睁开眼。

“就像你说的，不知道他们有没有出事呢。”老曾头说，“要是他们找不到你，该有多焦急……”

“爹……”

坐在一旁的阿三喊了一声，用眼神示意父亲不要这样待客。

老曾头看着儿子：“我这不是担心……夏同志着急……他的同伴着急吗……”

“爹……”阿三急了，一把拉起父亲，“爹……”

“拉我干什么?”老曾头看着儿子，挣扎着要坐下。

“出去一下，我有事和你说……”阿三说着，强拽着父亲，把父亲拉到门外。

夏春光看着阿三把父亲拉出门，不知如何是好。

“爹，吃饭前，你极力挽留人家……”阿三低低的说话声从门外传来，“现在都半夜三更了，你怎么能赶客人走呢……”

老曾头：“吃饭前，我不知道他是麻风村的……”

“麻风村的怎么啦?”阿三越说越着急，“他可是好人，英雄……”

老曾头：“可他现在……是麻风村的……”

“你要再这样，我也走。”阿三给父亲下了通牒。

“你走？去哪?”

“离家出走，和你断绝父子关系!”

“你……”老曾头扬起手掌，要打阿三，手掌在半空中停了一下，无可奈何地垂下来，“唉……”

“走，进去，好好招待客人……”阿三说着，拽着父亲往屋里走，刚进门，就见夏春光起身，往门外走，阿三一愣：“老夏，你要去哪?”

“我还是快点去找我的同伴吧。”夏春光笑道，“要是他们出什么事，我还真负不了这个责任。”

“不行。”阿三走上去，把夏春光一把拉住，“今晚我说了算，就是有天大事情，你都得在我家住一晚上，明天再走，否则就是不把我阿三当朋友。”

夏春光为难地看着阿三：“这……”

“别这了那的。”阿三说着，看了父亲一眼，“反正，没有让客人半夜三更走的规矩!”

老曾头苦笑一下：“夏同志，你……还是听阿三的吧……他说的……的确是我老曾家，祖上传下来的待客规矩……”

夏春光为难地：“好……好吧……”

“这才像话嘛。”阿三把夏春光拉到火塘边坐下，“等着，我去拿花生来烧，我们再干两碗宵夜酒……”

阿三说着，上楼拿花生去了。

“我去拿酒拿碗来……”老曾头说着，往厨房走去。

夏春光解开衣袋上的扣子，从衣袋里掏出阮秀送他的绣球，看了看，又放回衣袋里，在心里说：“阮秀，要不是他们救我，我可能已经在九泉之下和你相见了……”

129

夜色给小满家院里铺上朦胧的纱幔，阮秀打开院门，往外走去。

“荷花?”

阮秀听到喊声，回过头，看见跟出来的小满，轻声唤道：“小满哥!”

小满走到阮秀面前：“又失眠了?”

阮秀难过地：“我正睡得好好的，蒙眬中感觉有人在喊我，我就醒了，再也睡不着了。”

小满看着阮秀：“听得出是谁喊你吗?”

阮秀摇摇头：“听不清，感觉有人在喊我的名字，但听不清他喊我什么。”

小满叹气道："唉，又是幻觉……"

"醒来后，我老在想，我原来到底叫什么名字，可就是想不起来。"阮秀忧伤地说。

小满劝慰道："想不起来就别想了，想多了影响身体。"

阮秀难过地看着小满："好……"

130

一轮红日从山岗上冉冉升起。太阳光环织出的条条金线射在山岭上。朝阳从窗口射进阿三家，照在靠在火塘边柱子上熟睡的阿三脸上。

阿三睁开眼，想起什么似的四处张望，只看见父亲靠在火塘边的墙上熟睡着，不见了夏春光的踪影。

阿三爬起来，走过去推醒父亲："爹，老夏不见了。"

老曾头醒来，四处望望："哪去了？"

阿三没好气地："我咋知道？就怪你昨晚要赶人家走……"

老曾头无奈地："不是把他又留下了吗，还陪他喝了一夜的酒……"

阿三突然发现凳子上的一张字条，连忙拿起来看了看："他走了，这是他留下的字条。"

"写了什么？"老曾头连忙问道。

阿三念道：

"曾大叔，谢谢你们救了我，我见你们睡得正香，不便打扰，有机会我会来看你们。曾大叔，你们不但救了我，而且知道我是麻风村来的，还敢留宿，坚定了我从事麻风病防治的信心……"

131

弯弯曲曲的河岸小路上，夏春光朝着他落水的上游走。

传来马明亮、陈林焦急的呼喊：

"老夏……"

"夏——村——长——"

夏春光站住，仰起头大声喊："明亮——陈林——我在这……"

不远处的河岸上，马明亮、陈林听到了夏春光的回答，陈林惊喜地喊道："村长，是村长的声音。"

马明亮高兴地："快……"

马明亮、陈林往下游跑去，大声呼喊着：

"老夏……"

"夏——村——长——"

夏春光向上游跑着："明亮、陈林——"

终于，他们能互相看见了，惊喜地停住，站了一下，又向对方跑去，相互呼喊着：

"村长……"

"老夏……"

"明亮、陈林……"

他们呼唤着，跑着，终于会合了，夏春光喘着粗气，看着马明亮、陈林。马明亮、陈林也喘着粗气，看着夏春光。夏春光上前一步，搂住马明亮、陈林，三个人紧紧抱在一起。

河水奔腾着。马明亮、陈林惊喜地哭了，哭声传向远方……

陈林抱着夏春光："村长，你出事后，我和马医生说，要是你就这么走了太不值了，连老婆都还没讨呢。"

夏春光一拳打在陈林身上："你诅咒我呀？"

"我哪敢？我是说，你要是走了，就真见不到那个叫阿曼的漂亮妹妹了！"

"你还敢瞎说！"

夏春光举起拳头又要打陈林。

陈林慌忙跑开："爱就爱吧，还不敢承认。"

132

湘西州医院。

阿曼穿着白大褂，戴着口罩、白帽子，疲惫不堪地从手术室出来。

高文辉迎上来："阿曼，怎么样？手术还顺利吧？"

阿曼突然晕倒。

高文辉一惊，扑向阿曼，把阿曼抱起："阿曼……"

高文辉的呼喊，惊动了几个医护人员，他们连忙跑过来：

"怎么了？"

"怎么了……"

高文辉抱着阿曼跑向急救室。

其他医护人员连忙跟上去。

133

"按理说，今天这样的手术，对阿曼来说不算大手术。"洗手间里，一个男医生和一个女护士在洗手，男的看着女的说，"可她做得有些吃力。"

"是啊，真奇怪……"女的抓起水龙头上的毛巾，一边擦着手，一边说。

一个护士走过来："你们都别说了，刚刚阿曼医生都晕倒了。"

两个洗手的医护人员互相望着，眼里露出惊诧的神色。

134

急救室里。

输液管里的液体一滴一滴在滴下。

已经醒来的阿曼躺在床上沉默不语。

高文辉默默坐在床边陪伴着。

135

内科办公室里。

两个女医生在谈论着：

“听说阿曼在手术过程中，情绪越来越差。”

“作为一个医生，手术中情绪怎么能变化无常呢？这不是草菅人命吗？”

“就是。”

高文辉走进来，两个医生连忙把话打住。

一个医生为掩饰自己，问高文辉：“高主任，阿曼怎么样了？”

高文辉笑笑：“已经没事了。”

高文辉说着，看看两个医生：“不在背后议论别人，也是一个医务人员的品德……”

两个医生相互看看，又看着高文辉，不知说什么好。

高文辉笑笑：“好啦，半小时后，不值班的医护人员，都到会议室开会。”

高文辉说完，走了出去。

高文辉刚走，两个医生又恼怒地议论起来：

“又在袒护阿曼。”

“以后我们说话得小心点，难道你没看出来，高文辉对阿曼很是关照。”

“谁看不出来？听说，他在暗暗追求阿曼呢。”

“他们都是院里的老伙子和老姑娘了，既然有那个意思，怎么就这样耗下去呢？”

“真是奇怪，干柴遇烈火，怎么就烧不起来……”

136

阿曼坐在床上沉思。

高文辉走进来：“阿曼，你怎么起来了？快躺下。”

阿曼忧郁地看着高文辉：“我没事了。”

高文辉走到床边：“都怪我，没有搞清病人的情况，就让你去为她做手术。”

阿曼看着高文辉：“你知道什么了？”

高文辉："我刚刚听说，这个病人的恋人，也是当年在我们湘西作战的解放军，后来失踪了，她等啊等，还是没有等来她要找的人，在绝望中她……"

阿曼："别说了……"

高文辉："不，阿曼，我们是医生，得对病人负责，在上手术台时，你了解到她的情况和你相似，你又控制不住自己的情绪，你就不应该勉强做手术，幸好你还是坚持住把手术做完了，而且手术也没失败，要不然……"

阿曼突然捂住耳朵："我求你了，别说了……"

"好吧，不说了。"高文辉无奈地，"你好好休息，我去开会去了。"

高文辉说着，走了出去。

阿曼从床上下来，走到窗前，忧郁地望着窗外："我还等他吗，要是我继续等下去，一直没有任何结果，我会不会像今天这个病人一样，精神崩溃，做出傻事来……"

137

夏春光坐在大火地生产队村头的千年古榕树下，抬头看着枝叶繁茂，像把巨伞立在大地上的古榕树树冠，沉思着。

"这两天，我们也派人去找了，实在是找不到李大娃……"生产队长高大年看着身边的夏春光、马明亮、陈林，说着他的无奈，"不信，你们去问他爹妈。"

夏春光沉思着，马明亮和陈林默默吸着烟。

"外村的人传言说，我们把李大娃赶跑了。"高大年又说，"实际上，我们没怎么赶他。"

"县里组织人调查后，根据调查结果写的麻风病调查报告，我看了好几遍。" 夏春光终于开口了，"我从这份调查报告上看到，你们赶走他时，连枪都用上了……"

高大年呼地站起来："你们说的这些，是当时县上来调查时，其他生产队的人瞎说的，那些谣言你们也信？"

陈林看着高大年：“高队长，俗话说，无风不起浪，你们真的没用枪追杀他？”

高大年叹气道：“唉，你叫我怎么说呢？要说用枪赶他，那也只是那天把你们从红薯地里抓回来的那个民兵唐小彬所为。”

陈林笑笑：“说来说去，还是对李大娃动枪了嘛！”

“人家唐小彬也是不得已才那样的。”高大年说着，看着陈林，“我想，要是你也像唐小彬那样，碰到那样的倒霉事，你也会这么做的！”

马明亮反问：“这么说，就是李大娃的不是了？”

高大年有些不耐烦的样子：“他们的事情，我也说不清楚，我带你们去找唐小彬和他老婆余小波得了！”

“也好。”夏春光说，“也许可以从他们那儿找到线索。”

138

“来，多吃点。”

唐小彬和妻子余小波坐在饭桌前吃饭，唐小彬把一片肉夹进余小波碗里，用爱的眼神看着余小波。

余小波把肉又夹到唐小彬碗里：“你吃吧，我吃了好多了……”

唐小彬还要推辞，屋外传来喊声：“小彬、小彬，来客人了！”

唐小彬偏过头：“谁呀！”

“我的话也听不出来了？我是高大年！”屋外，高大年没好气地说。

“队长呀，来啦，来啦！”

唐小彬答应着，放下碗筷，起身往外走去，余小波放下碗筷，跟了上去，两人走到屋门外，看到高大年领着夏春光、马明亮、陈林走进院里，愣在门外。

夏春光微笑着：“小彬，我们想找你了解点情况。”

唐小彬无奈地：“你们是为大娃的事情来的吧？”

陈林抢先问道：“你怎么知道？”

唐小彬走向陈林：“你们要找大娃的话，我想你们一定会来找我和小波。”

余小波白了丈夫一眼："关我什么事？"

余小波说着，不高兴地转身进屋，用力把门关上。

夏春光、马明亮、陈林往紧闭的大门上看了一眼，在院里的石头上坐下。

高大年看见靠在墙角的烟筒，走过去拿起烟筒，在烟筒嘴上装上烟丝，掏出火柴点燃，咕咕咕地吸起来。

夏春光看着唐小彬："小彬，我们可以和你谈谈吗？"

唐小彬在夏春光对面的木凳上坐下："谈就谈吧，又没有什么大不了的。"

屋里，余小波一动不动地坐着，眼泪流在两腮。

院里，唐小彬难过地低着头："村里人都知道，我和大娃、小波，小时候就是亲密无间的好朋友，我们的童年和少年时代，是在我们三人的歌声和笑声中度过的，以前，我们经常在村外的小河边放牛，玩过家家的游戏。"

唐小彬说着，陷入往事的回忆中……

河边，十多头牛在草地上吃草。

少年余小波、李大娃、唐小彬站在河边争论着。

李大娃："我是新郎！"

唐小彬："我是新郎！"

李大娃看着唐小彬："我们都别争了。小波要嫁给谁由她说了算。"

李大娃看着余小波："小波，你要嫁给谁？"

余小波看着唐小彬。

唐小彬："小波，嫁给我，我喜欢你……"

李大娃："小波，嫁给我……"

余小波看着李大娃："大娃，你说什么呐？是整做玩的，又不是真嫁。"

李大娃："小波，等开学了，去上学，我还背你过河的哦，你嫁给他，谁背你过河？"

余小波看着李大娃："大娃，我嫁给你！"

唐小彬难过地看着余小波："又不嫁给我，真不够意思！"

李大娃从草地上扯来三朵野花，自己戴上一朵："这是新郎的。"

李大娃说着，把一朵花发给唐小彬："这是伴郎的。"

李大娃把最后一朵花发给余小波："这是新娘的。"

李大娃指着前面的竹林："洞房还是竹林。"

唐小彬不高兴地噘着嘴。

余小波看着唐小彬："好啦好啦，下次我嫁给你，让你当新郎，好吗？"

唐小彬笑起来："真的？"

余小波点点头。

唐小彬高兴起来："你说话可不能再骗我啊！"

李大娃："别啰嗦了，我们玩游戏吧。"

唐小彬拿出别在裤腰带上的柳笛吹奏起来。

李大娃高兴地："娶新娘喽，我要背新娘入洞房喽！"

李大娃喊着，背起余小波，走向竹林，唐小彬吹着柳笛，跟在后面。

一牛头抬起头，叫了一声："哞……"

……

讲完这段少年时的往事，唐小彬心里很不是滋味，从高大年手里接过烟筒，吸了一气，吐出烟雾，看着夏春光："天真烂漫的少年时代，我们三个人在一起玩娶新娘，虽然小波每次都说嫁给我，但在游戏中，我还是一次也没有做过她的新郎。"

唐小彬说着，难过地低着头吸烟。

马明亮羡慕地看着唐小彬："多么烂漫的少年时代啊！"

唐小彬被烟呛着，咳了一阵，又继续说："长大后，小波和大娃相爱了，却没想到，大娃得了麻风病，无奈之中，小波嫁给了我。"

陈林难过地："嗨，看起来，小波和大娃的爱也是不牢固的啊。"

"什么牢固不牢固，人要生活一辈子，谁不想把日子过得平平安安，顺顺利利？"唐小彬没好气地说，"我也不能看着小波过苦难日子，本来我和小波也有很深的感情基础，我们就结婚了。"

马明亮沉默不语。默默地吸着烟。

夏春光看着唐小彬：“小彬，你们的爱情婚姻，是你们的选择，我们没权利说什么。”

“我不是怕哪个说，我只是对自己所爱的人负责。”唐小彬说着，沉默一会儿，又继续说，“当然，我和小波结婚，深深刺伤了大娃的心，从新婚之夜开始，他就来捣乱，使小波生活在深深的痛苦、恐惧和内疚之中……”

唐小彬说着，又回忆起新婚之夜的往事来……

新房里。红蜡烛燃烧着，融化的蜡烛水像眼泪一样顺着蜡烛往下流。烛光映照着墙壁上大红的双“喜”字。

余小波顶着红盖头坐在床上。

唐小彬走到余小波面前，揭去红盖头。

余小波轻轻躺到床上。

唐小彬上床，跪在余小波身边，深情地看着余小波：“你终于做我的新娘了，真正的新娘!”

余小波慢慢解开衣扣。

唐小彬喘着粗气，脱去上衣。

突然传来李大娃忧伤的歌声：

说什么山盟海誓
无非是一番鬼话

余小波一惊，从床上坐起来。

唐小彬家院门口，李大娃望着唐小彬屋里的灯光，唱道：

说什么患难与共
最终同甘不同苦

新房里，余小波坐在床上颤抖着，眼泪止不住地流。

唐小彬跳下床："看我怎么收拾他！"

余小波跳下床，抱住唐小彬："别，千万别……"

唐小彬抱住余小波："小波，别怕，我会保护你的。"

又传来李大娃忧伤的歌声：

人心隔着肚皮呀
哪还怕火烧雷劈
爱情连着谎言呀
空挂着一身人皮

余小波受到刺激，昏倒在唐小彬怀里。

唐小彬着急地呼喊："小波、小波……"

……

讲到这里，唐小彬说不下去了，难过地闭上眼睛。

夏春光、马明亮、陈林、高大年一时不知说什么好，沉默着。

眼泪从唐小彬紧闭的眼角溢出。

高大年从衣袋里掏出一包烟，抽出一支，递向唐小彬。

唐小彬从高大年手里接过烟，划火柴点燃，深深吸了一口，吐出一串长长的烟雾："每天夜里，李大娃都会到我家院外唱歌，搞得我和小波整夜整夜地失眠。小波差点被他搞得神经崩溃。"

唐小彬说着，吸了一口烟，又继续说："一天晚上，大娃又来捣乱时，我和小波实在忍受不了啦，就用上级配发给我们民兵营的枪，赶走了大娃……"

唐小彬说着，讲述了用枪赶走李大娃的情景……

床上，唐小彬和余小波正亲吻着，突然传来李大娃的歌声：

说什么两心相映不离分
到头来翻云覆雨独自飞

李大娃在唐小彬家院门口来回走着，唱道：

说什么患难与共同一生
最终是我心孤独你新欢

余小波实在忍受不住了，跳下床，从墙壁上取下枪，看着床上的唐小彬：“你去把他赶走吧，要不然，我无法活了。”

唐小彬下床，走到余小波面前：“我……我……”

余小波大叫：“我什么我，你不把他赶走，我就一枪把自己打死！”

唐小彬被激怒了，从余小波手里拿过枪，抱着冲了出去。

李大娃还在唐小彬家院门口来回走着，唱道：

说什么真情永久爱如磐石
到头来薄情寡义恨比海深

唐小彬提着枪来到门口，望着院外：“大娃，求你了，你滚吧，再不滚，就别怪弟兄无情了！”

唐小彬家院门外，李大娃靠在院墙上，又唱道：

说什么弟兄情深句句好听
到头来横刀夺爱事事难料

唐小彬站在屋门口，大声喊道：“李大娃你听着，从今天起，你我的兄弟情分，断了……”

唐小彬喊叫着，举起枪，扣动了扳机。

“砰！”

枪声划破夜空。

唐小彬瘫软在地，枪落在一边。

屋里，余小波立在地上，呆若木鸡，慢慢瘫软在地。

……

唐小彬心里很难过，没有再继续讲下去。

夏春光惋惜地看着唐小彬："小彬，你这一枪，把你们三人之间的情义，全消灭了！"

唐小彬："这一枪，让我和小波安静了，大娃也从村里消失了。"

陈林大声喝问："什么？你把李大娃打死了？"

唐小彬难过地埋下头。

陈林吼叫着，怒视着唐小彬："狗日的，你说，李大娃是不是被你打死了……"

唐小彬闭上眼睛："我那一枪是朝天打的。我说是那么说，我真能往他身上开枪吗？他毕竟是我的弟兄……"

马明亮看着唐小彬："后来，你就没再见过李大娃？"

唐小彬："再没见过！"

夏春光转过身："那村里的其他人呢？其他人见过他吗？"

唐小彬："这我就不知道了，你们自己去问吧！"

夏春光看着马明亮、陈林："我们走吧。"

屋里突然传来余小波的痛哭声："呜——呜——呜呜……"

余小波的哭声震颤了夏春光、马明亮、陈林，还有高大年的心。夏春光肩膀颤动了一下，停住片刻，才走出唐小彬家。

余小波的哭声更加使人震颤："呜——呜呜……"

139

"这是麻风村的夏村长。"高大年带着夏春光、马明亮、陈林来到李大娃家，向坐在门口的李大娃父母介绍说，"他们想了解李大娃的事情。"

"不是我们心狠，大娃得病，我们也没办法。"李大娃父亲的话有些漠然。

夏春光进屋，自己拉过板凳，坐在李大娃父母身边。

"什么没办法？"李大娃母亲愤怒地看着丈夫，"要不是你整天恶声恶气的，大娃会跑出去吗？”

夏春光站起来，看着李大娃母亲：“大婶，有话好好说嘛！”

李大娃母亲眼泪涌出来：“我和他……没什么好说的。”

马明亮看着李大娃的母亲，恳切地问：“大婶，李大娃回来过吗？”

李大娃母亲摇着头：“没有……不知他是不是……还活着……呜呜……”

“你们不要找了，让他死了算了！”李大娃父亲很不高兴地说。

马明亮惊奇地看着李大娃父亲：“难道，李大娃不是你亲生的？”

李大娃父亲没好气地看着马明亮：“亲生的又怎么样？他得了病，村里哪家办红白喜事，都不敢请我们了，我们家有事，连个帮忙的也不来，这日子还是人过的吗？”

夏春光看着李大娃父亲，无可奈何地摇摇头，站起来：“明亮、陈林，我们走吧！”

李大娃母亲欲言又止。

夏春光、马明亮、陈林和高大年往外走去，李大娃母亲望着他们离去的背影，忍不住哭起来：“呜……”

李大娃父亲点燃烟锅，默默吸着，眼眶里滚出几颗泪珠。

高大年和夏春光、马明亮、陈林走到村道上，高大年推辞说：“我家里还有事，我就不陪你们了……”

“好吧……”夏春光答应着，看着马明亮、陈林：“明亮、陈林，我们自己去找吧！”

140

“六六顺……”

“四季发财……”

一个农户家院里，一群人聚在一起吃喝，几个男人围着饭桌喝酒划拳，划拳声不断：

“三元开泰……”

“八马双杯……”

“小黑又输了，该他喝，该他喝……”一个村民大声叫道。

一个村民抬起酒碗，递给被唤作小黑的小伙子。

小黑接过酒碗，一饮而尽。

夏春光、马明亮、陈林走到院门口，一个正举手划拳的村民看到他们，眼睛突然睁大：“妈呀，麻风又来了……”

酒桌旁的村民转过头，往院门口看。

夏春光、马明亮、陈林站在院门口。

一个村民说：“那些麻风怕是饿了，给他们送点饭过去，叫他们拿去远处吃，别让他们过来……”

一个村民端着一大碗饭站起来。

马明亮压着心里的不高兴：“我们不吃饭，我们来问问你们，最后一次见到李大娃是什么时候，在什么地方？”

村民们纷纷回答：

“没见着……”

“一直没有见他……”

“不知道……”

“他弟妹回来了。”小黑往村道上一指，“你们问他弟妹吧。”

夏春光、马明亮、陈林顺着小黑指的方向望去，见李大娃的弟弟和妹妹，背着书包放学回来，立即走过去，夏春光亲切地喊道：“小朋友，等一下。”

李大娃的弟弟和妹妹停下来，看着走到面前的夏春光、马明亮和陈林。

马明亮笑着问：“你们两个，最近见到哥哥了吗？”

大娃弟：“叔叔，我们已很久没有见到我哥了。”

陈林：“他从家里走后，就一直没有回来过？”

大娃妹：“很长很长时间没见他回来了……”

夏春光：“你们想你哥吗？”

大娃弟低着头，不说话。

大娃妹：“人家都喊他老麻风……”

夏春光：“你们不要怕，你哥不像人们说的可怕。”

大娃弟抬起头：“叔叔，我们要回去了，回去后还要去砍柴、割马草，回去晚了我爹会骂。”

夏春光抚摸着李大娃弟弟的头：“去吧。”

大娃弟急急往前走去。

大娃妹连忙跟上去。

马明亮无可奈何地摇摇头，陈林叹了口气：“唉……”

141

“李大娃这个死鬼，也不知道跑到哪儿去了。”余小波坐在院子里补着衣服，有些担心地说，“难道，死在外面了……”

“现在有麻风村了，大娃要是活着，会有盼头了……”蹲在一旁的磨石旁磨刀的唐小彬，一边磨刀一边说。

余小波摇摇头：“唉，真不知道，他有没有那个命……”

142

“大爹，你在山上放牛，有没有看见过李大娃。”

山里，陈林把一支烟递向一个放牛老人，问道。

“李大娃?”

放牛老人头戴草帽，腰上背着个装水的葫芦，手里拿着放牛鞭，他从陈林手里接过烟，又看看陈林身边的夏春光、马明亮，反问陈林：“你说的，是那个老麻风李大娃?”

“对对对，就是他。”陈林高兴地看着老人，“你见过他吗?”

老人沉思起来。

陈林划燃火柴：“来，先把烟点上。”

老人点上烟，吸了两口，想了想，说：“一个月前，我在老竹箐放牛，晃眼看见一个人从竹林里跑过，那人跑得快，我也没看清是不是李大娃……”

夏春光高兴地：“谢谢大爹，管他是不是，我们去找了看看。”

“不过，看背影，倒是很像李大娃。”老人又说，“从那以后，我就没敢去老竹箐放牛了。”

马明亮连忙问：“大爹，老竹箐怎么走？”

放牛老人抬手，举着放牛鞭指道：“翻过前面那个山坡，看到一个到处是竹子的箐山，就是老竹箐了……”

夏春光、马明亮、陈林顺着老人指的方向看了看，谢过老人后，连忙往老竹箐赶……

143

夕阳余晖洒在石崖上，石崖上一片红色。

躺在崖顶上睡觉的李大娃从睡梦中醒来，坐起来，伸着懒腰，突然看见夏春光、马明亮、陈林从山路上走进老竹箐，惊叫道：“那三个人到老竹箐干什么？不会是唐小彬找来追杀我的吧？”

夏春光、马明亮、陈林走累了，在山路上坐下来，吸烟休息。

陈林埋怨道：“这个李大娃，死到哪里去了，我的腿都要累断了。”

李大娃看着山路上的夏春光、马明亮、陈林，骂道：“唐小彬呀唐小彬，余小波呀余小波，你们那一枪把我的心打碎了，也把我的头脑打醒了，我都到深山里做野人了，你们还找人来害我？”

李大娃说着，抬头仰望天空：“老天啊，你怎么不长眼，麻风病人也是人啊，失去了爱情和亲人，难道，还要让我失去生命吗……”

李大娃难过得顺手拿起身旁的树枝，用力折断。

马明亮、夏春光、陈林吸完烟，站起来，继续往前走，李大娃看着他们，小声说道：“日他妈的，那些人这个时候进山，不是唐小彬、余小波找人来追杀我，还能来做什么？他们怎么知道我在这里呢？不行，我得躲起来，要不然就死路一条了……”

李大娃说着，从山崖上下来。

夏春光边走边张望着，呼喊起来：“李大娃——”

“日他妈，真是来追杀老子的……”李大娃听见喊声，慌忙躲进树林里。

陈林、马明亮也呼喊起来：

“大娃?——”

“李大娃——”

李大娃从树丛里探出头来，居高临下地看着夏春光、马明亮、陈林，思考着对策。

陈林的目光四处搜寻着，突然看到一个山洞，喊道：“你们看，那里有个山洞。”

夏春光和马明亮抬头一看，看见了山洞，夏春光说：“走，到洞里看看。”

李大娃躲在树林里，看着夏春光、马明亮、陈林走向山洞，庆幸地说：“咦，他们找到我住的山洞了，幸亏我出来了，要不然他们摸到洞里，我都不知道……”

144

几只燕子“唧唧”叫着，飞进洞里。

夕阳的光线射进山洞，增加了山洞里的可视度。

“那里有地铺，一定有人住，怕就是李大娃呢!”夏春光、马明亮、陈林走进洞里，看见山洞里有茅草铺的一个地铺，陈林喊叫起来，跑了过去。

夏春光、马明亮连忙走过去。

陈林看见地铺旁有个燃烧过的火堆，火堆里还闪着星星点点的火星，又是一声惊叫：“有人在这里烧火!”

马明亮走到火堆旁蹲下：“火都还没熄，如果是李大娃，离开这里的时间应该不长。”

夏春光看看火堆、地铺：“如果是李大娃，可能出去找吃的了，我们就在这里等吧，他晚上一定会回到洞里来……”

145

“日他妈，那三个人占了老子住的山洞。”

李大娃躲在山洞对面的树林里，观察着山洞这边的动静，天黑了下来，他看见山洞里透出火光，愤怒地骂起来：

“今天晚上，老子得露宿山林了……”

146

“坏了！”

山洞里，陈林用木棍串着红薯，正放在火上烤，夏春光突然惊叫一声。

“怎么了？”陈林惊诧地看着夏春光。

“一惊一乍的。”正拿着水壶喝水的马明亮看着夏春光，“吓我一跳，差点被水呛着……”

夏春光：“要是李大娃就住在这里，他这么晚了还不回来，肯定是发现了我们。”

陈林：“难道，他把我们当成坏人了？”

夏春光若有所悟地点点头：“很有可能！”

马明亮：“要是这样，我们要找到李大娃就难了。”

陈林：“那我们赶紧走吧。”

“快走！”

夏春光喊了一声，往洞外走去，马明亮、陈林连忙跟上去。

147

“菩萨啊，发发慈悲吧，要是我的恩人还活着，让他出现在我面前吧……”

阳光射进寺庙里，照在一尊大佛身上。阿曼站在佛像前，闭着眼睛祷告："要是他……已不在人世，也让他给我托个梦吧……"

"当……当……"寺庙里的钟声飘得悠远。

高文辉站在寺庙门外，往门里张望着。

阿曼迈着沉重的脚步走出寺庙。

高文辉上前几步，看着阿曼："这下，你心里踏实了吧？"

阿曼看着高文辉，欲言又止。

高文辉笑着："其实，我真心希望，你能找到他。"

"真的？"

"阿曼，看到你一门心思想着他，又因找不到他而苦恼，我心里也十分难过。"

"文辉，我……"

"特别是上次你在做手术时，得知病人和你的经历相似，你带着情绪做手术，幸好没有出事故。"

"文辉，对不起，这事害得你也被院长批评。"

高文辉笑起来："好啦，不说了，这事已经过去了，山下有个牧场，我们去骑马吧？"

阿曼高兴起来："好。"

148

竹林里，夏春光坐在地上，凝视着阮秀送他的绣球，马明亮躺倒在他身旁，望着远山："唉，谁说世间难找痴情男儿？老夏对离开人世已久的恋人还这么痴情，不就是证明么？"

陈林从马明亮身边坐起来："那个阮秀要是活着，嫁给村长，多幸福啊。"

陈林说着，站起来，走到一旁撒尿，突然看见一个人在前面的山坡里跑着，不由得惊叫起来："村长，那山坡上有个人……"

马明亮急切地问："人在哪里？"

陈林抬手指着："跑到树林里了……"

夏春光连忙站起来："走，过去找找……"

马明亮站起来，三人一起跑过去寻找着，大声呼喊："李——大——娃——"

李大娃从山林的另一边钻了出去，爬到一块岩石旁，从岩石上探出头来，张望了一下，又缩回头。

夏春光、马明亮、陈林在树林里找寻着，一遍又一遍地呼喊："李——大——娃——"

李大娃坐在岩石下，十分气愤："那些狗日的，看来真不想放我一条生路了……"

夏春光突然想起什么似的："凭我的经验，那个人肯定是李大娃，我们怎么喊他，他都不出来，他一定是不信任我们！"

陈林看着夏春光："那怎么办？"

"你们两个继续在山里找他。"夏春光说，"我去叫他父母来，也许他会相信他父母，会喊得出来。"

马明亮摇摇头："他父亲肯定不会来的。"

"不是还有他母亲吗？"夏春光说，"他母亲那么疼爱他，一定会来的。"

马明亮摇摇头："他家是他父亲说了算，恐怕……"

夏春光坚定地说："我还是得去试试，李大娃毕竟是他父亲的血脉！"

"好吧！"马明亮说着，看着陈林，"走，找李大娃去……"

149

宽阔的牧场，辽阔的草地。

几十匹马在山坡上吃草。牧马人戴着草帽，在草地上悠闲地走着。

高文辉和阿曼走来，看见牧马人，高文辉高兴地喊起来："大哥！"

牧马人抬起头，四处看看，又看着高文辉和阿曼："喊我吗？"

高文辉笑着："这里又没别人。当然是喊你啦！"

牧马人笑笑："来骑马的吧？"

高文辉："是啊，可以吗？"

牧马人笑着："骑吧骑吧……"

高文辉："谢谢你，大哥。"

高文辉说着，拉着阿曼："走！"

牧马人："慢。"

高文辉："怎么啦？"

牧马人："那些马都没拴，怎么骑啊。"

牧马人说着，解下身上背着的马绳，走到一匹马前，把马拴好，看着高文辉和阿曼："可以骑啦！"

高文辉看着阿曼："你先骑。"

阿曼："不，你先骑，我有点害怕。"

高文辉："好吧！"

高文辉走过去，从牧马人手里拉过马，骑了上去，拍拍马屁股，马在草地上奔跑起来，阿曼跟在后面追着，马背上的高文辉在她眼里幻化成夏春光。

幻影中的夏春光骑马奔跑着，阿曼在后面追着，追着，突然脚下被石头绊了一下，她"啊"地叫一声扑倒在地。

高文辉听到惊叫，勒住马，回头看见阿曼摔倒在地，打马跑回来，跳下马，扶起阿曼："摔坏没有？"

阿曼摇摇头："没有。"

高文辉看着阿曼："看你有些不高兴，是摔坏了还是？"

阿曼笑笑："没事，你骑吧，我休息一会儿。"

高文辉担心地看着阿曼。

阿曼坐在地上，看着高文辉："我真的没事，你去骑马吧，我喜欢看你骑马。"

高文辉看着阿曼："你真没事？"

阿曼微笑着点点头。

高文辉："那你先休息一会儿，我表演马术给你看。"

高文辉又骑上马，打马在草地上奔跑起来。

阿曼出神地看着："他骑马的样子，真像我要寻找的人，我还有机会和我要寻找的人一起骑马吗？"

150

李大娃母亲躺在床上，老伴用小汤匙给她喂药，院里传来夏春光的声音：“有人吗?”

李大娃母亲吃力地看着老伴：“有人来了，你去看看是谁?”

李大娃父亲走到门口，看见夏春光站在院里，很是生气：“唉，你怎么又来了?”

夏春光走到李大娃父亲面前：“我们在山里发现大娃了，但他担心我们不是好人，躲起来了，我想请你们一起去找，他见到你们，可能就不会害怕，就会出来了。”

“唉，不是我心狠，他妈病得不能下床了……”李大娃父亲说，“我得照顾他妈，怎么去得了呢?”

李大娃母亲慢慢来到门口，喘着气扶在门框上，看着夏春光：“刚刚你说……说……什么……”

夏春光上前扶住李大娃母亲：“想不到，你一下子病得那么重，快，进屋躺着!”

李大娃母亲望着夏春光：“我听你……刚刚说……说到大娃……”

夏春光：“我们在山里发现大娃了。”

“大娃，我的儿呀……”李大娃母亲听说夏春光他们看见了李大娃，喊起来，因突然过度激动，昏倒在地。

李大娃父亲责怪地看着夏春光：“都怪你……”

夏春光连忙跑进屋，抱起李大娃母亲：“快把她抱到床上休息!”

151

阿曼和高文辉披着晚霞踏上归途，阿曼高兴地看着高文辉：“文辉，今天是我玩得最开心的一天。”

高文辉高兴地笑着：“你开心，我也开心，不过，我觉得你还是没有把心事全丢开……”

阿曼走上去，拉住高文辉的手：“文辉，谢谢你一直关心我。”

高文辉拉着阿曼的手慢慢往前走去：“我希望关心你一辈子。”

“文辉，我……”

高文辉停下来，默默看着阿曼。

阿曼抬头看着高文辉。

高文辉轻轻捧起阿曼的头，在阿曼额前轻吻了一下。

阿曼担忧地看着高文辉：“文辉，我不得到他的下落，是不会死心的，你真要这么遥遥无望地等着我?”

“只要你没有结婚，我就等你。”

阿曼扑进高文辉怀里，眼泪忍不住往下落。

高文辉抬头看看天：“天快黑了，我们走吧。”

阿曼抬起头，擦拭着眼泪。

高文辉拉着阿曼的手往前走去。

152

“李大娃父母……到底会不会来?”

陈林和马明亮在山林里寻找着李大娃，陈林十分灰心：“他父母不来，估计真找不到他……”

马明亮摇摇头：“希望不大。”

“我回来了……”

马明亮和陈林正说着，夏春光满头大汗地回到山林里，急切地喊道。

马明亮、陈林迎上去：“怎么样?”

夏春光摇摇头。

马明亮：“我就说，他父母不会来的，白跑了不是……”

“要不是他母亲病得那么重，我想，他父亲不来，他母亲也会来的。”夏春光说，“我们的工作刚刚起步，什么方法都得试!”

陈林想起什么似的：“说不定，李大娃回到山洞里了呢……”

夏春光：“走，去看看。”

153

“妈呀，又来了……”

李大娃果真回到了山洞里，他躲在山洞口，从洞壁探出头来，看见夏春光、马明亮、陈林从远处走来，吓得惊叫一声，慌忙缩回洞里：“他们真是来杀我的……”

夏春光、马明亮、陈林慢慢走向山洞。

“我该怎么办……”李大娃思索着，又从洞壁探出头来，见夏春光、马明亮、陈林走到洞口，心想这下必死无疑了，便豁出去了，抱过一块大石头，举着石头，猛然冲到洞口，大声喊叫：“别过来，哪个敢过来，我就砸死他……”

“李大娃……”夏春光、马明亮、陈林看见李大娃，惊喜地喊道。

李大娃怒视着夏春光、马明亮、陈林。

“你是李大娃吗?”夏春光问道。

李大娃又喊叫道：“哪个敢过来，我就砸死他……”

“你要是李大娃的话，我告诉你，我们县建起了麻风村。”马明亮说，“我们是来接你到麻风村治病的……”

李大娃没听见似的，举着石头，怒视着夏春光、马明亮、陈林。

夏春光依然笑着：“我是麻风村村长，我保证，我们一定治好你的病……”

“骗人，我从来没有听说过有什么麻风村，也没有听说过麻风病能治好。”李大娃大声喊道。

陈林实在忍不住了，指着李大娃：“你真不识好歹。”

李大娃更急了：“哪个过来，我就砸死他……”

夏春光连忙拉了陈林一把：“陈林，你怎么这个态度?”

陈林委屈地看着夏春光：“村长，我实在受不了啦。”

夏春光责怪地看着陈林：“要有耐心。”

马明亮看着夏春光：“村长，算了，别说了，陈林也不是有意的。”

陈林看着李大娃：“大娃，你怎么不相信我们，我们真是来救你的……”

李大娃不予理会，举着石头：“哪个过来我就砸死他……”

夏春光在马明亮耳旁小声说：“李大娃一时不会相信我们，不能再这么僵持着，我们走吧……”

马明亮看着李大娃：“大娃，你到洞里休息吧，外面冷，你好好想想我们说的话，想好了，明天我们再来接你……”

夏春光对李大娃微微一笑，走了。

马明亮拉陈林一把，跟在夏春光后面离开山洞。

“他们也怕死……”李大娃看夏春光他们离开，把石头放在地上，连忙搬石头做防卫工具，一边搬一边骂，“日他妈的，谁敢过来，我就砸死谁……”

154

“梦里闻到肉香味……”

半夜时分，躺着草皮上的马明亮从睡梦中醒来，迷迷糊糊地说。

“哪里有肉？”

睡在马明亮身边的夏春光喊了一声，翻过身来，看着马明亮。

马明亮清醒过来，看着夏春光：“我迷迷糊糊中闻到肉香味，肯定是做梦吃肉了。”

夏春光：“我也闻到了。”

“哈哈哈……”马明亮笑着，自嘲道，“看来，我们渴肉渴疯了……”

“真有肉香味啊……”夏春光说。

马明亮吸了吸鼻子：“噫，还真是……”

夏春光左右看看，不见陈林，惊诧地问道：“陈林……陈林呢……”

马明亮从地上坐起来，左看看，右瞧瞧：“怪了，他睡在我旁边的呀，人呢？”

“我来了……”

不远处传来陈林的回答。

“陈林，半夜三更，你不睡觉，搞什么名堂？”夏春光喊道。

“我搞好名堂。”

陈林答应着，提着两只用树枝穿着，烤熟了的野兔走过来：“你们两个，睡得像死猪似的，我饿得慌，睡不着，爬起来，到山那边忙了大半夜，逮到两只肥大的野兔……”

说话间，陈林来到了夏春光和马明亮身边。

马明亮看着陈林手里两只烤熟了的野兔：“逮到野兔也不拿回来烤，是不是想吃独食，良心发现了才回来的。”

“好心被当作了驴肝肺呀……”陈林看着马明亮，“我是怕影响你们两个大人物睡觉，才在山那边烤好了拿回来，早知道这样的话，我真该把肉吃了才回来……”

“天哪，陈林，今天我终于发现了你的伟大之处，居然是个好猎手。”马明亮喊着，蹿过去，撕下一块兔肉就吃。

夏春光也不示弱，连忙扑过来抢肉吃。

“慢点慢点，我这个打猎人都还没动嘴呢……”陈林大声喊道。

马明亮和夏春光把一只兔子一分为二，各拿着一半，坐到一边吃去了。

陈林摇摇头：“我看你们两个，像是生下来就没吃过肉似的……”

马明亮笑起来：“别急啊，剩下的一整只，都留给你了。”

“是啊，你一个人吃一只，算是对你的奖赏了啊！”夏春光补充道。

“这还差不多。”陈林拿起另一只兔子，张开大嘴咬下一大块肉，没有嚼碎就吞咽下肚，“要是再有点酒，就更美了。”

“等完成任务，我请你们两个大喝一次。”夏春光说。

“为了让你说话算话，再给你一只兔腿。”陈林说着，撕下一只兔腿，塞在夏春光手里。

马明亮摇摇头：“唉……还是当官的好啊，可以多吃多占……”

“当医生的也得罪不起呀……”陈林说着，又撕下一只兔腿，塞给马明亮。

155

阮秀靠在床头想着心事："小满哥总是说，要是那个影子一辈子都不消失，他就等我一辈子，要是他真的等我一辈子怎么办？我这不是害了小满哥吗……"

阮秀说着，看到萤火虫在窗外飞来飞去，起床走到窗前，看着在黑夜里飞的萤火虫，轻声说道："我该怎么办？那个影子到底是谁，他在哪里？萤火虫，你能告诉我吗？"

小满躺在床上也睡不着，他翻来覆去，心里老在问："荷花会想起那个影子是谁吗？要是她真的一辈子想不起来，我真能等她一辈子吗？要是等了一辈子，什么也没等来，我值吗？"

阮秀站在窗前，眼泪又流下来："影子，影子，该死的影子，你为什么要折磨我？是不是我以前做了什么坏事，要受到这样的惩罚啊？"

156

"我们应该给李大娃留一点。"

夏春光他们吃完了肉，夏春光舔着手指上的油，突然想起什么似的说。

陈林点点头："还是村长细心，我就没想到这些，下次吧，下次再逮到野兔，给他留点。"

"对，下次弄到什么好吃的，都给李大娃留点。"夏春光说着，站起来，活动着四肢，"这肉一吃，把瞌睡吃跑了，一点睡意都没有了……"

马明亮站起来，看着夏春光："不会是又想起你死去的阮秀，睡不着了吧？"

"你老说我想阮秀……"夏春光没好气地看着马明亮，"难道你就不想阿丹？"

马明亮："你连一个已经不在人世的人都那么想，我怎么可能活着的人也不想……"

夏春光不高兴地看着马明亮："你别老说阮秀死了活了的，阮秀永远活在我心里！"

夏春光的话里透出伤痛，马明亮连忙道歉道："对不起，我不是那意思，我是说，你都那么想阮秀，我怎么可能不想阿丹呢？唉，我怕……我想也是白想啊……"

157

窗前，阿丹站在朦胧夜色中，她和马明亮在野外的黑白合影照片放在桌子上。

阿丹在窗前默默站了一阵，转过身，走到桌前坐下，拿起照片默默看着，眼泪滴在照片上。她和马明亮照相时的情景浮现在眼前……

明媚的阳光照耀着青青的草地。阿丹坐在草地上，马明亮调整着脚架上照相机的焦距，阿丹的影像在取景框里变得清晰。

马明亮按下自动拍摄快门。

响起快门转动的声音。

马明亮跑到阿丹旁边坐下，抱住阿丹。

快门"咔嚓"一响。

马明亮幸福地抱着阿丹，和阿丹默默对望着。

两只小鸟从树丛里飞出。

马明亮和阿丹躺在草地上热吻着……

"唉……美好的一切，也许都远去了……"阿丹说着，好伤心，她把照片反扣在桌子上，伏在桌子上无声地哭起来，双肩一上一下颤动着。

母亲起来上厕所，见阿丹的房间还亮着灯，悄悄来到阿丹的房间门外，从门缝里往里看了看，看到阿丹在哭，小声说道："真是自作自受。"

母亲说罢，自顾离去，回到房间里，怒气未消，又气愤地骂了句："真不是东西。"

阿丹父亲被惊醒，睁开眼睛看着妻子："又怎么啦？"

阿丹母亲躺到床上："这个马明亮，真不是东西，和阿丹好了那么长时间，说走就走了，害得阿丹关在屋里哭哭啼啼。”

阿丹父亲：“人家马明亮有什么错？要怪，就怪阿丹，马明亮不就是去做别人不愿做的工作吗，我看，像马明亮这样的男人才算汉子，才靠得住。”

阿丹母亲转头看着丈夫：“你替马明亮唱什么高调？你不怕麻风病，你自己怎么不报名去麻风村工作？”

阿丹父亲：“要不是我年纪大了，我会考虑的。”

阿丹母亲呼地从床上坐起来：“我看你是越说越上脸了，看来，你不得当马明亮的老丈人，你心里不舒服了。”

阿丹父亲气得想发火，但还是忍住了：“你不要老拿马明亮来说自家的事，那是侮辱人家的职业和品德。”

阿丹母亲：“算了，我也不和你争了，反正，马明亮的老丈人，估计你也做不成了，我和你较这个劲，我吃饱了撑的是不是？”

阿丹母亲说着，愤怒睡下，转过身来，把后背留给丈夫。

阿丹父亲看着妻子的背：“要是我是马明亮，就是打一辈子光棍，也不会惹上这样的老丈母。”

“放屁。”阿丹母亲骂了一句，用被子蒙住头。

阿丹父亲也没好气地转过身去。

158

马正毅在办公室里走来走去，思考着什么。突然，他走到办公桌前，摇了摇电话机摇柄，拿起话筒：“老牛，到我办公室来一下，好吗？”

牛胜利在电话里回答：“马上到。”

秘书拿着报纸和几封信走进来：“还是没有夏村长他们的来信，我了解了一下情况，他们一直在山区搞普查，交通不便，信息闭塞……”

马正毅看着秘书：“我知道了，你先去忙你的吧。”

秘书转身离去，牛胜利进来，牛胜利和秘书走了个对面。

秘书和牛胜利打了个招呼：“牛副书记。”

牛胜利笑笑：“你忙去吧。”

秘书和牛胜利擦肩而去。

牛胜利走到马正毅桌子旁边坐下："老马，有什么事吗?"

"这么长时间了，夏春光他们一点情况也没反馈回来，会不会是遇到了什么麻烦……"马正毅担心地说。

"他们肩负的是很特别的工作，难度是无法想象的。"牛胜利说，"他们不汇报，我们也只有耐心等他们的消息啊。"

马正毅想了想："我一直为他们担心，听你这么一说，我明白了，他们迟迟不汇报，一定有他们不汇报的理由。"

牛胜利："是啊，你不是一直说，要信任别人的工作吗？你放心吧，春光不会辜负你和组织的希望的!"

马正毅点点头："是我有点操之过急了……"

159

李大娃在山林里奔跑着。

岩石下，夏春光抬起头来，奔跑着的李大娃突然闯入他的视线，他连忙喊道："明亮、陈林，快起……"

陈林从地上爬起来："怎么了……"

"李大娃跑了。"

马明亮从地上跳起来："跑了?"

夏春光伸手指着："你们看，他往山林里跑了，快追……"

"追……"

陈林喊了一声，往前跑去，夏春光、马明亮连忙跟上去。

李大娃回头，看见夏春光、马明亮、陈林追来，骂道："这些王八蛋……"

李大娃骂着，跑得更快了，累得张大嘴巴，喘着粗气。跑着跑着，他跑进了原始森林里。

狂奔追赶的夏春光看见李大娃跑进原始森林，急得大喊："李大娃，危险，千万不要闯入原始森林……"

李大娃早已跑到了原始森林深处，陈林、马明亮跑向原始森林，夏春光大喊："站住。"

陈林、马明亮停下，转身喘着粗气看着夏春光。

夏春光跑上前，上气不接下气地说："不追了……这原始森林……人进去……就会迷路……"

马明亮着急地问："那怎么办？"

夏春光一屁股坐在地上："累……累死了……先休息一下，想想办法……"

马明亮、陈林跟着坐在地上。

夏春光分析起来："这里的地形，太复杂了，进了原始森林，就很难分清方向，一旦迷路走不出来，就会被困死在里面……"

陈林害怕地："妈呀，好恐怖，李大娃在里面迷路怎么办？"

"现在最好的办法是，派一个人到大火地生产队访问一下，有没有人进过这座原始森林，有没有人熟悉这里面的情况。"夏春光说，"只有非常熟悉这里的地形，进过原始森林，又安全出来的人做向导，才能进去找李大娃。"

陈林看着夏春光："李大娃在这山里生活的时间长了，怕是进去过，应该没问题的吧……"

夏春光摇摇头："虽然李大娃在这山里生活的时间长，有没有进去过原始森林里，也很难说，总之，安全性太小了，万一李大娃出了事，我们就成了罪人了。"

马明亮着急地："事不宜迟，我到大火地生产队求援。"

夏春光看着马明亮："也只能这样了，我和陈林在山里守着，万一出现什么意外，也好采取措施。"

马明亮匆匆而去……

"我们在这里辟出一块空地……"夏春光一边拔地上的草，一边说，"烧一堆火，万一李大娃在原始森林里迷路，要是能看见烟雾，就可以朝着烟雾方向，走出原始森林……"

陈林一边和夏春光一起拔草，一边担忧地说："森林那么大，那么密，他能看到烟雾吗？"

夏春光："只能碰运气了。把空地搞大点，防止火源窜到原始森林里，要是发生火灾，那就什么办法也没有了……”

160

原始森林里，开满了各种各样的野花。

地上，树干上，树杈间，长满了白的、黑的木耳，各色各样的蘑菇。

一棵棵大大小小的树上，藤上，结满了野果。

松鼠、鸟儿等等，各种各样、大大小小的动物，在森林里窜来窜去，飞来飞去。

李大娃扒开草丛，树枝，藤萝，在原始森林里乱窜着……

161

一大片空地上堆满了柴火。夏春光划了一根火柴，点燃柴火，滚滚浓烟升上天空。

“大娃，快出来，里面危险……”夏春光大声呼喊起来。

陈林看着夏春光：“林子那么大，那么密，他听得见吗？”

夏春光：“只能死马当活马医了，喊了试试。”

162

原始森林里，林涛阵阵。

李大娃坐在一棵大青树下，听不到夏春光他们的喊声，也看不见他们烧火的烟雾，害怕起来：“不行，我得走，要是天黑走不出去，就麻烦了……”

李大娃站起来往前走，走来走去，又走到先前歇气的大青树下，他慌了：“我怎么转了半天又转回来了？”

李大娃说着，四处望望，又抬头，透过树林缝隙仰望天空：“不行，我得想办法走出去，走不出去，就只有死路一条……我不能这么就死了……”

163

原始森林外，陈林在夏春光身边坐下，看着夏春光：“我们继续喊吧，天黑就麻烦了。”

夏春光摇摇头：“别喊了，李大娃肯定跑到原始森林深处了，他不会听到我们的喊声了。”

“村长，怎么办?”

“等，只能等了，看明亮能不能找到人来帮忙了……”

陈林躺在地上仰脸望天：“这个李大娃，让我想到了芳芳，不知道还能不能找到她……”

164

大山上，芳芳摘了野果，从树上下来，捧着野果，来到小溪边蹲下，把野果放在地上，伸手在溪水里洗洗，捧起溪水洗洗脸，又捧起溪水喝了两口，拿起野果，在溪水里洗一个吃一个。

吃完野果，芳芳爬到一堵岩石上，看着山下的麻风村：“怪了，来了一批人，在山下盖了那么多房子，房子盖好了，人又都走了，那些人是什么人呢？他们来这里盖房子干什么?”

芳芳从石头上下来：“管他们是什么人，管他们来干什么，以后见了他们还是躲远点，免得惹麻烦。上次我真够胆大的，竟然敢去偷他们的饭吃，偷他们的衣服穿。要不是饿极了，给我十个胆，我也不敢那么干。”

芳芳一边自言自语地说着，走到了自己住的山洞口，洞口的几株野花盛开着。

芳芳在洞口的一块石头上坐下，一株野花遮掩着她的一半脸，她凝望着远方，唱起忧伤的山歌：

花开花落花满地

泪流泪干泪连坡
望星望月望爹娘
想新想旧想情哥

165

“哩……哩哩……哩哩布哩哩……”

幽幽的木叶声在山谷里回荡。

陈林站在树下，吹奏着树叶。

166

原始森林里，李大娃走来走去，始终在那棵大青树下转来转去，十分的着急和慌张：“出不去了，真出不去了……”

一只鸟飞进大青树上的巢穴。李大娃失望地坐到地上，又仰面躺在大青树下，看着树上的鸟巢：“出不去就出不去吧，活着，也很痛苦……”

山林里传来了野兽的呼啸声……

李大娃一惊，猛然坐起来：“不行，我不能在这里等死。我不想死，我要活，我要活……”

167

原始森林外，夏春光和陈林热得汗水在脸上流。陈林用衣袖揩着脸上的汗水：“怎么突然变得这么闷热?”

“要下大雨了。”夏春光看看天空：“天要黑了，李大娃要是走不出原始森林，怕就没救了……”

“村长……”

传来马明亮的喊声。

陈林转身。

夏春光偏过头。

马明亮跑过来。

夏春光、陈林迎上去。

马明亮喘着粗气跑到夏春光、陈林面前，一屁股坐下：“累死了……”

陈林把水壶递给马明亮。

马明亮仰头喝水。

夏春光急切地问：“明亮，怎么样？”

马明亮把水壶放在地上：“我求爷爷、告奶奶的，访遍了大火地生产队，访遍了家家户户，都说，这座原始森林里，邪气重，村里上一辈，有几个人进去打猎，就再也没出来，此后，再无人敢进去过……”

“唉……这个李大娃……”夏春光着急地拍了拍脑袋，“他真是走上绝路了！”

马明亮：“一提起这座叫死亡谷的原始森林，村里人都害怕得要命……”

大家都没了主意，沉默了。

过了好一阵，夏春光抬起头：“实在不行，我进去找李大娃！”

陈林阻止道：“不行，要去我们一起去。”

夏春光摇摇头：“不行，我们都进去了，万一走不出来，都死在里面，谁去做麻风村的工作？”

马明亮担心地：“万一你进去出不来，牺牲你个人是小事，麻风村少了你这个一村之长，我也没信心了……”

夏春光侥幸地说：“也许，不会像我们想象的那么糟糕，我当侦察兵时，穿越过不少原始丛林，我有经验……”

马明亮阻止着：“不行，绝对不行！”

“说不定李大娃已经走出原始森林了。”陈林说。

一条毒蛇从草丛里爬出来。

夏春光继续说：“像这么复杂的原始森林，十个人一起进去，也怕找不着方向出不来，何况是个麻风病人，万一李大娃死在里面，一是我们无法向其他麻风病人交代，二是有辱我们麻风病防治工作者的名声……”

陈林大声喊道：“村长，你是我们的头，你不能出意外呀……”

夏春光抬头看看天："别争论了，天不早了，可能要下大雨了，再不进去找，就晚了。"

马明亮："老夏……"

"哎呀！"夏春光突然大叫一声，滚倒在地。

陈林看见一条毒蛇快速窜进草丛，大叫一声："村长被毒蛇咬了……"

被毒蛇咬伤的夏春光疼得在地上打滚："疼……疼死了……"

马明亮看见夏春光的左脚流出黑血，扑过去抱住夏春光的左脚，冲陈林大喊："快扯根藤子来！"

陈林扯来一根树藤。

马明亮迅速把夏春光伤口的上部紧紧扎住，防止毒液蔓延，然后抱起夏春光的左脚，对着伤口，用嘴一口口吸出毒液，吐在地上。

突然雷电轰鸣。

瓢泼大雨铺天盖地而来。

"快，把老夏背到山洞里！"马明亮喊道。

陈林背起夏春光，往李大娃住的山洞跑去。

马明亮提着水壶跟在后面。

夏春光在陈林背上轻声呼唤："李……李……大娃……"

山洞口早已挂起"哗哗哗"往下流的雨帘。

陈林背着夏春光，穿过雨帘，跑进山洞，马明亮跟了进去。

山洞外，狂风暴雨在树林上狂舞。

马明亮把夏春光放在山洞里的地上平躺着，夏春光已经昏迷不醒。

马明亮拿起小刀，划开夏春光的伤口，朝陈林喊："水！"

陈林拧开水壶盖。

马明亮："快用水冲洗清毒。"

马明亮说着，抱起夏春光的伤脚。

陈林倒水冲洗伤口。

马明亮从药袋里取出消炎药粉，敷在伤口上。

作了紧急处理后，马明亮站起来，看着陈林："老夏被一种剧毒的蛇咬了，得马上找几味草药来，你照顾老夏，我去采药……"

马明亮说着，冲出山洞，跑进雨幕中。

陈林抱着昏迷不醒的夏春光："村长、村长、村长……"

狂风暴雨扑打着山林。山峦灰蒙蒙的，树林灰蒙蒙的。

马明亮在山林里寻找着，突然看到要找的草药，扑上去，用手刨着草药。

山洞里，陈林抱着昏迷不醒的夏春光，吓得要哭了："村长，你可别吓我们啊……"

陈林哭喊着，张望着洞外，焦急地等待着。马明亮终于抱着一捆草药冲进山洞，用石块在石头上捣着草药。

陈林抱着夏春光，靠在石壁上，忧心忡忡地看着夏春光被咬伤的脚。

夏春光的双眼紧闭着，左脚肿得大大的。

马明亮捧着药泥走到夏春光脚前，往夏春光伤口上敷药："要是到明天早上还不消肿，村长还醒不过来，恐怕……"

陈林害怕得要哭的样子："马医生，你无论如何要把村长救过来，我们不能没有村长啊……"

"治疗这种蛇伤，非得半边莲、黄开口、葎草等几味草药。"马明亮说，"算老夏命好，这几味草药我都找到了……"

陈林眼里闪烁着希望之光："马医生，有多大把握？"

"这几味草药要是有效，就是奇效，得看夏村长的身体有没有抗药性，若无抗药性，就可能产生奇效，就可消肿，醒过来。"马明亮担心地说，"如果无奇效，则会增加毒性，那就危险了。"

陈林连忙祷告："菩萨保佑，菩萨保佑……"

马明亮又说："这种蛇伤，不得不这样用药，到底是产生奇效，还是增加毒性，就得看老夏的身体了……"

陈林："马医生，别说了，我好怕……"

马明亮："你抱着老夏，尽量不要晃动，天快黑了，我去烧火，天黑看不见就麻烦了……"

马明亮说着，走过去点燃一堆柴火。

马明亮走到陈林身边："把老夏抬到火堆旁。"

陈林抱着夏春光的肩，马明亮抱起夏春光的双脚，把夏春光抬到火堆旁，放在地上铺好的树叶上。

天黑了，雨停了，月亮从山顶冒出来，月光洒在洞口。

陈林、马明亮守在夏春光身边，默默祷告着……

168

马正毅在家里来回踱着，赵英坐在屋里补衣服。

马正毅走到门口，往屋外张望一阵，又在屋里走来走去。

赵英抬起头："老马，今晚你是怎么啦？"

马正毅点上一支烟，吸了一口："心里特别烦躁……"

赵英担忧地："我们的儿子失踪的那晚，你也这样！"

马正毅看看赵英，欲言又止。

赵英眉头一怔："难道，明亮出事了？"

马正毅把烟头丢在地上，用脚踩灭。

赵英自我安慰道："不会的，明亮不会出事的……"

马正毅极力控制着自己的情绪，坐下来，靠在椅子上，又点了支烟，深深吸了一口，吐出一串烟雾："胜利说得对，耐心等着，耐心等着……"

169

"秀，秀，等等我，我来了……"山洞里，夏春光在昏迷中说起胡话来。

陈林连忙呼喊："村长，村长……"

马明亮望着陈林："你别喊了，他听不见，就是听得见，也无法答应的。"

陈林忧郁地望着马明亮："马医生，村长突然在昏迷中喊了几声阮秀，又昏迷不语，这是不好的预兆啊。"

马明亮望着陈林："不好的预兆？"

陈林因害怕和担忧，流下眼泪："我听老人们说，人要离开人世前，在剩下最后一口气时，会呼喊自己最牵挂的人，无论牵挂的人活着，还是死了。”

马明亮担心地看着陈林：“你是说，老夏刚刚突然喊阮秀，是离开人世的前兆?”

陈林哭着：“村长的话你也听到了，他说叫阮秀等等他，他去了，这不明明说的是……”

马明亮摇摇头：“不，不，你说的没有科学依据，我不相信，我是医生，我只相信科学。”

陈林哭着：“马医生，我希望我说的，是假的……可是，我已经……经历过这样的事啊。”

马明亮：“经历过这样的事?”

陈林哭着：“那年我爷爷死的时候我在场，我爷爷死的前几分钟，突然喊我奶奶的名字，叫我奶奶等他，他要去了，结果，我爷爷真去找我死去几年的奶奶去了……”

马明亮鼓励陈林说：“陈林，你是不是绝望了，在这个时候，我们千万不能绝望，哪怕有百分之一的希望，我们也需要有百分之百的信心。”

陈林忍不住大哭：“呜……呜呜……”

陈林哭着，站起来，跑向山洞外。

马明亮看着昏迷中的夏春光，伤心地：“我知道，你不会走的，不会的，我们的事业刚刚开始，你不会放下我们的事业的……你就是去了，也会被阮秀骂回来的，你的事业没有完成，她不会接纳你的……”

马明亮说着，在夏春光身旁坐下。

陈林的心平静了一些，返身回到洞里，和马明亮一起守护着夏春光。

天亮的时候，马明亮和陈林都躺在夏春光身边睡着了。

躺在树叶上的夏春光，身子突然动了动，慢慢睁开眼：“明亮、陈林……”

马明亮惊醒，惊喜地看着夏春光：“老夏、老夏、你醒了……”

陈林惊醒：“村长!”

夏春光欲爬起来，马明亮抱起夏春光的上身。

陈林抱起夏春光的伤脚，大叫：“马医生，村长的脚消肿了……”

马明亮的眼泪夺眶而出："奇效、奇效，发生奇效了……"

夏春光笑笑："我去了马克思那里一趟，想不回来了，被马克思大骂了一顿，小夏，你的事没干完，回去，把事干完再来见我，我被马克思骂回来了……"

马明亮眼泪流出来："怕是被阮秀骂回来的吧。"

夏春光笑笑："阮秀我也见着了，我看见她住在深山老林里，我说，阮秀，我来了，她骂我，说我没有给麻风病人治好病，把我骂了回来……"

陈林喜从悲中来，"哇"地大哭起来。

马明亮望着夏春光，泪水滴在夏春光的手上……

陈林冲出洞口，仰望天空，哭着："苍天啊，你睁眼了，村长没事了……"

洞外，阳光照射，霞光万道，小鸟在欢唱……

夏春光想起什么似的："李大娃，李大娃呢?"

坐在旁边的马明亮把头偏向一边，默默流泪。

夏春光："对了，李大娃还在原始森林里，他肯定迷失方向了，快去找……"

马明亮："老夏，我们不能这样进去找，那是徒劳的，得想个好的办法，要不然……"

夏春光陷入沉思。

陈林走到夏春光身边，抱着夏春光，流着眼泪。

夏春光："陈林，别哭，我没事了。"

陈林："我真担心你……"

夏春光："我不是说了，马克思说，我去见他老人家，还不够格，他还不要我……"

陈林哭得更伤心。

马明亮看着夏春光："老夏，我们还是把情况报告县里的领导吧，要是李大娃出事，我们担当不起……"

夏春光想了想："也只能向老马他们求助了。"

170

“老马……”

马正毅站在办公桌前的地图前察看着，牛胜利急急走进来：“夏春光他们出事了……”

马正毅转过身：“出事了？”

牛胜利上前一步：“我刚刚得到消息，夏春光他们去找那个叫李大娃的麻风病人，李大娃误认为夏春光他们是坏人，吓得跑到老竹箐原始森林里去了，怕已经迷路死在原始森林里了。”

马正毅十分着急：“有没有李大娃死活的确切消息？”

牛胜利：“只是估计死了，夏春光他们还在找。”

马正毅着急地：“你赶快安排夏春光他们所在地区的干部群众去营救！”

“我马上给他们打电话。”牛胜利急急走出去。

马正毅回转身，看着地图寻找着，突然用手指着地图的一个地方：“老竹箐，这里地形太复杂了。”

马正毅说着，转身打了牛胜利的电话：“老牛吗？剿匪的时候，我去过老竹箐，那里地形相当复杂，你告诉带队去找的负责人，一定要注意安全。”

牛胜利在电话里回答：“我已经交代了。”

马正毅放下话筒，坐在办公桌前，在桌子上的纸上画起路线图来。

171

原始森林里，野鸟和野生动物的叫声，长一声短一声地回响着。

陈林、马明亮扶着拄着木棍的夏春光，在原始森林外呼喊：“李大娃——”

“下定决心，不怕牺牲，排除万难去争取胜利……”

突然传来隐隐约约的歌声，陈林、马明亮、夏春光一怔，陈林连忙循声而去。

山路上，一百多人的队伍浩浩荡荡从山路上走来。马厂公社书记贾文治走在前面，边走边回头大声喊：“大家快点，一定要在天黑前赶到老竹箐！”

陈林爬上山岗，看见山路上的大队人马，眉头一皱：“那些人来干什么？”

洪亮的歌声越来越近：“下定决心，不怕牺牲……”

陈林跑向夏春光、马明亮：“村长，山下来了一大队人马……”

夏春光、马明亮迷惑地望着跑来的陈林，马明亮问了一声：“什么？”

陈林气喘着跑到夏春光、马明亮面前：“山下来了一大队人马，看起来有上百人。”

夏春光：“走，去看看……”

贾文治带着队伍来到了山丫口，唱着洪亮的歌声：“团结就是力量……”

夏春光甩开马明亮的搀扶，拄着木棍爬上山坡，迷惑地看着走来的队伍。

不久，队伍走到夏春光、陈林、马明亮面前，贾文治打量着夏春光、陈林、马明亮。

大火地生产队长高大年站在贾文治旁边，指着夏春光：“他就是夏春光。”

贾文治看着夏春光：“你就是夏春光？”

夏春光没回答，看着高大年：“老高，这是……”

贾文治抢先回答道：“我奉命带队前来，帮助你们营救李大娃。”

夏春光好像没听明白似的：“什么……”

贾文治又说：“我是公社书记贾文治，奉县委书记马正毅同志的命令，带队来帮助你们营救李大娃。”

夏春光听明白了，丢开手里拄着的木棍，走过去紧紧握住贾文治的手：“真不知道，怎么感谢你们！”

贾文治：“现在不是说客气话的时候，救人要紧。”

夏春光：“那我们开始行动吧。”

贾文治看着荷枪实弹的民兵："我一共带来一百八十人的营救队伍，武装民兵六十人……"

贾文治说着，指了指背后背高音喇叭、扩音机的人："广播站把扩音机、高音喇叭全带来了……"

贾文治说着，面向人群："麻风病人李大娃跑进原始森林了，现在不知是死是活，不管是死是活，我们都要全力营救。"

贾文治说着，转身指指一座高高的山岗："刚才我在路上观察好了，那个最高的山岗，就是我们的阵地。今天夜里，全体战斗队员都集中到山岗上，点起火把，放高音喇叭，打枪，呼喊，让迷失在原始森林里的李大娃看到火光、听到声音，把他引出原始森林。大家一定要在天黑下来之前，到达指定目的地，行动！"

贾文治说完，带领队伍爬到原始森林外那座最高的山岗上，点起火把，放起高音喇叭，打枪，喊叫，各种声音汇集成巨大的声浪，在呼唤李大娃，提醒李大娃，引导李大娃……

"老贾这个办法很好。"夏春光赞赏着，和马明亮、陈林卖力地喊着，"李大娃……"

高音喇叭里播放着《大海航行靠舵手》：

大海航行靠舵手
万物生长靠太阳
雨露滋润禾苗壮
干革命靠的是毛泽东思想
鱼儿离不开水呀
瓜儿离不开秧
革命群众离不开共产党
毛泽东思想是不落的太阳
……

"啪啪啪……"枪声震荡山谷。

火光冲天。一百八十多人跟着高音喇叭放声大喊："李——大——

娃——我们是来救你的……照着我们的声音方向，沿着有火光的方向一直走，你就有救了……”

高音喇叭放完《大海航行靠舵手》，又轮番播放京剧的高音唱段。

这天夜里，整个山谷沸腾了，枪声、高音喇叭里的高音唱腔、一百八十多人的集体呼喊轮番进行，一直持续到天亮。但最终还是成了一场徒劳的营救行动。

太阳升上山岗。沸腾了一夜的山岗寂静下来。贾文治无奈地走到夏春光面前：“我们的方案失败了，你看怎么办!”

夏春光期盼地看着贾文治：“能不能组织人进去搜搜?”

贾文治摇着头：“不行！这座原始森林，不同于其他的原始森林，地形相当复杂，几十年前的那批猎人，进去就再没出来，后来就没有人敢进去了，不能进原始森林搜索！县里的领导一再强调，在整个营救行动期间，一定要确保全体人员的生命安全。”

高大年气喘吁吁地走到夏春光面前：“夏村长，我看清了，你们都是好人，天底下最好的人，你们对麻风病人都这么好，对其他人就是活菩萨了……”

夏春光看着高大年：“谢谢你对我们的理解!”

高大年看着夏春光失望的眼神：“你们别急，我突然想起来，我去年去三十里外的下河湾生产队走亲戚，听我的亲戚讲，他们村有个外号叫草上飞的人，五十多岁，此人是河南人，祖祖辈辈是嵩山少林寺的高师名徒……”

夏春光看着高大年：“下河湾？你说的这个人是下河湾的?”

高大年疑惑地：“怎么，你认识他?”

夏春光摇摇头：“不认识，我上次落水，就是被下河湾的两父子救的，我在他家住了一夜，怎么没听他们说起有这么个人?”

高大年看看贾文治：“这些年，又开始清理一些历史问题，他们看你是外地人，可能怕给草上飞惹麻烦，就没有和你说什么?”

夏春光若有所悟地：“有可能。”

陈林有些不相信似的看着高大年：“队长，听你刚才说得那么神，你不是在说书吧?”

高大年很有信心地："我说的还没有下河湾生产队的人说的神。这草上飞年轻时，投入张学良将军的部队，成为张学良的贴身卫士，西安事变后，为不给张学良惹麻烦，逃到下河湾村，隐姓埋名定居下来……"

夏春光兴奋起来："真还有这等好汉？"

高大年点支烟，吸了一口："这草上飞，功夫何等了得，我也没见识过，但我听说，此人除了超群的武功外，还有其他非凡的本领，穿山入林、飞越悬崖绝壁，如同出入平地……"

陈林睁大眼睛："呀，真是奇侠！"

高大年继续说："这草上飞，不但出身于武林世家，还长在中医世家，他走遍方圆千里十万大山，寻访奇药，在老竹箐的原始森林里，发现了几种特别的草药，用这几种草药通过多种配方，可医治跌打损伤。"

马明亮眼睛放光："算是民间医圣了！"

夏春光高兴地："这么说，他进过老竹箐的原始森林？"

高大年点点头："听说，每年的春、夏、秋、冬四季，他都要花几天时间，进入老竹箐原始森林里采一次药，他要采的药，其他地方没有，只有老竹箐原始森林里才有……"

陈林急切地问："这么说，他摸清了老竹箐原始森林的复杂地形？"

高大年蛮有把握地："要是真像人们传说的那样，那是自然。我现在去下河湾生产队找他，把他请来，也许李大娃就有救了……"

贾文治催促高大年："那你快去找草上飞吧。"

夏春光征求高大年的意见："我被下河湾的人救过命，要不，我和你一起去找草上飞？"

高大年摇摇头："不用了，你们去了，群众知道你们是麻风村的，怕会引起恐慌！"

夏春光点点头："也是，那就只好请你劳累一趟，帮我们去下河湾找草上飞了。"

"放心吧！"高大年说着，转身往山下跑去。

夏春光把希望都寄托在了草上飞身上，对贾文治说："大家都困了，饿了，你先把人带回去吧。"

“好吧，有什么事，请和我们联系。”贾文治说罢，带着营救队伍走了。

夏春光他们在山岗上吃了点贾文治离开时给他们留下的小麦粑粑，躺在山岗上，很快就睡着了。

“嘟……嘟嘟……”

汽车喇叭声把夏春光吵醒，他坐起来，见太阳已经偏西，连忙把马明亮和陈林叫醒，一起站起来，往山下张望，看见一辆吉普车从山路上开来。

马明亮高兴地喊起来：“不知道是哪个救星。”

“不管是哪个救星，只要来了就好。”夏春光脸上露出笑容。

牛胜利坐在车里，忧心忡忡。

牛胜利是接到贾文治的报告后赶来的。快到老竹箐时，前面的路不能通车了，吉普车停下，司机和牛胜利下车，牛胜利从挎包里拿出地图看了看：“走吧……”

司机从车上提下一大包东西背在背上，跟着牛胜利往前走去。

山里路弯弯，看着目标就在眼前，却半天走不到。牛胜利和司机在山里快步走了好半天，才走进老竹箐，陈林站在山岗上看到了他们的身影，高兴地大叫：“来人了，来人了……”

夏春光、马明亮走过来。

夏春光：“是不是高大年队长请人来了？”

陈林摇摇头：“不像。再说，高大年怎么可能有小车坐。”

马明亮惊诧地：“看那人走路的姿势，很像牛叔叔。”

夏春光不相信是牛胜利：“老牛？老牛怎么来了？”

牛胜利边走边喊起来：“夏春光……马明亮……”

马明亮欣喜地：“真是牛叔叔！”

夏春光放开喉咙喊：“老牛，我们在这里……”

牛胜利听见了夏春光的喊声，循声看了看，终于看到了夏春光他们，高兴地呼唤：“春光……”

马明亮跳起来：“牛叔叔……”

牛胜利挥挥手，示意等会合了再说。

夏春光和马明亮、陈林急急走下山岗。

在离李大娃住的山洞不远处的山坡上，夏春光他们和牛胜利、司机会合了，牛胜利焦急地问：“现在情况怎么样，李大娃找到没有？”

夏春光摇摇头：“还没找到，大火地生产队的队长去找人去了，听说那个人多次进入过原始森林里，只有等他来，才能实施下一步救援行动……”

牛胜利焦急地：“人还没找来？”

夏春光看看远处的山路：“来回有六十多里路，就是跑也要跑一天，估计天黑前能赶到！”

牛胜利紧紧握了握每个人的手：“辛苦了，你们辛苦了。”

陈林抹着眼泪。

马明亮看着牛胜利：“牛叔叔，我爹妈还好吗？”

牛胜利笑着：“他们还好，就是工作太忙，老马委托我来，帮助你们营救李大娃……”

司机放下身上背着的包，看着马明亮：“这是你妈妈给你们带的，都是吃的。”

陈林高兴地：“有什么好吃的，先给我尝尝。”

马明亮看着陈林：“就你馋，等高大年队长他们来一起吃吧。”

陈林不好意思地笑笑：“好吧。”

就在这时，传来了高大年的喊声：“老夏……”

大家循声望去，看见高大年领着人来了，夏春光高兴地挥挥手：“老高，我们在这里。”

高大年领着草上飞奔过来。夏春光、牛胜利、陈林、马明亮、司机奔过去，和高大年他们会合在一起。

高大年把草上飞引到夏春光面前：“这就是下河湾生产队的奇侠，草上飞。”

夏春光看着高大年找来的草上飞，正是救他的老曾头，高兴得大喊：“原来高队长说的草上飞就是你呀！”

老曾头的到来，是夏春光意想不到的，他高兴地拉住老曾头：“我做梦也没想到，高队长说的草上飞会是你……”

老曾头笑道："我们有缘分呀，又见面了！"

夏春光激动地："缘分太深了，上次你和你儿子救了我的命，这次又帮我救麻风病人。"

老曾头不好意思地笑笑："虽然我也出身医家，但我以前对麻风病一无所知，也认为麻风病是一接触就会传染，不可医治的怪病，所以上次在我家，没让你好好睡觉！"

夏春光激动地："你们那样对我，我已经感激不尽了。唉，我在你家时，你真是深藏不露啊。"

老曾头好像不愿意多提自己的事，岔开话题："你走后，我认真想了想，以前很多无法治的病，现在也可以治疗了，麻风病也应该能治好……"

高大年看看老曾头，又看看夏春光："原来你们早就认识！"

夏春光拉过陈林、马明亮："陈林、明亮，来来来，我给你们介绍一下，这就是上次我掉河后，救我一命的曾大叔！"

陈林、马明亮感激地看着老曾头："大叔，感谢您救了我们村长。"

老曾头笑着："应该的！你们就是夏村长的同事吧？"

陈林、马明亮点点头："是呀是呀！"

牛胜利走到老曾头面前："看来，你英雄气概不减当年呀！"

"老啦，老啦。"老曾头笑着，看着牛胜利，"你是？"

夏春光一拍脑门："哦，光顾高兴，把领导冷落在一边了，这是我们县的牛副书记。"

老曾头笑着："有县太爷坐镇指挥，我心里也踏实了许多……"

牛胜利笑着："我是个只会动口的人，没什么真本事，救李大娃，还得靠你呀！"

老曾头笑着："我们一起努力吧……"

夏春光激动地看着老曾头："曾大叔，你看，怎么营救李大娃？"

老曾头抬头看看天色，为难地："现在天色已晚，这个时候进到原始森林里，凶多吉少……"

牛胜利笑着："那明天早晨我们再行动吧？"

老曾头抬头看看天色："只能如此……"

夏春光无奈地："那好，曾大叔，我们先到山洞里休息。"

马明亮看着大家："走，我们到山洞里休息，一起分享我妈妈捎来的好吃的……"

晚归的燕子飞进山洞。大家一边聊着一边走进山洞。牛胜利想起什么似的，突然看着马明亮："明亮，你现在和阿丹怎么样了？"

马明亮看着牛胜利："牛叔叔，这事我也无法说……"

"你和阿丹的事情，你妈和我聊起过。"牛胜利说，"前几天遇到阿丹的父亲，顺便聊了一下你们的事，她父亲说，不清楚你们现在怎么样了。"

马明亮苦笑了一下："还能怎么样？"

牛胜利又问："我听她父亲说，她母亲在为她张罗对象，这怎么回事？"

马明亮一愣："我怎么知道？"

马明亮觉得这事和牛胜利说起来比较尴尬，有意把话题岔开："牛叔叔，先别谈私事了，先谈谈怎么营救李大娃吧。"

牛胜利笑笑："好好好……"

172

马正毅坐在灯下默默吸着烟。老伴走到他对面坐下："胜利同志会有办法的，你不用太担心。"

马正毅点点头："我相信老牛的能力！"

173

一双双眼睛在丛林里搜索着。

老曾头带着大家，在原始森林里转来转去。

"看，那个山洞……"

老曾头突然喊道。

"在哪？"

牛胜利急不可待地问。

老曾头伸手一指："那儿，前面那个山崖下，木棉树旁边。我以前在里面住过。"

大家顺着老曾头指的方向看了又看，终于看到隐蔽在树枝下的山洞口，夏春光笑道："真隐蔽，要不是曾大叔引路，我们还真找不到。"

"快，过去看看。"牛胜利催促道。

"走！"

老曾头喊了一声，往前走去，大家连忙跟上去。

来到山洞外，陈林率先发现了脚印，喊道："你们看，脚印。"

大家仔细一瞧，看见一行行脚印延伸到山洞里。

"一定是李大娃……"夏春光喊着，走向山洞。

"慢！"老曾头一把抓住夏春光，对大家说，"这里野兽出没，非常危险，你们在外面等着，我先进去看看。"

牛胜利看着老曾头："让陈林他们年轻人去看吧。"

"别争了，他们没我有经验。"老曾头说着，往洞里走去。

夏春光笑道："那就只好听曾老英雄的了！"

老曾头走到洞口，扒开洞口的树叶，往光线昏暗的山洞里看了看，看到有个人仆倒在地上，回头惊喜地喊道："里面有个人，估计就是李大娃。"

"走……"

早已等不及的牛胜利手一挥，扑向山洞。大家"呼呼"跟上去，和老曾头一起走进山洞里，老曾头把仆倒在地上的人翻过来。

"李大娃……"

马明亮、夏春光、陈林异口同声地喊道。

老曾头给李大娃把着脉，激动地说："活着……还活着……"

夏春光捡起李大娃身边的野果核："是这些野果维持了他的生命。"

马明亮摸摸李大娃的脑门："烧得像火似的……"

夏春光："快背他出去抢救……"

陈林连忙背上李大娃，老曾头在前面一边采药，一边引路，大家一起护着李大娃，往森林外走。

“这是我多年实践的土方子药。”老曾头把大家引出原始森林，把几样草药交给马明亮，“把这些草药熬汤给李大娃喝了，他就没事了。”

“你真是个了不起的高人呐……”高大年敬佩地看着老曾头，“以前，光听说你的神奇，今天我大开眼界了！”

老曾头笑笑：“人已经找到，我家里还有事，就先走了。”

夏春光握住老曾头的手：“谢谢您，大叔。”

“我以前就和你说过了，我不喜欢听客气话。”老曾头笑着，踏上了归途。

牛胜利也决定先走一步，对夏春光说：“你们好好照顾李大娃，我得回去向老马汇报，免得他们牵挂。”

夏春光：“等李大娃醒过来，我们就回去向马书记汇报……”

“好。等你们回去，我请你们喝酒……”牛胜利握别夏春光、马明亮、陈林，走了……

174

漫山遍野的野花竞相开放，弯弯曲曲的山路在花海中延伸……

夏春光、李大娃、马明亮、陈林从山那边的小路爬上了山顶，兴奋地望着山下。李大娃看着山脚河流环绕，两面青山拥抱的县城，眼里满是惊奇：“那就是北京城吧……”

“哈哈哈……”陈林忍不住大笑，“那是我们的县城……”

“天哪，县城这个寨子都这么大……”李大娃惊诧地喊道，“北京那个寨子，不知有多大啊……”

“哈哈哈……”

李大娃的话把马明亮和夏春光都逗笑了。

“哩啦哩啦啰……啦啰啦啰……啦哩啰……”

半山腰上传来喜庆的唢呐声，大家循声望去，花海间，绿树掩映，盘旋而上的公路上，上百人的娶亲队伍正往山顶上爬。

唢呐声声，娶亲的队伍簇拥着身穿红衣服，头顶红盖头的新娘，往前走着。新娘骑在一匹高头大马上，显出嫁入大户人家的尊贵。新郎胸戴大红花，穿着时髦的中山装，骑着一匹大白马，喜笑颜开。

“今天运气真好，遇上大户人家娶大亲。”看着爬上来的娶亲队伍，马明亮高兴地说，“沾上这种大喜气，会给我们带来福气的……”

“但愿如此，但愿如此啊!”夏春光笑起来，“我们受了那么多罪，也该沾沾福气了……”

就在这时，骑在马上的新娘突然掀开了红盖头。

“这个新娘真不懂事。”李大娃担心地说，“半路掀红盖头，是霉头啊……”

“阿丹……”

看着掀开红盖头的新娘，马明亮惊叫一声，脸上的笑容瞬间变成震惊。

听到惊叫，新娘往山头上望去，不由得一愣，勒住马，怔怔地看着马明亮。

“怎么会是阿丹?”夏春光也惊讶万分。

“天哪，这下，马医生惨了……”陈林脱口而出。

林保山看着马明亮，在心里说：“看来他就是马明亮，怪不得阿丹对他牵肠挂肚的，原来是个美男子……可惜呀，他不能给阿丹带来幸福，要不，阿丹哪有我林保山的份啊……”

阿丹看着马明亮，似有千言万语要说，嘴唇不停地颤动着，却一个字也说不出来。

林保山装出笑脸，看着阿丹，假惺惺地：“要不，过去和他告别一下?”

阿丹仿佛受了侮辱，心里一阵疼痛，一狠心，盖上红盖头，打马爬上山顶。

马明亮难过地低下头，娶亲的队伍从他们面前往前走过，往溪畴县方向走去，踩起一路红尘。

“啊……”看着娶亲的队伍渐渐远去，马明亮突然大叫一声，猛转身，从山梁上抄近路，跑到迎亲队伍前头的山坡上，望着马背上的阿丹，唱起苍凉的情歌：

荞菜开花籽儿黑
妹妹出嫁洞房红

马背上，阿丹忍不住揭开红盖头，抬起头，默默看着山坡上的马明亮。

马明亮继续唱着：

菜花开花会结籽
妹妹出嫁把哥忘

阿丹忍不住，眼泪溢出眼眶，打湿了脸，她狠狠拍了马背一巴掌，马嘶鸣一声，载着阿丹往前飞奔而去，她的红盖头从马背上飘起来，在空中飘飞着。

“丹丹……”

林保山呼喊一声，打马追去……

马明亮站在山坡上，用尽力气大声唱道：

山高高来水长长
阿哥想妹情意浓
哥把妹妹送一程
花开花落两相忘
……

175

饭桌上摆满了菜饭，马明亮和父母坐在饭桌前，谁也没有动筷子。

马明亮吸着烟，任凭眼泪流，他脚下丢满了烟头。

赵英擦擦眼泪：“明亮，别难过了……”

马明亮又点了一支烟，深深吸了一口。

“你爹说得对，共患难的，才会成为一生相伴的夫妻。”母亲安慰马明亮。

马正毅站起来，犹豫了一下，转身走进书房。

马明亮抽完一支烟，抬起头："阿丹也没有错，她应该有好的生活……"

马明亮的话反倒使赵英心里不安："你要是想哭，就大声哭吧，别憋在心里。"

马明亮控制不住，扑进赵英怀里大哭："呜……呜……呜呜呜……"

马正毅走出来："好了，好了，哭出来就好了……"

马正毅说着，走到桌子前，端起一杯酒："明亮，你是个男子汉，来，爹和你喝一杯……"

"等等……"

门外传来喊声。

赵英回过头："是胜利的声音……"

赵英说着，起身走过去打开门，看见牛胜利和夏春光、陈林站在门口，陈林抱着一个大酒壶。

"你们什么时候来的？"赵英惊喜地看着大家，"怎么不吭声……"

"不等明亮缓过来，我们哪敢进去啊！"牛胜利走进屋，"我说等你们回来后，请你们喝酒，明亮，我说话算话吧……"

牛胜利说着，走到马明亮面前，拍着身后陈林抱着的大酒罐："这罐酒，我积攒很长时间了，来，牛叔叔陪你一醉方休，这一页就算翻过去了……"

"牛叔叔……"马明亮扑进牛胜利怀里，放声大哭，"呜……呜……呜……"

"明亮，别哭了。"牛胜利拍拍马明亮的肩膀，"喝酒！"

马明亮擦擦眼泪，招呼大家坐下，拿来几个大碗："牛叔叔，喝就喝个痛快，用大碗喝。"

"好！"牛胜利说着，招呼陈林道，"陈林，把酒倒上。"

"哎……"陈林答应着，往碗里倒酒。

"你们怎么不把李大娃带来家里吃饭？"赵英看着夏春光，问道。

"我叫他一起来，他死活不来。"夏春光一脸无奈的样子，"他怕给你们惹麻烦。”

“我也喊他了，他不来，就尊重他吧，我安排招待所的工作人员解决他的吃饭问题了。”牛胜利说着，端起一碗酒，“除了赵英大姐，我们其他人都干了。”

“今天，我也干一碗!”赵英说着，也端起一大碗酒。

大家都把酒端起来。

“还有个好消息没告诉春光他们。”马正毅端着酒，“县里把无偿为麻风病人提供的医疗器械、药品、被褥、粮食等物资都准备好了，组织了千匹骡马运输队，明天就和你们一起，把物资运到麻风村去。”

“天大的好消息呐!”夏春光激动地喊道，“明亮、陈林，来，我们一起敬你爹，敬你妈，敬老牛同志，感谢他们为麻风村解决了大问题。”

牛胜利端着酒：“预祝我们的麻风病防治战役取得胜利。”

“好，为麻防事业干杯!”赵英说着，站了起来。

大家站起来，碰了杯，“咕嘟咕嘟”喝干了酒。

176

“呜……呜呜……”

夜里，麻风村李大娃的宿舍里，突然传出李大娃的哭声。

夏春光、陈林、马明亮从睡梦中惊醒，先后跑到李大娃的宿舍。

“大娃、大娃……”

“怎么了……”

夏春光、陈林、马明亮关切地问。

“呜……呜呜……”

李大娃哭得更起劲。

马明亮上前一步：“大娃，怎么了嘛……”

李大娃还是哭：“呜呜……”

“李大娃，就知道哭……”陈林急了，“你还是个男人吗?”

李大娃从床上爬起来，在夏春光、马明亮、陈林面前跪下：“呜呜……”

夏春光看着李大娃："你这是干什么？"

"你们救了我的命，又在麻风村给我分配了住房，给我配发了床单、被褥……你们……给了我……一个家……"李大娃哭着说，"当初你们去救我，我却差点害得让毒蛇……把村长……咬死了……"

夏春光一把拉起李大娃："大娃，以前的事不怪你。"

"大娃，以后好好配合治疗，就是对村长最好的报答。"马明亮说，"早点睡吧。"

"睡吧睡吧……"陈林说，"你半夜三更的这么哭，把我们吓了一跳。"

夏春光看着陈林："别说了，我们也去休息了。"

夏春光说着，转身走了出去。马明亮、陈林跟着走出去，陈林走了几步，回头看着李大娃："大娃，有事叫我，别再闹这么大动静，影响村长和马医生休息。"

李大娃点点头，看着离去的夏春光、陈林、马明亮，激动得嘴巴颤动着。

从李大娃的宿舍出来，夏春光没了睡意，来到河边坐下，点上烟默默地吸着，看着遥远的夜空："阮秀，九泉之下帮帮我，让我们战胜困难，帮助麻风病人解除痛苦……"

177

阮秀房间里的油灯闪亮着。阮秀坐在床前的小木桌前，难过地拍着脑门："我到底是谁啊？我从哪里来的呢？"

小满走进来，关切地看着阮秀："别再折磨自己了！"

阮秀站起来，看着小满，眼泪无声地流出来。

小满走到阮秀面前："荷花！"

阮秀扑进小满怀里，伤心地哭着："呜……呜呜……"

小满轻轻搂住阮秀："别哭，一切都会好的。"

阮秀抬起头："满哥，你还是另外找个女人算了，你这样等下去，何日是个尽头？"

小满用手指轻轻擦着阮秀脸上的泪水："傻瓜，你不知道你是我的唯一吗?”

阮秀看着小满:“满哥,万一我真的一辈子都这样,怎么办?”

小满深情地:“那我就一辈子这样陪伴你。”

阮秀看着小满:“满哥,你真傻!”

“小时候,我妈就给我算过命。”小满安慰阮秀说,“说我在婚姻上,会遇到一个特别的女人,我的婚姻,要经历苦难才会甜蜜。”

阮秀看着小满:“你相信命。”

“我也不知道,该不该信命,但我们的相遇,我对你的爱,似乎在印证着什么……”

“满哥,对不起……你们救了我,我反而害了你!”

小满爱怜地抱住阮秀:“只要我们在一起,就是不能做夫妻,我也满足了!”

阮秀抱住小满,哭泣着:“小满哥……呜呜……”

178

夏春光从河边站起来,慢慢走向麻风村:“就是遇到天大的困难,也要坚持下去,要是不把麻风病防治工作做好,不要说对不起党,对不起麻风病人,以后到了九泉之下,也无法和阮秀交代啊……”

夏春光说着,往麻风村里走着,突然看到河边站着个人,连忙问了一声:“是明亮吧?”

马明亮站在河边不说话,夏春光仔细看了看,确认是马明亮,走到马明亮身边:“明亮,阿丹还是离开你了,我知道,你心里难过。”

马明亮转身看着夏春光。

夏春光默默看着马明亮。

沉默了好一会儿,马明亮说道:“我要用事实告诉人们,麻风病不可怕……”

夏春光看着马明亮:“我们一起努力!”

天上的星星闪烁着,一颗流星从空中划过,留下一条光明的尾巴。

“黑夜又将过去。”夏春光满怀信心地说,“新的一天就要到来了。”

“下一步，我们做什么？”马明亮望着夏春光，问道。

“麻风村里有了第一个病人，就会有更多的病人，我们要尽快把普查到的麻风病人都普查到、找到，让他们来这里安家。”夏春光说，“目前，我们的工作，不能三个人同时做一样工作了，要有合理的分工。”

“你分配工作吧，我服从工作安排。”

“你是医生，从明天起，你就长期在麻风村里观察、记录病人的病情，研究治疗方案。”

马明亮点点头。

“让陈林先去找芳芳吧，找到芳芳，他心里就踏实了……”

“这事，我和陈林谈过。”马明亮说，“陈林说，芳芳即使在这山里，她也不敢出来，等麻风病人多了，也许还好找一些。现在找芳芳，白白浪费时间，不如先去找那些可以很快找到的病人。”

“也有道理，先易后难，工作效率才高。”夏春光想了想，“从明天起，我和陈林分头行动，到各地普查麻风病人，你负责麻风村里的防治工作。”

马明亮：“好！”

179

一间小茅棚孤独地立在荒野上。

冷冷的月光照着原野，一派朦胧。

二十七八岁的黄一凤坐在窝棚门口，看着夜色中朦胧的山影发呆。突然，她看见一个黑影走了过来，心里一喜：“成成表哥……”

成成来到黄一凤面前，把一只烤好的山鸡递给黄一凤：“我今天打了只山鸡，烤来给你补补身子。”

黄一凤接过山鸡，默默地看着成成。

成成看着孤苦伶仃的黄一凤，不知说什么好。

“成成，你走吧。”黄一凤说，“你媳妇知道你来看我，又该骂你了。”

“一凤，我对不起你！”成成说着，心里一阵难过。

“是我对不起你，不过，我爹没让我嫁给你，是对的。”黄一凤难过地说，“要不然，我现在这个样子，就更对不起你了。”

“一凤，麻风村的医生来了，说是要把麻风病人都接到麻风村去治病，你会治好病的！”

“麻风村？”

“那个医生姓夏，说是麻风村的村长。”成成说，“夏村长说，政府专门建了治疗麻风病的医院，叫麻风村，要把所有的麻风病人，都送到麻风村里免费治疗。”

黄一凤摇摇头：“你不要宽我的心了，没听说过有谁得了这病被治好的。”

“就是治不好，你也应该去麻风村，不要一个人在这里熬着了！”

黄一凤难过地低下头，沉默着。

成成怜爱地看着黄一凤：“一凤……”

黄一凤低着头：“你快走吧……我……知道了……”

“一凤！我今天来，是最后一次看你了，以后你去了麻风村，我就不能去看你了，我不是怕。”

黄一凤抬起头，看着成成：“我知道，你媳妇不会让你去看我，我住在这里，你隔三岔五地来看我，我已经非常知足了。”

黄一凤说着，难过得说不出话来，站起来，转身进屋，把门关上。

成成站在门前：“一凤！一凤！”

“你快走吧，你不走……我心里更难过。”

成成在门前站了一会儿，慢慢转过身，难过地走了。

180

生产队破旧的社房里，夏春光靠在墙壁上睡着了。

成成推门进来，往屋里看了看：“夏村长……”

夏春光惊醒，站起来：“你怎么来了……”

成成四处看看：“这社房里空空的，冷啊。”

成成说着，看着夏春光：“要不，你就到我家睡吧？”

夏春光笑着：“不用了，去你家，会给你和你的家人添麻烦，今天，你那么支持我的工作，把村民们都召集来开会，帮了我一天的忙，我已经十分感激了。”

夏春光说着，看看屋里：“这里比以前我们住的地方强多了。”

“唉，我那死婆娘……”成成埋怨道，“我说没有什么可怕的，她就是不信。”

夏春光笑笑：“这也不怪她，人们害怕麻风病，也不是一天两天了。”

成成恳切地看着夏春光：“我表妹黄一凤，就拜托你了。”

夏春光点点头：“你放心吧。”

“看得出，你是好人，我表妹的病即使治不好，能得到你的帮助，也是她前世修来的福分了……”成成说着，在夏春光面前“扑通”跪下，“我最牵挂的人，就是我表妹了，拜托了……”

夏春光一把拉起成成：“快回去睡吧，别让你媳妇又怪你。”

成成注视着夏春光：“真的……拜托你了……”

夏春光拍拍成成的肩膀：“放心吧……”

181

红红的火光映着黄一凤愁苦的脸。

晨曦中，黄一凤坐在茅棚门口的火炉边，往火炉里添柴。

夏春光骑马赶来，老远看见黄一凤住的窝棚孤独地立在山野里，心里寒意阵阵。

火炉上的铁锅里，水已经烧开。黄一凤把野菜放在锅里搅拌一下，野菜就煮熟了，她把野菜盛进一只破碗里，端着吃起来。

夏春光牵着马走来，黄一凤看见夏春光，呆望着。

夏春光走到黄一凤身边。

黄一凤抬着碗的手微微发抖。

夏春光微笑着：“妹子，别害怕。”

黄一凤手里的碗失落地上。

夏春光从挎包里拿出一个饼：“妹子，我是麻风村的夏春光……”

黄一凤怔怔地看了夏春光一会儿，接过饼子，默默地看着夏春光。

夏春光笑着："吃吧，妹子。"

"成成说，麻风村有个人……要来接我去治病，那个人是你？"黄一凤一边吃着饼子，一边问。

夏春光点点头："是我。"

黄一凤上下打量夏春光。

夏春光看着黄一凤："成成是个好人。"

"我不瞒你，他喜欢我，我也喜欢他。" 黄一凤说，"他家穷，我爹不让嫁……"

夏春光看着黄一凤："我看得出，成成对你，一片深情……"

"我不怕大老歪！"黄一凤很固执的样子。

"大老歪是谁？"

"我男人，我得病，他就把我赶出来了，儿子也不给我见……"

"妹子……我知道……麻风病人……苦……"

"真有麻风村？"黄一凤盯着夏春光，"你真是麻风村的？"

夏春光又点点头。

"除了成成，你是第一个敢见我的人，我信你。"

夏春光笑笑："谢谢你信任我！"

"麻风村真会给麻风病人治病？"黄一凤又问。

"妹子，你相信共产党吗？"夏春光笑着问道。

"信！"黄一凤点点头，"要不是共产党来解放，就没有新社会……"

"我是共产党员，不会骗你。"夏春光说，"我向你保证，麻风村是麻风病人的家……"

"家……家……"黄一凤一遍遍念着，"我还会有家，还会有家……"

风吹着草棚顶上的草，"呜呜"作响。

夏春光："快去收拾你的东西，跟我回家……"

黄一凤咽下最后一口饼子，走进草棚里，背上一个包袱走出来："我也没有什么东西可收拾的，那几套旧衣服，我昨晚就收好了。"

"妹子，你骑马，我走路。"夏春光说着，把黄一凤抱到马背上，牵着马往前走去。

"不行不行……"黄一凤在马上喊道，"你是村长，我是村民，怎么能让你走路……”

夏春光笑道：“我身体好，能走。”

黄一凤不再说什么，心里像打翻了五味瓶，酸辣苦甜咸，一齐涌上心头。他们一路前行，路过小学校时，学校里传来悦耳的歌声：

“让我们荡起双桨，小船儿推开波浪，海面倒映着美丽的白塔，四周环绕着绿树红墙……”

黄一凤看着牵马走在前面的夏春光：“可以停一下吗？”

夏春光牵马站住，望着黄一凤：“有事？”

黄一凤：“我想听听我儿子的歌声，以后再也听不到了……”

夏春光：“你儿子？”

黄一凤望着学校：“我儿子在里面读书……”

“哦！”夏春光想了想，“要不，我去把他叫出来，和你见见……”

黄一凤摇头：“不了，我不想让他看见我这副样子……走吧……”

夏春光向学校方向张望着。

黄一凤反手往马背上拍了一下，马往前走去。

夏春光连忙跟上去。

突然传来学校下课的钟声，黄一凤回头一看，看见儿子和小朋友们从教室跑到操场上。

夏春光回头，看着操场上的十多个儿童：“看见你儿子了？”

黄一凤高兴地：“看见了，就是在斗鸡脚架的那两个中，个子小的那个。”

夏春光拉马停下来，看见黄一凤的儿子和一个小朋友各抱着一只脚，用另一只脚单脚跳着斗鸡脚架，征求黄一凤的意见：“要不，我们转回去，你和你儿子见见面，说说话再走？”

黄一凤知足地说：“不用了，我就这样看看就行了。”

黄一凤的儿子斗着鸡脚架，突然被脚下的石头绊着，摔倒在地。

黄一凤一惊：“不好，我儿子摔了……”

黄一凤的儿子倒地后又从地上爬起来，继续和小朋友们斗鸡脚架。

夏春光看着：“还是去看看吧？”

“不用了，他又爬起来了，就是不知道，摔坏了没有？”黄一凤担心地说着，默默看着儿子和同学斗鸡脚架，一直到上课的钟声响起，儿子和小朋友已经跑进了教室，黄一凤还凝望着学校，难过得脸上的肌肉不停地颤动。

夏春光又劝黄一凤："还是去看看吧？"

黄一凤两腿狠狠一夹，狠狠拍了一下马屁股，马向前面的山谷急急走去。

"慢点慢点……"

夏春光喊着，追了上去，牵着马走在深山峡谷里的小路上，马铃声回荡在山谷里。

"夏村长，你孩子多大了？"黄一凤突然想起什么似的问道。

夏春光偏头看着黄一凤，笑着："我还没结婚呢！"

黄一凤奇怪地看着夏春光："像你这样的好人，长得又帅，怎么可能没有女人喜欢你，是不是你要求太高了？"

夏春光往前走着："不瞒你说，很早以前，倒有过一个相爱的人。"

"那你们怎么没有……"

"她被恶魔害死了。"

黄一凤一怔："对不起，我不该提起你的伤心事。"

夏春光回头笑笑："没关系。"

夏春光说着，牵马往前走着。

黄一凤还想说什么，但又忍住了，想了想，才又说："夏村长，我给你唱支山歌吧？"

夏春光回头，边牵马往前走，边笑着："好啊！"

黄一凤四处望了望，唱了起来：

花开年年思旧人
水流岁岁望春回
可惜好花不常开
但愿好人幸福来

歌声中，夏春光边走边看着远方，在心里说："是啊，思旧人啊，也不知道当年我救下的那个阿曼，结婚了没有，但愿她嫁个好男人得幸福！”

182

“阿曼，该找的，都找了，该查的，也查了……”

阿曼和高文辉在公园里慢慢走着，高文辉对阿曼说：“还是没有得到你的救命恩人的一点线索。”

阿曼难过地：“难道，他真的……”

高文辉看着阿曼：“阿曼，面对现实吧，我们年纪都不小了，再这样耗下去，就把我们的青春都耗尽了。”

阿曼偏头看着高文辉：“你是说，我该放弃了？”

高文辉安慰阿曼：“老话说得好，命里有时终须有。”

阿曼接过话：“命里无时莫强求。”

高文辉：“原来，这些道理你也明白啊！”

阿曼：“可我……”

高文辉：“难道，我的一番苦心你没体会到？”

阿曼：“文辉，我也是个有情感的人，你对我好，我怎么不知道呢？”

高文辉：“这么说，你答应做我的女朋友了？”

阿曼犹豫着：“我……再想想，好吗？”

高文辉高兴地：“我等你！”

阿曼：“可是……万一我很长时间也想不好，怎么办？”

高文辉动情地看着阿曼：“我会像你痴痴地寻找你的救命恩人一样，痴痴地等！”

阿曼看着高文辉，不知道说什么好。

183

河水浅浅，清澈见底。

马蹄踏在河里，溅起朵朵水花。夏春光牵马蹚水过河，走到对岸路上，看着马上的黄一凤：“妹子，走大半天了，休息一下。”

夏春光说着，把黄一凤扶下马。黄一凤走到路边的树下坐下。

夏春光把马牵到小河边放牧，取下身上的军用水壶，在河边的山泉里灌满水，拿着水壶走到黄一凤面前：“来，喝口水。”

黄一凤犹豫地看着夏春光：“我是病人，不能用你的水壶，万一把病传染给你……”

“没事没事，我不怕。”夏春光说着，把水壶塞给黄一凤，“喝吧。”

黄一凤拿着水壶，望着夏春光：“菩萨……你是菩萨！”

“关心你们是我的职责，以后不准再这么说了。”夏春光说着，从挎包里拿出小半块玉米饼递给黄一凤，“就剩这么点吃的了，你先垫垫吧！”

黄一凤看着夏春光手里少得可怜的食物：“你吃吧……”

“我不饿。”夏春光说着，把玉米饼塞在黄一凤手里。

黄一凤感动得嘴角颤动着。

“妹子，我昨晚一夜没睡着，太困了。”夏春光看着黄一凤，指指不远处的一棵大树，“我到树下休息几分钟，你也在这里休息一会儿吧，有事叫我！”

黄一凤点点头，吃了一口饼。

夏春光躺到大树下，不一会儿就睡着了，鼾声像一支谣曲，在静静的山谷里飘荡。

一个男人贼头贼脑地从路边的草丛里探出来头来，左看看，右瞧瞧，盯着在河边吃草的马看了片刻，又仔细看了看夏春光，确认夏春光已经睡着后，从草丛里爬出来，踮着脚轻轻走过去，把马拉走。

坐在树下低头想心事的黄一凤抬起头，看见马被偷走，惊慌地叫喊：“有贼，有贼……”

夏春光惊醒，看着黄一凤。

黄一凤伸手指着：“贼马偷！”

夏春光爬起来，追过去。

偷马贼跨上马，骑马跑了，夏春光追了一段，无法追上，只好放弃，回到黄一凤身边，无奈地说：“马被偷了，只好走路了。”

黄一凤点点头："我能走……"

"走吧。"夏春光说着，往前走去。

黄一凤紧紧跟上，和夏春光一起往前走，走了大半天，走进一座大森林，一条河流横在他们面前。

黄一凤站在河边，看看河上的独木桥，又看看桥下湍急的河水："我不敢过去。"

夏春光蹲下："我背你过去……"

黄一凤犹豫不决："怕……我怕……"

夏春光笑着："妹子，没事的，来吧，我背你过去……"

黄一凤无办法，只好伏在夏春光背上。

夏春光背着黄一凤站起来，看看独木桥，又看看湍急的河水，定定神，走上独木桥。

独木桥有些晃荡，夏春光只能在桥上慢慢走动，大汗流到脸上。

黄一凤害怕地闭着双眼。

夏春光的双脚慢慢在独木桥上往前移动。

经过一番力量与胆量的较量，夏春光终于背着黄一凤跨到河岸上。他的脚刚刚跨上岸，河上的独木桥就断了，掉进了河水里。

夏春光把黄一凤从背上放下来，两人站在河岸上，回头看看被河水冲走的断桥，四目相对，神情紧张。

"走吧……"

他们在河岸上待了一会儿，待心里平静下来后，夏春光喊了一声，领着黄一凤走上野草茂密的林间小路。

黄一凤又饿又累，难以跟上夏春光的步伐，走了一段，累垮了，一屁股坐在地上："走不动了……"

夏春光转身看着黄一凤。

黄一凤有气无力地说："饿……饿死了……走……走不动了……"

夏春光四处望望："你在这里等我，别走开，我去找吃的。"

黄一凤点点头。

夏春光在森林里转来转去，看见一棵野桃树，树上稀稀疏疏地挂着几十个野桃。

夏春光走到树下，摘下野桃，吃了一个，把外衣铺在地上，把摘下的野桃放在衣服上，摘完野桃，用衣服包着急急往回走。

黄一凤坐在路边的石头上，一头觅食的老熊从树林里走出来，看见了黄一凤，慢慢向黄一凤走去。

正在低头想心事的黄一凤一抬头，看见了老熊，吓得张大了嘴巴。

夏春光提着用衣服包好的野桃匆匆往回赶，突然听到黄一凤的呼救声："救命……救命……"

"不好……"夏春光喊了一声，疾步向黄一凤跑去，快跑到黄一凤身边时，看见老熊正逼向黄一凤，黄一凤害怕得全身发抖，拼命叫喊："救命……"

见此情景，夏春光被吓了一跳，手头一松，包在衣服里的野桃撒了一地，紧急关头，他很快镇定下来，喊道："别怕，我把熊引开！"

夏春光喊着，捡起一块石头，打在老熊身上。

老熊转过身，扑向夏春光。

夏春光转身狂逃。

老熊愤怒地追赶夏春光。

黄一凤惊恐地瘫软在地上。

夏春光把老熊引到森林里，连忙爬上一棵大树。

老熊追到大树下，看着树上的夏春光，用身体撞大树，大树摇晃起来。

夏春光紧紧抱在大树上。

老熊不停地撞大树。

折腾了半天，老熊累了，慢慢离去。

夏春光从大树上下来，连忙找到已经转移地点的黄一凤。黄一凤惊恐地望着夏春光："老熊没伤着你吧……"

夏春光松了一口气："没事了，它走了。"

黄一凤感激地看着夏春光，想说什么，嘴巴抖动了半天，最终还是因激动没有说出话来。

夏春光坐在地上："太累了，休息一会儿。"

黄一凤在夏春光对面坐下。

夏春光看着黄一凤："看着你，我又想起一个人。"

黄一凤也看着夏春光："也是麻风病人？"

夏春光点点头："是啊，她叫芳芳，是我同事陈林的女朋友，得病后，也躲到山里去了，陈林找了她很长时间，也没找着。"

184

山林里，芳芳坐在一块石头上嘀咕着："我这样活着，有什么意义？不，我要回去，回到爹妈身边去，回到陈林哥哥身边去……"

芳芳说着，从石头上下来，往山下走，突然，母亲的声音在耳边响起："芳芳，你千万不要再出门了，不要让外人知道，你得了这病，要不然，不但你在村里待不住，爹妈也没有人敢挨了啊……"

母亲的话使芳芳突然停住了脚步："我不能回去，我不能让人知道我得了麻风病……"

芳芳说着，抱住旁边的一棵大树痛哭："呜——呜呜呜……"

185

黄一凤从地上站起来，看着夏春光："你说的那个芳芳，得了麻风病躲到山里，她男朋友陈林还找她？"

"是啊，芳芳得了麻风病，陈林一点儿也不怕，更没有嫌弃芳芳。"夏春光说，"反而更爱芳芳，更牵挂芳芳。"

"这正验了人们常说的，可不是人人都能做到的那句话，患难之中见真情，要是以后芳芳能嫁给陈林，她会幸福一辈子的。"

"一定会的，可怜陈林一片痴情，谁知老天不开眼，让陈林跑遍了千山万水，也没有找到芳芳。"

黄一凤抬头看着天空："我听人们说过，最美的爱情，要历经九九八十一难，相爱的人，才能获得最甜蜜的爱情。等有一天，陈林历经九九八十一难后，找到芳芳，他们就会成为天底下，最恩爱的一对夫妻。"

"这个美好的祝愿，一定会变成现实的。"夏春光说着，抬头看看天，“时候不早了，我们也该赶路了。”

186

山洞里。一条小溪，从洞壁下往外流着。

芳芳在溪水里洗着野菜，嘀咕着：“山下那个新建的村庄，陆陆续续有人住进来，到底是什么人……”

芳芳嘀咕着，思索半天，想不明白，摇了摇头……

187

“大娃，过几天，就会有很多病友到麻风村来了。”

李大娃的宿舍里，马明亮、李大娃正坐在屋里聊着。夕阳从窗口照进来，照在他们身上。

马明亮看着李大娃：“你是最先来的，到时候，要多帮助他们。”

“马医生，你放心，跟你学了这段时间，我也了解了一些麻风病防治的知识了。”李大娃高兴地说。

“其实，我也是从书本上看来的，照本宣科，对于麻风病防治，我也才刚刚摸索。”马明亮说着，看着李大娃，“只要有信心，我们就会战胜病魔！”

李大娃点点头：“听你们说，虽然现在的治疗药物，疗效还不很明显，治疗周期也很漫长，但我们毕竟有了自己的家，有了治病的地方，这就足够了。”

“你们聊得这么起劲，看起来肚子不饿……”

陈林说着，用筛子端着几个玉米饼走进来。

马明亮看着陈林：“明天要去接你找到的那几个病人了，准备好了吗？”

“把带去路上吃的玉米饼做完，就准备好了。”陈林说。

马明亮：“不抓紧做，跑过来干什么？”

“真不识好歹。”陈林把装着玉米饼的筛子放在桌子上，“我不是怕你们饿着，先给你们送几个来吃吗……”

马明亮抓起一个玉米饼递给李大娃，又抓起一个自己吃起来：“我们不饿，快去准备吧。”

“德行……”陈林笑着，往外走去。

陈林从李大娃的宿舍走出来，看见夏春光和黄一凤拄着木棍，疲惫不堪地来到了麻风村外的山路上，黄一凤因过度疲劳和饥饿突然晕倒在地。

夏春光一慌，丢开手里的木棍，跑到黄一凤面前蹲下，急切地呼喊着：“妹子……妹子……”

“村长……村长……”陈林惊叫着，奔了过去。

马明亮、李大娃听到陈林的喊声，冲出屋，看见了那边路上抱着黄一凤呼喊的夏春光，跟着陈林奔了过去……

188

两年后。

治疗室里，马明亮和陈林坐在一起，读着夏春光的来信：

“明亮、陈林，我们历经苦难和艰辛，把全县的二百多个麻风病人，先后送进麻风村后，上级就安排我到省医院和致力麻风病防治的省皮研所进修来了，你们两个人，要给他们治疗，还要照料他们的生活，真不知有多辛苦啊。

“虽然，我们麻风村的每个病人，都分到了一间住房，政府给他们配发了生活用品，粮食定量供应，治疗是免费的，但我们国家还处于困难时期，物资缺乏，你们不得不组织麻风病人开荒种地，解决政府供应粮不够吃的问题，每每想到这些，我的脑海里总是浮现你们忙碌的身影，好在我的进修实习就要结束了，我也算是一名麻风病医生了，再过几天，我就能回到麻风村，和你们一起为麻风病人服务了，我要是再不回去，把你们累坏了，我会不安的……”

“村长要回来了！”看着夏春光的来信，马明亮、陈林高兴地跳起来。

夏春光要回来的消息，通过李大娃传给了麻风病人，大家都非常高兴，马明亮在给黄一凤检查身体时，黄一凤兴奋地看着马明亮：“马医生，我听大娃说，夏村长进修快要回来了，是真的吗！”

马明亮高兴地说：“我们收到村长写来的信了，村长真要回来了。”

黄一凤高兴地：“太好了。”

“村长在信里说，他早就想回来了。”马明亮和麻风病人们说，“除了村里的病人外，他很牵挂一个人。”

黄一凤：“他很牵挂一个人？会不会……他又找到一个相好的了？”

马明亮笑道：“他牵挂的是小草。”

黄一凤难过地说：“那个叫小草的孩子，我听陈林说过，太可怜了。”

189

“小麻风、小麻风……”

托儿所里，小草龟缩在教室的墙角，良良领着小朋友们站在她面前，不停地喊着：“小麻风、小麻风……”

夏春光来到门口，看见小朋友欺负小草的情景，瞪大了眼睛。

良良和小朋友们指着小草：“小麻风，小麻风……”

小草蜷缩在墙角，浑身发抖，伤心哭泣。

夏春光忍不住大吼一声：“干什么？”

小朋友们转身看着夏春光。

夏春光冲到小草面前。

小草看着突然出现的夏春光，张大嘴巴说不出话来。

夏春光看着小草：“小草别怕，爹来了……”

小草爬起来，看着夏春光，泪珠滚滚：“爹……我要回家……我要回家……”

夏春光抱起小草，泪流满面，他抱着小草来到江所长的办公室，已结婚怀孕的江所长挺着大肚子，从椅子上站起来，看着夏春光怀里满脸泪痕的小草：“对不起……真对不起……我没……照顾好孩子……”

“所长，别……孩子给你添了不少麻烦，我想好了，还是把她接到麻风村去……”夏春光说着，看着江所长的大肚子，“你也快生孩子了，小草在你这里你也不方便……”

小草哭泣着：“我要回家……”

江所长疑惑地看着夏春光：“麻风村……”

“江所长，我理解你的心意，可是，这些孩子和家长，不能够理解小草。”夏春光说，“虽然，麻风村环境不好，但那里没有歧视。”

江所长眼含泪水点了点头：“让小草到那里也好，免得她再受刺激，影响她的成长。”

“是啊……”夏春光点点头，“不能让她的心灵深处，再留下阴影了。”

“小草留在城里，赵英同志也很为难。”江所长说，“赵英同志常对我说，把小草留在家里，小草又太孤独，把小草送到托儿所，又受小朋友们欺负。”

“小草去了麻风村，我和明亮，还有陈林，都可以轮流照顾她。”夏春光说着，想起什么似的，“你丈夫还在部队上？”

江所长点点头：“估计也快转业到地方工作了。”

夏春光：“转业回来也好，你们可以在工作和生活上互相帮助。”

江所长笑着，点点头。

夏春光看着江所长：“江所长，那我就把小草带到麻风村去了？”

“好吧。”江所长难过地满眼泪花，转身从办公桌上拿起书本和写字本，递向夏春光，“这是小草的，你先拿着，她的衣服和其他东西在我宿舍里，我去收拾。”

夏春光接过书本和写字本。

江所长含着眼泪走了出去。

夏春光望着江所长拖着笨重的身体走向宿舍，动情地说：“真不能在这个时候拖累她了。”

夏春光一手拉着眼角还有泪痕的小草，一手拿着小草的书本和写字本，来到江所长的宿舍门口等着。

江所长收拾着小草的东西，忍不住哭了，她拿起小草的图画本，翻看着小草画的图画，眼泪滴在图画本上，她擦擦眼泪，把图画本装进已装着衣服的包里，提着包走到夏春光和小草面前：“把小草的书本拿来装在包里。”

夏春光把手里的书本和写字本递过去，江所长将其装进包里，把包递给夏春光。

夏春光接过包："我们走了，你注意身体。"

江所长点点头。

夏春光一手拉着小草，一手提着包，往前走去。

江所长目送着夏春光和小草，泪花闪闪。

小草突然回过头，看着江所长："江阿姨，等我长大了，我给你买糖吃!"

江所长含泪点点头。

夏春光拉着小草往前走了。

江所长走到门前，扶着门框，眼泪流出来。

从托儿所出来，夏春光领着小草，在街上转了半天，给小草买了一些东西，傍晚来到马正毅家门口，门开着，夏春光看着坐在客厅里看报的马正毅："马书记，我回来了……"

马正毅看见夏春光和小草，高兴地站起来，迎了过来："呀，你回来了?"

夏春光点点头："马书记，我完成学业了，来向你汇报学习情况。"

"我都不是书记了。"马正毅提醒道，"别再书记书记地叫，免得那些别有用心的人找麻烦……"

"哦，我差点忘了，你现在是县革委主任了。"夏春光笑笑，"叫书记叫惯了，难以改过来。"

赵英从厨房里出来，高兴地看着夏春光："春光，终于把你盼回来了……"

小草看着赵英："奶奶……"

"哎，小草……"赵英跑过来，一把抱起小草，"想奶奶爷爷了吗?"

小草点点头："想……"

"别站着了。"马正毅招呼道，"快屋里坐，今晚为你接风洗尘……"

马正毅说着，招呼夏春光坐下。

赵英放下小草："先和爷爷他们玩，奶奶给你做好吃的。"

马正毅向小草招手道："小草，过来，爷爷抱抱……"

小草跑过去，马正毅抱起小草坐下，和夏春光聊起来。

“现在，全国各地都闹得人心惶惶。”夏春光关切地看着马正毅，“你们没事吧？”

“还好，县革委的一班人，都还是以前的老战友，老同事。”马正毅说，“我和老牛担心，我们一旦被打倒，麻风村的工作会受到影响，所以，很多事情，我们忍了……”

“要是没有县里和上级的支持，麻风村不知道会怎么样。”夏春光说着，不免有些担忧。

“你回到麻风村后，一心一意做工作。”马正毅看着夏春光，“有什么事情，我和老牛、老赵都会顶着，不让麻风村受到外界干扰……”

夏春光动情地点了点头……

190

麻风村的夜晚，十分的安静。

夏春光宿舍里，煤油灯闪亮着，夏春光坐在油灯下教小草识字：“麻，麻风村的麻！”

小草抬起头，望着夏春光：“爹，什么叫麻风村？”

“我们住的这个村，就是麻风村。”

小草疑惑地：“为什么叫麻风村啊？”

“村里住的，除了我和你、陈叔叔、马叔叔，其他的都是麻风病人。”夏春光说，“这里是麻风病人的家，就叫麻风村。”

小草似懂非懂地看着夏春光。

夏春光：“等小草长大了，就知道了……”

小草：“那些麻风病人，他们肚子疼吗？我生病的时候，肚子好疼好疼啊……”

“他们很痛苦。”夏春光看着小草，“小草长大了，当医生，为他们治好病，他们就不痛苦了，好不好啊……”

小草疑惑地看着夏春光，摇了摇头：“我不知道……”

夏春光：“小草长大了，就一定知道的……”

门外传来喊声："村长……村长……"

夏春光站起来。

李大娃冲进屋："出……出……出事了……"

夏春光看着李大娃："大娃，别慌，慢慢说。"

"麻风病人柳传香……被杀了……"李大娃恐惧地说。

夏春光大惊："什么？"

看着惊愕不已的夏春光，李大娃又重复了一句："麻风病人柳传香被杀了……"

夏春光着急地对李大娃说："你快去叫马医生和陈林，我马上过去……"

"好……"李大娃答应着，转身冲出门。

夏春光回头看着小草："小草，你先睡了，爹有急事要去办！"

小草点点头。

夏春光背起药箱冲出门……

191

鲜红的血液，还在手上流。

柳传香躺在床上，手腕上流着血，鲜血染红了床单。

微风吹进柳传香宿舍里，墙上挂着的煤油灯，火苗忽闪忽闪的。

几个麻风病人站在柳传香床边，惊恐地看着。

"让让，让让……"

夏春光呼喊着闯进来，把手放在柳传香鼻子下测试着，感觉她还有气息，急忙打开药箱，取出纱布，包扎柳传香的伤口。

李大娃和马明亮、陈林冲进来。

"陈林，你到村里各处看看。"夏春光一边往昏迷不醒的柳传香手腕上缠纱布，一边说，"尽量不要惊动还没有知道这件事的麻风病人，以免引起恐慌……"

"好！"陈林答应一声，连忙走了出去。

马明亮看着屋里的许国书、黄一凤等麻风病人："你们几个，先不要把这件事透露出去!”

“好!”

“好的……”

“是……”

麻风病人们答应着，点着头。

夏春光给柳传香包扎好伤口，看着马明亮：“明亮，快抢救!”

马明亮翻开柳传香的眼皮看了看，又摸摸柳传香的脉搏：“给她打消炎针。”

麻风病人许国书看着马明亮：“马医生，还有救吗?”

“流血过多……无法肯定……”马明亮说着，给柳传香打了一针。

李大娃哀求道：“医生，你们一定要救活柳传香。”

许国书、黄一凤等几个麻风病人也央求夏春光、马明亮：“柳传香才二十岁，你们一定要救活她……”

夏春光看着大家：“我们一定尽最大努力!”

陈林走进来：“村里无异常情况。”

“在村里巡逻，发现情况马上报告。”夏春光对陈林说，“我和马医生留在这里，观察柳传香的情况。”

夏春光说着，又看着李大娃：“大娃，你是报案人，你留下，给我们介绍情况。”

李大娃点点头。

夏春光转身，看着许国书：“国书，今晚你们几个不要睡了，协助陈林的工作，你们分头在村里的几个出入口巡查，由陈林统一指挥，千万不要再出差错。”

许国书点点头：“村长，你放心!”

“走吧!”陈林喊了一声，领着麻风病人们急急走了。

李大娃站在柳传香身边，难过而紧张地看着柳传香：“传香，你可不能死啊……”

夏春光看着李大娃：“大娃，是什么时候发现柳传香出事的?”

“十多分钟前。我才一发现，就叫来几个病友看着现场，去报告你了。”

“这么说，是你最先发现的?”

李大娃点点头。

“把你发现柳传香出事的前后经过详细说说。”夏春光说着，掏出衣袋里的小本子准备记录。

李大娃点点头：“吃过晚饭后，我去河边玩，天黑好久才回来，路过柳传香宿舍时，听到柳传香在宿舍里喊救命，我跑到门口去喊她，屋内没有任何动静，我预感到柳传香出事了，连忙推她的宿舍门，门从里面被扣上了，我撞开她的宿舍门，看到柳传香躺在床上，手腕流血，床单已被血染红，我被吓呆了，过了好一阵，才反应过来，喊醒住在隔壁的许国书他们，叫他们守着现场，我就跑去喊你了。”

听了李大娃的讲述，夏春光踱着步思考起来，过了一会儿，他突然站住，看着李大娃：“你能确定你发现情况时，柳传香的门是从里面反扣着的?”

李大娃点点头：“我敢确定!”

“这么说，柳传香是自杀!”夏春光推断道。

马明亮点点头：“割腕，一般是自杀，如果是他杀，杀人者不会采用这种方法。”

“另外，门是从里面反扣着的。”夏春光说着，走到门前，“如果是他杀，杀人者把门反扣了，就出不去，出去了，就不能从里面把门反扣上了。”

李大娃点点头：“有道理。”

马明亮疑惑地看着夏春光：“自来到麻风村后，她一直情绪稳定，怎么会自杀?”

夏春光反问道：“这几天，柳传香没有任何反常举动?”

“没有。”马明亮答应着，又突然想起什么似的，“哦，昨天陈林从邮局取信回来时说，有柳传香一封信。”

“问题很可能就出在这封信上。”夏春光说，“快找找。”

“信被柳传香烧了。”李大娃说。

“烧了?”夏春光盯着李大娃，“你怎么知道?”

“我看着她烧的信。”李大娃说，“今天下午，我去找柳传香借针线，看见柳传香坐在宿舍里，手里拿着正燃烧的信。我还可惜地对她说，传香，那不是你刚收到的家信吗，怎么烧了，还没人给我写信呢，烧了多可惜呀……柳传香什么也不说，烧了信后，把针线递给我，我也没想到会出什么事，拿着针线就走了。”

“问题一定出在这封信上。”夏春光说，“在屋里找找，看能不能发现其他线索。”

他们在屋里翻找了一阵，李大娃趴在柳传香床脚四处张望，发现了床脚的笔记本，拿起笔记本，站起来：“村长，找到一个日记本。”

夏春光从李大娃手里拿过日记本翻看。

李大娃急切地看着夏春光：“村长，传香写了什么没有？”

夏春光的脸色沉重起来。

马明亮一惊：“是不是写了什么？”

“她在日记本上写了遗书。”夏春光说。

李大娃一惊：“遗书？”

“是的。”夏春光说着，念起遗书来，“敬爱的医生，亲爱的病友，我一直苦盼着治好病，回到父母身边，回去和我心爱的铁蛋哥结婚。今天收到家里的来信，信上说，即使我治好了病，也不要回去了，要是我回去，我弟弟就不会娶到媳妇，我妹妹也嫁不出去了……信上还说，铁蛋哥结婚了，我的梦想全破灭了，我治好病，又有何意义，死了才能解脱，我的家里人也会得到解脱，村长，马医生，我走了……”

夏春光念完遗书，难过地合上日记本。

李大娃蹲在地上小声哭泣起来。

“大娃，难过也解决不了问题。”马明亮说着，看着夏春光，“柳传香还在昏迷，你们都回去休息吧，我守着柳传香，不会有事的。”

“小草刚到麻风村，我怕他一个人害怕，我得回去看着她。”夏春光说，“大娃，你去通知陈林他们休息了，柳传香出事的原因找到了，他们就没必要巡逻了，免得让其他病人看到引起骚乱。”

“好！”

李大娃答应一声，出去了，夏春光对马明亮说：“明亮，这里就辛苦你了，有什么情况，立即通知我。”

“你快回去看小草吧。”马明亮说，“我知道怎么做。”

夏春光走后，马明亮坐在柳传香床边，透过插着木条的小窗户，凝视着窗外远方的山岗，在心里嘀咕着：“柳传香的举动，固然愚蠢，但人在绝望的时候，有什么事做不出来呢？阿丹走了，也是她的无奈之举。唉，她走了也好，她要是跟着我，也是受罪，只要她和林保山能和和美美过一生，我就没什么可牵挂的了……”

192

“我爱的人，最艰难的时候，我离开了他……”

林保山家院里，阿丹坐在石桌前，看着天上的星星，在心里问自己：“我到底是怎么了？我怎么了……”

微风吹动着阿丹的头发，她心里阵阵难过：“从嫁给林保山的那天起，我就发誓，要忘记过去，可是，我在睡梦中抱着林保山的时候，怎么总觉得抱着的，是马明亮呢？”

阿丹从石桌边站起来，走到院门口，看着院门口的小路，内心很痛苦：“林保山真的工作很忙吗？他总是那么晚才回家，要是他能早点回来陪我，也许……”

阿丹正难过着，传来脚步声，她抬头远望，见林保山从路那头走来，她默默望着走过来的林保山，低声哭泣起来。

林保山听到哭泣声，跑上前：“阿丹，是你吗？”

阿丹低声哭着。

林保山跑到阿丹面前：“阿丹，怎么了。”

阿丹扑进林保山怀里，喊了一句“保山”，失声痛哭：“呜呜呜……”

林保山看着阿丹：“阿丹，和我结婚这么长时间了，是不是还想着……你那个麻风医生？”

“你又在胡说什么？”阿丹推开林保山，没好气地往家里走去。

林保山追上去：“没有就好，你知道吗，我听到你在梦里喊他的名字，心里很不好受。”

“保山，你以后回来早点，好吗？”阿丹哀求道，“你把我抛在家里，我多孤独，你知道吗?”

“唉……谁叫我是领导呢?”林保山装出一副无可奈何的样子，“每天事情那么多。好吧，以后我尽量回来早点。”

阿丹哀怨地看了林保山一眼，往屋里走去。林保山跟了进去……

193

马明亮想着阿丹的事，从柳传香床边站起来，走到门口，见一个人影走来，连忙问了句：“谁?”

“是我。”来人回答道，“李大娃。”

说话间，李大娃已经来到马明亮面前。

马明亮看着李大娃：“你怎么又来了?”

“我睡不着。”李大娃说，“过来看看，柳传香醒了没有。”

马明亮回头看看柳传香：“没有。不过，没有生命危险了。”

“马医生，你去休息吧，我来守柳传香。”李大娃说。

马明亮想了想：“我也睡不着，心里有点乱，你在这里守一会儿吧，我出去走走，有事马上叫我。”

“放心吧。”李大娃说着，走到柳传香床前，默默地看着柳传香。

马明亮回头看看，走了。

李大娃心疼地看着柳传香：“怎么那么傻呢，我还不是早被我爱的人余小波抛弃了。当然，开始的时候，我也有生不如死的伤痛。后来想通了，这种不能患难与共的人，不要也罢。”

柳传香的眼皮微微动了一下，李大娃没看见，又说：“传香，今后你可别再犯傻了，别再给夏村长，还有马医生、陈林他们添麻烦了……”

柳传香的眼皮动了动，睁开了眼睛。李大娃见状，激动地看着柳传香：“你醒了……”

柳传香看着李大娃：“我这是……在哪里……”

李大娃高兴地：“在你宿舍里啊。”

“我……还……没死……”

“是夏村长和马医生，把你救活了……你醒了，我得去告诉夏村长和马医生。”

李大娃说着，跑了出去……

194

“同志们，我们得了麻风病，别人看不起我们……”运动场上，夏春光在全体麻风病人大会上讲话，情绪有些激动。

夏春光说着，看着柳传香：“但是，我们自己也看不起自己吗？”

柳传香低头不语。

“前段时间，我们麻风村，发生了一件惊天动地的大事，今后可写进我们麻风村的志书里了……”

夏春光看着柳传香，停顿了一下，又继续说：

“为了建麻风村，我们县里的领导马正毅同志、牛胜利同志、赵英同志吃苦受累……”

夏春光越说越激动，指着村后河边的山坡：“为了建麻风村，我们的民工小刘，把生命留在了这里……”

夏春光说着，转过头来看着马明亮：“为了建麻风村，我们的马医生，失去了恋人……”

夏春光说着，眼泪涌出眼眶，他的话，震撼了麻风病人的心，他们默默地看着夏春光。

夏春光擦去眼泪：“前段时间，我们村里发生的大事，大家都知道了，我不再重复。我要说的是，要想让别人看得起我们，我们首先要自己看得起自己。我们得了病，是我们的错吗？不是！麻风病人也是人啊，是人，就要有做人的尊严，我们得了病，我们还得正视，学会坚强，学会比健康人更能忍受不幸和苦难！”

马明亮抱着小草从人群中站起来：“要说不幸，谁有我们的小草不幸……如果我们在不幸中不能坚强，我们对得起党吗，对得起为我们付出生命和汗水的人吗……”

柳传香站起来。

麻风病人们把目光投向柳传香。

柳传香慢慢走向夏春光。

夏春光默默看着柳传香。

麻风病人们站起来，让开一条道。

柳传香向人群中的夏春光走去。

麻风病人们的目光随柳传香移动。

柳传香走到夏春光面前，“扑通”跪下，大哭：“呜……呜……呜呜呜……”

195

“文辉，你找我？”

湘西州医院，高文辉坐在办公室里，低着头想心事，阿曼喊着，急急走进来。

高文辉抬起头：“阿曼，好消息，好消息呀！”

阿曼疑惑地望着高文辉：“好消息？”

“你要找的人，这回真找到了。”

“你不是在骗我吧？”

高文辉笑笑：“我骗你有什么好处？”

阿曼双手合拢：“菩萨啊，我终于……”

高文辉挥挥手：“别别别……千万别……”

“怎么了？”

高文辉看着门外：“这是搞封建迷信，要是被别人看到，就……”

阿曼“扑哧”一笑：“那好吧，你快告诉我，怎么找到的，他在哪里？”

“上次我父亲根据你对他的相貌描述，推断出他叫夏春光后，一直在帮你寻找……”

“高伯伯，真是个可敬可爱的人！”阿曼插话道。

“后来，我父亲联系了他近在省内各地，远在大江南北，祖国各地的许多战友……”高文辉说着，故意卖了个关子，“阿曼，你猜，结果怎样……”

阿曼急了："哎呀，人家都快急死了，你就快告诉我嘛……"

高文辉神秘地看着阿曼："你过来！"

阿曼往前几步，贴近高文辉："快告诉我……"

高文辉把嘴贴在阿曼耳朵上："我父亲，终于把他，从茫茫人海里给挖出来啦！"

高文辉说着，从桌柜里拿出一张照片："你看看，这是什么？"

阿曼拿过照片，看见照片上的夏春光，惊喜万分："是他，就是他……"

高文辉："这张照片，也是我父亲在他的老战友中，千搜万找，才找到的……"

"老天有眼，老天有眼……"阿曼欣喜若狂，"真是老天有眼呐，我还以为……我还以为……这辈子……找不到他了……再也找不到他了……"

"阿曼，你要有思想准备啊。"高文辉打断阿曼，看着阿曼，严肃起来，"你要找的人，他……"

阿曼害怕地："他……他怎么了……"

"他在麻风村！"

"什么？他得了麻风病？"阿曼惊问道。

"他有没有得麻风病，我不知道。"高文辉诡秘地笑笑，"不过，他住在他们家乡的麻风村里，你想想，不是麻风病人，谁会住在麻风村里？"

阿曼一惊，"啊"的一声，跌坐在身后的凳子上，不知所措。

高文辉暗暗一笑，默默看着阿曼，在心里说："我看你还敢不敢去找他？我那么爱你，你却惦记着他，这下，他到了麻风村，你该死心了吧！"

196

夏春光、马明亮攀爬在麻风村外的悬崖峭壁上，夏春光采下一蔸草药，反手放进背篼里。

马明亮向山崖上爬去。

夏春光担心地看着马明亮："明亮，小心！"

马明亮爬到崖头，在石头上坐下，看着往山崖上爬的夏春光："村长，你也上来休息一会儿。"

"好……"夏春光答应着，爬到崖头，在马明亮身边坐下，看着远处的风光，"真是无限风光在险峰啊。"

马明亮看着夏春光："村长，我们这样冒着生命危险，采药、研究。会有结果吗？"

"我心里也没底。"夏春光说，"二十多年前，世界上研制出了可治疗麻风病的药物氨苯砜，但没用多长时间，麻风杆菌对世界上这惟一的抗麻风药物形成抗药性，对麻风病的治疗效果就十分缓慢了……"

"世界上一代代的药物学家、医学家都试图找到治疗麻风病的良药，还是不尽如人意。"马明亮接过话，"我和你，进行了这么长时间的麻风病药物研究，也毫无进展，我担心，我们的药物研究不成功，反把命搭在这险象丛生的采药之中……"

"世界上，没有一做就成的事情。"夏春光笑道，"要是那么容易成功，我们已经坐享其成，无需冒险采药、搞试验了，不管成功与失败，我们做这项工作，尝试总是有必要的，要是没有人去搞研究，我们永远也不会找到治疗麻风病的好药。"

马明亮点点头："你这么一说，我心里就敞亮了。"

"是啊，要不是麻风病防治专家年复一年地反复研究、试验，就不会研制出可控制麻风病恶化的氨苯砜。"夏春光充满希望地说，"我们虽然不是专家，但从事了麻风病防治工作，做研究也是我们的追求！"

马明亮凝视着远处的山峰："是呀，即使失败，我们也努力过了！"

"嗯……"夏春光站起来，"干吧，采药……"

197

阿曼坐在宿舍里，拿着夏春光发黄的照片，指着照片上身着军装的夏春光，笑着："你，真傻！"

阿曼说着，把照片放到桌上，走到窗前，看着窗外天空中的星星：

“他……怎么会在麻风村呢?”

阿曼说着，转过身，走到桌前，看着照片：“他结婚了吗?”

阿曼猜测着，在桌前坐下：“要是见到他，他真是个麻风病人，我该怎么办……”

198

红红的朝阳悬挂在山顶上。

夏春光背着药箱，拉着小草走出宿舍门。

小草仰头看着夏春光：“爹，今天我们去做什么?”

夏春光低头看着小草：“我们先和马叔叔去给那些生病的叔叔阿姨发药，发完药，我要和马叔叔去山里挖药，你去找陈林叔叔，叫他教你写字，好吗?”

小草点点头，有些难过地说：“你和马叔叔去挖药，总是很晚很晚才回来……”

“从今天起，我们早点回来，不让小草再等那么晚了!”

小草笑起来：“这才是我的好爹爹!”

夏春光抱起小草，在小草脸上亲了一口：“走喽，发药去喽!”

陈林走来，看着小草：“小草，怎么这么高兴?”

小草看着陈林：“陈叔叔，我爹说叫你教我写字呢。”

夏春光看着陈林：“你跑哪去了，昨晚我做了个好菜，找你来吃饭，找不到你。”

陈林答非所问：“村长，我今天想向你请个假。”

“有事吗?”夏春光问。

“昨天，我去河对面山上挖竹笋，看见有个人影，在树林里晃了一下。”陈林说，“那个人影，有点像芳芳，我在山里找到天黑，没找到，今天想再去找找。”

夏春光惊奇地：“芳芳?”

陈林点点头：“我感觉像。”

“那还请什么假?”夏春光说，“把麻风病人找回来，那是你的职责啊。”

陈林看着小草：“叔叔今天不能教你写字了，我领你去找黄一凤阿姨，叫她教你写字，好吗，她比我的文化高。”

小草点点头：“好吧!”

陈林看着夏春光：“村长，我领小草去找黄一凤，她是高中生，叫她教小草写字。”

夏春光笑笑：“快去吧。”

“小草，我们走。”陈林拉起小草离去。

夏春光想起什么似的：“等等。”

陈林回头望着夏春光：“村长，还有事吗?”

夏春光：“我和明亮跟你一起去找芳芳吧。”

“还是我一个人去。”陈林说，“我一个人去找到她，她才能领会我的一片真情，才好说服她到麻风村来治病。”

夏春光想了想：“那倒是，那你去吧。”

“哎。”陈林拉起小草离去。

夏春光看着陈林：“真希望他把芳芳找回来。”

陈林拉着小草来到黄一凤的宿舍，黄一凤不在宿舍里，陈林拉着小草沿着村道去找，李大娃背着竹笋走来，陈林拉着小草和李大娃迎面碰上。

李大娃看着陈林：“一大早，拉着小草要去哪里?”

“我领她去找黄一凤教他写字，你见着黄一凤了吗，我去她住的屋里找她，她不在。”

“她和许国书在河边。”

“我去找她。”

李大娃神秘地：“哎，我见黄一凤和许国书打得火热，他们是不是有那个意思?”

“别瞎说。乱说话会惹祸。”陈林警告道。

“哦……”李大娃若有所思地，“好，好，好……那我走了，你去找吧。”

李大娃像有什么心事似的，边说边离去。

陈林看着李大娃，摇摇头，笑了一下，拉着小草往河边走去。

199

朝阳映在河面上，美丽的光波晃荡着。

许国书坐在河岸上抽着烟锅。

黄一凤坐在许国书身边洗衣服：“家里，一直没来信？”

许国书抬头，望黄一凤一眼：“没!”

黄一凤想了想：“你老婆，长得好看吗？”

许国书看着黄一凤：“好看。她比你矮一点，留着长发，黑油油的，瓜子脸，不白，也不黑，笑起来一对酒窝，丹凤眼……”

黄一凤一笑：“是个美女啊，看起来，你很爱他。”

许国书没有回答，反问黄一凤：“你男人，对你好么？”

黄一凤转头看看许国书，难过地低下头：“以前好，我得病后就……”

许国书觉得自己这话问得不妥，连忙说：“对不起，我不该问!”

“没什么。”黄一凤笑笑，“我们是娃娃亲。十八岁嫁到他家，他对我很好，含在嘴里怕化了，捧在手里怕飞了……谁知我后来得了病，他一脚把我踢出了家门……”

许国书抽着烟锅，一脸的难过。

黄一凤反倒无所谓的样子，看着许国书：“你想她么？”

“想，梦里老看到她。”

陈林拉着小草走来，在远处见了黄一凤和许国书，喊道：“黄大姐。”

黄一凤抬头看着陈林：“陈林兄弟，有事吗？”

陈林拉着小草走来：“我今天有事，村长他们也要去山里挖药，我领小草来交给你带着。”

黄一凤向小草招招手：“小草，快过来。”

陈林拉着小草走到黄一凤和许国书面前：“等会儿你教小草写字。”

黄一凤：“好啊。”

许国书看着小草：“小草，会写多少字啦？”

小草摇摇头：“没数过。”

陈林：“小草就交给你们了，我走了。”

许国书笑着：“去吧，有我们在，小草丢不了。”

陈林脱下鞋，用一只手拿着举过头顶，走进河里，另一只手划着水，游向河对岸。

黄一凤和许国书一惊：“你干什么？”

陈林游着：“我游到河对岸山上找一个人。”

许国书：“找谁？”

陈林游着：“暂时保密。”

许国书看着黄一凤：“陈林什么时候也有秘密了？”

黄一凤：“可能是找芳芳。”

许国书：“哦！”

黄一凤和许国书看着陈林游到对岸，爬上岸，往山林里走去。

“希望他能找到芳芳。”黄一凤说着，把洗好的衣服放在盆里，看着小草，“小草，走，回去写字去。”

200

大山上。竹林里。

芳芳在竹林里采着竹笋，哀伤地唱着：

哥说世上黄连苦
妹比黄连苦十分
命苦得了麻风病
情哥情妹两离分

201

“新药的配方，我们得再改一下……”

傍晚，马明亮和夏春光坐在运动场上，马明亮对夏春光说：“我觉得，把剂量再减少10%……”

夏春光点点头："我看可以，一定要做好记录，以免数据丢失……"

"聊什么呢……"

传来陈林的喊声。

夏春光和马明亮回过头，陈林垂头丧气地走到他们身边。

夏春光站起来，看着陈林："怎么，没找到芳芳？"

陈林失望地："连个鬼影也没找到。"

"不要着急，以后慢慢找。"马明亮站起来，安慰陈林道，"会找到的。"

"也只有如此了。"陈林说着，想起什么似的，对夏春光说，"对了，村长，村里的食盐、煤油快用完了，后天是县城赶街天，我去街上采购点食盐、煤油回来，供应给大家。"

夏春光点点头："顺便去趟邮电局，把我们这段时间的报刊、信件取回来。"

"我明天就得去，到县城要走一天，后天去的话，到县城就是晚上了。"陈林说，"我明晚住县城里，后天早上买了东西，就往回赶。"

"明晚住县城最好。"夏春光说，"你明晚去找马主任、牛副主任，把麻风村这段时间的工作汇报一下。"

202

县城郊外，一座破庙。

庙里早已人去屋空，到处是蜘蛛网。

一个戴着面纱的女人背着一个大竹篮，疲惫地走进庙里。把装满竹笋和草药的竹篮放在墙角，在墙角坐下，慢慢揭下面纱，她是芳芳。

芳芳好累，靠在墙壁上睡着了，夕阳从窗口射进来，照在芳芳身上。

几乎每个赶集天，芳芳都到县城集市赶集。她和陈林一样，也是赶集前一天就来。她不敢到城里住，城里也没她住的地方。她只能住在城外的破庙里，赶集天一大早，把从她隐居的大山上采的草药和竹笋等山货背到城里，草药卖给供销社，竹笋背到集市上卖，然后买一点米面和火柴、食盐之类的日用品，回山里过生活，剩下的钱积攒下来，希望有一天拿回家孝敬父母。

每次来赶集，芳芳都戴着黑色的面纱，人们只看得见她朦胧的脸部轮廓。这里是边疆少数民族地区，有的少数民族妇女常年都戴着面纱，芳芳的打扮，除了让人们觉得她是少数民族外，没有人想到，她戴黑纱，一方面是怕遇见熟人，另一方面，更怕人们看到她因麻风病掉了眉毛的眼睛。

“爹……妈……”

睡梦中，芳芳见到了父母，父母正冲她笑，她呼喊着要去拥抱父母，父母却突然跑开了。

“爹……妈……”

芳芳呼喊着去追父母，父母越跑越快。

“爹……妈……”

芳芳呼喊着，追着，从梦中醒来，难过地看着窗外：“爹……妈……我何时才能见到您们……陈林哥，我们还有见面的一天吗……”

203

县城集市是周边百姓逢集必来的大集市，一大早，集市上就人声鼎沸。芳芳很早就把草药卖给了供销社，来到集市上摆卖竹笋。

集市是一条曲折狭长的街道，两边是房子，人们把带来的土特产品摆在街道两边出售。

陈林背着背篼，在集市上走着，左瞧瞧，右看看。

一个男人买下了芳芳的竹笋，芳芳拿着卖竹笋的钱，在手里反复数着。

陈林背着背篼，向芳芳走来。

芳芳把钱小心地塞进衣兜里，往百货大楼走去。

陈林走到芳芳卖竹笋地方的旁边，在一个卖烟丝的小摊前蹲下，拿起烟丝看着。

卖烟丝的老汉看着陈林：“这是上等烟丝，要不要买点？”

陈林笑着：“我看看。”

卖烟丝的老汉从身后拿出水烟筒："来，尝尝。"

陈林拿过水烟筒，把一点烟丝放在烟嘴上，接过老汉递过来的香火，点着烟丝"咕咕咕"吸起来。

芳芳来到百货商店，买了一盒火柴，二两食盐，走出了百货商店。

陈林背着背篼，在拥挤的人流中挤到百货商店门口，和芳芳擦肩而过。

204

夕阳照着麻风村外的河流，河面上波光粼粼。

柳传香在河边洗衣服，李大娃扛着柴走来，路过柳传香身边，关切地问："传香，天快黑了，你还不回去？"

柳传香扭头看着李大娃："还有一件衣服，洗好就回去。"

李大娃放下柴："我等你。"

柳传香笑笑，脸上露出羞涩。

李大娃在柳传香身边坐下。

柳传香看着李大娃："把你的衣服脱下来，我帮你洗了。"

李大娃笑道："你已经帮我洗过好多次了，我怎么好意思老让你帮我洗衣服……"

"你经常扛柴给我烧，还不让我帮你洗洗衣服？"柳传香说着，上前去脱李大娃的衣服。

李大娃害羞起来："我自己脱！"

夏春光和马明亮背着草药走来，看见李大娃把脱下的衣服递给柳传香，夏春光忍不住笑起来："大娃，衣服也有人帮洗了，你真幸福啊。"

柳传香和李大娃都不好意思起来。

夏春光笑笑："别害羞，大家生活在一起，互相帮助是应该的。"

柳传香看着夏春光："村长，把你的衣服也脱来我帮你洗。"

夏春光摇摇头："我的就不用你洗了。"

马明亮看着李大娃："大娃，人家传香那么关心你，你可要好好对人家啊！"

李大娃羞红了脸：“马医生，你也会笑话人了！”

马明亮打趣道：“哪里哪里，村长不是说了吗，大家在一起，就该互相帮助嘛。”

“哈哈哈……”夏春光和马明亮同时笑起来。

柳传香害羞了，把衣服递给李大娃：“我不帮你洗了，你自己洗吧。”

柳传香说着，端起衣服迅速离去。

李大娃尴尬地看着害羞离去的柳传香：“这……”

夏春光和马明亮又笑起来：“哈哈哈……”

205

陈林把买回来的物品摆放在麻风村保管室里，数着数量，记在小本子上。

“买回什么好东西了。”夏春光喊着，和马明亮走进来。

陈林从地上拿起一包烟丝，看着夏春光和马明亮：“给你们买了点烟丝。”

夏春光走过去，接过烟丝闻闻：“嗯，好烟丝。”

夏春光说着，把烟丝放回去，看着陈林：“给会吸烟的病人都分点。”

“我正计算怎么给大家分东西呢。”陈林说着，从背篓里拿出一个包裹，“村长，有你一个包裹。”

夏春光奇怪地看着陈林拿出来的包裹：“有谁会给我寄包裹？”

“从县公安局寄来的。”陈林说。

夏春光接过包裹：“那你先忙，我和明亮去做饭，等会儿一起吃饭。”

夏春光拿着包裹走了出去，马明亮看夏春光出去，看着陈林：“去我家没有？”

“去了，昨晚你爹妈好好招待了我一顿。”陈林高兴地说，“牛叔叔也来了，你放心，他们都好。”

马明亮点点头：“哦。”

马明亮犹豫了一下，又问：“有没有听他们提起阿丹的消息？”

陈林摇摇头：“没有。”

马明亮点点头：“也是，他们怎么会得到阿丹的消息呢？”

陈林笑道：“怎么，想阿丹了？”

马明亮点点头：“哪里，随便问问，她都嫁人了，我想她干什么？”

马明亮说着，转身离去。

陈林笑道：“表里不一！”

206

阿丹从溪畴县革委门口走过，突然看见林保山拉着年轻漂亮的溪畴县医院护士雷碧芬的手走来，连忙闪到门的一边看着。

林保山和雷碧芬走出大门，突然看见阿丹，迅速分开拉着的手。

阿丹默默看着林保山和雷碧芬。

雷碧芬看着阿丹，有些慌张：“嫂子……”

阿丹冷笑道：“我没影响你们吧？”

雷碧芬慌乱地：“没……没……我们院长……叫我……送一份材料来……给林副主任。”

阿丹看着雷碧芬：“哦，你们院长也真会安排工作。”

雷碧芬看看林保山：“主任，我走了……”

林保山装腔作势地：“回去告诉你们院长，那份材料重写。”

“好……”雷碧芬慌张答应着，匆忙离去，几乎是落荒而逃。

林保山看着阿丹：“你怎么在这里？”

“你妈病了。”阿丹说，“我去医院开药回来，路过这里，正好看见你们，就在这里等你一起回家，不行吗？”

林保山故作惊讶地：“什么？妈病了？早上不是还好好的吗？”

阿丹答非所问：“身体有病，有药医，灵魂得病，怕就没有药可治了。”

林保山不敢正面看阿丹，慌乱地问：“什么意思？”

“你明白！”阿丹气冲冲地往前走去。

林保山追上去：“阿丹，你听我说……”

阿丹不理睬，快步往前走去。

林保山停下来，看着阿丹走远：“你也知道吃醋？你在梦中喊着马明亮的名字，你知道我是什么感受吗？呸！马明亮，一个和麻风打交道的人，有什么好……”

207

马明亮和夏春光、陈林、小草在夏春光宿舍里吃饭。

陈林往小草碗里夹了点菜：“小草，多吃点，吃饱饱的才长得高。”

“嗯。”小草答应着，低头吃着饭。

马明亮看着夏春光：“好多病人，看起来有点不正常。”

夏春光一惊：“怎么了？”

“特别是许国书和黄一凤，李大娃和柳传香。”马明亮说，“他们总成双成对地出出入入。”

陈林笑着：“这有什么？他们都是因为得了麻风病，亲人都不理他们了，爱情和婚姻也死亡了，他们来到麻风村，能够互相关爱，有什么不好？要是他们能在患难之交中建立爱情、组建新的家庭，他们就会找到真正属于他们的幸福。”

“陈林说得很有道理，也很有人情味。”夏春光说，“我担心的是，像黄一凤、许国书，他们的婚姻家庭虽然名存实亡了，但他们和自己的配偶毕竟没有离婚，如果他们之间发生什么关系，恐怕会惹火烧身。”

马明亮点点头：“我说的就是这个意思。”

“那有什么，我听说，黄一凤的男人早就另有新欢了。”陈林说，“许国书的老婆也难说啊，在家里守着活寡，年轻轻的，能熬得住吗？”

“别瞎说。”马明亮制止道，“要是他们听到这些话，心里多难受。”

“其实，他们也是心知肚明。”陈林说，“这些话，我都是从他们不经意的言词中听出来的，只是，他们还没有勇气去面对而已……”

“只要他们的交往不出格，就别管他们，毕竟他们现在最需要得到相互之间的关爱、帮助。”夏春光说，“如果他们以后还不能获得家人的关爱，家庭真正解体了，他们将来重新组织新的家庭，也好有个基础。”

“你们只能治疗他们身体上的病，他们心灵深处的苦，主要还得靠他们自己摆脱。”陈林说着，想起什么似的看着夏春光，“村长，你收到的那包裹，是什么好东西？是不是好吃的，拿来分我们吃了。”

“我还没看呢。”夏春光说着，起身从床头拿来包裹。

小草走过来看着：“爹，是什么？”

“爹打开看看。”夏春光笑着，拆开包裹，里面是一件毛衣和一封信。

陈林惊讶地：“呀，村长，谁给你寄毛衣了，会不会是哪个姑娘爱上你了？”

夏春光笑着：“笑话，哪个姑娘会爱上我？”

马明亮跟着起哄：“难说啊。”

陈林：“还有一封信，村长，快给我们念念。”

夏春光把毛衣放在床上，拆开信，看着信，皱起眉头来。

包裹是贺二梅寄来的，贺二梅在信中写道：

“春光哥，你还记得我贺二梅吗？也许你不会想到，我会给你寄毛衣，给你写信……”

夏春光惊奇地：“怎么会是她？”

陈林：“谁？”

夏春光脱口而出：“贺二梅，我在公安局工作时的一个同事。”

“贺二梅？是个姑娘？”陈林打趣道，“村长，你走桃花运了？”

夏春光笑笑：“瞎说。”

马明亮想起什么似的：“对了，上次在我家，我记得，我妈对你提起过这个贺二梅，看来……”

夏春光看着马明亮：“你怎么也跟着陈林瞎起哄？”

陈林盯着夏春光：“贺二梅在信里对你说了什么？可以公开吗？”

夏春光不便多说，把信装进信封里，假装很随意地丢在床上。

陈林笑起来：“怎么？不便公开了吧？”

马明亮看着陈林：“别为难村长了，哪个人没有点秘密？吃饭。”

夏春光假装没听见，眼睛却不时偷看一眼丢在床上的信，马明亮看出了夏春光的心思，放下碗筷：“吃好了，我先走了。”

马明亮说着，给陈林递个眼色，站起来走了出去。

“我也吃饱了。”陈林知趣地放下碗筷，跟着马明亮走了。

夏春光也不挽留，陈林和马明亮走后，他把桌子上的碗筷和吃剩的饭菜收到灶台上放着，用毛巾把桌子擦干净，对小草说：“小草，该写字了。”

小草取下床头的书包，走到桌子前坐下，从书包里拿出本子，写起字来。

夏春光把挂在墙壁上的油灯端到桌子上，走到床前，拿起床上的信，走到小草对面桌子前坐下，从信封里拿出信看着：

“……春光哥，我想了很久很久，还是鼓起勇气，给你写了这封信。你还没来当我们局长之前，我在报刊上看到你的故事、照片，就热血沸腾，爱意顿生，得知你要到我们公安局当局长，而且还是单身那天起，我鬼使神差地给你织了一件毛衣，想用它向你表达我对你的爱……”

夏春光忍不住笑起来：“哈哈，这个小贺。”

听到夏春光的笑声，小草抬起头，疑惑地看着夏春光：“爹，你笑什么?”

夏春光看着信：“没什么，好好写字。”

小草不可思议地摇摇头，又低头写字。

夏春光拿着信，走到窗前，看着天上的星星，在心里嘀咕着：“我来麻风村之前，小贺求我不要到麻风村工作，原来是这么回事，唉……”

夏春光感叹着，又低下头继续看信：

“……当我准备把我织的毛衣送给你时，你却要到麻风村去了，我心里痛苦极了，把给你织的毛衣拆了，想以此来忘却你。可是，你走了，我怎么也忘不了我的初恋……我爱你！但你到麻风村去了，我是一个女人，我需要爱情，也需要平静的生活，我最终不得不把对你的爱，深深埋在了心底，当我决定和另一个男人结婚时，我心里……有许多许多的话……想对你说，我又把那件毛衣织好了，我要说的，都在这件毛衣上了，希望你收下它，这是我的初恋……下个月18号，我就结婚了……”

夏春光看完信，把信装进信封，折好，装进衣袋里，站起来，走到床边，拿起毛衣看着，他被贺二梅对她的真情感动了，眼泪滴落在毛衣上：“二梅，谢谢你的爱！”

208

“明亮……”

深夜，马明亮在运动场上散步，夏春光喊着，走到马明亮面前：“我以前的一个同事，要结婚了，送点什么礼物好？”

马明亮笑笑：“一般同事，还是有特殊关系的同事？”

“这怎么说呢，本来是一般同事，可自从收到她的信，这关系就有点复杂了。”

“是贺二梅吧？”

“你怎么知道？”

“她都送你毛衣了，我还猜不出？”

“唉……”夏春光叹气道，“看了她的信，我觉得……我应该祝福她。”

“以前有阮秀爱你，后来在湘西又救了个姑娘，人家送你照片，现在又扯上个贺二梅。”马明亮笑道，“你总是走桃花运啊。”

夏春光装出生气的样子：“又瞎扯。”

马明亮忍不住一笑：“那你到底想送贺二梅什么东西？”

“我不是想不出来，才问你吗？”

“你去参加她的婚礼吗？”

夏春光摇摇头：“婚礼就不去参加了，我也没有时间去。”

“这就好办了。”马明亮说，“你写封信，把想对她说的话写上，礼物托我妈帮你选，帮你送，你只要把你们之间的关系告诉我妈，她就会办理，她有经验。”

夏春光点点头：“这个办法好，一来可以避免我见她，让她心里不好受，二来我所要表达的意思，也表达了，好，好办法。”

209

许国书和黄一凤在河边散步，晚霞暖暖地洒在他们身上。

突然传来马铃声："叮铃叮铃……"

许国书、黄一凤循声望去，看见一个小伙子骑着马走在前面，阿曼骑着马走在后面，从河边那头的路上远远走来。

黄一凤看着路上骑马而来的两个人："一个男的，一个女的，他们来干什么？"

许国书疑惑地："真是怪了。"

黄一凤也十分疑惑："我们自从到了麻风村，就没见外人进来过，这两个人怎么会到这里来呢？"

许国书想了想："我在这里看着，你快去报告夏村长……"

"好……"黄一凤答应着，往麻风村里跑去。

210

"村长、村长……"

夏春光正在治疗室里配药，传来黄一凤急切的呼喊，连忙走出门去，见黄一凤急急跑来，心里不免一惊，急忙问道："一凤，什么事情，这么慌张。"

"来了两个人，一个是男的，一个是女的……"

夏春光眉头紧蹙："怎么会有人来？走，去看看！"

夏春光说着，往河边跑去，黄一凤连忙跟上去。

在运动场上散步的李大娃和几个麻风病人看到夏春光他们往河边跑去，不知道发生了什么事，也跟着往河边跑去。

211

"站住！"

河边，许国书挡在道上，堵住骑马走到面前的小伙子和阿曼，大喝一声。

小伙子勒住马："这里是麻栗皮县麻风村吗？"

许国书的目光在他们身上扫视着："你们是干什么的？"

阿曼笑道："我们找夏春光……"

夏春光和麻风病人跑到许国书身旁，许国书转身看着夏春光："他们说是来找你的？"

阿曼下马，盯着夏春光。

夏春光看着阿曼："是你……"

两个人久久地对视着。

阿曼的眼泪滚滚而下，久久地凝视着夏春光："见到了……我终于见到你了……"

夏春光看着小伙子："这不是县革委的秘书小李吗，你和她怎么会来到这里？"

"她来到县革委，说要找你。"小李说，"马主任派我送她来。"

"哦……"夏春光应了一声。

"人我送到了。"小李说，"马主任叫我连夜赶回去，说有重要事情，那我走了。"

"路上小心！"夏春光叮嘱小李一句，奇怪地看着阿曼，疑问重重："她怎么会到这里来……"

阿曼忍不住大哭："呜……呜呜……"

夏春光看着阿曼："这到底是怎么回事……"

阿曼哭着，说不出话来。

夏春光看着大家："她是我们麻风村的第一个客人，把她接到我们村里。"

听到夏春光的吩咐，许国书和随后赶到的陈林，帮阿曼牵着马，大家簇拥着她往村里走去。

李大娃跑得快，他先跑回村里，向麻风病人发布了有个漂亮姑娘来找夏春光的消息，还神秘地说："那个姑娘见到夏春光时，激动得哭了，估计是村长的相好……"

因为李大娃发布了消息，夏春光刚把阿曼领到治疗室，麻风病人们就赶来看热闹了，大家在治疗室门口往治疗室里瞄着，议论着。

李大娃："来了个漂亮的女人，到底是不是村长的相好啊？"

柳传香："看来，小草要有妈妈了……"

马明亮看着大家："大家都回去休息吧！别在这打扰村长和客人了，回去吧！"

黄一凤明白马明亮的用意，连忙帮马明亮遣散围观的人："散了吧，让村长和他的相好，好好说说话吧……"

人们带着猜测和不尽兴的表情散去。

陈林和马明亮也走了。

治疗室里，夏春光和阿曼面对面坐着。

这么多年来，阿曼心里一直有许多话要对夏春光倾诉，此时相见，却不知从何说起，沉默了好一阵，阿曼才说："你……还记得那天……"

阿曼说的是她送礼物给夏春光的事，夏春光当然没有忘记，阿曼这么一说，多年前阿曼送他礼物的情景像放电影一样，一下子浮现在他眼前……

小草走进来，看看夏春光，又看着阿曼："爹，这个阿姨是谁啊？"

阿曼看着夏春光："这孩子是？"

夏春光笑笑："她是我女儿，叫小草。"

夏春光说着，看着小草："乖女儿，快叫阿姨！"

小草看着阿曼，怯怯地："阿……姨……"

"怎么，你连孩子都这么大了……"阿曼看着小草，惊叫一声，眼前一黑，昏倒在地……

小草见阿曼昏倒在地，紧张地看着夏春光："爹，阿姨怎么了？"

夏春光抱起阿曼："可能是阿姨太累了，你快去叫马叔叔来！"

"好……"小草答应一声，转身跑出治疗室。

212

"马医生，这世上的事情，还真是怪了……"马明亮宿舍里，陈林看着马明亮，有些不可思议地说，"我们开玩笑说，村长救的那个美女会来找他，想不到还真的来了！"

马明亮点点头："我也觉得太不可思议了，都过去这么多年了。"

"马叔叔……"

马明亮和陈林正聊着，传来小草的喊声。

马明亮回过头：“小草来了。”

小草跑进屋：“马叔叔……不……不好了……”

马明亮看着小草：“小草，慢慢说，怎么了？”

小草：“和我爹在一起的那个阿姨，倒在地上……好像……好像死了……”

陈林一惊：“啊……”

马明亮一惊：“小草，你说什么……”

213

治疗室里。

夏春光把阿曼抱到病床上，焦急地看着。

陈林和马明亮跑进来，小草跟在后面。

夏春光看着陈林和马明亮：“你们可来了！”

马明亮走到病床前：“怎么了？”

夏春光着急地：“她突然就昏倒了。”

马明亮拉起阿曼的一只手，号着脉：“她是突然间受了刺激。”

夏春光疑惑地看着马明亮：“受了刺激？”

马明亮看着夏春光：“你和她说了什么？”

夏春光：“我没有说什么啊。”

马明亮连忙打开药箱，拿出针药，给阿曼打了针：“她醒来后，不要刺激她。”

夏春光有些不安地：“我刚刚也没有刺激她啊。”

马明亮摇摇头：“不可能，一定是她受到了刺激。你对她说了什么？”

夏春光想了想：“我们还没说几句话，小草就进来了。她问小草是谁，我说是我女儿，她就昏倒了。”

“问题就出在这里，她这么远跑来找你，肯定是爱上你了。”陈林说，“你说你有女儿了，这对她来说，还有什么打击比这种打击大？”

马明亮点点头：“对，她一定是来向村长求爱的，听村长说有女儿了，她的精神崩溃了……”

夏春光一惊：“我的天哪，要真是这样，我可怎么办?”

陈林笑笑：“要是那样，说明她还是单身，你也还是单身，这还不好办?”

夏春光惊慌失措地：“不不不，不可能，这绝对不可能。”

马明亮看着夏春光：“那你说怎么办?”

“我不知道!”夏春光拉起小草，“这里交给你们了，要不然她醒来，我真不知道怎么办，我先躲一躲。”

陈林笑笑：“你躲得了初一，还躲得了十五?”

“躲一时算一时吧。这里就拜托你们了!”夏春光说着，拉起小草往外跑。

小草边走边问：“爹，你不管那个阿姨了?”

“有马叔叔他们管，就不用我们管了。”夏春光说着，拉着小草急急离去。

马明亮摇摇头：“看来，阮秀还占据着他的心……”

214

小满家院里，阮秀坐在梨树下，遥望着星空。

小满走过来：“荷花，又在想那个影子?”

阮秀站起来，扑进小满怀里：“满哥……呜呜……”

小满抱住阮秀：“荷花，别哭，让我爹妈听到，他们又要为我们担心，睡不着觉。”

阮秀止住哭声，抬起头：“满哥，我想好了，等明年开春，我们就结婚吧!”

小满不相信似的看着阮秀：“荷花，你说什么?”

阮秀：“明年开春，我就和你结婚!”

小满高兴地抱住阮秀：“真的?”

传来小满母亲桂花的声音：“终于要等到那一天了!”

小满回头，母亲从屋里走出来。

小满看着母亲：“妈，你怎么还没睡？”

桂花：“唉，看到荷花伤心睡不着，我也睡不着。”

阮秀跑上前，扑进桂花怀里：“大妈……呜呜呜……”

215

“阿曼，你到麻栗皮了吗？”

高文辉坐在宿舍里，看着阿曼的照片，伤感地说：

“你的救命恩人，会不会已经结婚了呢？要是他结婚了，你会不会就死心了……”

高文辉说着，站起来，在屋里走来走去，一连串的问题在他脑子里翻腾着：“唉，都怪我，要不是我让父亲帮忙，帮阿曼找到夏春光，我的心，也许就不会这么伤痛……”

想着想着，高文辉狠狠拍了自己的脑壳一巴掌：“我怎么会这样想，我不是说，阿曼的快乐，就是我的幸福吗？阿曼找到她要找的人了，我怎么没有感受到幸福呢，反而那么痛苦……”

216

“哥……哥……”

夜里，阿曼醒来，迷迷糊糊地喊着。

马明亮看着阿曼：“你终于醒了。”

陈林端着一碗粥走过来：“你身体虚弱，我给你熬了一碗红糖粥。”

阿曼看着马明亮和陈林：“你们是谁？”

马明亮看着阿曼：“我们是老夏的同事。”

阿曼从床上坐起来：“夏大哥呢……”

马明亮：“老夏领小草睡了。”

阿曼：“就是我见到的那个孩子？”

陈林笑笑：“你放心吧，小草是村长收养的孩子，村长还未结婚，也没有女朋友，单身汉一个……”

马明亮示意陈林道："你怎么嘴没个把门儿的，说起来没完没了？"

陈林看着阿曼，笑着："这大姐那么远跑来找村长，我得把实话告诉人家，难得人家一片痴心。"

阿曼看着陈林："你说的都是真的？"

陈林笑笑："我从来就不会说骗人的话！"

"我的天……"阿曼激动起来，又昏迷过去。

马明亮责怪地看着陈林："你看你……"

夏春光走了进来："你们回去休息吧，我来照顾她。"

马明亮惊奇地看着夏春光："想通了？"

"阿曼是我的客人。"夏春光说，"不管怎么说，我有责任照顾她。"

"这么想就对了。"陈林说着，看着马明亮，"马医生，走吧，这里没我们的事了。"

217

高文辉坐在窗前，遥望着窗外的夜空："阿曼，这么多年来，我从来……没有这么孤独过……"

高文辉说着，从窗前的桌子上拿起喝了一半酒的酒瓶，倒了一杯酒，端起酒杯，一饮而尽，痛苦地闭上了眼睛……

218

夏春光端着陈林熬的红糖粥，喂给阿曼吃，阿曼吃着，幸福的泪水滚出眼眶。

马明亮和陈林悄悄来到治疗室门口观察，看到夏春光给阿曼喂饭的情景，两人对视一下，会心地一笑，悄悄离去。

"想不到那天送你照片，和你的见面，竟然是别离……"阿曼说着，眼泪涌了出来，"你就那么走了，一走就是那么多年……"

"你送我照片的那天，部队就离开了湘西，走得急……再说，我也没想到……"夏春光不知说什么好。

阿曼看着夏春光："你真的没明白，我送你那张照片的含意……"

夏春光不知怎么回答。

阿曼深情地看着夏春光："这么多年来，我一直在找你，找得好苦好苦……"

夏春光沉默着。

阿曼眼泪越流越多："从你救下我的那刻起，你就走进了我的心里……从决定送你照片的那时起，我就深深爱上了你……"

"我想……我救了你……"夏春光结结巴巴地说，"你不过是……对我……有感恩之心……"

"我也无数次问自己，我那么苦苦寻你，难道是为了报答你的救命之恩吗？"阿曼看着夏春光，"可这么多年过去了，你的身影总伴随着我，我明白，不是为了感恩，是爱上你了，爱得那么深……"

小草走了进来："爹……"

夏春光看着小草："小草，你怎么来了……"

"我来看看阿姨。"小草说着，走到阿曼身边。

阿曼动情地看着小草："真是个好孩子。"

小草看着阿曼："阿姨，我从小就没了妈妈，见到你的时候，我觉得你的样子，像我在梦里见到的妈妈。"

阿曼一惊，看着小草："小草，你妈妈呢？"

"呜呜……"小草哭起来，"我没有妈妈了……呜呜……"

夏春光连忙把小草抱在怀里："小草是个乖孩子，小草不哭……"

"爹，这个阿姨……像我梦中见到的……妈妈……"小草哭着，"让她做我妈妈，好吗……"

阿曼激动地拉住小草的手："小草……"

夏春光想说什么，却什么话也说不出来。

219

"一凤大姐……"

陈林拿着一封信，在麻风村村道上呼喊着："一凤大姐……"

黄一凤从屋里走出来。

陈林跑过去："你的信。"

黄一凤不相信地："我的信?"

"有你的信!"陈林说着，把信递给黄一凤。

黄一凤看看信封上的字，双手拿着信，按在胸口："来信了，终于来信了……"

麻风病人们闻讯，从宿舍里跑出来，好奇地围了过来。

许国书欣喜地看着黄一凤："一凤，家里来信了?"

黄一凤满脸喜悦："来信了，我一看信封上的字，就知道是儿子写的……"

许国书："信里写了什么，可以分享吗?"

黄一凤拆信的双手不停地抖动。

黄一凤从信封里抽出信看着，激动得泪珠滚滚。

李大娃："一凤大姐，信里说什么?"

"我念给大家听听?"黄一凤激动地说。

柳传香："念，快念!"

黄一凤声音颤抖着念道："妈妈，我好想你！我长大了去看你!"

黄一凤读完信，看着病友们，拿信的双手激动地颤抖着。

李大娃急切地："下边、下边……"

黄一凤低头四处看着："下边？下边怎么了?"

李大娃着急地："信，信的下边写了什么?"

黄一凤激动地："没有下边了，完了。"

李大娃惊诧地："完了，就那么一句话?"

黄一凤点点头："就这一句!"

许国书激动地说："这一句，情胜千言万语，够了，够了，多么好的儿子啊……"

"是啊……"柳传香激动地说，"我们其他人收到的信，不是家里要求断绝关系，就是恋人的分手信，只有一凤大姐，收到了亲人关心她的信，一凤大姐是最幸福的麻风病人……"

"是啊，一凤大姐，你真幸福……"

黄一凤看着大家，幸福地笑着……

220

月亮挂上树梢，河边蛙声四起。

夏春光和阿曼踏着月光来到河边。

“这里两百多个病人，就你们两个医生？”阿曼问道。

夏春光笑笑：“应该说是一个半。”

阿曼疑惑地：“一个半？”

“我们总共三个人，陈林负责生产生活，是一个工作人员，明亮是一个不折不扣的优秀医生。”夏春光说，“我是半路出家，顶多算得上半个医生，我是村长，也算半个工作人员，加起来就是一个半工作人员，一个半医生了。”

“你让人不可思议地当了医生。”阿曼若有所思地说，“我也是医生，你说，这是不是缘分？”

“缘分？”

“要是我们俩无缘分，怎么都成了医生？”

夏春光笑道：“两回事，两回事，完全是两回事。”

“两回事？”

“我这个医生和你那个医生，无法相比。”夏春光说，“你是科班出身，我可什么都算不上。”

“好医生不一定是科班出身，科班出身不一定都是好医生。”阿曼说着，盯着夏春光，“你们人手少，我调过来，我们一起干！”

夏春光摇摇头：“你来这里，谁还敢娶你？”

阿曼上前一步，抱住夏春光：“你也不敢吗？”

夏春光轻轻推开阿曼：“怎么可能？”

阿曼盯着夏春光：“苦苦等了这么多年，费尽周折找到你，你怎么就无动于衷呢……”

夏春光看着阿曼：“昨天，我不是给你讲了我和阮秀的故事了吗？”

阿曼：“你和阮秀的故事，我很感动……可是，她已经走了……”

“不……”夏春光摇摇头，“在我心里，她永远活着！”

阿曼不知道说什么好，定定地看着夏春光。

夏春光避开阿曼深情的目光，凝视着远方。

“我痴痴地等你，找你，就像你忘不了阮秀一样，我今生今世也忘不了你……”阿曼恳求道，“抱抱我……好吗……”

夏春光为难地低下头：“阿曼，我不能！”

阿曼扑进夏春光怀里，伤心地哭起来：“呜呜呜……”

“阿曼，我们……”夏春光痛苦地说，“我们真的不可能……”

“我不管，你不答应，我就永远缠着你不走！”阿曼说着，把夏春光抱紧。

“阿曼，别……”夏春光狠心地推开了阿曼。

“呜……呜呜……”

阿曼伤心地哭着，跑开了……

221

阮秀坐在油灯下纳鞋底，小满走过来：“荷花，这么晚了，还不睡？”

阮秀抬头看着小满：“我们结婚的日子，越来越近了，我给你和大爹、大妈做的鞋还没做好，我得加紧做。”

小满走到阮秀身边坐下：“以后有的是时间，结婚后慢慢做吧，我们又不等着鞋穿。”

小满父母卧室里，小满母亲桂花翻了个身，听到阮秀的说话声：“我想在婚礼上送给你们礼物，我又没有什么东西，只好做双鞋送给你们了。”

桂花推推身边的丈夫大福：“你听到了吗？”

大福翻了个身：“这么晚了不好好睡，折腾什么？”

桂花抱住大福：“你听，小满和荷花在一起聊得多亲热！”

大福坐起来：“就不知道他们结婚后，会不会幸福？”

桂花不高兴地：“就不会说点好听的？”

阮秀房间里，小满深情地看着阮秀：“荷花，你真是个好媳妇！”

阮秀羞涩地低下头：“瞎说！”

小满："那个影子……还来缠你吗？"

阮秀突然难过起来，眼泪滴在鞋底上。

小满惊慌失措地："看我这张臭嘴，怎么又说起那个影子呢？"

"也许，就像大妈说的一样，等我们结了婚，我的心就会静下来，那个影子就会消失了。"阮秀满含期待地说。

222

小草躺在床上睡着了。

柱子上挂着的油灯闪亮着。

灯下，阿曼注视着夏春光："这辈子，你忘不了你的阮秀，我也无法把你忘却了……"

"不，你无论如何，要把我忘了。"夏春光说着，走到门口，凝望着夜空，"听你讲了高文辉和你的故事，我虽然没见过他，但我知道，他有多爱你，你……要珍惜……"

"你是说话的巨人，行动的矮子。"阿曼说着，走到夏春光背后，"你为什么不接纳我的爱……"

"我的情况和你不一样。"

"说来说去，你还是不要我……"阿曼说着，抱住夏春光的腰，"我见过狠心的，没见过你这么狠心的……"

夏春光没有回答。

阿曼走到夏春光面前："吻吻我，好吗？"

夏春光低下头："不！"

"那么多年了，我苦等死找，终于找到了你……"阿曼说着，眼泪禁不住往下流，"你不要我，我对你的这份情，难道……一个吻……也不值吗？"

阿曼的话，揪住了夏春光的心，他强忍着的眼泪终于控制不住流出了眼眶，他抱住了阿曼："阿曼！"

阿曼抱住夏春光，在夏春光唇上吻着。

夏春光突然推开阿曼："不……不……"

睡在床上的小草醒来："爹，你怎么了?"

夏春光转身看着小草："睡吧，爹没事。"

阿曼含着眼泪走了出去。

夏春光呆呆地站在门口。

传来阿曼伤心的哭声："呜……呜呜呜……"

223

朝阳照着麻风村，炊烟从麻风病人居住的一个个房顶升起来。

马明亮从宿舍里开门出来，发现门缝里夹着一张纸条，急忙打开。字条是夏春光留下的，夏春光在字条上告诉马明亮："明亮，阿曼今天回去，我送她去汽车站，顺便到县里办点事，麻烦你照顾一下小草……"

"阿曼要走了?"马明亮十分意外，"昨天怎么没说，难道……"

马明亮正疑惑着，陈林走过来："村长和阿曼呢?"

"阿曼走了，村长送她去县城坐车。"马明亮说。

"怎么不说一声就走了。"陈林奇怪地看着马明亮，"我昨晚在河里忙了一夜，摸了好多鱼，已经煮好了，来叫阿曼和村长去吃，阿曼怎么就走了呢。"

"他们没口福。"马明亮说，"我们吃吧。"

小草跑过来："噢，有鱼吃了……"

马明亮看着小草："小草，今天马叔叔教你写字。"

"我爹和我说了。"小草高兴地看着马明亮，"我爹和阿曼阿姨，天不亮就去县城了，他叫我起床后来找你……"

陈林拉起小草："走，吃鱼去……"

224

县城客运站里，阿曼从长途客车的车窗里把头伸出来，看着夏春光，泪水打湿了她的脸。

夏春光不敢看阿曼，低着头不说话。

客车发动了，慢慢向站外开去，阿曼从车窗看着夏春光，低声哭泣着。

夏春光仍然低着头，不敢看阿曼，他怕他这一看，就改变了自己的主意，毁了自己为阮秀守候一生，终生不娶的承诺。

不知过了多少时候，夏春光才抬起头来，发疯一般冲出车站，去追阿曼乘坐的客车，客车已经走得无踪无影，夏春光忍不住大喊一声："阿曼……"

225

深夜，马正毅还坐在客厅里批阅文件。赵英坐在一旁补着衣服。

突然传来"笃笃"的敲门声。

赵英一愣，看着马正毅："半夜三更的，是谁啊?"

"开门一看，不就知道了?"马正毅说着，放下手里批阅的文件，走过去开门，见夏春光站在门口，不由得一愣。

夏春光笑起来："我是不是……打扰你们了?"

马正毅笑起来："欢迎打扰！我正有事要和你说呐!"

赵英走过来："小夏来了，来，屋里坐。"

夏春光进屋，坐下。

赵英端来一杯水。

夏春光接过水喝了一口。

"对了，那个姑娘呢?"马正毅关切地问。

"姑娘?"夏春光反问道，"哪个姑娘?"

"揣着明白装糊涂。"赵英说，"就是去麻风村找你的湘西姑娘阿曼啊!"

"我就是送她来车站坐车的。"夏春光说，"我把她送走了。"

"这就走了?"马正毅盯着夏春光："她到县革委求助时，她和我讲了你们的故事，我都被深深感动了，赶快派人带她去找你，你怎么就这样草率地把人家打发了？她对你那般痴情，你就没有被打动?"

“你知道的，我心里只有阮秀啊……”夏春光看着马正毅，说道。

“可阮秀不是走了那么多年了吗?”马正毅说，“难道你真的要为阮秀守候一生?”

夏春光点点头。

“你不能这样。”赵英劝道，“你对阮秀的情，她在天之灵有知，也就足够了，我想，阮秀九泉之下，也是希望你有个美满幸福的家庭的。春光，你听我们的不会错，阿曼会给你一生的爱，一辈子的幸福!”

“可是，要我再爱别的女人，我做不到啊。”夏春光痛苦地说。

“该说的，我们都说了，你好好想想吧……”赵英劝道。

夏春光又是点头。

马正毅无奈地摇摇头：“春光，这事你就好好想想吧，想明白了赶紧去追阿曼，要不然一旦失去了，你后悔都来不及。”

“放心吧，我知道怎么做。”夏春光看着马正毅，“你不是说，有事和我说吗，什么事?”

马正毅高兴地：“我和老赵都要退休了。”

夏春光：“退休?”

赵英坐下，看着夏春光：“是啊，老马和我商量好了，退休后，我们都到麻风村去，帮助你们的工作。”

夏春光惊讶地看看马正毅，又看看赵英：“什么？你们要到麻风村去工作?”

“麻风村不是缺人手、缺经费吗?”马正毅说，“我们去了，不要你们发工资，可以帮你们做些力所能及的工作。”

夏春光摇摇头：“你们辛苦了一辈子，应该好好安度晚年了，怎么能让你们去麻风村受苦受累呢?”

“你的心情我理解。”马正毅笑道，“可你也要理解我们的心情嘛!”

赵英看着夏春光：“搞好麻风病防治工作，一直是老马的心愿，既然他主意已定，你回到麻风村，就给我们准备间住房吧，我们要长期在那里工作，算是发挥余热吧!”

夏春光十分激动：“你们都决定了，我还能说什么，你们去帮助麻风病人，是麻风病人的福气呀!”

马正毅看着夏春光："话不可这么说，我们是共产党员，能为老百姓多做点事情，是我们的责任。"

"再说，我们去了，有我们在明亮身边，明亮工作也会更加安心。"说起马明亮，赵英眼里流露出牵挂。

"明亮的工作你们尽管放心。"夏春光说，"我最担心的，是他的婚姻大事怎么办啊？"

赵英难过地："阿丹走了，他在麻风村，怕今后没有女人会喜欢上他了。"

马正毅有些无可奈何的样子："随缘吧，婚姻大事得讲究缘分。"

226

小草在马明亮的床上睡着了，马明亮心事重重地拿起桌子上他和阿丹的合影看着，阿丹出嫁时的情景闪现在他眼前，他情不自禁地哼起了伤感的歌：

荞菜开花籽儿黑
妹妹出嫁洞房红
……

想着往事，马明亮伤心的泪珠滴在照片上。

小草说起了梦话："阿曼阿姨，你做我妈妈好吗……"

马明亮抬头看着小草。

小草翻了个身，又睡着了。

马明亮把他和阿丹的合影放在桌子上，走了出去……

227

房间里灯亮着。

阿丹趴在床底下寻找着，找到已经撕成两半的她和马明亮的合影照片，坐到床上，把撕烂的照片放在床上往一起拼凑，串串眼泪掉在照片上……

228

清晨，大街上。

一夜没归家的林保山迈着方步，从街上大摇大摆地走来。

两个一瘦一胖的妇女从林保山旁边走过，偏头看林保山一眼，露出了藐视的眼神。

胖妇女看着与她们擦肩而过的林保山，没好气地说：“看他那鸟样，好像讨了个漂亮老婆，生了个儿子，就更不得了啦……”

瘦妇女：“呸，人渣，成天只会整好人。”

胖妇女：“小声点，让那杂种听见就麻烦了……”

瘦妇女：“怕他个屌，那些南征北战打江山的老革命，他说害谁就害谁了，这个杂种，会遭报应的……”

胖妇女：“听说他那老婆，是个老麻风抛弃的女人，也让他得麻风病烂掉……”

林保山听出两个妇女在骂他，站住，回头注视着妇女：“你们骂谁?”

一只狗从两个妇女身边跑过。

瘦妇女笑起来：“哈哈，我们骂这只吃人肉不吐骨头的狗呢……”

林保山指着两个妇女：“老子撕烂你们两个臭婆娘的嘴!”

“哼……”胖妇女讥笑了一声，振振有词地说，“老娘三代是雇农，解放战争，剿匪年代，都支前参战，从阎王殿里，抢回过多少解放军伤员的命，都无法计算了，老娘啥没见过，有本事你来试试。”

林保山凶巴巴地冲上前。

胖妇女放开嗓门喊道：“不得了啦，革委会副主任打贫下中农啦……”

听到喊声，街两边人家的屋里，跑出来一个个看热闹的人，林保山怕在众人面前丢脸，停住脚步，狠狠地说：“终会有一天，老子收拾你们这两个泼妇……”

林保山骂着，转身匆匆离去。

身后传来两个妇女的笑声："哈哈哈……"

胖妇女："瞧那鸟样，听说他儿子是麻风的种呢……"

林保山一愣，停下来，思索片刻，又往前走去。

瘦妇女："哈哈哈，今天出了一口恶气，开心死了……"

229

被两个妇女臭骂一顿，林保山心里的火往脑门上蹿着，急匆匆回到家里。

阿丹坐在床上，听见林保山回来的动静，连忙把她和马明亮的合影塞进被褥里。

林保山走进来，走到小床边，看着熟睡的儿子："我怎么看，他都长得像我啊……"

阿丹看着林保山："又要发什么疯？"

"我们的儿子，是你嫁给我八个月就出生的吧？"林保山回头看着阿丹。

阿丹没好气地："怎么了？"

林保山看着阿丹："怎么你才嫁过来八个月，就生了儿子呢？"

"不是早产吗，不是被你一巴掌打下来的吗？"

听阿丹这么一说，林保山把阿丹打倒在地的情景又闪现在眼前……

那天下午，林保山喝得醉醺醺地回到家，看见阿丹拿着她和马明亮的合影在看，林保山气愤地狠狠打了挺着大肚子的阿丹一巴掌，阿丹倒在地上，下身流出鲜血，他们的儿子早产了……

"怎么，自己造的孽也忘记了？"

阿丹的话打断了林保山对往事的回忆，他"嘿嘿"冷笑一声，看着阿丹："怕真是麻风的种呢？"

阿丹压住心里的火气："林保山，你在外边都干了什么，别以为我不知道，你要是再往我头上扣屎盆子，别怪我把你和那几个臭女人的烂事说出去……"

"说我烂，我就烂给你看看。"林保山说着，脱光衣服，扑到阿丹身上。

阿丹推开林保山。

林保山一巴掌狠狠打在阿丹脸上："臭婊子，你不给我，你敢不给我，不给我，你要留着给谁，给你那个老麻风？"

阿丹恨恨地看着林保山："魔鬼！从今以后，你就别想碰我一下……"

林保山扑向阿丹："他妈的，反了！"

阿丹惨叫一声："流氓……"

230

河畔新开垦的地里，一群麻风病人在地里种庄稼，有的打塘，有的播种，有的撒肥。

柳传香和李大娃在一起劳动，李大娃打出一个塘，柳传香在塘里撒下两颗玉米种子，又撒上一把农家肥，李大娃盖上土。

"传香，你没得病时，是大队的妇女干部吧？" 李大娃突然想起什么似的问柳传香。

柳传香："当过两个月大队干部。"

李大娃："听说那时，追你的男人都快有一个连呢？"

柳传香的脸阴沉下来。

李大娃："传香，我不是有意的……我是说你长得好看呢！"

"长得好看又有何用，没病时，去挑水，那些追我的人来抢扁担，把我家的水缸挑满。"柳传香难过地说，"可得病后，一个个像躲瘟神似的躲着我，特别是铁蛋，我和他山盟海誓，谁知……"

"传香，你别难过。"李大娃一语双关地说，"会有人和你共患难的！"

柳传香摇摇头："我的心早死了！"

陈林挑着两桶开水，背着一背莵碗来到地头："大家休息一会儿，喝喝水，再干一会儿收工了。"

陈林把水和碗放在地头。

大家放下手中的工具，走过来喝水。

柳传香打了一碗水，端到李大娃面前："给你。"

许国书见此情景："哟，大娃，有女人关心了啊！"

柳传香回头看着许国书："老许，瞎说什么？"

病友们笑起来："哈哈哈……"

李大娃害羞了，低下头："你喝吧，我不渴！"

"你怕什么，身正不怕影子歪。"柳传香看着李大娃，"接着。"

李大娃只好抬起头，接过水，"咕咕咕"喝着。

"大娃，有人关心多好啊。"许国书说着，偷偷看了黄一凤一眼，"我想有人关心……都没有呢……"

柳传香看看正在喝水的黄一凤："没有人关心你，你不会关心一下别人吗？"

黄一凤见柳传香看着她，羞涩地低下头。

231

麻风村外，河流轻吟着古老的歌谣，有些哀伤。

野花在风中慢慢摇动，倾诉着什么。

妹是花来哥是叶
风吹雨打不分离
……

柳传香唱着山歌，在河边洗着衣服，悲伤的往事涌上心头，小声哭泣起来。

李大娃端着洗衣盆来到柳传香身边："传香。"

听到喊声，柳传香急忙调整一下情绪，露出勉强的微笑，回头看着李大娃："大娃。"

李大娃在柳传香旁边蹲下："你怎么哭了？想家了？"

柳传香摇摇头。

李大娃关切地："那你为什么哭啊，在这里，又没有人欺负我们……"

"我想起了那个……薄情寡义的男人……"

“忘了他吧，他都不要你了，还想他干什么？”

“我和他，曾经有过山盟海誓……”柳传香说着，向李大娃讲述起她的故事来……

那天，是壮族三月三歌节，十乡八里的男女青年，一大早就来到了柳传香家门外的柳林河畔，对歌求爱，寻找意中人，这是壮族青年世代相传的寻偶求爱习俗。

柳林河水清如明镜。河岸两边，站着上百个青年，男的在一边，女的在一边，他们隔河相望，身影倒映在河里。

柳传香和好姐妹二妞挤进姐妹中间，二妞看见河对面男青年中站着柳传香的情哥哥铁蛋，惊喜地说：“传香姐，你看那边，谁来了！”

柳传香抬头，看见对面人群中的情哥哥铁蛋，露出满脸喜悦。

铁蛋也看见了柳传香，抬起手向柳传香挥动。

柳传香向铁蛋挥挥手，算是打过招呼了。

对歌开始了，铁蛋和小伙伴们合唱道：

妹是花来哥是叶
风吹雨打不分离
哪天选个好日子
娶回阿妹共百年

一曲唱罢，铁蛋给河对面的柳传香丢了个眼神，走出人群，向上游走去。柳传香意会，偷偷离开二妞，向上游走去。他们相会在河上游的风雨桥边，手拉手走到柳林深处。

“传香，过几天选个好日子，我就请媒人去你家提亲。”铁蛋说着，深情地看着柳传香。

柳传香盯着铁蛋：“你……一生一世对我好吗？”

铁蛋点点头：“一生一世……”

“大灾大难也不分离？”

“大灾大难也不分离！”

柳传香幸福地闭上眼睛。铁蛋抱住柳传香，两人幸福地偎依在一起……

柳传香讲着她的故事，失神地呆望着河水，他洗着的一件衣服漂流而去，李大娃看见柳传香的衣服被河水冲走，脱去衣裤，跳进水里把衣服捞了回来，看着柳传香："传香，你觉得……我这个人……怎么样?"

"你热情开朗，乐于助人。"柳传香真诚地说，"一点看不出是麻风病人。"

"我不是和你说过了，以前，我因为麻风病失去爱情，比你都还痛苦，还失落。"李大娃边穿衣裤，边说，"是村长和马医生他们给了我希望，村长不是说了，麻风病人也是人，我们不能自己看不起自己，更不能意志消沉，生命苦短，我们没有理由不快乐。"

李大娃的一席话，十分真诚，感动了柳传香："大娃，你说得对，我向你学习!"

"传香，难道你看不出来吗，我喜欢你!"李大娃说着，拉起柳传香的手，"我们同病相怜，让我们牵手，忘记过去，一起和病魔作斗争，开始新的生活，好吗?"

"我知道你喜欢我。"柳传香望着李大娃，"让我再想想，好吗……"

李大娃点点头，端起地上的洗衣盆，准备洗衣服。

柳传香拿过李大娃的衣服："我帮你洗吧……"

李大娃露出甜蜜的笑容……

232

黄一凤坐在宿舍门口，反复看着儿子的来信："妈妈，我好想你!我长大了去看你!"

许国书拿着衣服走过来："一凤，儿子又来信了?"

黄一凤摇摇头："还是上次那封。"

黄一凤说着，进屋拿出小板凳："老许，坐!"

许国书接过板凳，坐下："借你的针线给我用用。"

黄一凤进屋，找到针线，走到许国书面前，从许国书手上拿过衣服："我帮你补吧。"

许国书笑笑："麻烦你了！"

"没什么！"黄一凤看了许国书一眼，坐下补衣服。

"一凤，你有个儿子挂着你，多幸福。"许国书说，"我不知道，今后治好病回去，我姑娘会不会认我……"

黄一凤抬起头，望着村道那头："要不是挂着儿子，我怕我就活不下去了。"

"是啊，我也是放心不下我姑娘。"

"孩子他妈对你还好吧？"

许国书表情沉重起来。

黄一凤连忙说："我只是随便问问，你别往心里去。"

"怎么说呢，我开初住到路边的破庙里时，逢年过节，她还送来酒菜，时间长了，她从庙前路过，也好像绕着道走了。"许国书说着，叹起气来，"唉，得了这病的人，爱情死了，婚姻死了……"

黄一凤："是呀，很多时候，我对自己说，要往宽处想，可真……难啊……"

许国书掏出烟锅点上，默默抽着烟。

黄一凤把补好的衣服递给许国书："以后缝缝补补的，你送过来就行了。"

许国书笑笑："老是麻烦你怎么行？"

"没事做也闷得慌。"黄一凤说，"大家同病相怜，互相照应着吧，让日子舒坦些……"

"也是。"许国书高兴地说，"以后你有什么需要我帮忙的，就说一声……"

黄一凤笑了笑，抬起头来，看见对面山坡上进村的山路上有两个人骑马而来，不由得一愣："你看那边山上，有两个人，好像要到我们麻风村来，难道又有病人来了……"

"现在好了，得了麻风病的人，都知道麻风村是麻风病人的家，自己来麻风村了……"许国书抬头望去，看见了骑马而来的两个人，感慨万分，“不像我们当初，不知道麻风村怎么回事，村长他们找到我们，死说硬劝，才把我们接到麻风村来。”

“嗯！现在有了麻风村，麻风病人不会像以前那样，生死由命了……”黄一凤欣慰之余，又忧心忡忡，“可是，这麻风病老治不好，每年都有病人进麻风村，麻风村已几次扩建了，长期下去，这如何得了……”

“村长和马医生他们说，麻风病总有一天会被征服，病人们总有一天会治好病回家的……”说到这里，许国书突然想起什么似的，“对了，村长和马医生他们还说，发现什么情况要及时报告，我去找村长。”

233

治疗室里，夏春光和马明亮正在给病人们分配药品，许国书急急跑到门口，喊道：“村长，来了两个人。”

“是吗……”夏春光把手里的药放下，看着马明亮，“你先分着，我去看看……”

夏春光说着，走到许国书面前：“走！”

许国书和夏春光走到治疗室门口的运动场上张望着，见许国书说的两个人骑着马来到了麻风村外，夏春光惊喜地喊道：“恩人来了……”

许国书看着夏春光：“什么？恩人？”

“你快去通知大家，我们麻风村的恩人来了。”夏春光高兴地说，“叫大家赶快来这里迎接恩人。”

许国书不解地看着夏春光，夏春光急了：“快去啊……”

“好……”许国书转身往村道上跑去，“恩人来了……”

马明亮跑出门来，看着夏春光：“许国书喊什么？恩人来了？”

夏春光伸手一指：“你看！”

马明亮抬头一看，惊喜地叫道：“我爹？我妈？他们怎么来了？”

“人都来了，还不赶快去接？”夏春光对马明亮说，“我在这里招呼大家欢迎他们，你快过去接接他们。”

马明亮连忙往前跑去。

许国书领着麻风病人们跑过来，陈林也闻讯赶来了。

不一会儿，马明亮替母亲牵着马，和父母一边说着话，一边走了过来。

“怎么是他们?”陈林惊喜地喊道。

马明亮和父母走了过来，小草从人群中跑出来：“爷爷，奶奶……”

“哦哟，小草都长高了。”赵英高兴地抱起跑过来的小草，在小草脸上亲了一口。

马正毅伸出手：“小草，来，爷爷抱抱。”

马正毅说着，从老伴怀里抱过小草，小草幸福地笑着。

马明亮看着夏春光：“我妈说，你那天送阿曼去县城，他们就告诉你，他们要到麻风村来，你怎么不告诉我?”

“我想给你一个惊喜。再说，他们也没告诉我，他们来的具体时间啊。”夏春光说着，走上前去，看着马正毅，“你们怎么自己来了？怎么不通知我去接你们啊?”

马正毅笑道：“我们能吃能走，何必麻烦你们跑来跑去的。”

“就是。”赵英笑着，看着马背上驮着的包袱，“你看，我们把我们的家当都驮来了。”

“你们革命一生，就那么点家当?”夏春光惊诧地看着赵英。

“穿的衣服，读的书。”马正毅笑着，“就是我们全部的家当。”

“村长，你们光顾说话，怎么不给我们介绍一下，他们是谁?”许国书喊起来，“你不是说，他们是我们的恩人吗?”

“好，我这就给大家介绍。”夏春光拉过马正毅，大声说道，“这位是我们县里的老领导马正毅同志，他是马医生的父亲。”

马正毅看着麻风病人们，高兴地笑着。

夏春光拉过赵英：“这位是马正毅同志的爱人赵英同志……”

李大娃上前一步：“村长，请允许我来介绍!”

夏春光点点头。

李大娃眼泪汪汪地对病友们说：“我来麻风村那天，马医生的母亲赵英妈妈，送给我一大包好吃的，我一直舍不得吃，至今还珍藏着……”

李大娃说着，看着马正毅夫妇：“我们的麻风村，就是他们两位和县里的领导牛胜利同志组建的，没有他们，就没有我们的麻风村……”

许国书走到马正毅、赵英面前跪下："恩人哪……"

麻风病人们"扑通"跪下："恩人哪……"

马正毅慌了，连忙对大家说："同志们，快请起！"

黄一凤跪在马正毅夫妇面前："恩人，今天见了你们，我们要给你们磕三个响头……"

李大娃在马正毅、赵英面前跪下，泪如雨下："我爹妈都不管我了……你们待我……胜过我的亲爹亲妈……"

赵英连忙把李大娃拉起来："大娃……"

李大娃流着泪："我多想喊你一声妈妈……"

赵英把李大娃抱在怀里，忍不住泪珠滚滚："孩子……你受罪了……"

李大娃抱着赵英大哭："呜……呜呜……"

马正毅看着跪在地上的麻风病人说："快起来……快起来……你们要感谢的是共产党、毛主席。共产党、毛主席才是我们的恩人。麻风病在中国横行了几千年，有哪朝哪代大规模地组建麻风村，给麻风病人们一个治病和生活的家吗？只有新中国、只有共产党、只有毛主席……"

赵英眼里噙着泪花："老马说得对，大家起来吧，你们不起来，我就给你们下跪了……"

夏春光："都起来吧！"

麻风病人们站起来。

马明亮看着父母亲，自豪地笑了。

马正毅看着麻风病人们："我对不起大家，麻风村建起来这么长时间了，我没有来看过大家，我心里有愧啊……"

夏春光含泪告诉大家："现在，马正毅和赵英同志退休了，按理，他们该在家里享清福了，但他们却不要报酬，来到麻风村出义务工，为大家搞服务……"

赵英看着夏春光："春光，别说了，别说这些了……"

夏春光激动得泪水流了出来，他抹着脸上的泪水，又要说什么，赵英抢先说道："今天我和老马到麻风村来了，我们不走了，和大家一起，建设一个为大家提供好的治疗条件，好的生活环境的麻风村。"

麻风病人们鼓起掌来，掌声经久不息。

马明亮惊诧地看着父亲："什么？你们退休了？要在麻风村帮助工作？"

父亲笑笑："是啊！"

"不行！"马明亮看看父亲，又看着母亲，"你们出生入死，干了几十年革命，你们退休了，怎么还能在这里吃苦呢……"

赵英看着马明亮："和你们在一起，我们踏实。"

"明亮，就随他们的心愿吧。"夏春光看着马明亮，"他们来这里，你们一家正好也团聚了，再说，时下政治运动越来越激烈，麻风村还算是一片净地，他们来这里，未尝不是好事。"

"你这么说，倒是有几分道理。"马明亮说着，走过去帮父母卸下马背上驮着的行李。

陈林走过来，看着马正毅和赵英："马叔叔，赵阿姨，村长说有贵客要来，叫我打扫一间房间等着，我已经布置好了，我带你们去。"

"辛苦你了，陈林。"马正毅高兴地说着，偏头看着老伴："走吧。"

马正毅抱着小草，和赵英高兴地跟着陈林走了，大家跟在后面，一起送他们去他们的新家……

234

"一凤、一凤……"

黄一凤坐在宿舍里补衣服，许国书欣喜地喊着跑过来："一凤……"

黄一凤走到门口，看着跑到她面前的许国书："今天怎么这么高兴？"

许国书举起一封信："信……信……我家里也来信了……"

"喜事啊，家书抵万金。"黄一凤欣喜地说，"在麻风村，家书要抵得上十万金、百万金、万万金啊！"

许国书激动地连声说："就是就是……"

黄一凤高兴地看着许国书："信里都说什么了？"

"我不是不识字吗。"许国书笑着，"我来找你，就是想请你给我念念！"

"只要你信得过我，就给你念！"黄一凤笑着。

许国书笑道：“信不过你，我还信得过谁呢?”

黄一凤接过信，拆开，仔细看起来，看着看着，眉头紧蹙。

许国书催促道：“一凤，快念啊，我都等不及了!”

黄一凤看着许国书，脸色难看起来。

“一凤，快念啊!”

“国书，我……我……”

许国书十分着急：“一凤，你这是怎么了?”

“国书，我真的……念不出来……”

许国书诧异地：“为什么?”

“国书，你就当……没收到这封信，好吗?”

许国书一惊：“为什么?”

黄一凤难过起来：“我真的……”

许国书急了：“信里……到底……写了什么?”

黄一凤郑重地说：“国书，你千万要……挺住……”

许国书点点头。

黄一凤一狠心，说道：“你老婆……要和你……离婚……”

许国书大惊：“骗人！你骗人!”

“是真的……”黄一凤说，“她给你寄来了离婚协议书，她要你按个手印……”

许国书呆若木鸡。

“国书、国书……”黄一凤喊起来。

许国书失声大哭：“呜……”

黄一凤不知如何是好，紧张地看着许国书：“国书……”

许国书转身狂奔。

黄一凤看着许国书的背影远去，追了过去。

许国书往河边奔跑着，黄一凤一边追一边喊：“国书、国书……”

许国书跑到河边的一棵大树下，抱着树痛哭不止：“呜呜……”

黄一凤跑到许国书背后，不知说什么好，默默站着。就在这时，河对面的山林里传来一个女人的歌声：

日里想来梦里见
日思夜想是亲人
眼泪长流到天明
痛在心里都是情

听到歌声，黄一凤一惊，望着山坡上："国书，你听，这深山老林里，怎么会有女人唱歌？"

许国书抬起头，往山上看。

黄一凤趁机对许国书说："国书，别难过了，这事很蹊跷，你在这里守着，我去向村长他们报告。"

235

山上，芳芳从树下拔起一株草药，反手放进背着的竹篮里，竹篮里已有半篮子草药。

一只小鸟默默站在枝头。

芳芳在林间搜寻着草药，慢慢往前走去……

236

"陈林兄弟……陈林兄弟……"

陈林和几个麻风病人在村道上打扫卫生，黄一凤急急走来："陈林兄弟，出怪事了。"

"怪事？"陈林疑惑地看着黄一凤。

"什么怪事……"

麻风病人们围过来，七嘴八舌地问："出了什么怪事……"

"河对面的山上，有个女人在唱歌……"黄一凤说，"这可是特殊情况，赶快报告村长去。"

"我知道是什么情况。"陈林说。

"你知道？"黄一凤惊诧地看着陈林。

“一定是芳芳。”陈林说，“我曾经在山上看到她的身影，也几次听到她在山上唱歌，但我去找了很多次，都没找到。”

“原来是你一直寻找的心上人呀，她今天又唱歌了，我们赶快去找她啊。”黄一凤说着，看着病友们，“你们快去把大家都喊来，我们一起去帮陈林找芳芳。”

“好……”

“对，我们一起去帮陈林找芳芳……”

麻风病人们喊着，丢下手里的扫帚，分头通知人去了。

陈林看着大家的背影：“这……合适吗……”

“有什么不合适的！”黄一凤拉了陈林一把，“走！我们先去。”

黄一凤说着，急急往河边跑去，陈林连忙追上去。

“我们在河边唱歌，在河边喊她，我就不相信她不出来。”黄一凤边跑边说。

“是个好主意。”陈林边跑边回答。

237

治疗室里，马明亮和夏春光坐在凳子上清理草药。

马正毅、赵英走进来，赵英不解地看着夏春光：“春光，所有麻风病人都到河边去了，怎么回事?”

夏春光莫名其妙地看着马明亮。

马明亮：“我也不知道啊!”

夏春光：“走，去看看……”

238

“陈林说了，山上唱歌的，是他女朋友芳芳，也是个麻风病人。”黄一凤对赶到河边的病友们说，“我们一起帮陈林，把芳芳喊出来。”

“对，把芳芳喊出来……”

病友们喊道：

“大家一起喊……”

“芳芳，你出来吧，陈林找你，找得好苦好苦……”黄一凤大声喊起来。

许国书抬起头，望着河对面的山林大声喊道：“芳芳……是你吗……”

病友们跟着喊起来

“芳芳……”

“芳芳……”

“……”

239

山坡上，芳芳从树丛里伸出头，望着河边的人们：“怪了，他们怎么知道我的名字，是陈林哥哥告诉他们的？难道……陈林哥哥……真的住在山下新建的村子里？”

芳芳正惊诧间，山下传来陈林的歌声：

日里找来梦里寻
见了路人声声问
你可见着我的妹
年年找她不见回

听到陈林的歌声，芳芳异常激动，扒开树叶往下看，看见了在河边唱歌的陈林，欣喜万分：“陈林？陈林哥哥！他怎么在这里……”

陈林又唱起来：

太阳出来不见你
哥哥心里阵阵慌
月亮出来不见你
哥哥心乱如麻团

“我们一起唱吧。”李大娃看着柳传香，说道：“我们一起唱，帮陈林寻找她的恋人。”

柳传香点点头，和李大娃一起唱起来：

太阳升了又落了
月亮醒了又睡了
陈林的情妹妹呀
莫再折磨情哥哥

陈林感激地看着柳传香、李大娃。

大家跟着李大娃一起唱起来：

风吹树林树叶落
摇动山花花无声
一心只等妹开口
有情无情说一声

“那些人到底是干什么的？怎么会和陈林一起来找我？”芳芳从树丛里窥视着山下，思索着。

许国书摘来几片大叶子。把叶子分给大家，大家把叶子卷成喇叭筒，与陈林合唱起来：

正月找你到腊月
朝朝暮暮喊着你
找你不见你露面
喊你不见你回声

“大家听好了……”站在人群中的柳传香，看着河岸上的病友们说，“我喊口令，大家一起喊，芳芳，出来吧，好不好！”

病友们齐声回答：“好！”

柳传香：“一二三！”

众麻风病人：“芳芳——出——来——吧——”

柳传香：“一二三！”

众麻风病人：“芳芳——出——来——吧——”

夏春光、马明亮、马正毅、赵英匆匆走到麻风病人们面前，大家停止了呼喊，看着夏春光他们。

马正毅看着大家：“同志们，陈林和芳芳的故事，很感人。”

陈林走到马正毅面前：“马叔叔……”

马正毅向陈林摆摆手：“等我说完。”

陈林点点头。

马正毅面向大家：“你们知道芳芳就躲在对面的山上，但怎么喊，怎么唱她也不露面，这说明我们找人的方法不对。”

赵英看着麻风病人：“老马说得对，芳芳不肯出来的话，可能有几个原因。第一，她不知道我们是谁，不敢轻易露面……”

赵英转身看着山上：“第二，她根本不知道，这个突然出现在这深山里的村庄，就是麻风村，也不知道共产党和毛主席对麻风病人的关怀，更不知道麻风病是可以防治的。”

赵英转身看着麻风病人：“所以，我们要让她知道，而且让她相信，麻风病可以防治，我们这个村庄，就是麻风病人的家园，你们都是她的朋友，还有重要的一点……”

赵英说着，看着陈林：“陈林，你要让她知道，你不仅仅是来找她的，而且是麻风村的工作人员，你有能力帮助她治好麻风病，她即使和你在一起，也不会轻易把麻风病传染给你，她心里的障碍就消除了。”

陈林：“对对对……”

赵英又说：“现在我们轮番喊，一个人喊一句，嗓门大的先喊。”

黄一凤看着山上：“芳芳——我们都是麻风病人——”

陈林：“芳芳，山下的这个村庄，是毛主席为麻风病人建的麻风村，所有麻风病人，都可以在这里治病、生活——”

柳传香：“医生说了，麻风病可以治好——这里的医生对我们，比亲人还亲——”

李大娃："芳芳——我们在这里不会受到伤害——快来吧，到这个麻风病人的大家庭里来——"

许国书："芳芳——来麻风村吧——我们会帮助你的——"

陈林："芳芳——我现在是麻风村的工作人员——快到麻风村来——医生会治好你的病，芳芳——我的话你还不信吗？你走后，我就离开家来找你了——我一直在找你——我永远爱你——治好了病——我们就可以回家了——"

山上，芳芳躲在树丛中，听明白了山下传来的喊声，仰望天空："什么？山下新建的村庄是麻风村？"

又传来陈林的喊声："芳芳，你怎么还不出来，你不相信我，不相信大家吗？"

芳芳扒开树叶，偷偷往山下看着，心里嘀咕着："麻风村是为麻风病人治病的？怎么以前从来没有听说过这样的事？"

"我去看看。"芳芳说着，从树丛里站起来，往山下走去。

"不行……"芳芳走出几步后，又停下来，退回树丛里躲着。

240

太阳落到了山那边。大地一片苍茫。

"你们都是我和芳芳的亲人，嗓子都喊干了，天也黑了，回去吧，谢谢你们。"

陈林说着，给大家深深鞠了一躬，带头往村里走去，大家默默跟了上去。

"我敢断定，山上的那个人就是芳芳。"夏春光边走边和马正毅夫妇聊着。

"嗯。"马明亮插话道，"她对这里突然出现的村庄，一定还感到奇怪，甚至认为会对她造成威胁。"

赵英："那怎么办？"

马正毅："她总有一天会看明白的。"

夏春光："她可能已有所了解，但还了解得不够，老马同志说得对，她总有一天会看明白的。”

241

许国书宿舍里，油灯闪烁着。

许国书坐在宿舍门口，抽着烟锅，烟火在夜幕中忽闪忽闪的。

黄一凤走过来：“国书，不要再想离婚的事了，有些事，要当没发生过一样。”

许国书勉强笑了笑，抬头凝望着夜空。

“不想跟我说话？那你一个人坐在这里对天喊冤吧！”黄一凤故意激将许国书，转身离去。

许国书站起来，想和黄一凤说话，黄一凤已经转弯消失了。

“嗨……”许国书叹息一声，一屁股坐下，一会儿抱头，一会儿看天，往日和妻子一起吃梨的情景浮现在眼前……

那是一个闷热的中午，许国书坐在家门口乘凉，削着手里拿着的一个梨，妻子田翠坐在他旁边做针线。

许国书削好梨，看着妻子：“翠，你也吃，一人一半？”

“你真是个傻瓜，哪有夫妻分梨的。”田翠有些责怪地说，“分梨就是分离，你不晓得？”

“你还信这个？”

“迷信迷信，不得不信。”

“翠，你长得这么好看，我真担心，哪天被人拐跑了……”

“瞎说，我嫁了你，生是你的人，死是你的鬼，别人给座金山银山，我也不会动心。”

“你真的永远不会离开我？”

“海枯石烂之类的话，结婚前都说过无数遍了，你还要我再说一次？”

许国书低下了头。

田翠用手点了一下许国书的脑门：“看你，小心眼！”

许国书傻傻地笑了……

“老许，想什么呢？”许国书正回忆着往事，李大娃从他门口路过，打断了他的回忆，“看你一个人坐着发呆，是不是想老婆了？”

“哪壶不开提哪壶。”许国书不高兴地看着李大娃，“又去和柳传香约会去？”

“瞎说。”李大娃不再理会许国书，连忙往前走去。

“去约会就去约会了，还不敢承认。”许国书嘟哝着，走进屋里，拿起桌子上的信封，把离婚协议书从信封里抽出来，铺展在桌子上，又想起田翠给他送饭的情景……

许国书患麻风病后，为了不给家里人惹麻烦，一个人搬到村外的破庙里去住，在破庙里做饭吃，大年三十那天，听着村里传来的鞭炮声，许国书坐在破庙门口伤心难过。

田翠提着竹篮走到许国书面前。

许国书心里难过，低着头不和妻子说话。

田翠从竹篮里取出酒菜，摆在许国书面前。

许国书低着头，抬了抬眼皮，看了看田翠。

“你得了麻风病，不能在家里过年过节……今天……过年了……吃吧……”

田翠说着，忍不住伤心地哭起来。

许国书不愿伤妻子的心，端起妻子送来的酒菜，大口吃着，大口喝着。

妻子见丈夫吃得开心，擦去脸上的泪水。

……

想到这里，许国书咬破手指，准备在离婚协议书上按血手印，又停了下来，想了想，一口吹灭油灯，躺到床上睡下，可翻来覆去睡不着，他又爬起来，走出门，来到黄一凤门前，见黄一凤的宿舍里还亮着灯，走上去敲了敲门。

黄一凤打开门，见是许国书，关切地问道：“国书，心里好过些了吗?”

许国书低着头：“我认了!”

“唉……”黄一凤叹了口气。

许国书抬起头：“一凤，我想请你帮我写封回信给我老婆。”

“那进来吧!”黄一凤走进屋，从床头拿来纸笔，在桌子上摊开纸，看着走到桌子前面的许国书：“国书，说吧，我帮你记下来。”

许国书想了想，说道：“田翠，我的妻子。不，现在你已不是我的妻子了……”

黄一凤抬眼看了看许国书。

“田翠，我对不起你。”许国书难过地说，“本来，离婚的事，应该我先提出来，我得病了，不应该拖累你，你还年轻，应该重新寻找你的幸福。现在你提出来了，我没什么意见。可是，我实在狠不下心按这个手印。”

黄一凤摇摇头：“你先想好了，有个决定再写这封信。”

“我决定了，我去拿离婚协议书。”许国书说着，走了出去。

黄一凤难过地看着许国书的背影，站起来，走到窗前，看着窗外，透过窗户，看着夜空：“难道，我们所有麻风病人，拥有一个家庭的希望都要破灭?”

过了不久，许国书拿着离婚协议书走了进来。

黄一凤转过头，走到桌子前坐下。

许国书把离婚协议书放在小桌上，咬破手指，在离婚协议书上按了个血手印。

黄一凤心疼地看着许国书流血的手指：“国书，你……”

黄一凤心疼着，急忙找来一块布条，缠住许国书流血的手指。

许国书看着黄一凤：“谢谢你，这么关心我。”

“我不是说过吗，我们麻风病人，别人不敢挨，只能我们互相关心了。”黄一凤说，“要是我们都不互相关心，关心我们的人就很少了……”

许国书觉得有满肚子的话要说，但却什么话都说不出来，把按了血手印的离婚协议书折叠好，黄一凤为他写好了信，他把离婚协议书和给田翠的回信，一起装进黄一凤帮他写好地址和收信人的信封里，站起来，对黄一凤说了句“谢谢你”，难过得差点哭出来，为了在黄一凤面前表现他的坚强，他连忙走了出去。

黄一凤看着许国书离去，关上门，靠在门背后伤心难过。

许国书心里烦闷，从黄一凤宿舍出来后，到处乱窜，无意间走到马明亮的宿舍门口，他想去找马明亮说说心里话，但从门缝里看见赵英抱着小草正在和马明亮说话，马明亮一边碾着草药，一边和母亲说着话，许国书怕打扰了他们，摇摇头，走了。

马明亮宿舍里，赵英忽然想起了阿丹，问道：“……有阿丹的消息吗?”

听母亲说起阿丹，马明亮有些伤感：“妈，你现在还提她干什么……”

母亲摇摇头：“明亮，妈知道，你心里一直没放下过阿丹。”

“妈……你不要再提她，好不好嘛。”

“好好好，你不想说，那就不说了……”

242

阿丹坐在床上，默默看着熟睡的儿子，林保山恶狠狠的话语深深伤着她的心：“等我一旦查清楚，儿子不是我的种，我就把他拿去山里喂狼……”

阿丹痛苦地闭上眼睛，眼泪从她眼角流出来，顺着她的脸颊往下流……

243

“这么长时间没上我的床，是不是被雷碧芬那个老妖精缠住了?”

林保山的又一个情妇金美萍家里，林保山和金美萍搂抱在一起，饮酒作乐，金美萍已喝到了七八分醉，淫荡的双眼盯着林保山：“还是把我玩够了，开始嫌弃我了……”

“这段时间，你男人在盯你，要不是他下乡去了，今天我也没机会上你的床……”林保山喝下一杯酒，“你怎么又瞎吃醋?”

“你那德行，我是知道的。”金美萍说，“不过，你要是敢对我不好，我就把雷碧芬那烂货撕了……”

林保山端着一杯酒，递到金美萍面前：“来，小乖乖，喝一杯。”

金美萍淫笑着：“喂我！”

“喂你还不如吃你……”林保山说着，把酒杯往桌子上一扔，抱起金美萍走到床边，把金美萍往床上一放，扑了上去。

金美萍：“轻点，当心隔壁有人。”

“我也是能说了算的人物，谁敢在老子头上动土？”林保山说着，一把扯下金美萍的裙子……

244

“啊……啊……”

阿丹惊叫着，从噩梦中惊醒，看看儿子在身边熟睡着，擦去脸上的汗水，从床上坐起来，默默想着心事：“当初，我一狠心，跟了林保山，谁知道，这一步我又走错了，明亮要是知道我现在的生活，不知道会怎样讥笑我。”

眼泪流了好一阵，阿丹从床上爬起来，伸手擦擦眼泪，拿起了林保山放在桌子上的烟，点着吸了两口，被烟呛得一个劲地咳嗽，难过地把烟丢在地上。

245

“等我们栽种的棉花成熟，我们就可以自己纺棉织布，缝衣服穿了。”赵英带着女麻风病人们，一边种棉花，一边高兴地说。

“赵同志，人家都说儿子长得像妈，姑娘长得像爹，我儿子就长得像我……”在赵英身边劳动的黄一凤不经意地说。

赵英看着黄一凤，笑笑：“是吗？”

黄一凤点点头：“怎么马医生长得一点也不像你，也不像他爹？”

赵英一怔，不知说什么好。

黄一凤见赵英露出尴尬的表情，感觉自己的问话不妥，连忙说：“对不起……赵同志……我不该胡说八道……”

赵英笑起来：“没什么……”

不远处的菜地里，陈林和马正毅各自挑着一挑猪粪给蔬菜施肥。

陈林关切地对马正毅说：“马叔叔，你身体不好，少挑点。”

马正毅笑笑：“这比当年打仗轻松多了。”

“你就坐镇指挥得了。”陈林说，“把你累倒了，村长那里我就无法交代了！”

马正毅笑着：“哪有使得完的力气，没有事的，你就把心放宽了。”

“马叔叔，你说麻风村要办个成人学校？”陈林又问道。

“我们麻风村的生产，用三分之一时间就够了，我们应该把劳动、学习、休养合理安排，做到劳动、学习识字、休养三不误。”马正毅说，“当然，治疗问题按老夏和明亮的方案，定期服药、定期观察……”

“太好了……”陈林说着，突然想起什么似的，“村长和马医生一直在搞药物研究，要是能研究出更有效的药物，麻风病人的治疗周期就会缩短了吧？”

“我相信会实现这个目标的。”马正毅坚定地说。

“嗯……”陈林若有所思地点点头。

246

晚饭时，赵英随便吃了点饭，疲惫地在床上躺下。黄一凤的问话敲击着她的心房：“怎么马医生长得一点也不像你？也不像他爹？”

马正毅放下碗筷，走到床边，看着赵英：“怎么，不舒服？是不是病了？”

“没什么。”赵英说，“只是有点累。”

马正毅看着赵英：“我看你今天情绪不对。”

赵英从床上坐起来：“今天黄一凤问我，明亮怎么长得不像我，也不像你，她这一问，让我脑子里又装满了捡到明亮时的情景。”

“唉，那些事情都过去了那么多年，可一想起来，好像发生在昨天一样……”

马正毅说着，在床边坐下，往事闪现在眼前……

那天，马正毅骑着马，率领部队走在行军途中。

一辆马车跟在马正毅的马后，赵英和几个女兵坐在车上。

通信兵跑过来：“报告团长……”

马正毅拉马停下。赵英她们坐的马车也停下来。

通信兵跑到马正毅马前：“报告团长，前面路边发现一个孩子。”

赵英坐在马车上喊：“老马，快去看看，会不会是我们丢失的儿子。”

马正毅打马向前奔去。

赵英对赶马的女兵说：“走，去看看。”

女兵往马背上挥甩鞭子。

马车往前疾驰。

不远处转来孩子的哭声。

一个士兵抱着孩子站在路边。

马正毅骑马奔到抱孩子的士兵面前，跳下马，从士兵怀里抱过孩子。

女兵们坐的马车赶到，赵英跳下马车，奔向马正毅：“老马，是不是我们丢失的儿子……”

马正毅摇摇头：“不是，我们的儿子都会走路了，这个孩子看起来还没满周岁……”

赵英奔到马正毅身边，拉开包着孩子的毯子看了看：“是个男孩。”

士兵从孩子衣服里拿出一张字条：“还有张纸条!”

赵英抢过字条。

马正毅：“写了什么?”

赵英念起来：“过路的好心人，我得了麻风病，我和孩子都被丈夫赶出了家门。我活不下去了，但我不忍心把孩子带到阎王爷那里，当你们看到孩子和这张字条时，我已经不在人世了，求你们收养这个孩子……”

赵英眼含泪水望着马正毅。

马正毅接过纸条，眉头皱了起来。

赵英看着马正毅："老马，也许是老天有眼，我们丢了一个儿子，上苍给我们送来一个儿子，我们把孩子养起来吧……"

马正毅看着孩子点了点头，把孩子抱给赵英。

赵英在孩子的脸上亲了一口。

孩子停止了哭声。

马正毅和赵英对视一下，笑了。

……

"唉，明亮都这么大了……"赵英打断马正毅的回忆，"这么多年过去了，也不知道我们失踪的儿子，是不是还活着……"

马正毅难过地看着赵英："活着的可能性不大了……

赵英难过得眼泪涌了出来。

247

"一凤大姐、一凤大姐，你儿子又来信了。"

黄一凤正在宿舍里做晚饭，突然听到陈林的喊声，满心欢喜地跑出来，站在门口。

陈林走到黄一凤面前："你儿子又来信了……"

黄一凤激动得说话的声音都颤抖了："又来信了，快给我。"

陈林连忙把信递向黄一凤。

黄一凤从陈林手中接过信，紧紧按在胸前。

许国书跑来："一凤，你是麻风村最幸福的人，这么多麻风病人，只有你一个人收到知寒问暖的信，而且还是你的宝贝儿子写的……"

柳传香赶来："一凤大姐，有这么一个好儿子，受多大的罪，遭多大的难，也值了……"

几十个麻风病人围拢过来，大家争着问："有我的信吗？有我的信吗……"

陈林一直摇头。

大家沉默了。

黄一凤看到大家都没有收到家里的信，唯独她又收到儿子的来信，激动得热泪盈眶。

马正毅和赵英走过来。

“一凤，快看看，儿子这次写了什么？”许国书迫切地说。

黄一凤展开信，激动得说不出话来。

许国书：“一凤，儿子说了什么……”

黄一凤读信：“妈妈，我好想你！我长大了去看你！”

柳传香：“呀，还是上次来信时写的那句话。”

许国书：“可我听了，感觉儿子写什么，都没有写这句话好……”

“多么感人的信啊！”马正毅感慨地说，“虽然话语不多，却写出了儿子对母亲的思念，想见母亲的心情……”

“是呀……是呀……”许国书说，“我们也有亲人，可一封信也收不到！”

黄一凤自豪地笑了。

柳传香看着许国书：“前几天你不是收到一封信吗？”

许国书心头一沉，难过地离开人群，伤心地走了。

“他怎么了？”柳传香看着离去的许国书，惊讶地说。

“你们不知道内情，别乱说，以免伤了别人的心。”黄一凤说着，担心地看着离去的许国书。

248

夜里，马明亮给几个病人检查完病情，刚回到治疗室，就看见夏春光躺在地上，马明亮一惊，跑到夏春光身边：“老夏、老夏……”

夏春光昏迷着。

马明亮抬头看到桌子上的空药碗：“老夏，你怎么能趁着我不在，一个人试药呢……”

马明亮说着，把夏春光抱到病床上。

情绪低落的许国书低着头，从治疗室门外路过，听到治疗室里传来马明亮的声音：“老夏，老夏，你醒醒……”

许国书一愣，走到医疗室门口，看见马明亮站在床边，摇着夏春光的身体喊着：“老夏、老夏……”

见此情景，许国书转身飞跑而去，在村道上奔跑着：“出事了，出事了……”

一个个麻风病人开门，站在门口：“出什么事了？”

李大娃跑过来：“老许，又出什么事了？”

许国书很紧张，结结巴巴地说：“村长……出大事了……”

“走，去看看……”李大娃喊了一声，急急往治疗室跑去。

许国书和麻风病人们连忙跟了上去，拥向治疗室，在治疗室门口往里张望着：“村长怎么了……村长怎么了……”

赵英、马正毅、陈林跑到治疗室门口，马明亮走出治疗室。

马正毅看着马明亮：“明亮，出什么事了？”

马明亮看看父母，又面对麻风病人：“大家静一静……”

人群静下来。

“我和村长一直在搞研究，希望研究出一种见效快、能彻底根治麻风病的药物。”马明亮说，“每次研究药物，村长都拿自己的身体做试验……”

“春光是不是药物中毒了？”赵英惊问道。

马明亮点点头：“是。”

“怎么这么不小心。”马正毅说着，走进治疗室。

麻风病人们也要往治疗室里走，陈林挡在门口：“大家不要急，村长为大家做的都是好事，老天会保佑好人的！”

马正毅来到床边，看着昏迷不醒的夏春光，转头看着马明亮：“都用了什么药，为什么做试验你不在场。”

“我们刚刚配了一种新药……”马明亮说，“老夏怕在我身上做试验，趁我出去给大家查看病情，没等我回来，自己试药，中毒了……”

李大娃把头伸进治疗室：“马医生，村长他危险吗？”

马明亮看着门口的麻风病人：“每次试药，村长都不让我吃，说我吃了，他的医术不如我，我要是中毒了，他无法抢救我，他中毒了我能抢救他。中毒事件已发生过几十次了，以前中毒，都有我在场，村长都被及时抢救过来了……”

“马医生，村长都中毒几十次了，你为什么不告诉我们？”许国书责怪地看着马明亮。

马明亮摇摇头：“他不让我说……”

“马医生，今后试验，就在我身上试吧。”黄一凤说，“我死了不足惜，村长要是死了……这么多病人还指望他，指望着你们呐……马医生……”

马明亮摇头道：“绝对不能在任何一个病人身上搞试验……”

李大娃：“马医生，这次村长中毒，是不是很重？”

马明亮：“这次的药物，和以前的大不相同，成功了，我们的研究会有大的进展，药物里加了好几种剧毒的药，在药理上，这叫以毒攻毒，只要剂量适中，不会有危险，但剂量多少才合适，都是在村长身上试出来的，这次村长试药，中毒很深，要是二十四小时内醒不过来，恐怕……”

李大娃“扑通”跪在地上：“马医生，求求你，一定要把村长救活……”

所有麻风病人跪下：“马医生……”

马明亮走过来：“大家快起来，快起来……”

麻风病人们喊道：“马医生，你不答应我们，我们就不起来……”

马明亮：“你们的心情我知道，请你们相信我，我是医生，我会尽我最大的力……”

马正毅走过来看着麻风病人们：“大家都起来吧，别耽误马医生抢救村长……”

麻风病人们站起来。

柳传香哀求道：“马医生，我们可以进去看看村长吗？”

“不行，你们进去会影响抢救工作。”陈林说，“大家都回去休息吧，这里有马医生，有我和马叔叔、赵阿姨在就行了，一有情况，我会及时通知大家的……”

“陈林说得对……”马正毅看着大家，“都回去吧，你们守在这里，会影响医生的工作。”

陈林看着许国书："国书，你带个头，回去吧……"

许国书看着病友们："回吧，我们都回吧，不能影响医生的抢救工作……"

麻风病人们没有回去，为了不影响马明亮抢救夏春光，都自觉地退到治疗室门外的运动场上，纷纷坐下，期待着夏春光睁开眼睛，他们一直坐到天亮，有的困了，就在运动场上睡了。

晨光照进治疗室，新的一天来到了。

马明亮、陈林、马正毅、赵英默默地坐在病床前，看着床上昏迷中的夏春光。

麻风病人东倒西歪睡在运动场上，许国书一口一口抽着浓烟。

传来小草的喊声："爹、爹……"

睡着的麻风病人们醒来，大家默默地看着小草。

赵英在治疗室里听到小草的喊声，小声对大家说："小草来了，别让她见着她爹这个样子，会吓着孩子的。"

"妈，你快去。"马明亮着急地说，"把小草领到你们宿舍里。"

赵英站起来："有什么事，千万要告诉我!"

马正毅挥挥手："你放心去吧。"

小草走到门口，赵英正从治疗室里出来，亲切地对小草说："小草，走，到奶奶家玩，好吗?"

"不去，我要去找我爹。"

"你爹上山采药了，先去奶奶家，奶奶给你煮好吃的……"

麻风病人们站起来，拥向治疗室。

赵英看到大家一双双熬红的眼睛，心里一阵酸痛。

许国书看着赵英："村……"

赵英给大家使了个眼色："村长上山采药还没回来，回来后再给大家发药，大家先回去吧。"

黄一凤用手捅了捅柳传香，柳传香碰了碰李大娃，暗示不要让小草知道真实情况。

黄一凤、柳传香、李大娃带头离去，又用眼神示意大家离去，大家得到暗示，纷纷离去。

赵英看着小草："小草乖，去奶奶家。"

小草点点头。

249

灶膛里的火燃烧着。

赵英往灶膛里添了些柴火，火燃得更旺。

赵英偏头往屋外望，见小草在宿舍门口玩跳海的游戏。小草在用白泥巴画在地上的人形方格里跳来跳去，玩得很专注，赵英微微一笑，从灶膛前站起来。

锅里煮着汤圆的水沸腾着。

赵英走到灶台前，拿起勺子，把煮熟的汤圆一个个舀进碗里，端到屋角的饭桌上，向门外喊："小草，吃汤圆了！"

没有回声，也不见小草进屋，赵英走到门口，不见了小草，四处望望："这孩子，到哪去了？"

250

治疗室里。

夏春光躺在床上昏迷着，马明亮、陈林、马正毅坐在床边。

小草进屋，看见床上的夏春光，走向病床："爹……"

马正毅回头，惊诧地看着小草："小草，你来啦，过来，爷爷看看，是不是长高了。"

马明亮看着小草："你怎么自己跑来了……"

小草走到床边，看看夏春光，又看着马明亮："马叔叔，我爹怎么了？"

马明亮笑笑："你爹累了，睡着了！"

"不对吧，生病的人才会睡在这张床上。"小草说，"我爹说，这是病床。"

马明亮看着小草："小草，你爹太累了，让他好好睡，别吵醒他，好吗?”

小草点点头。

马正毅笑起来:“小草多乖啊!”

赵英端着汤圆进来,看着小草:“小草,转眼就不见了,奶奶猜你跑这里来了!”

小草看着赵英:“奶奶,我爹是不是病了……”

赵英没有直接回答小草,把汤圆端到小草面前:“看,奶奶给你煮什么了?”

小草看着汤圆:“呀,我好长好长时间,没吃过这么好吃的东西了……”

赵英用勺子舀起一个汤圆:“来,小草,奶奶喂你。”

小草摇摇头:“我不吃!”

赵英:“为什么?”

小草:“我爹病了,好吃的给病人吃,我要给我爹吃……”

赵英把碗放在床边的桌子上,抱起小草:“小草真懂事……”

就在这时,夏春光嘴角动了动,慢慢睁开了眼睛,小草见了,高兴地叫起来:“我爹醒了。”

高兴之中,小草偏头看着赵英:“奶奶,快给我爹吃汤圆,他肯定饿了……”

大家一起望着夏春光。

夏春光微微一笑。

马正毅惊喜地:“终于醒了……”

马明亮松了口气:“总算活过来了……”

陈林激动地跑出门,在村道上奔跑着,向大家报告夏春光醒来的好消息:“村长醒过来了……村长醒过来了……”

251

麻风村里,一个个病人的小屋顶上冒着炊烟。

黄一凤、李大娃、柳传香等麻风病人纷纷端着煮好的鸡蛋面往治疗室赶，成群结队的麻风病人们跟在他们身后，手里都端着一碗鸡蛋面。

李大娃边走边说："村长为了我们，九死一生……"

柳传香："他是天底下最好的人！"

端着鸡蛋面赶往治疗室的麻风病人们边走边念叨着：

"醒了，醒了……"

"老天保佑，终于醒了……"

252

治疗室里，夏春光听着屋外的动静："村里怎么闹哄哄的样子？"

马明亮："可能是病人们来看你了。"

"这如何是好……"

夏春光说着，从床上坐起来。

不一会儿，所有麻风病人往治疗室涌来，手里都端着煮好的鸡蛋面，马正毅从治疗室出来，看到这一情景，惊诧地把大家挡在门口："你们这是干什么？"

"村长身体虚弱，我们煮点鸡蛋面来给他补补身子。"黄一凤深情地说。

"是啊，我们没有什么好东西给村长吃，只好把村长发给我们的鸡蛋和面条煮给村长吃了。"李大娃说。

马正毅激动地看着大家："你们是约好了一起给村长煮鸡蛋面的。"

"我们没有约。"柳传香说，"大家都担心村长的身体，就不约而同地给村长煮了鸡蛋面。"

马明亮扶着夏春光，和赵英、小草一起走出门。

夏春光看着麻风病人们："怎么回事？"

"村长，我们没什么好的。"黄一凤真诚地说，"给你煮碗鸡蛋面，让你补补身子……"

夏春光看见陈林拿着一包饼干走过来，咳喘着问陈林："是不是……你指使的……"

"我没有！"陈林举起手里的饼干，"我见大家都来慰问你，只好把一直藏着没吃的这包饼干拿来慰问你了……”

夏春光看着陈林：“胡闹……”

“村长，我们没有胡闹。”许国书说，“这是我们的一点心意……”

夏春光动情地看着大家，声音微弱地说：“我们麻风村，生活困难，好不容易从供销社买得一点鸡蛋和面条，每人才发了半斤面条，两个鸡蛋，那是发给你们过中秋节的，你们……你们把鸡蛋、面条都煮了给我送来了，后天过中秋节，你们吃什么……”

“村长，只要你醒过来，只要你身体好起来，我们喝凉水、吃野菜，心里也是甜的……”李大娃大声说道。

柳传香：“村长，吃吧，多吃点，把身体补起来，我们心里才安稳……”

马正毅的眼眶湿润了：“同志们，既然你们把发给你们过节的鸡蛋、面条都煮熟端来了，我们就提前过中秋节吧，你们每人端来一大碗鸡蛋面，叫村长一个人吃，村长也吃不完，这样吧，你们煮的鸡蛋面，每个人的村长吃一口，剩下的，我们和你们一起分了吃了……”

“好……”大家欢呼起来，“村长先吃我的……”

李大娃喊道：“不要乱，排着队来，村长身体不好，我们一个一个地喂给村长吃!”

“好!”大家又喊起来，“我们一个一个地喂给村长吃……”

李大娃率先挤到夏春光面前：“村长，先吃我的……”

李大娃说着，用筷子挑了面条喂给夏春光吃。夏春光高兴地吃了一口，李大娃又给夏春光喂了一口鸡蛋，夏春光高兴地吃了。李大娃还想喂，站在后边的许国书喊起来：“该吃我的了，村长又不是你一个人的村长，凭什么光吃你的?”

许国书喊着，挤上去喂夏春光吃面条，李大娃只好退下来。

病人们排着长队，一个个喂夏春光吃面条，夏春光吃着吃着，眼泪禁不住涌出眼眶……

253

“叭叭叭……”

鞭炮声打破了麻风村的寂静。

运动场上挂起一块黑板，全体麻风病人坐在运动场上。

赵英、马正毅、夏春光走到黑板前，夏春光看着麻风病人：“今天是我们麻风村一个特殊的日子。在马正毅、赵英同志的倡议和操劳下，麻风村成人学校今天正式开学。”

“啪啪啪……”大家热烈鼓起掌来。

夏春光高兴地看着大家，等掌声过后，又激动地说：“我们麻风村的村民，读过书的不多，大多数人，自己的名字都不会写，我们不但要治好大家的病，还要教大家读书认字，给家人写信报平安。今后治好了病回到村里，就是一个文化人。”

病人们幸福地笑着。

夏春光看看大家，又说：“我们的学校，由马正毅、赵英同志担任教员，今后大家就称呼他们为马老师、赵老师，下面，欢迎马老师讲话……”

病人们热烈鼓掌。

马正毅挥挥手，掌声停下来。

马正毅看着大家：“学员们，我们的学校，没有教室，这个运动场，就是我们的天然教室，从今天起，上课一天、劳动一天、休息治疗养病一天，遇到下雨天不能上课，我们就临时变动学习时间。”

254

麻风村对面的大山上，芳芳正在大树下摘野菜，山下运动场上的鞭炮声和热烈的掌声惊动了她，她藏在树丛里，往运动场上看着，猜测着……

255

运动场上，马正毅继续讲着："现在是特殊时期，我们的学校，总共只有一套小学课本，还是夏村长托人从县里找来的。虽然条件艰苦，但只要大家认真学，都会学到知识的。虽然我们不是什么正规的学校，我们也要像正规的学校一样，有班主任、班长、学习委员等等。"

马正毅讲着，看看赵英："赵老师就是你们的班主任，下面，请赵老师组织选举班委……"

掌声又雷鸣般响起来："啪啪啪……"

赵英拿起一块白泥巴当粉笔："学员们，我们要选举一个班长、一个学习委员、一个文艺委员、一个体育委员、一个劳动委员，大家选谁，我就把谁的名字写在黑板上，现在请大家提名。"

许国书站起来："我们当中，就数黄一凤文化最高，她当学习委员最适合！"

对许国书的提议，黄一凤没有推辞，微笑着看看大家。

赵英笑着："同意的请举手。"

麻风病人们都举起了手。

256

山上，芳芳看着山下："怪了，那些人好像在上学，是些什么人啊，怎么跑到这里来上学……"

257

"我们的第一课是唱歌课。"班委选举结束后，赵英说，"我教大家唱一支歌，歌名叫《没有共产党就没有新中国》，我唱一句，大家唱一句，没有共产党就没有新中国……"

麻风病人齐唱："没有共产党就没有新中国……"

小草坐在麻风病人们中间，唱得特别起劲："共产党一心救中国……"

258

山上，疑惑之中的芳芳被山下传来的歌声感染了，也情不自禁地跟着小声唱起来："……共产党辛劳为民族……"

259

"阿姨，你怎么老是往那边的路上看呀，你是在等你妈妈吗？"

晚风夕阳中，黄一凤坐在运动场边上，凝望着从大山里通往外界的小路，小草走过来问道。

"我想儿子。"黄一凤说，"从那边的山路走回去，就可以见到我儿子了……"

小草看着黄一凤："你有妈妈吗？"

黄一凤笑道："有啊！"

"你妈妈为什么不来看你，她也不要你了吗？"

"我妈妈老了，她走不动了，就不来看我了。"

"那你为什么不去看妈妈？"

"我现在生病了，等病好了，就回到妈妈身边……"

小草凝望着山路："我也不知道，我到底有没有妈妈！"

黄一凤看着小草，欲言又止。

小草回头看着黄一凤："阿姨，我有妈妈吗？"

黄一凤忍不住小声哭泣起来："小草怎么会没有妈妈呢？小草的妈妈可漂亮了……"

小草看着黄一凤："阿姨，你怎么哭了，是不是想你妈妈了？"

黄一凤点点头。

"我听一些叔叔阿姨说，我妈妈死了……"小草说着，泪珠滚出了眼眶。

"小草，那些叔叔阿姨逗你玩的……"黄一凤安慰小草道。

“我爹说，妈妈到很远很远的地方去了，等我长大了，妈妈就回来了……”

黄一凤点点头：“你爹说得对，等你长大了，妈妈就回来了！”

小草盯着黄一凤：“那我什么时候长大啊？”

“等我们的病治好了，你就长大了……”

小草从兜里拿出画着她和赵英站在一起的画：“阿姨，你看，我比奶奶长得都高。”

黄一凤笑了：“小草，你还想回到城里上学吗？”

小草摇摇头：“不想！”

“为什么？”

“小朋友们说我是小麻风，他们不跟我玩，我怕……”

黄一凤看着小草，说不出话来。

“小草……”赵英呼唤着走来。

“奶奶，我拿我画的画来给黄阿姨看。”小草看着赵英，说道。

赵英正想说什么，从山上挖药回来的夏春光走了过来，赵英喊道：“小夏，你过来一下，我和你说点事情。”

夏春光走到赵英面前：“是小草的事吧。”

“是啊。”赵英说，“你和明亮白天黑夜地忙着搞药物研究，小草该好好学习正规课程了，你也忙不得教。”

夏春光看着小草：“这孩子跟着我受苦了……”

“让小草住到我那里去吧。”

“让小草住到你那里？”

“让小草住到我那里，一来我有时间照看孩子。”赵英说，“二来我可以教孩子正规课程……”

夏春光犹豫着：“那样的话，就太操劳你了……”

“有什么操劳的。”赵英不容置疑地说，“就这样定了。”

黄一凤走过来：“我也可以帮着赵老师照看小草。”

“好吧！”夏春光高兴地说，“那就谢谢你们了！”

“走，跟奶奶读书去。”赵英拉着小草走了，黄一凤跟了上去。

夏春光看着赵英的背影，感激得泪水涌了出来……

260

蜿蜒远去的河流，涛声依旧。

马正毅、陈林带着几个病情轻的麻风病人沐浴在阳光里，在河边建造水碓、水磨，他们一边干，一边高兴地聊着。

陈林：“磨房建好了，就可以解决大家舂米、磨面的难题了……”

“麻风村虽然特殊，但和其他村庄一样，各种生产生活设施都少不得。”马正毅感慨道，“麻风村时间不长，需要做的事情实在太多了……”

大家正忙着，突然听到芳芳的歌声：

大河涨水小河清
丢个石头试水深
哥哥那天说的话
到底是假还是真

陈林惊喜地站起来，望着对面的山林：“是芳芳……”

陈林对着山上大声喊：“芳芳……”

只见山上风吹树林摇，不见芳芳的身影。

陈林在河边走着，寻找着，唱道：

寻妹出门几年整
千双草鞋哥踏破
万口井水哥饮尽
不见阿妹心如火

马正毅和几个麻风病人走到陈林身边。

陈林看着马正毅：“明明是芳芳在山上唱歌，怎么我一出声，又没动静了？难道真的是芳芳的鬼魂吗？”

“芳芳的声音几次出现后，又很快没反应了，也真有点怪啊。”马正毅也疑惑起来，“当然，鬼魂是不存在的。”

陈林看着马正毅：“马老师，不管芳芳是人是鬼，我都要找到她。”

说话间，陈林跳进河中，向对岸游去。

“小心！”马正毅连忙喊了一声。

陈林爬上岸，往森林走去。

马正毅担心地望着陈林的背影。

261

寻妹寻了万里路
不见妹妹不回头
哪天把妹接回家
走断双腿也心甘

森林里，陈林扒开树林里的野草和树丛，寻找着，唱着：

寻妹寻到大森林
唱支山歌表真情
心相依来情相连
妹妹可知哥真诚

陈林唱完一曲，爬上一棵大树，坐在树杈上唱：

寻妹寻到大树下
老虎拦路哥不怕
只要能和妹相会
粉身碎骨也情愿

262

“快走快走……”

黄一凤催促着，率领病友们往河边跑来：

“芳芳又唱歌了，陈林上山找芳芳了，我们快去看看，能不能帮上陈林……”

263

陈林在树上左看右寻，没有发现芳芳，从树上下来，爬到一块岩石上，站在岩石上又唱：

寻妹寻到岩子边
岩上路险见深渊
心里挂着我的妹
不怕坠岩伤了身

芳芳坐在树丛里躲着，听陈林唱了一曲又一曲，忍不住哭泣起来，她终于控制不住抬起头，哀怨地唱：

阳春三月天气变
阿妹苦逢阴雨天
离家离乡不得已
只为亲人得安生

陈林听到了芳芳的歌声，万分欣喜地大喊：“芳芳，芳芳，我终于又听到你的歌声了，你在哪里?”

264

“答话了，芳芳答话了。”

坐在河边的马正毅喊着，激动地站起来。

站在河岸上的麻风病人们欣喜地看着山林，喊道：

“搭上话了……搭上话了”

“陈林和芳芳搭上话了……”

马正毅欣喜万分：“心诚则灵，心诚则灵啊……”

265

山林里，陈林急急前行，大声呼喊：“芳芳，芳芳……”

芳芳从树丛里站起来：

哥的情意妹最知
妹有苦难口难开
只恨得了麻风病
为遮耳目妹离去

陈林朝着声音的方向急奔，芳芳的声音又消失了。

陈林又用歌声寻找：

有情有义共患难
无情无义各自飞
哥愿做那小雨伞
只为妹妹遮风雨

芳芳走到树丛外边：

哥的情意似海深
本想为哥打单身
只因铁石被暖化
来世也要报哥恩

陈林朝着歌声方向急奔，远远看见树丛边衣服破烂、披头散发的芳芳，眼泪流出来。

芳芳远远望着陈林，忍不住哭出声来："呜……呜呜……"

陈林慢慢走向芳芳。

芳芳慢慢走向陈林。

陈林和芳芳走近。

四目相视，陈林早已泪流满面，芳芳哭泣着。

陈林冲上去抱住芳芳。

两人紧紧拥抱在一起，痛哭起来："呜……呜呜……"

传来李大娃大声的呼喊："陈林，找到芳芳了吗……"

266

"明亮……明亮……"

夏春光拿着一把草药，站在治疗室门口急切地喊着。

马明亮走到治疗室门口，看着夏春光："怎么了，大村长……"

夏春光手一指："你听，对面山上可热闹了，好像是陈林找到芳芳了……"

马明亮惊喜地喊道："真的……"

267

河边，马正毅和麻风病人们看到陈林拉着芳芳走出山林，欢呼起来：

"找到了……"

"真的找到了……"

“陈林，祝贺你……”

268

“大家在河边欢呼，好像是陈林找到芳芳了……”

赵英听到大家的欢呼声，拉着小草，急急来到治疗室门口，对夏春光、马明亮说道。

“嗯，是陈林找到芳芳了。”马明亮说着，高兴地抱起小草，“小草，村里又多一个阿姨了。”

“是陈林叔叔的女朋友吗?”小草问道。

夏春光看着小草：“你怎么知道?”

小草笑着：“我听叔叔阿姨们说过很多次了。”

赵英：“小草知道的真多。”

小草点点头：“当然啦……”

夏春光：“等阿姨来了，我们好好给陈林叔叔庆祝一下。”

小草：“那当然要庆祝了，我给他们唱一首歌……”

269

陈林领着芳芳走到河边，指着对岸的人们，告诉芳芳：“那个老人，是我们麻风村的大恩人，他旁边的那些人都是麻风病人……”

“芳芳……”

“芳芳……”

马正毅和麻风病人们亲切地喊着。

“走，我们快过去……”陈林说着，拉着芳芳要从河里游过去。

“陈林，等等!”对岸的李大娃突然大喊一声。

陈林和芳芳疑惑地看着李大娃。

“芳芳回来了，我们不能让她从水中过来……”李大娃对大家说：“我们给他们搭一座桥，让他们从桥上走进麻风村，走进自己的新家园……”

李大娃说着，带领大家，把建造水碓、水磨的木板、方木扛来，跳进河里，扛着木板、方木，木板一块接一块，方木一根接一根，搭起了人桥。

李大娃高兴地喊着："陈林，快领着芳芳过桥！"

陈林和芳芳都感动得哭了，望着河上的人桥，迈不开脚步。

马正毅感动得热泪滚滚，站在河岸上喊道："陈林，芳芳，这是大家欢迎芳芳来到新家园的一种特殊方式，你们快从大家为你们搭的桥上过来吧……"

陈林和芳芳激动地哭着，轻轻踏上人桥……

270

"今天，又是个大喜的日子，芳芳来到了麻风村。"

治疗室门口，夏春光高兴地对马明亮、赵英说：

"我们养的猪、鸡肥了，我们种的庄稼成熟了，为庆祝这个日子，杀猪宰鸡，过一个丰收节！"

小草高兴地欢呼起来："杀猪喽……过节喽……"

赵英从马明亮怀里抱过小草："小草，走，我们先去烧水去，给芳芳阿姨洗个热水澡……"

271

麻风村广场上。

明亮的大马灯挂起来。

丰盛的长街宴摆出来。

人们欢聚在一起，吃啊，喝啊，唱啊，跳啊……

陈林拉着芳芳，和马明亮、李大娃、黄一凤等人跳着欢快的竹竿舞，小草在一旁跟着跳着。

马正毅、赵英、夏春光举着茶碗，和麻风病人们碰杯，喝茶，吃肉，观舞，一直庆贺到深夜……

272

“国书……”

许国书宿舍门口，许国书正靠在墙壁上，抽着烟锅，想着伤心往事，陈林呼喊着，急急走来。

许国书循声望着陈林：“找我有事？”

“你家里有人来看你！”

许国书看了陈林好一阵，不高兴地说：“陈林，你拿我寻开心是不是？”

许国书说着，赌气转身进屋。

陈林着急地跟进屋：“国书大哥，你想到哪里去了？我是那种捉弄人寻开心的人吗？”

许国书来气了：“我父母七老八十了，我老婆跟我离婚了，我女儿还小，谁会来看我？”

陈林认真地说：“来了一个男的，一个女的，那个女的说，她是你老婆！”

“什么？我老婆？”许国书瞪着陈林，“我老婆会来看我？”

“我是在村外的路口遇着他们的。”陈林耐心地说，“那个女的说，她是你老婆，他们就不进来了，叫我来叫你。”

“我倒要去看看，大白天的，是不是见鬼了……”许国书说着，拉了陈林一把，“走，你带我去，要是你骗我，我跟你没完……”

“狗咬吕洞宾。”陈林跟着许国书往外走去，“不识好人心。”

273

村外的河边，田翠坐在路边的草地上，不时往麻风村里紧张地张望着，与她同来的一个男人默默地坐在她身边，他们骑来的两匹马在路边吃草。

陈林和许国书从路上走来。

田翠看见许国书，从地上慢慢站起来，望着许国书，不知如何是好。

许国书也看见了田翠，不知所措地停住了脚步，心里惊奇而疑惑："真是她啊，她怎么会……"

田翠和许国书远距离对望着，默默对望了好一阵。

陈林见他们这样，也不知说什么好，对许国书说："国书，我没骗你吧，是不是你老婆？"

许国书说不出话来。

田翠看着许国书，嘴角嚅动着，说不出话来。

许国书突然转身，往河边奔跑。

田翠终于控制不住，大声喊道："国书、国书……"

许国书像没听见似的，继续往河边奔跑着。

陈林追上许国书一把拉住："国书，真是你老婆？"

许国书大喊："是又怎样？不是又怎样？"

"如果是，你该和她好好谈谈！"

"婚都离了，还谈什么？"

"俗话说，一日夫妻百日恩。"陈林说，"她大老远地来看你，不管怎么样，也不要让人家太寒心了，是吧？"

田翠迈着沉重的步子走过来。

陈林看看田翠，看看许国书："国书，我走了，你们好好谈谈吧！"

陈林说着，离开了许国书，走出一段路，又担心许国书出事，悄悄闪进路边的树林里，躲在树林里看着许国书和田翠。

田翠走到许国书面前。

许国书转过身，背对着田翠："你别过来！"

田翠在许国书身旁跪下，难过得泪珠滚滚，微风吹动着她的头发，在风中飘动。

许国书沉默着，微风吹动着他的衣角，飘动着。

田翠和许国书长时间地沉默着。眼泪从田翠的眼角不停地滴落。

半晌，田翠终于说出话来："国书，我对不起你……"

许国书还是沉默着。

田翠忍不住哭出声："国书，不是我嫌弃你，我实在是没办法……"

许国书依然沉默着。

“你走后……连你爹妈……也躲着我……我拉着孩子……这日子，实在过不下去了……”田翠诉说道，“村里的那个老光棍，隔三岔五地欺辱我……”

许国书的嘴唇剧烈地颤抖起来。

田翠大喊：“这样的日子，我实在过不下去了，你知道吗？你知道那个老光棍是如何欺辱我的吗……”

许国书转过身，看着田翠。

田翠更加悲伤：“呜……呜呜……”

田翠哭着，讲述了老光棍欺辱她的事……

那是一个黄昏，田翠正在村外的水塘边洗衣服，村里的老光棍从路上走来，看见田翠，他停下来，露出淫笑，四处看看，见四周无人，走向田翠。

田翠洗着衣服，想着心事，没发现老光棍不怀好意地向她走来。

老光棍轻轻摸到田翠背后，一把抱住田翠。

田翠大惊失色：“谁?”

老光棍淫笑道：“翠，是哥哥啊……”

田翠挣扎着：“你要干什么?”

老光棍淫笑着：“干什么？我要你，我四十多岁了，还没沾过女人，我想女人，都快想疯了……”

田翠惊恐地喊叫着：“放……放开我……”

老光棍恶狠狠地：“翠，我要你，我不怕得麻风病……”

“流氓，放开我……”田翠喊叫着。

老光棍抱紧田翠，往水塘边的玉米地里拖。

田翠恐惧地挣扎着。

老光棍把田翠拖进玉米地里。

田翠拼命挣扎。

老光棍把田翠按倒在地上，撕开她的衣服，把她死死压住。

田翠抽出一只手，狠狠击打在老光棍鼻子上。

老光棍“妈哟”一声，松开双手。

田翠奋力推开老光棍。从地上爬起来，拼命逃跑……

说到这里，田翠已经泣不成声。

许国书心头一阵阵疼痛，回过头，痛楚地看着田翠。

“我从玉米地里……逃脱后……那个恶棍……还是……不肯放过我……”田翠极力控制着伤痛，又向许国书讲述起来，“几天后，我妈来看我，把我们的女儿领走了，说领孩子去住几天，少让孩子在村里遭别人的白眼……就在那天晚上……”

说到这里，田翠难过得说不下去了，停了好一会儿，才痛苦地向许国书讲述了那天晚上发生的一切……

夜里，田翠躺在自家屋里睡着了，一把尖刀从门缝里伸进来，刀尖拨开了门栓。

门被轻轻推开。

老光棍轻轻跨进屋，拿着绳子悄悄走进田翠的卧室，摸到田翠床前，拿起一块破布往田翠嘴里塞。

田翠惊醒。老光棍把她按住，用绳子绑住了她的四肢。

田翠在床上挣扎着。

老光棍脱去衣服。

田翠惊恐地看着老光棍。

老光棍撕开田翠的衣服，扑到田翠身上，把田翠强奸了……

“你……你怎么不上公社告他……”听田翠讲到这里，许国书再也控制不住，怒视着田翠，声嘶力竭地大喊。

“我去了，我去告了……”田翠痛哭流涕，“可你知道吗，公社主任也是个魔鬼呀……”

田翠强忍伤痛，又向许国书讲述了公社主任卫君残害她的悲惨遭遇……

那天下午，田翠走进公社主任卫君的办公室，见办公室里没有其他人，向卫君控告老光棍强奸她，请卫君为民做主……

卫君看着田翠，被田翠的美貌迷住了："什么？你说你们生产队的老光棍……强奸你？"

田翠流着泪，点点头。

卫君看看门外，眼珠骨碌骨碌转了转："这事你先得保密，这里人出人进的，万一被人听到，你的名声就烂了，走，到我宿舍里说……"

田翠犹豫了一下，点点头。

卫君把田翠领到自己的宿舍门口，看看周围无人，打开门："快进去……"

田翠毫无防备地走进屋里，卫君走进来，连忙关上门，把门反锁上，嬉笑着看着田翠："小翠，大美人……"

田翠见卫君眼里露出老光棍那样的淫荡之色，惊恐地看着卫君："主任……"

卫君淫荡地看着田翠："你这么个美人，别说那个老光棍了，哪个男人见了不想啊……"

田翠气恼起来："你说什么？"

"我是公社的一把手，要风得风，要雨得雨。"卫君下流无耻地盯着田翠，"你要是依了我，我派人把那老光棍正法了，你以后就做我的情人，吃香的喝辣的……"

田翠恐惧地后退着："不不不……"

卫君上前一步："这就由不得你了，进了我的门，没有哪个女人逃得过我的手心……"

田翠惊恐地："我……要告……告你！"

"哈哈哈……"卫君淫荡地笑道，"告我？天是老大，我就是老二，就凭你，能告得了我？"

田翠跪在地上："求你……求你饶了我……"

卫君一把抱起田翠，走向床边。

田翠挣扎着。

卫君把田翠扔在床上，猛扑上去，也把田翠强奸了……

老天愤怒了，突然间，天空中雷电轰鸣，窗外下起大雨。

卫君把田翠凌辱够了，大汗淋淋地从田翠身上翻下来，坐在床沿上。

田翠有气无力地从床上坐起来，浑身颤抖着穿着衣服，哭泣着。

卫君看着衣冠不整的田翠："别哭了，你跟上我，算是你的福分，只要今后你伺候好我，我把你丈夫整到公社，当个干部。"

田翠怒视着卫君："魔鬼，要不是我丈夫得了麻风病，进了麻风村，他一定会杀了你们……"

卫君大惊失色："什么，你丈夫是麻风病人？"

田翠怒视着卫君："魔鬼，等我丈夫从麻风村回来，一定饶不了你们……"

卫君看着田翠："妈的，你怎么只说你被你们村的老光棍强奸了？怎么不说你是麻风病人的老婆。"

卫君说着，后悔地指着田翠："老子要是知道你是麻风病人的老婆，你就真是七仙女下凡，老子也不要……"

田翠从床上下来，怒视卫君，指着窗外："天公发怒了，让雷电劈死你！"

一道闪电从窗外划过，一声巨大的炸雷震得屋子抖动了一下。

卫君被吓了一跳，从床上跌落在地上……

"别说了……"田翠说到这里，许国书大喊一声，痛苦地蹲在地上，痛苦地抱着头。

"要不是那个四川来做木活的小木匠救我，我早就死了……" 田翠痛哭流涕，讲述了四川小木匠救她的事情……

从公社告状回来时，田翠失去了活下去的勇气，来到水塘边，纵身跳进了水塘。

从四川来这里做副业的小木匠山子扛木料回来，快走到水塘边时，看见田翠在水塘里挣扎，立即丢下肩上扛着的木料，奔到水塘，看见田翠的手在水面伸了一下，就沉入了水下。

山子纵身跃入水塘，用尽全身力气，在水底摸到田翠，把田翠救了上来。

田翠已经昏迷不醒。

山子把田翠背到他住的社房里，放在他睡的地铺上，在田翠腹部按压一阵，灌进田翠肚子里的水，从田翠嘴里喷了出来。

山子把地铺旁边的干柴点燃，给田翠取暖。他守在田翠身边，焦急地看着田翠。

田翠终于醒来了。

山子高兴地喊道："大嫂，你醒了……"

田翠惊恐地看着山子："你要干什么？"

山子微笑着："你别怕，我不会伤害你！"

田翠见山子没有恶意，伤心地大哭："呜……呜呜呜……你为什么要救我……我不想活了……我活不下去了……"

山子蹲在田翠身边："大嫂，你为什么想不开，为什么要跳水塘？"

田翠慢慢坐起来，抬起头："兄弟，我实在没活路了……"

……

"听了我的遭遇，山子气得暴跳如雷……"讲到这里，田翠站了起来，"从那天起，山子就经常帮我耕种自留地，打理家务，他经常在我家出入，老光棍才不敢去，那个公社主任却……山子毕竟是外地人，打不过他们……"

许国书痛苦得面部扭曲起来。

"国书……家里没有男人，我实在无法活了……"田翠看着许国书，"我只有领着孩子走得远远的，才活得下去，到一个很远的地方，别人才不会知道，我们的孩子，有个得麻风病的爹……"

"翠，都是我这该死的病害了你，是我对不起你……"许国书说着，痛苦万分，脸上的肌肉颤动着。

"小山子是个好人，也是我的救命恩人。"田翠无可奈何地说，"他小我一岁，我要带着孩子……跟他走了，你恨我，骂我，我都不怪你……我到这里来……算是向你赎罪，我不求你原谅我，和你告别，是我们夫妻一场的……情分……"

“呜呜……”田翠说着，又抱头痛哭。

许国书痛苦地闭上眼睛：“别说了，你……走吧……”

田翠伤心地抬起头，看着许国书，想靠近许国书。

许国书步步后退，大声喊道：“你快走！”

田翠在许国书面前跪下。

许国书背过脸去。

田翠磕了三个头：“来生若有缘，我们再做夫妻吧……”

田翠说完，起身离去。

许国书：“小翠，你能不能……”

田翠停住了脚步。

许国书却又什么都不说了，沉默着。

田翠恋恋不舍地回过头来，看了看许国书，转过身向山子走去，越走越快。

许国书看着远去的妻子，心如刀绞。

田翠走到山子身边，山子看着田翠：“这就……”

“该说的……我说了……”田翠十分难过，“该做的，我也做了……走吧……”

山子把田翠扶上马，回头望着许国书，在心里说：“大哥……别怪我不仁不义……为了嫂子和孩子，我只能这样做了……你放心，我会一辈子对嫂子和你们的孩子好的……”

“走吧……”田翠说着，狠狠抽了马一鞭子，马载着她飞奔而去。

山子上马，打马疾驰而去……

许国书凝视着骑马远去的妻子，飞奔追赶了一阵，停下来大喊：“你们走得越远越好……”

田翠、山子听到许国书的喊声，不约而同地勒住马，骑在马上，回头望着许国书。

许国书痛苦地闭上眼睛，面向山子、田翠，跪下，大声喊道：“一路走好！”

田翠骑在马上一步一回头地，洒泪远去，山子骑马跟在她的后面。

过了一阵，跪在地上的许国书慢慢睁开眼，见山子、田翠已消失在崇山峻岭间……

许国书跪在地上不肯起来，伤心地看着山那边。

陈林从树林里出来，来到许国书面前，泪水已经打湿了他的眼睛。

“老许，别难过了……我的心都快碎了……”陈林说着，把许国书从地上拖起来。

“兄弟……”许国书看着陈林，伤心地痛哭，“呜呜……”

陈林安慰许国书：“嫂子说的，我都听到了，我去找马叔叔，你放心，马叔叔有办法帮助你惩治那些坏蛋的……”

274

“啪……”

一只手狠狠拍在桌子上。

治疗室里，马正毅听了陈林的讲述，狠狠地拍着桌子：“还有王法吗……”

夏春光看着马正毅：“可怜那田翠是个农家妇女，以为公社主任就是大官了，她被老光棍强奸后，告到公社主任卫君那里，谁知道卫君也是个衣冠禽兽。她失望了，不得不走这条路。”

马正毅气愤地站起来：“我马上和牛胜利联系，尽快将那两个恶棍给办了。”

夏春光摇摇头：“事情都到了这步田地，田翠既然铁了心要跟那个四川小木匠走，就让她去吧，她的确也不容易。”

马正毅看着夏春光：“你是说，让那两个恶棍逍遥法外？”

“当然不是，许国书不会希望把这件事情闹得沸沸扬扬。”夏春光无奈地说，“要不然，对他，对田翠和他女儿，都不好。”

“唉——你放心吧，我会处理好这件事的。”马正毅叹气道，“既要严惩那两个恶棍，又要保护好当事人。”

夏春光点点头：“我去安慰安慰许国书。”

马正毅点头道：“好好安慰国书，我立即给牛胜利同志写信。”

275

小草坐在赵英宿舍里写字，赵英坐在旁边，缝补小草的衣服。

夏春光抱着一只小花狗进来，小草看见夏春光，把笔放在桌子上，奔向夏春光："爹，你去哪了，我都两天没见你了……"

"爹进城办事，刚回来。"夏春光蹲下来，左手摸着小草的头，右手托着小花狗，"小草，你看这只小花狗，漂亮吗?"

小草抱起小花狗："漂亮!"

夏春光："喜欢吗?"

小草看着小花狗："喜欢!"

夏春光："那就送给你了!"

赵英看着夏春光："哪来的小狗!"

"我去县城给老牛送信，回来的路上，看到它孤零零地躺在路边，就把它抱回来了。"夏春光说。

"好漂亮的小狗。"马正毅走进来，看着小草抱着的小狗，高兴地说。

小草亲了亲小花狗，抬头看着夏春光："爹，你找爷爷、奶奶有事吗?"

夏春光笑道："小草怎么知道?"

小草："你每次来找爷爷、奶奶，都有事的嘛!"

夏春光："小草真聪明。"

小草："好吧，我不耽误你们大人说事了，爹，我抱小花狗去给黄阿姨看，她一定喜欢的。"

夏春光："去吧，晚上路不好走，好好走啊!"

小草点点头，走出门去。

夏春光看着马正毅："老牛看了你写的信后，十分愤怒，他已经派人去办了。"

马正毅看着夏春光："要是我还未退休，我非要……"

马正毅说着，因着急大咳起来。

赵英心疼地看着马正毅："老马，既然老牛办理了，你就放心吧，别气坏了身子。”

夏春光看着马正毅：“要是我们的药物研究有进展，也许能帮助麻风病人早日解除痛苦……”

“慢慢来，总有一天，会找到治疗麻风病的新药物的。”马正毅鼓励道，“既然医学上能发现并使用氨苯砜，就预示着人类一定会找到疗效快、彻底根治麻风病的药物……”

“万一找不到呢，或者在我们这代人找不到……”夏春光担忧地说，“我们这代人中的麻风病人，不知道有多少人，还得经历漫长的治疗，忍受多少孤独痛苦啊？”

听了夏春光激动的话，马正毅陷入了沉思。

“当然，我不是对麻风病防治失去了信心。”夏春光解释道，“我是怕我们对不起麻风病人，对不起你和老赵、老牛这些对麻风病防治寄予厚望的同志……”

“春光，只要我们努力了，我们就会无愧的！”赵英说。

夏春光摇摇头：“我不这么想，我觉得，我们再努力，但无好的结果，我都有愧，一种永远无法解脱的愧……”

“麻风病防治，如果没有你说的这些难题，就不会等到今天我们去攻克它了。”赵英打断夏春光的话，“今天的麻风病人，也就不会还有那么多悲苦了。”

夏春光点点头：“即使最终毫无结果，我也要把研究工作搞下去……”

“这些问题，还有个较长的探索过程。”马正毅说，“我想跟你谈谈你的一些现实问题。”

夏春光一愣：“什么现实问题？”

马正毅看看赵英：“这事老赵和我议过多次了，还是由老赵和你谈吧！”

夏春光看看马正毅，又看看赵英：“你们搞什么鬼嘛？”

赵英看着夏春光：“难道你就打算一个人过一辈子，身边不需要个伴了？”

夏春光欲言又止，点支烟抽着，凝望着门外。

赵英看着夏春光：“我知道，你和那个叫阮秀的姑娘，有难以解开的心结，但她离开人世都那么多年了，你不能陷在情感的死结里解脱不了自己。”

“即使我心里能放下阮秀，我也不能把另一个女人拉进火坑啊！”夏春光激动地说，“我不能让另一个女人，因为我而去受苦，去遭世人的白眼，包括我们的子女。”

“什么？你说什么？火坑？”赵英说着，激动起来，“照你这么说，所有的麻风病防治工作者，都应该独身了，包括明亮、陈林等等。如果你都这样想，不就给麻风病人们心里留下阴影么？你这不是在暗示麻风病人，他们得了病就……”

未等赵英说完，夏春光抢过话：“我知道，我这样做，未免太自私了，但我心里……”

“春光，有些事，你把它放大了，就是一条鸿沟，一件大事。”赵英说，“你把它缩小了，也就不是事了……”

“你说得都有道理。”夏春光说，“好吧，我回去好好想想……”

“这就对了！”马正毅说，“要让麻风病人看到希望，你们自己首先要成家生子，让他们看到，在麻风村，照样有甜蜜的爱情，美满的家庭，幸福的日子……”

夏春光思索着，点了点头……

276

河边树梢上，小鸟叽叽喳喳叫着，阮秀从河水里捞起洗着的衣服，在手里拧干水，走到树丛边，把衣服晾晒在树丛上。

风儿吹动晾晒在树丛上的衣服。

“我和小满哥的婚期越来越近了……”阮秀凝望着远方，自言自语，“这段时间，我老梦见，在远方，有一个我深爱过，他也深爱着我的男人，他正四处找我……”

阮秀说着，在草地上坐下，顺手扯朵野花拿在手里看着，一阵轻风，吹飞了几个花瓣，阮秀眼泪流下来：“唉，上天让我遇到小满哥这么好的人，是我前世修来的福分，我多想和小满哥白头到老，可是，如果我梦见的那个男人是真的，他突然找来，我该怎么办？”

阮秀说着，抬头看着天：“老天爷，你快告诉我，怎么会这样啊？”

又一阵轻风，把阮秀手里的花瓣全吹飞了。阮秀痛苦地闭上眼睛，眼泪从眼角流出来。

277

河对岸的山坡上，小满和父亲大福在挖草药。大福挖出一棵草药，反手丢进背着的背篓里，左手握着锄把，右手擦着脸上的汗水，看着在前面挖草药的小满：“小满，过几天就是赶集日了，你把那些晒干的草药，先挑去供销社卖了。”

小满停下，回过头来：“我们这样干到年底，卖草药的钱，差不多够得买我和荷花结婚用的东西了。”

“光够买你们结婚用的东西还不行。”大福说，“多挣点钱，以后你们有了孩子，花钱的地方多着呢。”

小满笑笑：“爹，你想得太远了，哪能把以后要用的钱都挣够？”

“多挣点总有好处吧，等你们有了孩子，为了让孩子能读好书，我们得放弃我们现在生活的天堂，搬到有学校的地方住啊。”

“爹，你这话说到我妈心里去了。”

“就没说到你和荷花心里去？”

小满笑着：“当然，也说到我们心里去了。”

大福笑笑：“臭小子，那就快挖草药吧。”

“挖，挖得越多越好。”小满笑着，又挖起草药来。

大福舒心地笑笑，也挖起来。

278

阮秀用盆端着洗好晒干的衣服回来，小满母亲桂花坐在院里纺麻线，阮秀走过去：“大妈，你都纺了那么多线了，还纺呀。”

桂花边纺着线，抬头看着阮秀笑着：“你和小满结婚，全家人都得做新衣服，纺那么点线怎么够用?”

阮秀羞涩地笑笑，把衣服端到屋里，走过来：“大妈，我来纺，你休息一下。”

“好，我煮饭去，小满和你大爹快回来了。”

桂花说着，转身进了屋。

阮秀纺着线，脑子里出现和小满拜堂成亲的幻觉，忍不住笑起来：“羞死人了……”

279

“明亮，我想跟你探讨个问题。”

马明亮坐在治疗室里默默吸着烟，想着心事，夏春光走进来，说道。

马明亮抬头看着夏春光：“什么问题?”

夏春光在马明亮身边坐下，看着马明亮：“阿丹走了，你就没有再提婚姻大事……”

马明亮笑笑：“你也一样啊，阮秀离你而去了，人家阿曼那么爱你，苦苦找了你那么多年，好不容易来到你身边，你也把人家赶走了……”

“你爹和你妈说的，不无道理啊。”夏春光说，“我们两个要是永远不结婚，那些麻风病人会怎么想呢?”

“是啊，要是我们结婚了，让他们看到我们的幸福家庭，就会激起他们对新生活的追求，从阴影里走出来。”马明亮看着夏春光，“否则，他们会认为，连麻风医生都因为从事了麻风病防治工作，而失去婚姻，失去家庭，他们就会一直生活在阴影里啊!”

“原来你心里也明镜似的。”夏春光笑道，“你既然这么想，就应该把个人问题解决了。”

马明亮大笑着：“哈哈哈……”

夏春光：“你笑什么?”

“就是想解决，我现在也不知道哪个女人喜欢我啊。”马明亮盯着夏春光，“倒是你，有那么一个人深爱着你，不如，你先把你的问题解决了！”

夏春光：“你说阿曼？”

马明亮：“是啊！”

夏春光苦笑道：“这怎么可能……”

马明亮盯着夏春光：“怎么就不可能？”

280

湘西。城郊。

一条河流流向远方。阿曼一个人在河里拼命游着，发泄着自己的情绪。

传来高文辉的喊声：“阿曼——阿曼……”

阿曼没有答应高文辉，拼命游着。

高文辉从岸边跑来，看见水里的阿曼，站在岸上喊：“阿曼，快上来！”

阿曼游到岸边，爬上岸。

高文辉跑过去，拉住阿曼。

阿曼看着高文辉：“你怎么知道我在这里？”

“你以前不是遇到不开心的事，就喜欢跑来这里游泳吗？”高文辉关切地看着阿曼，“今天看你情绪不对，后来你又不见了，我就到这里找你来了。”

阿曼穿好衣服，在河岸上坐下。

高文辉在阿曼身边坐下：“你从麻栗皮县回来，就一直不开心，我心里非常难过。”

阿曼看着流动的河水不说话。

“你找你的救命恩人，找了那么多年，终于见到他了，他不爱你，你也该……”

阿曼抬起头，看着高文辉：“我真不知道怎么办。”

高文辉看着阿曼：“你也知道，我等了你那么多年，难道我对你的情意，还不够深？”

阿曼闭上眼睛：“文辉，你别说了，我的心里……好乱！”

281

芳芳在陈林的宿舍里收拾着自己的东西，陈林从外面进来，看着芳芳的举动，奇怪地问：“芳芳，你这是干什么?”

芳芳走到陈林面前：“我还是搬到其他屋住吧，反正村里也还有住房。”

“为什么?”

“我从一份资料上看到，其他地方的麻风村，都严格执行隔离治疗，麻风医生和管理员的住地都离得很远。”芳芳说，“发药时，医生才到麻风病人们的生活区……所以我想，我们不能住在一间屋里。”

“可是，马医生、夏村长、还有马老师、赵老师他们，都坚持和麻风病人零距离接触，和他们一起学习、劳动，在一个区域内生活，还一起吃饭……”

“那是他们怕给我们麻风病人造成心理上的隔离，但我不能连累你，我们还是保持一定距离……”

“芳芳，你的心思我懂。”陈林劝阻芳芳，“但是你这样做了，不是给其他病友造成新的心理障碍吗，我是麻风村的管理员，我有责任和义务帮助他们消除心理障碍，你和我住在一间屋里，就是帮助我的工作，你明白吗?”

芳芳沉默着，不知道怎么回答。

“芳芳，我留在麻风村工作，一半是为了找你，一半则是为了帮助其他的麻风病人……”

“好吧……”芳芳终于决定留下来，“为了帮助病友们，就只能让你冒险了……”

“我不怕……”陈林说着，一把将芳芳拉进怀里。

282

黄一凤端着一碗粥，来到许国书的宿舍门外，推开许国书虚掩着的宿舍门，走了进去。

许国书躺在床上。

黄一凤端着粥走到许国书床前。

许国书心里一下子热起来："一凤，你怎么来了？"

"我听马医生说，你发高烧才好一点，身子虚弱。"黄一凤关切地看着许国书，"我给你熬了点稀饭，起来吃点。"

许国书激动地看着黄一凤："一凤，让你费心了！"

"这也用得着客气？"

许国书吃力地从床上爬起来。

黄一凤腾出一只手，扶许国书在床上坐下："趁热吃吧！"

许国书接过粥，看看黄一凤，又看着粥。

"吃吧！"黄一凤催促道。

许国书用勺子舀一勺粥，吃了一口，往日妻子关心他的情景浮现在脑海里……

许国书病得躺在床上爬不起来，田翠把饭端到床前，用勺子舀了一勺饭，喂到许国书嘴边。

许国书深情地看着田翠："翠，我自己吃吧！"

田翠笑笑："还是我喂你吧，等以后我生病了，也需要你服侍我啊！"

"嗯！"许国书高兴地答应着，幸福地吃着饭……

想到往日温柔体贴的妻子离他而去后，黄一凤像妻子一样体贴关怀自己，许国书悲喜交集："走了一个曾经关心我的人，又有了一个关心我的人，看来，这日子还是有盼头。"

许国书说着，深情地望着黄一凤。

"唉……"黄一凤叹气道，"田翠走那一步，确实是无可奈何。"

"但愿她从此以后，过上好日子。"

"好人有好报。"黄一凤感慨地说，"田翠是个好人，但愿她的新家庭幸福……"

283

桌子上的油灯闪亮着。

小草写完作业，抱起躺在桌子下看着她的小花狗。

小花狗静静地躺在小草怀里，小草轻声问道："花花，看你闷闷不乐的，是不是想妈妈了？"

赵英和老伴坐在一边，赵英看着书，马正毅看着报纸，小草的话深深触动了他们的心，赵英抬头看了小草一眼，悄声对老伴说："这孩子，没有一个小伙伴，太孤单了。"

"是呀，孩子有孩子的世界，大人有大人的世界。"马正毅感慨万分，"孩子没有一个小伙伴，那种孤独，是大人体会不到的。"

"麻风病对病人肉体上的折磨，算不了什么，精神上的折磨才是最伤人的！"赵英难过地说。

"笃笃笃……"

突然响起了敲门声，赵英走过去开了门，见马明亮站在门口，一愣："明亮，有事吗？"

马明亮探头看了看，看见屋里的小草，把妈妈拉了出来，小声说："老夏一大早出去挖药，现在还没回来。"

赵英责怪地看着马明亮："吃晚饭的时候，你怎么不说？"

"那时我也不知道他还没回来啊。"马明亮着急地说，"我吃过晚饭后，到治疗室忙到现在，突然想起还没见到老夏，就跑去他的宿舍看，才知道他还没有回来……"

马明亮正说着，马正毅走出来，看着赵英："你们刚刚说的，我都听到了，你在家里照看小草，同时注意村里的情况，防止再发生意外，我和明亮、陈林，上山找夏春光……"

赵英点点头："先别惊动麻风病人，以免引起骚乱……"

陈林跑过来："马医生，火把准备好了。"

"走……"

马正毅小声说着，往前走去，陈林、马明亮连忙跟上去。

284

山风呼呼地吹着。山岭间游动着燃烧的火把。

马正毅、马明亮、陈林打着火把寻找着，不停地呼喊着：

“村长——”

“春光——”

“老夏——”

他们在山上找来找去，火把在山岭上游动，喊声在山谷里回荡着。

夜空中突然亮起几道闪电，接着响起沉闷的雷声。

“马医生，要下雨了，怎么办?”陈林喊道。

“就是下刀子，也要把村长找到。”马明亮回答。

“老夏——”

“春光——”

“村长——”

他们又喊着，在山上继续寻找。

又一阵闪电雷鸣之后，下起了暴雨。

马正毅、陈林、马明亮手里的火把被大雨淋灭了，到处一片黑暗，陈林大声喊道：“看不见路了，怎么办?”

马正毅大声说：“没办法，只好等雨停了再找。”

马明亮：“这么大的雨，怕一时停不下来。”

陈林：“喊吧，看不见路，我们就在这里站着不停地喊……”

马明亮：“这么大的风雨声，喊也白喊，夏村长听不见的……”

马正毅：“还是喊吧，万一他在我们附近，说不定能听到。”

陈林：“我们三个一起放开嗓子喊!”

陈林说完，三个人放声大喊：

“村长——”

“春光——”

“老夏——”

呼啦啦的风雨声淹没了他们的喊声……

285

阿曼躺在床上，看见夏春光悄悄走到她的床边。

“春光……”阿曼惊喜地喊道。

夏春光笑吟吟地看着她不说话。

“春光……春光……”阿曼呼喊着，从梦中惊醒，从床上猛然坐起，“春光……春光……”

阿曼四处看看，没有发现夏春光，连忙摸到电灯开关线，拉亮了电灯。

灯光下，阿曼仔细看了看，确认自己睡在自己宿舍里，看见夏春光是自己做的梦，心里难以平静，睡意顿消，下了床，走到窗子边，推开窗子，看着窗外。

“这么长时间没梦见他了，老人们说，如果突然梦见一个很长时间没见过的人，很可能这个人出事了。”阿曼凝望着窗外，心里一阵担忧，“难道……春光出了什么事？”

阿曼担忧着，连忙把头抵在窗户玻璃上，祷告起来：“菩萨保佑，千万不要让春光出什么事……”

祷告了一阵，阿曼回到床上，仍然坐着，继续为夏春光祷告，一直到天亮。

286

天亮了，雨停了。太阳缓缓升上了山岗。

马正毅、陈林、马明亮还站在山坡上的岩石上喊着：“夏春光——”

“老夏——”

“村长——”

霞光映红了山山岭岭，马正毅、陈林、马明亮从岩石上走下来，穿梭在森林里寻找夏春光，边找边喊：“夏春光——”

“村长——”

“老夏——”

马明亮、马正毅、陈林穿梭在山林里寻找着，到了中午，还是没找到夏春光，他们继续寻找着。

巨大的瀑布从岩石上倾泻而下。瀑布下的水潭里溅起如烟似雾的水花。

陈林、马明亮、马正毅走上瀑布前的岩石上。

马明亮指着山崖：“我们经常采药的地方，还有一处，在山崖后面。”

马正毅：“走……”

马正毅和马明亮、陈林前往马明亮说的地方寻找夏春光，他们一路走一路喊，深深的山谷里，回荡着他们的喊声：“春光——”

“老夏——”

“村长——”

287

阿曼坐在办公室里发呆，面前的桌子上放着一本病历。

高文辉走进来，看到阿曼在发呆，摇了摇头：“又在想你的救命恩人？”

阿曼抬头看着高文辉：“不知道怎么了，昨晚在梦里见到他，心里就一直不踏实……”

“你不是要忘记他吗？”高文辉走到阿曼面前坐下，“把他忘了吧！”

阿曼：“我……”

“他不爱你，真的……”高文辉拉起阿曼的手，“我爱你，很深，很深……”

阿曼低下头，眼泪涌出眼眶……

288

“这里就是我和老夏经常采药的地方。”

马明亮领着马正毅、陈林，沿着一条山沟爬上一块岩石：“这里找不到他，他可能……就真的出事了。”

“无论如何也要找到他。”马正毅坚定地说。

陈林站在石头上向天磕头：“老天爷保佑，千万别让夏村长出事，我们村的病人多可怜哪，大家都在等着他呀，老天爷。”

陈林祷告着，哭泣起来，一个劲地磕头。

一只野猴跳到陈林对面。

马正毅、陈林、马明亮看着突然出现的野猴，似乎要从野猴身上发现什么。

野猴望着马正毅、陈林、马明亮不停地叫唤：“吱……吱吱……吱吱吱……”

马明亮看着马正毅：“奇怪，以前我们采药，在山上遇到野猴，野猴都怕人，怎么这只猴子不怕人？”

“猴子通人性，说不定……”马正毅说着，看着野猴，轻声喊道，“猴子、猴子……”

野猴往前跑出几十米，又回过头来，望着马正毅、陈林、马明亮，不停地“吱吱”叫唤。

马正毅眼里露出惊喜的神色：“快，跟上这只猴子……”

马正毅说着，领着陈林、马明亮急忙向野猴走去。

野猴“吱吱”叫着，走在树林里。

马正毅、陈林、马明亮跟着野猴，走到一座山谷里。

传来群猴的叫唤声。

马正毅、陈林、马明亮跟着野猴走到山谷里的一堵岩石下，看见岩石下的树丛里，几十只野猴在树枝上不停地叫唤。

在野猴云集的地方，马正毅、陈林、马明亮看见了躺在树丛里，满脸是血的夏春光，不由得一阵狂喜，快步来到夏春光身边，呼喊起来：“春光、春光……”

“村长……”

“老夏!”

夏春光一动不动，马正毅伸手在夏春光鼻子前试了试，欣喜地喊道：“还有气，快抢救。”

马明亮打开背着的药箱，拿出急救纱布，给夏春光包扎，陈林在一旁帮忙。

马正毅仰头往百多米高的山崖上看，看见夏春光采药的背篼挂在山崖上的树枝上，采的草药也散落在山崖上的树枝上，伸手往山崖上指着：“你们看，夏春光是在崖上采药时摔下来的……”

马明亮一边包扎一边说：“要不是那只野猴引路，我们恐怕还找不到。”

“猴子是通人性的。”马正毅感叹地说，“你们知道吗，那几十只猴子为什么在这里叫唤不停？它们是想把夏春光唤醒。”

陈林惊诧地看着马正毅：“这么说，从村长出事到现在，这群猴子一直在村长身边叫唤？”

“是的。那年我在战斗中受伤，昏倒在山林里，就是一群猴子把我唤醒的。”马正毅说，“那只把我们引到这里的猴子，可能听到了我们的呼喊声，出去找到我们，把我们引到这里来。”

“神猴！神猴呀……”陈林喊着，肃然起敬，跪下，给猴子虔诚地磕头，才发现那群野猴不知什么时候悄然走了。

289

“难道，春光真的出事了……”

赵英站在麻风村外的山路口，望着通向山里的山路，忧心忡忡，她正嘀咕着，陈林背着夏春光走来，马正毅和马明亮跟在陈林后面，扶着夏春光的脚，连忙跑上去：“怎么了？春光怎么了……”

“村长从山崖上摔到了百米深的山谷里……”陈林喘着气，边往前走，边说。

“天哪，他还有救吗？”赵英吓得差点哭了。

“要不是被山谷里的树丛挡住，他恐怕已经粉身碎骨了……”马正毅难过地说。

“都别说了。”马明亮着急地说，“赶快送回去抢救，他伤成这样，能否脱离生命危险，还很难说……”

大家不再说话，急急护送夏春光往麻风村里走去。

在路边散步的李大娃、黄一凤、许国书等麻风病人们看见陈林背着昏迷不醒的夏春光往麻风村里赶，知道夏春光出事了，一起跑向陈林他们，边跑边喊：“不好了，村长出事了……”

290

“吱”的一声，治疗室的门被推开。

陈林背着夏春光走进治疗室，闻讯赶来的病人们随后跟了进去。

赵英、马正毅扶着，把夏春光放在病床上。

马明亮立即擦洗夏春光头部的伤口。

麻风病人们看着昏迷不醒的夏春光，有的低声哭泣，有的表情凝重。

马明亮对夏春光的伤详细检查了一遍，看着马正毅：“大脑损伤很严重……”

赵英着急地看着马明亮：“不会有生命危险吧。”

马正毅焦急地：“明亮，能把春光抢救过来吗?”

马明亮：“我只敢说尽力而为了，即使保住生命，也有成为植物人的危险……”

黄一凤挤到病床前：“古话说……好人有好报……夏村长，你是天底下……难找的好人……怎么也这么多……大灾大难啊……”

柳传香看着夏春光：“村长，你要是走了，我也……不活了……我跟你到阴间……伺候你一辈子……”

麻风病人更加紧张起来。

马明亮看着赵英：“现在的抢救方案分两步，第一步，先实施医学上的治疗。第二步，要是老夏一直昏迷，就需要人特别是他的亲人，和他最亲近的或者他最牵挂的人，在他耳边不停地给他说话，不停地呼喊他，一直到把他唤醒，如果唤不醒，他即使保住了生命，也是长期昏迷了，也就是医学上说的植物人了……”

李大娃看着马明亮：“马医生，要说夏村长最亲近的人，也只有小草了，要说他牵挂的人，我们麻风村的所有麻风病人，都应该算得上。”

马明亮摇摇头：“小草太小了，不可能让她不停地和老夏说话，不停地呼唤老夏。”

马正毅茫然地看着马明亮：“那怎么办？”

马明亮想了一下：“每天安排一定的时间，让小草来呼唤她爹，然后由病友们轮流来守候，对他进行呼唤，如果没有效果就没办法了……”

赵英把马正毅叫到一边：“能不能送县医院？”

马明亮偏头看着赵英和马正毅：“不行，根据老夏现在的状况，不能颠簸，从这里到县医院，差不多要走一天，让他在路上颠簸一天，危险相当大，有可能引起脑颅大出血而发生意外。”

赵英更加着急了：“那怎么办？”

马明亮肯定地说：“只能采用保守治疗方法。”

“我去领小草来喊夏春光。”赵英说着，连忙走了出去。

291

找呀找呀找朋友
找到一个好朋友
……

赵英宿舍里传出甜美的儿歌。

一个小半导体收音机放在桌子上，小草趴在桌子上听着收音机里播放的儿歌《找朋友》，她心爱的小花狗坐在一旁，默默看着她。

赵英走进来，看着小草：“小草，奶奶跟你商量一件事。”

小草站起来，看着赵英：“奶奶，什么事？”

赵英：“你一定要听奶奶的话，好吗？”

小草点点头。

赵英尽量不让小草感觉到夏春光有危险，装出很轻松的样子对小草说：“你爹到山上采药，为叔叔阿姨们治病，从山崖上摔下来了，现在睡着了，一直躺在病床上……”

“爹头摔破了吗？”小草说着，害怕地哭起来，“呜……”

赵英：“小草别哭，你听奶奶把话说完，好吗？”

小草流着泪，点头。

赵英：“我每天领你去看你爹一次，你在他身边喊他，唱歌给他听，就能把他喊醒了，好吗？”

小草点点头。

292

“村长，我是黄一凤。要不是你，我就被老熊咬死了。你背我过河时，才到对岸，桥就断了，好危险啊。”黄一凤坐在病床前，深情地对夏春光诉说着，“村长，你一定要醒来。你要给我们治病啊……”

马正毅、马明亮、陈林坐在病床旁，周围站满了麻风病人，大家担心地看着昏迷不醒的夏春光。

赵英拉着小草走进来，小草抱着小花狗跑到病床前，看着夏春光：“爹……你别睡了，快起来跟我和花花玩，好吗？爹，起来吧，起来教小草写字，好吗？爹，你两天没见我了，睁开眼睛看看我，爹……”

马明亮见小草喊得泪眼蒙眬，在夏春光耳边说道：“老夏，我们的事业刚刚开头，麻风病人还等着我们帮他们治病，你快醒来吧，还有很多很多的事等着我们去做……”

马正毅着急了，用责备的语气大声说：“春光，你忘了你的责任吗，你忘了你的承诺吗？快起来，麻风病人都在等着你，快起来……”

“爹……你怎么睡那么长时间？”小草不停地喊，“爹，你怎么不醒来……”

柳传香在夏春光耳边说道：“村长，你醒醒，你不会丢下我们的……”

“不行，可能是村长的魂掉在山上了。”陈林突然说，“我妈说，人要是在外面摔倒了，魂就可能摔掉在摔倒的地方了，要把魂喊回来，受伤的人才会好，走，我们去把村长的魂喊回来……”

陈林的话引起了麻风病人们的共鸣，大家七嘴八舌地说：

“对对对，村长的魂肯定掉在山里了……”

“走走走，我们去把村长的魂喊回来……”

马明亮摇摇头：“你们说的没有科学道理。”

“给村长喊魂，是大家对春光的一片真情……”赵英动情地说，“大家要给春光喊魂，就让他们去吧……”

“心诚则灵。”陈林等不得了，着急地说，“人怎么可能没有魂呢，人既然会摔死，魂就有可能摔掉了，快快快，愿去给村长喊魂的，快跟我走……”

陈林说着，连忙往外走去。

“快给村长喊魂去……”

“去晚了，村长的魂走远了，喊不回来，村长就醒不过来了……”

“快走快走……”

麻风病人们你一言我一语地说着，跟着陈林往外走去。

293

陡峭的悬崖。

陈林领着麻风病人们来到夏春光摔下去的山崖上，对大家说：“村长就是从这里摔下去的，我们就从这里开始喊，把他的魂魄喊回去。”

陈林说着，大声喊起来：“村长，回去吧……”

麻风病人齐声跟着喊一声：“村长，回去吧……”

大山回应着人们的呼唤，响彻云霄……

294

我有一个好阿爹
又做妈来又做爹
日日夜夜关怀我
盼我长翅高高飞

治疗室里，小草伏在床上唱着儿歌，她的小花狗坐在地上，默默看着病床上的夏春光。唱了一遍，不见夏春光醒来，小草又重复唱道：

我有一个好阿爹
又做妈来又做爹
日日夜夜关怀我
盼我长翅高高飞
……

295

“村长，回去吧……”

麻风村头，陈林一边喊，一边带着大家往麻风村里走，大家跟着陈林喊着：“村长，回去吧……”

大家一路走一路喊，喊到麻风村里，喊到治疗室里，喊到夏春光的病床前，陈林虔诚地看着夏春光：“回来了，回来了，村长的魂，我们喊回来了……”

“村长的魂你们已经喊回来了，村长会没事的。天都快黑了，你们先回去煮饭吃吧。”马正毅说，“你们要是饿出问题来，村长的魂也不得安宁的……”

大家不愿离去，陈林看着大家：“我们都要听马老师的，快回去吧，有什么新情况，我会及时通知大家的。”

在陈林的劝说下，大家慢慢往外走。

“菩萨啊，救苦救难的菩萨，你显显灵，显显灵吧，救救我们的村长，我们的村长是天底下最好的人啊……”柳传香一边走一边祷告。

麻风病人跟着柳传香祷告起来：“菩萨啊，保佑我们的村长，让他快快醒来……”

小草趴在病床上，看着夏春光又继续唱：

我有一个好阿爹

又做妈来又做爹

日日夜夜关怀我

盼我长翅高高飞

……

陈林忧心忡忡地看着马明亮："马医生，我看这样等着，也不是办法，你好好想想，有没有更好的办法？"

"对，我们都再想想。"赵英说，"看能不能想到更好的办法。"

马明亮走到窗前，凝望着窗外，苦苦思索着。

陈林坐在床边，静静地思考着。

马正毅和赵英坐在床边，也陷入思索中。

"我想到一个人！"马明亮和陈林突然异口同声地喊道。

赵英和马正毅看看马明亮，又看看陈林。

陈林和马明亮对视着。

"谁？你们想到了谁？"马正毅着急地问，"快说啊……"

马明亮看着陈林："你先说。"

陈林看着马明亮："我们一起说。"

马明亮点点头："好！"

"草上飞！"

马明亮和陈林又异口同声地说道。

"草上飞？"马正毅看着马明亮，"就是你们以前说的，帮你们救出李大娃的侠客草上飞。"

"是的。"马明亮说，"他还是个药侠。"

"对。"陈林接过话，"他是治疗跌打损伤、内外出血的民间神医。"

"他会治疗跌打损伤、内外出血？"赵英惊奇地看着陈林。

"他每年都冒着生命危险，到被称为死亡谷的老竹箐原始森林里采药，配制治疗跌打损伤、内外出血的药。"陈林说。

马明亮："据当地人讲，他有本事在原始森林里找到其他人无法找到的野三七……"

"野三七？"马正毅惊喜地叫道，"那可是世界上治疗跌打损伤、内外出血最神奇的仙药呀……”

马明亮：“据说，他用野三七和几十种鲜为人知的草药，配制出的奇药，治疗跌打损伤、内外出血，那是药到病除……”

“夏春光不正是跌打损伤、内外出血吗？”赵英急了，“你们还耽误什么，快去向他求救啊……”

“我这就去找他。”陈林说。

“不行。”马明亮说，“我去才行，我去了可以向他学两招，以后也可以应急。”

陈林看着门外：“走夜路不安全。”

“你去就安全了？”马明亮说，“别争了，你在家里，好好照看老夏。”

马明亮说着，从柱子上取下县里派发给麻风村做保卫工作的冲锋枪，走了出去。

“明亮，小心！”赵英担心地喊道。

296

阿曼坐在宿舍里写着日记：“春光，文辉又向我求婚了，我心里很乱……我该怎么办……”

阿曼写下几句话，心情烦躁起来，丢下手中的笔，走到窗前，凝望着窗外群星闪烁的夜空，自言自语：“难道，爱情都是单相思，我爱的人对我无意，爱我的人我又对他没有感觉。这是为什么？为什么？春光，你告诉我，这是为什么……”

阿曼说着，伤心地捶打着窗框：“春光，你真的不接受我吗，你真的忍心让我跟一个不喜欢的人在一起吗……”

声声呼喊中，心里阵阵酸楚，阿曼潸然泪下……

297

“什么？老夏跌下深崖？生死难料？”

马明亮赶到草上飞家，草上飞的儿子阿三听说夏春光受伤，惊诧万分。

“也许，只有你爹能救他了。”马明亮说着，眼睛在屋里搜索着，“你爹呢，怎么不见他？”

“我爹到溪畴县城帮人治病去了……”阿三十分惊慌，“治病的事，耽误不得，这可怎么办？”

“我只好去溪畴县城找他了……”

马明亮说着，急急地跑出门去。

阿三追到门口，看着马明亮骑上马，飞驰而去，担心地喊道：“注意安全……”

298

“你们这对狗男女，色胆包天，往老子头上戴绿帽子，往老子脸上扣屎盆子……”

马明亮来到溪畴县城，路过供销社门口时，供销社大院外的道路被拥挤的人群堵塞了，他放眼望去，只见林保山和一个漂亮女人站在院内，浑身发抖，一个男人抱着炸药包，堵在门口，怒视着林保山和他身边的女人，破口大骂。

“林保山？”马明亮看着林保山，心里一惊，“不是说……他是溪畴县的一个大人物吗？怎么会……阿丹会不会有事……”

马明亮心里担忧着，连忙向身边的一个老人打听：“大爹，这里发生了什么事？”

老人偏过头，看着马明亮，又看看他手里牵着的马：“你不是我们这里的人？”

“我是麻栗皮县的。”

“怪不得你不知道。”老人说，“林保山这个坏杂种，他乱搞女人的事，在我们溪畴县，也不是什么秘密了，那个抱炸药的男人，是供销社主任陶永安，和林保山站在一起的那个女人叫金美萍，是陶永安的老婆，林保山的秘书，住在供销社里，今天下午，他们在金美萍家乱搞，被陶永安抓了现行……”

老人正说着，林保山惊恐地喊道："永安，有话好好……好好商量……"

"就一句话，今天，不是老子死……"陶永安怒吼道，"就是你们这对狗男女去见阎王……"

院子里，供销社的职工惊恐地逃散着。

在旁边参与处理突发事件的民兵喊道："陶永安，你不要乱来!"

金美萍浑身发抖："永安，我们夫妻一场，你放过我吧……"

陶永安怒视着金美萍，气哼哼的。

金美萍继续求着："永安……永安……"

陶永安突然仰头大笑："哈哈哈、哈哈哈……"

金美萍："永安，不是老林帮忙……你能当上供销社主任吗……"

陶永安恨恨地看着金美萍："老子今天终于明白了，老子那个鸟尿的主任，是我老婆，不，是你这个婊子，这个烂货，跟林保山这杂种睡觉睡出来的，哈哈哈，咒你祖宗，主任，主任，去你妈的主任……"

陶永安愤怒地骂着："你们这两个狗男女勾搭成奸，老子早就看出来了，今天老子故意说下乡，你们就迫不及待地睡到一起了，老子一个回马枪，把你们两个杂种抓住了，你们到头了……"

陶永安骂着，举着炸药包："林保山，你要我饶了你的狗命是吧，好，那你答应老子一个条件!"

林保山哆嗦着："什么……条件……"

陶永安大笑："哈哈哈……"

林保山："什么条件……快说……"

陶永安："你狗日的林保山，还不如一只狗，你放着自己漂亮的老婆守空房，自己在外面乱搞乱嫖……"

林保山："陶永安，有什么条件你就说……"

陶永安敌视着林保山："你狗日的害怕了，是不是？你不是喜欢我老婆那只骚母狗吗……"

金美萍望着陶永安："永安……我错了……你别骂了……"

陶永安恨恨地盯着金美萍："骚母狗，烂母狗、臭母狗……我就骂……我骂死你……"

林保山浑身哆嗦着。

“林保山，你哆嗦什么？我告诉你，金美萍那只烂母狗，老子不要了，你不是喜欢吗，老子就送给你了。”陶永安气愤地喊着，“不过，你要拿你老婆阿丹来换，你睡我老婆，老子就睡你老婆……”

林保山：“永安，你怎么这样说……”

陶永安：“老子的忍耐是有限度的，你答应不答应……你个狗东西，大家都看到了吧，谁也不要帮这个狗东西。”

陶永安喊着，一步步逼近林保山和金美萍，守在旁边的民兵吓得往后退……

林保山惊恐地看着陶永安，满脸的汗水流下来。

陶永安逼视着林保山：“林保山，想好了没有？拿你老婆来换……”

传来阿丹的怒吼：“王八蛋……都是王八蛋……”

人们循声望去，供销社大门外的大路上，阿丹怒气冲冲地往供销社大院走来。

马明亮看着阿丹，惊叫一声：“阿丹……”

林保山抬起头，看着阿丹，惊恐地大声喊道：“阿丹，别过来……危险……”

阿丹不顾一切地走向供销社大院，指着陶永安骂道：“林保山不干人事，你陶永安也不说人话，活该戴绿帽子……”

陶永安回过头，惊诧地看着阿丹。

林保山见陶永安的注意力分散了，猛扑上去，把陶永安按倒在地，捡起地上的石头，狠狠往陶永安头上砸。

陶永安“啊”地惨叫一声，头歪在地上，血流如注。

金美萍望着死在血泊中的陶永安，惊恐地蒙住脸，大声狂叫：“啊……啊……”

林保山从地上爬起来，望着阿丹。

阿丹转身离去。

“阿丹……”马明亮担心地看着走远的阿丹，不知如何是好。

299

“老天哪，你睁开眼睛，好好看看……”

傍晚，天空中的火烧云燃烧着，麻风病人们聚集在治疗室门外的运动场上，仰望天空，喊道：

“我们的村长，他可是天底下最好的人呐……”

“苍天啊，我们不相信，你会瞎了眼，看着我们的村长离开我们！”

赵英和马正毅走到门口，看着麻风病人们，赵英有些担忧地说：“是不是劝劝他们？”

“他们与春光、明亮、陈林他们结下了生死情。”马正毅感动地说，“由他们吧……”

赵英感动得热泪盈眶。

柳传香拿来一碗米，点燃三炷香，插在米碗里，跪下来，默默祷告着。

麻风病人们跟着柳传香跪下，默默祷告着，缕缕青烟飘向天空。

马明亮骑着马跑过来，人们站起来，涌向马明亮：“马医生，找到药了吗？”

“马医生，村长有救了吗……”

“……”

“我把药带回来了。”马明亮说着，跳下马，急急走向治疗室。

300

湘西。医院花园里。

阿曼坐在石凳上看书，不时用笔在书上画着，勾着。

高文辉走过来：“阿曼，你说下班后在这等我，有什么事吗……”

阿曼把书放在面前的石桌上，看着高文辉：“今天是你的生日，到我那儿去，我给你做几个菜过生日。”

“真的？”高文辉惊喜地看着阿曼。

阿曼点点头。

高文辉正想说什么，看见阿曼放在桌子上的书，顺手拿起来，看到书名《麻风病防治》，不由一愣："你怎么……突然看起麻风病防治的书来了？"

阿曼笑笑："当医生的，什么病都要懂。"

高文辉摇摇头："我看，不是你说的那么简单……"

"好了好了……"阿曼从高文辉手里拿过书，挽起高文辉的手，"快跟我走吧，我还急着给你做生日晚宴呢……"

高文辉点点头，跟着阿曼往前走去……

301

太阳落进了大山里。月亮升上了山岗。

治疗室里传来小草沙哑的歌声：

我有一个好阿爹
一天到晚忙采药
阿爹阿爹辛苦了
让我好好亲亲你
……

陈林守在门口，不准麻风病人们进入治疗室。

麻风病人们在门外的运动场上盘腿坐下，默默守候着。

"醒了，老夏醒来了……"

治疗室里突然传来马明亮惊喜的呼喊。

麻风病人们呼地站起来，拥到门口，往里张望着。

"草上飞的药太神了。"治疗室里，马正毅兴奋地说，"才这么一内服，一外用，春光就醒了……"

小草奔到门口，小花狗在她身后跟着。小草激动地看着麻风病人们："我爹活过来了……活过来了……"

"让我们进去看看……"

麻风病人们在门口喊着："让我们看看村长……"

陈林伸手拦着门："别吵别吵……"

马正毅走过来："你们的心情我理解，但村长刚刚醒来……"

赵英走过来："这样吧，你们排着队，一个一个进来看村长，你们都拥进来，会把村长挤坏的……"

麻风病人们高兴地喊道："对对对，排队，排队……"

302

"夏春光，你这个……混蛋……"

阿曼宿舍里，阿曼和高文辉坐在摆满酒菜的饭桌旁，阿曼喝醉了，举着酒杯喊着："那么……多年了……我想你……找你……你却不……不要我……"

高文辉心疼地看着阿曼："阿曼……"

"文辉，喝……"阿曼把酒杯举到高文辉面前，"今天……你的生……生日……我……敬你……"

高文辉从阿曼手里拿下酒杯："阿曼，你醉了，不能再喝了……"

"喝……"阿曼一把抢过酒杯，盯着高文辉，"喝……喝死……就……就算……干……杯……"

阿曼喊着，喝干杯里的酒，把酒杯重重地放在桌子上，扑在桌子上，语无伦次地喊着："混……蛋……夏……春光……就是个……混蛋……"

高文辉把阿曼抱到床上，坐在床前默默守着。

阿曼躺在床上，迷迷糊糊地喊着："不要……我……夏春光……你竟然……不要……我……"

303

"唉，知道她还好好地生活着，我的心……怎么还是放不下呢……"

马明亮坐在宿舍里，看着一封信。

马正毅走进来："又在为阿丹担心吧？"

马明亮不知说什么好，默默地把信装进信封里。

马正毅在马明亮身边坐下："我知道，你去溪畴县找草上飞时，看到了阿丹和她丈夫的情况，心里一直担心着。"

"从溪畴回来后，我一直忙着给老夏治疗，没有精力去关注阿丹的事。"马明亮说着，眼里露出掩饰不住的忧郁，"老夏的伤好了，我才给溪畴的老同学写了封信，打探阿丹的情况……"

"阿丹怎么样了？"马正毅急切地问道。

"我老同学回信说，那次事件后，神通广大的林保山，不仅没受到追究，而且还从二把手的位置，坐上了一把手的交椅。"马明亮不可思议地摇摇头，"阿丹也比以前平静了，和林保山相安无事地生活着……"

"阿丹没事就好！"马正毅松了一口气。

马明亮摇摇头："可我感觉，这是一种可怕的平静。"

马正毅关切地看着马明亮："你这么担心阿丹，怎么不去看看她？"

马明亮苦笑道："怎么可能呢？她是别人的老婆，是死是活，都轮不到我去看……"

马正毅还想说什么，马明亮站了起来："我现在最该关心的，是麻风村的病人，今天李大娃说他胃不舒服，我去看看，好点没有。"

马明亮说完，走出门去。

马正毅站起来，看着马明亮的背影，无奈地摇摇头："唉，他们……活得真累……"

304

"到麻风村这么长时间了，我那死男人不要说来看我，连一句话也没捎来过，看来，他真不要我了。"

麻风村外的山路上，黄一凤坐在出山的路口上，遥望着山那边，自言自语：

"他不要我倒没关系，要不是放不下儿子，我早和他离了。"

黄一凤说着，站起来，望着远方，情不自禁地大喊："儿子，妈妈想你!"

群山回荡着黄一凤的声音："儿子，妈妈想你！儿子，妈妈想你……"

李大娃双手捧着什么东西从山上跑下来，路过黄一凤身边，黄一凤问道："大娃，跑这么快，有什么急事吗?"

李大娃停下，笑道："没事，我在山上捡了几个鸟蛋，柳传香这几天身体虚弱，我拿去给她煮了吃。"

"你们俩这么贴心，恋爱了?"黄一凤笑道。

"我不告诉你。"李大娃笑笑，跑了。

黄一凤大声喊道："不告诉我，我也知道!"

305

"咯咯……咯咯咯……"

柳传香坐在宿舍里看小说书，被书里的情节打动了，忍不住笑起来。

李大娃跑进来，高兴地说："传香，我从山里找到几个鸟蛋……"

"是吗?"柳传香把手里的书放在桌子上，走过来往李大娃手里看着。

"我煮给你吃。"李大娃说着，把手里捧着的鸟蛋放进灶台上的一个空碗里。

柳传香摇摇头："我不吃。"

"传香，这是我的一片心呐……"

"你的心意，我领了。"柳传香笑着，"小草正在长身体，你给她送去吧……"

"你不说我倒忘了，小草更需要补身子。"李大娃看着柳传香，"我听你的!"

柳传香催促道："快去吧。"

李大娃端起装着鸟蛋的碗："那我去了，你在屋里等我。"

柳传香点点头。

306

“小草……”

马正毅夫妇宿舍里，小草的小花狗站在桌子前，看着小草伏在桌子上画画，马正毅、赵英坐在一边聊着，突然传来李大娃的呼喊。

小草停下笔：“是李叔叔……”

李大娃跑进来：“小草……”

小花狗摇着尾巴跑到李大娃脚下，欢快地跳着。

小草抬头，看着李大娃：“李叔叔。”

马正毅看着李大娃：“大娃，有事吗？”

李大娃：“我从山里捡了几个鸟蛋，拿来给小草吃。”

小草站起来，走到李大娃面前，拿起碗里的一个鸟蛋看了看，轻轻放回碗里：“我听赵奶奶讲，鸟蛋是生小鸟的，我不吃，你还是放回山里，给鸟妈妈孵小鸟吧。”

李大娃看着小草：“放回山里？”

小草点点头：“放回鸟窝里去。”

李大娃：“这……”

赵英笑着：“小草说得对，把鸟蛋放回去吧。”

“好，好……”李大娃被小草的爱心感动了，端着鸟蛋走了出去。

小草拿起桌子上的画，走到赵英面前：“奶奶，你看，我画得好吗？”

赵英接过画看了看，忍不住笑起来：“哈哈哈……”

马正毅看着赵英手里的画：“画了什么？把你乐的……”

赵英把画递给马正毅：“你看……”

马正毅接过画看着，也忍不住“哈哈哈”笑了，把画递给小草：“小草，画得真好，拿去给马叔叔和你爹看看。”

“好！”

小草从马正毅手里接过画，跑了出去，她的小花狗连忙跟了上去。

307

"马叔叔，你看我画的画。"

小草呼喊着跑进治疗室，小花狗跟着她后边摇着尾巴。

马明亮接过小草的图画本，看着小草画的画，忍不住大笑起来："哈哈哈……"

夏春光走过来："咋这么开心?"

马明亮笑着："笑你。哈哈哈……"

夏春光莫名其妙地："笑我?"

马明亮把小草的图画本拿给夏春光看："你看，小草画了一幅图画，你和阿曼拉着小草在河边散步，题目是《我的一家》。"

马明亮说着，指着画面上的阿曼："你看，这里还写了'阿曼妈妈'，哈哈哈……"

马明亮笑着，又指着画面上的夏春光："这里还写上了'我爹是麻风村村长'，再看下面的字，'小草和阿爹阿妈去散步'，多有趣啊，哈哈哈……"

夏春光看着画，哭笑不得，把画还给小草，不知说什么好。

小草拿着画，领着小花狗转身跑了。

"小草，你去哪?"夏春光问道。

小草已经跑远了，边跑边回答："我拿去给叔叔阿姨们看。"

"什么?"夏春光无奈地看着小草的背影，"这孩子……"

"这有什么的?"马明亮说，"小草盼望有个妈妈，你不给她找个妈妈，她画幅和想象中的爸爸妈妈在一起的画，不可以呀?"

夏春光摇摇头："算了，我和你们说不清……"

308

手电筒的亮圈在黑夜中移动着。

夏春光打着手电筒，走在村道上巡查着。

李大娃轻轻打开宿舍门，看见村道上晃动着的手电筒光亮，连忙关上门，从门缝里往外窥探，见夏春光走远，小心翼翼地开门出来，跑到柳传香的宿舍门口，轻轻敲了三下门，停了一下，又敲了两下。这是他们的夜间联络暗号，柳传香打开了门。

李大娃闪进门，连忙把门关上，抱着柳传香就亲。

柳传香轻轻推开李大娃。

“怎么了?”李大娃不解地望着柳传香。

“大娃，我……有了……”柳传香看着李大娃，“我害怕。”

“有什么?”

“我怀孕了……”

李大娃大惊失色：“什么?”

“我有你的孩子了……”

“啊……”

“我听说，怀孕后会停经，还会恶心，晨起呕吐，我停经三个月了，恶心、呕吐也好长时间了，一定是怀孕了……”

“这可怎么办?”李大娃吓得在屋里团团转。

“早知把你吓成这样，我就不告诉你了。”看着李大娃比自己还害怕，柳传香心疼地看着李大娃。

“这种事，一旦被查到，怕是要坐牢的……”

“那怎么办?”柳传香更紧张了。

“乱搞男女关系，可是大罪，会被革委会抓去游街示众，坐牢……”李大娃着急地说，“当然，我们在麻风村，革委会的那些人害怕麻风病，不一定敢抓我们去坐牢……”

“那还怕什么?”柳传香松了一口气。

“乱搞男女关系，是人们视为最可耻的事。”李大娃说，“要是麻风村的人知道了，即使夏村长他们饶了我们，我们还有脸活下去吗?”

柳传香抱住李大娃：“你别说了，我怕。”

“在我们麻风村，个个爱面子，讲自尊，他们知道了我们的事，你就是破鞋，我就是骚货，就再也没有人看得起我们了。”李大娃又说。

柳传香吓得哭起来：“呜……”

李大娃捂住柳传香的嘴巴："哭什么，你怕人家听不到？"

柳传香不敢再哭。

"传香，别哭。"李大娃心慌意乱地说，"我们好好想想，看有没有什么解决的好办法……"

"大娃……"

柳传香不知所措地把李大娃紧紧抱住。

309

微风吹拂着绿油油的玉米苗，轻轻起舞。

陈林、马正毅领着麻风病人们在玉米地里薅玉米，李大娃想着柳传香怀孕的事情，走了神，他双手拄着锄把，站在玉米地里发起呆来。

李大娃的失态引起了许国书的注意，许国书走到李大娃旁边，疑惑地问："大娃，怎么了，魂不守舍的？"

李大娃一惊："什么？你说什么？"

许国书："在想什么？"

李大娃慌乱地："没……没有……"

李大娃抬起锄头，一锄挖断一棵玉米苗。

"大娃，是除草，不是除玉米！"许国书心疼地说。

李大娃反问："是吗？"

许国书："大娃，你心里一定有事！"

李大娃极力掩饰着："没……没有……真的没有……"

许国书："有事可千万别憋在心里。"

李大娃不自然地笑笑："哪会有什么事呢？"

"没事就好。"许国书说，"有事可别憋在心里，会憋出问题来。"

"嗯，知道了。"李大娃说着，干起活来。

310

晨光洒满大地。

夏春光打开宿舍门，伸了个懒腰，见柳传香站在屋外，不由得一愣："传香，有事吗……"

"村长，我能进去和你说吗？"柳传香胆怯地问道。

夏春光笑着："进来吧。"

柳传香走进夏春光的宿舍，话没说，就"扑通"跪在夏春光面前："村长，求求你，救救我……"

夏春光大吃一惊："传香，你这是……"

"村长，我不想死，求求你，救救我……"

"到底发生了什么事，你不说，我怎么救你？"夏春光把柳传香拉起来，"起来，有什么事好好说。"

"呜……"柳传香害怕得哭起来。

"别哭啊，传香，快告诉我，发生了什么事情？"夏春光十分着急。

"村长，我怀孕了，这可怎么办啊……"

"什么什么？你怀孕了？"夏春光瞪大了眼睛。

"嗯……"柳传香低着头，"村长，只有你能救我了……"

"这事千万不能让别人知道。"夏春光慌慌张张地关上门，看着柳传香，"谁干的？"

"李大娃。"

"李大娃？你等着，我找他算账去……"

"他跑了……"

"跑了？"夏春光盯着柳传香，"李大娃跑了？"

"我今天早上起来，看见他塞在我宿舍门脚的字条，才知道，他跑了……"柳传香说着，拿出字条，"这是他留下的字条。"

夏春光接过字条，看起来：

传香，我罪该万死。我和你非法同居，导致你怀孕了。我想破了脑壳，也想不出处理这件事情的好办法，麻风村我待不下去了，我不想活了，我走了。传香，如果有来生，我再向你赎罪。

爱你的人：李大娃

“敢作不敢当!”夏春光看完字条，气愤万分。

“村长，别怪他。他也是没有办法……”

“什么？你说什么?”夏春光惊诧地看着柳传香，“他都这样对你了，你还替他说话?”

“村长，我和大娃真心相爱。怀孕的事，我也有一半责任。”柳传香哭泣着说道，“他走之前，约我一起走的，我没答应。我们就这么不明不白地走了，肯定会给你和马医生带来麻烦，我劝他不要走，想不到他还是走了。”

“知道他是什么时候走的吗?”夏春光问道。

“应该是昨天夜里。”柳传香想了想，又说，“我今天早上起来，看见他塞在我门脚的这张字条，很害怕，就来找你了。”

“唉，这个李大娃呀……”夏春光急得在屋里团团转。

柳传香害怕地看着夏春光：“村长，我该怎么办?”

“这事，你一定要保密。”夏春光看着柳传香，“想办法把李大娃找回来再说，万一他把这件事透露出去，就麻烦了。”

“我肚子里的孩子怎么办?”柳传香用求救的眼神看着夏春光。

“难题就在这里，要不然李大娃也不会跑。”夏春光说，“按婚姻法规定，麻风病人，必须治愈麻风病后才能结婚，你们未婚同居，你还怀孕了，这可是天大的麻烦……”

“村长，我该怎么办啊……呜……”

柳传香害怕得小声哭泣起来。

“别哭别哭……”夏春光接着道，“你先回去准备一下，我和马医生他们交代一下，然后我领你出去找李大娃，孩子的事情，找到李大娃后再确定怎么处理。”

“好……”柳传香答应一声，开门走了出去。

311

河边。

树林里。

陈林在树林里奔跑着，芳芳在后面追逐着。

“咯咯咯……咯咯咯……”

芳芳一边追逐，一边开心地笑着。

不一会儿，芳芳追上陈林，一把抱住，开心地说：“我就是你甩不掉的尾巴……”

陈林把芳芳搂在怀里：“我也是你甩不掉的尾巴……”

芳芳深情地望着陈林：“黄一凤大姐说，我们两个，今后一定会很幸福，因为我找到的，是一个能与我患难与共的男人……”

“芳芳，你是我爱情的惟一……”陈林盯着芳芳，“今后，绝对不允许你再从我身边丢失了……”

芳芳感动地点点头。

“走吧，今天马老师和赵老师给大家上课，别迟到了。”

陈林说着，拉着芳芳往树林外跑去。

陈林和芳芳跑到路上，看见夏春光和柳传香在通往山外的山路上急急地走着，芳芳疑惑起来：“村长和柳传香去哪里啊？”

陈林摸摸头，想了想：“没听说他们要去哪里啊，他们这是……”

“会不会是出了什么大事？”芳芳猜测着，“从来没见村长和马医生领着病人出去过，今天怎么……”

“别乱说。”陈林阻止道。

芳芳疑惑地望着夏春光和柳传香远去的背影，思索着。

“他们去哪里不告诉我，肯定有他们的理由。”陈林说，“我们就别瞎操心了，走吧，要迟到了。”

陈林说着，拉着芳芳急急往村里走去。

312

晚上，马明亮和父母焦急地坐在治疗室里。

马正毅往门外望了望：“春光他们这个时候还没有回来，肯定没有找到李大娃。”

“治不好麻风病，麻风病人们就不会有幸福的家庭。”赵英担忧地说。

“太残酷了，麻风病人也是人啊……”马正毅接过老伴的话，“他们也渴望爱情、婚姻、家庭啊……可是……”

“作为医生，很多时候，我都觉得，我太无能了。”马明亮自责地说。

“这怪不得你们。”马正毅安慰马明亮，“你想，几千年了，人类还没有找到战胜麻风病的良药妙方，何况是你这个年轻医生。”

“奇迹会出现的……”赵英说，“我相信，会出现奇迹的。”

“奇迹，都是人创造出来的。”马正毅说，“麻风病防治也不会例外，你说得对，总有一天，会看到奇迹的……”

马正毅正说着，夏春光背着昏迷不醒的柳传香走了进来。看到这情景，马明亮和父母连忙奔过去：“怎么了……”

夏春光把柳传香背到病床上，回头看着马明亮他们：“李大娃没找到，柳传香从山崖上摔了下去，孩子也流产了。”

“明亮，赶快抢救。”赵英大喊一声。

马明亮把药箱提到病床前，和夏春光一起给柳传香擦洗伤口，紧急抢救。马正毅和老伴紧张地看着。

“唉，这个李大娃，真是害人……”赵英埋怨道。

“时间不早了。”马正毅对老伴说，“你先回去，把小草从陈林他们那里接回来。”

“有什么事情通知我。”赵英说着，走了出去。

经过抢救，柳传香醒了过来，看着夏春光：“村长，我还活着？”

夏春光点点头：“传香，别害怕，你没事的。”

柳传香摸摸肚子：“我的孩子……”

“传香，你从几十米高的山崖上摔下去，要不是树挡住，恐怕早就……”夏春光难过地说，“你想，孩子还能保住吗，孩子流产了。”

“我的孩子……呜呜……”柳传香难过得哭起来。

“传香，你想，就你们的情况，即使不流产，你们能把孩子生下来吗？”马明亮安慰道，“你什么都不要乱想了，一心一意把身体养好，这才是你要做的大事。”

“呜……呜呜……”

柳传香哭得更伤心了。

“传香，别哭了。”马明亮说，“让大家听到，你的秘密就保不住了。”

“李大娃找不到，传香的秘密是无法保住的。”马正毅说，“你们想想，要是传香老出去找李大娃，其他人问起来，该怎么说，大家见不到李大娃，问起来又怎么答复。今天上课的时候，就有人问李大娃、柳传香哪去了，我只好哄大家，说他们身体不舒服，在宿舍里休息，叫大家不要去打扰他们，可明天再这么说，可能就不管用了。”

“那怎么办？”夏春光看着马正毅，问道。

“我看，不如这样。”马正毅看看柳传香，“把真实情况告诉大家，并以此教育大家，病人之间互相关心，甚至恋爱，这些都可以，但一定要控制自己，等治好病后，先结婚，才能住在一起，要不然，再出这样的事情，就无法收场了。”

“可是……”马明亮担忧地看着父亲，“这涉及柳传香和李大娃之间的隐私，万一这件事传出麻风村，上级追查起来怎么办？柳传香和李大娃又怎么面对大家？”

“明亮说的，正是我担心的。”夏春光说，“但老马同志说的更是现实问题呀，我们无法把这事瞒下去啊……”

“不管如何，得要想出一个万全之策。”马明亮说。

“病人们都很善良，只要和他们讲明白这件事情的严重性，说明利害关系，他们是不会把这件事情说出去的。这样，我们就可以把消息封锁在麻风村之内，避免被外界追查。”夏春光说着，看了看一直在病床上紧张地看着他们的柳传香，“最重要的是，就像老马同志所说，可以通过这件事，告诫大家不要再犯同样的错误。我们不但要把这件事情告诉大家，还要发动大家去找，把李大娃找回来，不要让他在外面惹出事端。”

马明亮点点头：“也只能这样做了。”

“传香，这是解决问题最好的办法了。”马正毅看着柳传香，“你要配合好……”

“村长和马医生两次把我的命从阎王爷那里抢了回来，你们是我的再生父母！”柳传香感激地说，“我一定好好配合……”

313

“马老师带一组到东边搜索。马医生带一组到南边搜索……”

朝阳给山山岭岭披上柔红的纱衣，麻风村外的山下，夏春光爬到一块大石头上，指挥大家搜寻李大娃：

“陈林带一组到西边搜索。其他人跟我到北边搜索。走……”

“等等我……等等我……”

柳传香喊着跑来。

大家回头看着柳传香，柳传香跑到夏春光面前：“我也要去!”

“不行!”夏春光果断地说，“你的身体不允许你去……”

“我……”

赵英走上前，把柳传香拉到一边，悄声说道：“你昨天刚刚小产，不要命了……”

柳传香：“去找大娃，我哪能不去……”

“别胡闹了……”夏春光走过来，看看柳传香，对赵英说，“赵老师，你也留下吧，照顾一下传香，小草也需要人照管。”

“好吧……”赵英答应着，拉起柳传香，“传香，回你宿舍好好躺着，风吹着筋骨，以后够你受的……”

柳传香还想说什么，赵英把她拉走了。

夏春光回过头，对等待着的大伙儿说：“好了，我们行动吧!”

得到命令，各个小组立即搜山。

许国书和黄一凤在一个小组，黄一凤走在前面，许国书跟在后面。

“啊……”黄一凤被脚下的树枝绊到，就要摔倒。

许国书猛地伸出一只手，在黄一凤倒下的瞬间揽住黄一凤的腰。

黄一凤倒在许国书怀里，看了许国书一眼，眼里露出羞涩，连忙从许国书怀里站起，急急往前走。

“一凤，小心点……”许国书喊了一声，跟了上去。

“大娃……”

搜索紧张进行着，漫山遍野，呼喊声此起彼伏：

“李大娃……”

“大娃……”

……

314

“大娃，你可把大家都害苦了……”

柳传香躺在床上，望着窗外：

“要是找不到你……我可怎么办……”

柳传香说着，着急得哭了：“呜呜……李大娃……你这个死鬼……你不是说……你爱我吗……你怎么……丢下我……跑了……呜……呜呜……”

315

“这种大规模的搜寻活动，不能再进行下去了……”

搜寻李大娃的行动毫无结果，夜晚，夏春光和马明亮、陈林、马正毅、赵英聚在治疗室里，研究下一步计划，马正毅说：

“要是李大娃不出来，就是躲在麻风村里，他在暗处，搜寻者在明处，也是无法找到李大娃的。”

“马老师说得对。”夏春光看着马正毅，“这种大规模的行动，还有可能被外界发现，带来麻烦。”

“那怎么办？”陈林焦急地看着夏春光。

夏春光看着窗外：“只有等李大娃自己想明白后，自己回来了。”

“也只有如此了……”马明亮无可奈何地摇摇头。

316

“妈妈，妈妈……”

马正毅和赵英走进宿舍，睡在床上的小草在睡梦中呼唤起来。

赵英走到床边，给小草拉拉被角，心疼地看着小草。

马正毅走过来，见小草又安静地睡去，眼里露出几许无奈。

赵英看着马正毅："那个叫阿曼的姑娘，那么爱春光，春光却一根筋，硬把人家拒绝了。"

马正毅摇摇头："听明亮讲，春光把阿曼的心伤透了。"

赵英："老马，你再好好劝劝小夏，为了小草的健康成长，让他去把阿曼找回来吧。"

马正毅摇摇头："他怎么会听我的？"

"唉，小夏也真是的……"赵英叹息一声，"他什么事都听得别人劝，就是在个人问题上，听不得别人的劝。"

"再说，阿曼的心，被小夏伤透了。"马正毅看着妻子，"说不定，阿曼一赌气，已经嫁人了。"

"是啊……"赵英难过地说，"阿曼那么好的姑娘，喜欢她的人，肯定不会少。"

317

"难道，春光真铁了心，要独身一辈子？"

阿曼坐在宿舍窗前，看着天空中的圆月，难过地说着，站起来，凝望着窗外："小草那么需要母爱，春光既然收养了小草，怎么就不为小草找回母爱呢？"

"笃笃笃……"

突然响起敲门声。

阿曼偏过头，看着门口。

门外传来高文辉的声音："阿曼。"

阿曼想了想，走过去开了门。

高文辉走进来："我从你的宿舍前经过，见你的宿舍还亮着灯，知道你还没睡……"

"睡不着……"阿曼笑笑。

高文辉看着阿曼："又思念那个并不爱你的人了？"

阿曼眼里起了泪花。

“阿曼，你对夏春光一片痴情，他却对你无情无义。”高文辉说，“你不能再陷在这种不开花，更不结果的情感里了。”

阿曼看着高文辉，难过得眼泪流了下来。

高文辉拉起阿曼的手：“阿曼，别再折磨自己了，我会一生一世爱你，嫁给我吧！”

阿曼控制不住，扑进高文辉怀里大哭：“文辉，呜……呜呜……”

高文辉深情地看着阿曼：“阿曼，这么多年来，我爱着你，拒绝了几个姑娘的求爱，难道……你对我的真心……就不感动?”

“文辉，我的心……也不是石头，你的情……我怎么能不感动?”阿曼看着高文辉，“可是……”

“我知道，以前你放不下他，是你一直没有找到他，没有找到任何爱的答案。”高文辉说着，激动起来，“现在答案已经摆在你面前了，你怎么还执迷不悟。”

“别说了……”阿曼的眼眶涩涩的，“你让我好好想想，好吗?”

高文辉点点头：“我都等你那么多年了，我也铁了心，只要你还没有出嫁，我就一直等着你。”

“文辉……”

高文辉抱着阿曼，深情地轻吻着，轻吻着……

阿曼再也控制不住，和高文辉深深地吻着，吻着……

318

床头的桌子上，油灯闪亮着。

夏春光无法入睡，轻轻下了床，走到挂着绣球的墙壁下，慢慢取下绣球看着：“秀，你能不能告诉我，我该怎么办？我要不要为小草找个妈妈……”

夏春光说着，眼泪滴在绣球上：“秀，我对阿曼是不是太绝情了，不但伤害了她的心，还害得小草不再有妈妈……”

319

阳光照射着五颜六色的野花，花朵在微风中起舞。

河边的草地上，阮秀和小满抡着锄头在开荒，小满累了，停下来，看着开垦的新地，高兴地说："这片地开垦出来，可以种好多草药呢。"

阮秀也停下来，看着小满："满哥，草药种成功了，就有收入了。"

小满看着阮秀："你说，等我们结婚后，是继续住在这里，还是搬出去住?"

"我们住在这里不好吗?"阮秀反问。

"我们住在这里，过着与世无争的生活当然好。"小满说，"可是，等我们有了孩子，孩子上学怎么办?"

"你阿爹以前不是当过私塾先生吗，以后叫他教我们的孩子。"听阮秀的口气，她似乎不愿离开这里。

"我爹只会教识字和《三字经》之类的，我到镇上卖山货时，到镇上的学校打听过，现在学校教的，和以前的完全不同了。"小满看着阮秀，"我们的孩子不进学校，以后就无法上中学、大学。"

阮秀担忧地："那怎么办?"

小满："还是搬回老家去住吧……"

阮秀看着小满："你们决定吧，我听你们的。"

"好，等我们积攒了多多的钱，就搬回去。"小满说着，高兴地挥舞锄头，欢快地挖起来……

320

夜色之中，许国书忽然慌慌张张地跑到夏春光宿舍门外，焦急地喊道："村长……村长……"

夏春光开门出来，看见是许国书，连忙问："国书，又出什么事了?"

"磨房……磨房……"

"磨房怎么了?"

“我看见一个人……鬼鬼祟祟地跑进磨房里……”

“你没看清楚是谁吗?”

“没看清，我离得远，我怀疑是李大娃……就来向你报告来了……”

夏春光从墙上把冲锋枪取下来：“走!”

许国书连忙和夏春光向河边的磨房跑去，快到河边时，看见一个黑影跑出磨房，黑影看见向磨房跑来的夏春光、许国书，又慌慌张张躲进磨房里。

夏春光和许国书冲到磨房前，夏春光对许国书说：“看那个人的身材，还真像李大娃，别让他跑了……”

许国书有些紧张：“万一不是李大娃，是坏人，他身上会不会带有凶器?”

“这很难说……”夏春光思索了一下，“国书，我在这里守着，你赶快到村里悄悄把陈林、马医生他们叫来。”

许国书担心地看着夏春光：“村长……”

夏春光催促道：“快去!”

许国书担心地看着夏春光：“你一个人在这里，我担心……”

夏春光晃晃手里的冲锋枪：“没事的，我有枪，快去!”

许国书还是不放心：“村长，你小心!”

夏春光挥挥手：“别婆婆妈妈的!”

321

许国书跑回村里，见马正毅夫妇的宿舍门开着，连忙跑进去，见马明亮也在屋里，紧张地喊起来：“马医生……”

马明亮抬头看着许国书：“看你慌慌张张的，出什么大事了?”

“我们在河边的磨房看见一个人影，非常像失踪的李大娃。村长叫我来喊你们过去。”

马正毅：“快去看看。”

许国书提醒道：“万一不是李大娃，是来搞破坏的坏人，身上可能带着武器，我们得带上防身的武器。”

赵英找了一根扁担，递给站起来的马明亮："拿着。"

许国书从门背后提起一把砍刀："你们先去，我去喊陈林。"

许国书说着，跑了出去。

马正毅看看床上熟睡的小草，看着赵英："你就在家里照看小草，我们去看看。明亮，走……"

马明亮和马正毅跑了出去。

赵英看着门外，喊道："你们小心点。"

322

夏春光在磨房前走来走去，双眼紧紧盯着磨房，不一会儿，马明亮、陈林、许国书、马正毅跑到了夏春光身边，马明亮急切地问夏春光："老夏，怎么样？"

夏春光看着大家："人还在里面，快，包围磨房。"

马正毅跑上前，守住一边："别让他跑了！"

马明亮、陈林、许国书迅速散开，各自堵住磨房的一边。

大家防守到位后，夏春光对着磨房里大声喊道："出来！"

磨房里静静的。

夏春光又喊道："出来，再不出来我开枪了！"

磨房里传出害怕的喊声："别开枪……别开枪……"

听到磨房里传出来的喊声，夏春光大喊："快出来！"

一个男人从磨房里低着头，战战兢兢地走到磨房门口，大家仔细一看，他不是李大娃，朦胧的夜色中，夏春光觉得此人很面熟，大声问道："你是谁？"

男人惊恐地抬起头："夏村长……"

"怎么，他认识你。"马明亮惊奇地看着夏春光。

男人在夏春光面前跪下："夏村长，我罪该万死……"

夏春光仔细一看，惊叫起来："你是黑六？"

"我就是黑六……"男人战战兢兢地说，"我知道，我来找你，也许是死路一条，可我……"

“你这个恶棍，当年老子念你是受黄老八的指使，没杀你。”夏春光气愤地喊着，打开了冲锋枪的保险，“你今天居然闯上门来了，你这不是来找死吗……”

“春光，别杀他。”马正毅连忙劝道，“问清楚再说。”

“起来。”夏春光大吼一声。

黑六站起来，浑身发抖。

夏春光强压心中的怒火，问道：“你怎么跑到这里来？你怎么知道我是村长？”

“村长，报应啊，我遭到现世报了……”黑六说着，抬起头来，恐惧地看着夏春光，“你杀死黄老八后不久，我也染上了麻风病，被黄老八的家人追杀，我逃进深山老林，一直躲到现在……”

“什么？”夏春光盯着黑六，“你得了麻风病？”

“是啊，我和黄老八带人残害了阮秀和她爹，后来我也得了麻风病，这不正是报应吗？”黑六说着，又低下头，“我知道，我罪大恶极，可是，就像你说的，我也是受黄老八的指使……”

“好啦，我不想听你再扯过去的事。”夏春光威严地说，“老实交代，你怎么跑到这里来，怎么知道我是村长的？”

“前几天，我遇到一个逃到山里的麻风病人，他告诉我，这里有个专门给麻风病人治病的麻风村。”黑六说，“他还告诉我，在这里，有饭吃，有衣穿，说他也在麻风村治病，因为犯了大错，无法面对大家，特别是无法面对给了他第二次生命的夏村长和马医生他们，他就逃跑了，经过他的介绍，我知道了……你现在是麻风医生，是麻风村的村长了……”

“所以你就来找我了？”夏春光看着黑六，“你觉得我会救你吗？”

“我知道，你不会原谅我。”黑六说，“但我在山里那么多年，也是生不如死，就来找你了，如果你能原谅我，肯救我，我下辈子做牛做马，报答你的恩情，如果你不能救我，我就一死了之，也算是解脱了……”

“别说了，老子当年不杀你，也是格外开恩了，今天你还想让老子救你，做你妈的美梦……”

夏春光说着，走到黑六面前，狠狠抽着黑六的耳光：

“做你妈的美梦……做你妈的美梦……”

“春光……”马正毅冲上来，拉住夏春光，“你不能这样……”

“啊……苍天啊……”

夏春光狂叫着，往麻风村里奔去……

323

油灯闪烁着。

夏春光坐在宿舍里，默默看着桌子上阮秀送他的绣球，黑六在黄老八指使下，和众人残害阮秀父女的情景，一幕幕闪现在他脑海里。

马正毅走进来，默默地看着痛苦中的夏春光，点了一支烟，递给他。

夏春光接过烟，狠狠吸着。

马正毅又点上一支烟，深深吸了一口，吐出一串烟雾：“黑六说了，他遇到的那个麻风病人，就是李大娃，李大娃托他带话回来，叫我们不要找他了，让他在森林里自生自灭了……”

“他这么说，证明他心里还有活着的期望。”夏春光说，“要不然，他不会让黑六给他带话。”

马正毅看着夏春光：“我们该怎么办？”

“你的意见呢？”夏春光反问道。

“现在你是领导。”马正毅笑笑，“我是你的兵，我听你指挥。”

夏春光拿起绣球：“阮秀死了，他爹也死了，要是我真要对黑六怎么样的话，黑六也活不到今天……收下他吧，给他治病，他现在毕竟是麻风病人。”

“我就知道，你是心胸宽广的男子汉。”马正毅看着夏春光，“你说得对，黑六现在是病人，先给他治病，其他的，按有关规定处理。”

夏春光点点头：“李大娃怎么办？总不能像他说的一样，让他在森林里自生自灭吧？”

“解铃还需系铃人。”马正毅说，“不如这样，让黑六带着柳传香，找到李大娃，把他逃跑后发生的事情告诉他，他一旦得知，他们的孩子没了，我们也不会追究他了，柳传香盼望和他一起治好麻风病，走进婚姻的殿堂，他就会回来的。”

“好主意。”夏春光说着，看着绣球，“秀，别怪我不惩治黑六，黄老八才是元凶，再说，我现在是麻风医生，黑六是麻风病人，帮助麻风病人……是我的职责……”

马正毅拍拍夏春光的肩膀：“阮秀九泉有知，会支持你的……”

324

赵英在灶台前忙碌着，把炒好的菜铲进菜盘里。

马正毅走过来，从赵英手里接过菜，端到饭桌上，饭桌上摆满了菜肴。

马明亮走进来，看见桌子上摆着的菜，惊喜地说：“妈，今天做了那么多菜，像过年似的！”

“你们男人也太粗心了。”赵英在灶台前忙碌着，有些责怪地说，“天天和春光在一起，连春光的生日也不知道。”

马明亮惊诧地看着母亲：“难道今天……是老夏的生日？”

“是啊。”赵英说，“前几天，我帮春光整理麻风村工作人员的档案，看到春光的资料，才知道的。”

马明亮看着母亲：“这么说，你炒这么多菜，是要为老夏过生日。”

“那是，前天陈林进城去办事，我委托他帮我买了些好菜带回来。”赵英说，“我已经交代春光，叫他下班后来吃饭，你把陈林和芳芳都叫来，我们一起给春光过个生日……”

“我这就去。”马明亮说着，走了出去。

马明亮刚走，夏春光就来了，小花狗跑过来，欢快地在夏春光脚下转着，马正毅迎上去：“春光，今天老赵弄了好菜，我们好好喝一杯。”

“哎哟，今天是什么好日子。”夏春光看着桌子上的菜，“整这么丰盛的菜饭。”

“一会儿你就知道啦！”赵英说着，把一盘菜端上桌。

马明亮领着陈林和芳芳走了进来，陈林高兴地看着夏春光：“村长，今天沾你的光，我们有幸美餐一顿。”

“沾我的光？”夏春光不解地看着陈林。

小草从门边闪出来，把一把野花举到夏春光面前：“祝爹爹生日快乐！”

夏春光诧异地看着小草："小草，这是干什么？"

赵英走过来："瞧你，连自己的生日都不记得。"

马正毅看着夏春光："老赵忙了一天，把家里留下的好东西全搬出来了，就是为你做生日晚宴的，我们也跟着你沾光，得饱口福了……"

夏春光激动地看着赵英："我从来没有过过生日，今天算开洋荤了……"

陈林拿起桌子上的一瓶酒，仔细看了看："这酒，还是老牛同志托我带给马老师的，我可是一直惦记着啊，今天终于借村长过生日的光，喝上了。"

陈林说着，用嘴咬开瓶盖，给大家倒了酒，给小草打了一点菜汤在碗里："小草不会喝酒，就以汤代酒，祝你爹生日快乐。"

赵英端起酒杯："来，大家一起为寿星祝福！"

夏春光扬起手："慢！"

大家看着夏春光。

"黑六带着柳传香去找李大娃去了，我估计也快回来了。"夏春光说着，看着丰盛的菜肴，"等他们回来一起吃吧，也算是给李大娃接风洗尘，安慰他一下……"

"村长……"

夏春光正说着，村外传来柳传香的呼喊。

"是柳传香的声音，他们回来了。"陈林惊喜地喊道。

"走，去看看。"夏春光说着，奔了出去。

325

李大娃背着黑六，和柳传香一起，从村道上走过来。

"这是怎么了？"夏春光问着，和大家一起迎了上去。

李大娃把双手肿得粗大发黑的黑六放在地上，看着夏春光他们，哭起来："村长……又是我的错……"

"这到底又怎么了？"夏春光大声喊起来，"明亮，快看看，黑六怎么了。"

马明亮立即查看了黑六的身体，沉痛地说："他死了……"

"什么?"夏春光瞪大了眼睛，"他死了?"

"村长，都是我的错……"李大娃在夏春光面前跪下，"呜……"

"哭什么?"夏春光一把将李大娃从地上提起来，"快说，发生什么事情了。"

"回来的路上……走累了……坐在山林里休息……"李大娃哭着说，"有一条毒蛇……爬到我身边……毒蛇就要咬到我的时候……被黑六大哥看到了，为了救我……他伸手去打蛇……被毒蛇咬死了……"

夏春光蹲下去，狠狠往黑六脸上打了两耳光："你个黑六，我都原谅你了……我都给你安排好了住处，你已经是麻风村的一员了……你怎么……怎么病都不治……就走了……"

看着夏春光的举动，大家都难过得流下了眼泪。

"村长真是好人呐……"陈林哭着说道，"黑六这样的人死了，他都这样伤心……这就是……菩萨啊……"

"村长，你打我吧……"李大娃哭喊道，"要不是因为我，也不会这样……"

夏春光站起来："黑六以前跟着黄老八作恶，已经是过去的事情，而且他已经良心发现了……"

夏春光说着，又难过起来，停了片刻，才又说道："他是被我们收住到麻风村后死的，是我们麻风村的一员。"

夏春光说着，看着陈林："通知大家，明天给黑六开个追悼会……"

陈林点点头。

夏春光看着赵英和马正毅："你们是老革命，我想，黑六以前虽然有罪，但他最后因为救人死了，把他救人的事迹，刻在他的碑文中，不知道是否符合规定。"

"我看可以。还应该对他救人的事迹，请求上级给予表彰。"马正毅说。

"今后，还应该写进我们防治麻风病的志书里。"赵英补充道。

"好吧。先把黑六抬到治疗室里，给他换身干净衣服……"

夏春光说着，和陈林、马明亮、李大娃一起，抬起黑六的尸体，往治疗室走去……

小草站在赵英身边，一只手抱着小花狗，一只手紧紧拉着赵英的衣角，惊恐地看着大家抬着黑六而去，她怀里的小花狗呆呆地看着人们抬着黑六往治疗室走去……

326

一串鞭炮挂在小满家院里的梨树上，小满的父亲大福笑呵呵地点燃鞭炮，鞭炮“噼噼啪啪”响起来。

屋里，饭桌上摆满了酒菜。

阮秀和小满、小满母亲桂花坐在饭桌前，高兴地笑着，看着门外。

大福进屋，走到饭桌前，看着阮秀和小满：“小满、荷花，我们一家人，住在这深山里，也没有什么亲戚朋友。”

大福说着，拉起桂花：“今天就只有我们两个为他们祝贺了。”

桂花从桌子上拿过一对银镯头：“荷花，这对镯头，是我出嫁时，我婆婆给我的，现在我给你戴上，你就是我们家的媳妇了。”

阮秀看着桂花：“妈，那镯头你就留下吧，我不要。”

桂花笑着：“那怎么行，这是我们家的传家宝，是一代代传给嫁到我们家的媳妇的，等以后你们的儿子结婚，你还要传给你们的儿媳妇呢！”

阮秀羞涩地：“妈……”

小满看着阮秀傻笑着：“荷花，你就让妈给你戴上吧！”

阮秀羞涩地伸出手，桂花往阮秀手上戴镯头。

327

“阮秀、阮秀……”

治疗室里，坐在椅子上睡着了的夏春光突然惊醒过来，嘴里喊着：“阮秀、阮秀……”

正在配药的马明亮听到夏春光的喊声，转身看着夏春光：“老夏，你怎么啦？”

夏春光揉揉眼睛，四处看看：“我刚刚睡着了。”

马明亮笑笑："你是太疲劳了。"

夏春光："我刚刚做了个梦，梦见阮秀还活着。"

马明亮笑起来："大白天的，你真是做白日梦了。"

夏春光看着马明亮："真的，我梦见阮秀了，她站在一条路上，我怎么追她都追不到，后来她告诉我，她嫁人了，然后她就消失了，我着急了，四处寻找着，不停地喊着她的名字，可再也找不到她了……"

"那是你太想她了，才会做那样的梦。"

"也许是吧。她都不在人世那么多年了，我一直梦见她，梦中老是见她被火烧死的情景。"

"你太累了，回去休息吧。"

"我还要写工作日记呢。"夏春光说着，翻开桌子上的日记本，拿起笔写起来。

马明亮无可奈何地摇摇头。

328

洞房里，阮秀和小满坐在床上，深情地对望着，烛光映红他们的脸。

小满的心被幸福包围了，喜悦像一股暖暖的热流，在心里涌动，他轻轻抱住阮秀，一股从未有过的感觉刺激着阮秀的神经，舒舒的，麻麻的，阮秀把手搭在小满肩上，呼吸十分的急促。

小满抱紧阮秀，把嘴对到阮秀嘴上。

阮秀抱紧了小满。

阮秀和小满热吻着，慢慢倒在床上。

小满脱去衣服，轻轻爬到阮秀身上。

阮秀慢慢闭上眼睛。

小满解着阮秀的衣服，因为激动的缘故，他的手有点不听使唤。

一股舒精爽神的热流在阮秀的身体上弥漫着。然而就在这时，阮秀脑海里突然闪现夏春光模糊的身影，身影由小渐渐变大，变得越来越大，阮秀不由得惊叫一声："影子！"

小满被吓了一跳，愣住了，四处张望："在哪里？"

阮秀伤心地哭起来："满哥，对不起，那个影子，又占满了我的大脑……"

小满愣了一会儿，难过地下床来，坐在床前，拿起烟斗，点燃烟，默默地抽着。

阮秀下床来，抱住小满："满哥，真的对不起！"

眼泪从小满眼角流出来。

阮秀抱住小满，低声哭泣："呜——呜呜……"

小满父母卧室里，小满母亲桂花坐在床上，听着阮秀和小满洞房里的动静，难过地："唉……往后……这日子……怎么过啊！"

小满父亲从床上坐起来："命，这也是小满的命啊！"

桂花忍不住低声哭泣。

洞房内，阮秀抱着小满哭着。

小满难过地搂着阮秀，眼泪流着。

桂花从床上爬起来，走进堂屋里，在神堂前烧香烧纸。

大福走过来："别搞那些敬神拜神的事了，没有用的。"

桂花不说话，在神堂前跪下，口里默念着什么。

阮秀和小满从房间里走出来。

桂花背对着阮秀和小满："荷花、小满，你们也过来拜拜。"

阮秀和小满走到桂花身边，和桂花一起跪拜。

329

暖暖的阳光下，小草坐在河岸上的草丛边，专心致志地堆石子，她那只心爱的小花狗坐在她的背后，默默陪伴着她。

一条细细的毒蛇钻出草丛。

小草没有看见毒蛇，继续堆石子。

毒蛇爬向小草。

小花狗紧张地看着毒蛇。

毒蛇就要咬到小草，小花狗猛地扑向毒蛇，用两只前爪去抓毒蛇。

毒蛇咬了小花狗一口。

小花狗惨叫一声，咬住毒蛇的脖子。

小草听到小花狗的叫声，回过头，见小花狗和毒蛇搏斗，吓得跑开。

小花狗和毒蛇拼命搏斗着。

跑着的小草停住，回过头，看小花狗和毒蛇搏斗，吓得全身发抖。

小花狗紧紧咬住毒蛇的脖子。

毒蛇死去，缠绕在狗头上的蛇身松开。

小花狗躺在地上，看着小草叫了两声，中毒身亡。

小草跑到小花狗身边，大哭："呜……呜呜……花花……花花……"

赵英提着菜篮走来，抬头看见小草："怎么了，小草?"

小草哭喊着："花花……呜呜……花花……"

赵英跑过来，小草扑进赵英怀里："奶奶，花花死了……呜呜……"

赵英看着地上的小花狗、死蛇、石子堆："小草，刚才你是不是在这里堆石子玩?"

小草哭泣着："嗯……"

"看得出来，蛇出来有可能咬到你，是花花发现了。"赵英说，"它怕蛇咬你，就咬死了蛇，蛇也咬了它，花花就中毒死了。"

"花花……呜呜……花花……"

小草哭喊着，蹲下，伸手去拉小花狗。

赵英伸手抓住小草的手："不能碰花花!"

小草哭着，硬要伸手去拉小花狗。

赵英紧紧抓住小草的手，看着死去的小花狗："它身上有蛇毒!"

小草扑在赵英腿上，伤心地哭："呜呜……花花……"

陈林和十多个麻风病人劳动回来，看见赵英和小草，听见小草伤心的哭声，连忙扛着锄头跑到赵英和小草面前，陈林看看赵英，又看着小草："小草，怎么啦?"

小草眼泪还在流："陈叔叔，花花死了……呜呜……"

赵英难过地偏过头，强忍着不让眼泪流出来。

小草看着陈林："陈叔叔，把你的锄头给我。"

陈林疑惑地看着小草："你要锄头做什么?"

"我要把花花埋在这里。"小草说，"以后我要是想它，就来这里看它。"

赵英忍不住眼泪涌了出来。

陈林被感动了："我帮你埋。"

小草摇摇头："不，花花是保护我才被蛇咬死的，我要自己埋。"

赵英抹着眼泪："把锄头给小草吧。"

陈林把锄头递给小草。

小草流着眼泪，吃力地用锄头挖坑。

赵英、陈林和十多个麻风病人看着小草挖坑，十分难过，赵英和陈林的眼泪不住地流。

挖好坑，小草把小花狗埋了，垒了一个小坟堆，小草久久地站在小花狗的坟前不愿离开，赵英、陈林和麻风病人们劝了又劝，小草才被赵英拉了回去。

330

"花花……花花……"

小草在睡梦中伤心地唤着死了的小狗。

夏春光坐在床前，看着小草脸上的泪痕，无言的痛楚凝聚在心头。

赵英走过来，看着睡梦中的小草，难过万分："小草这孩子，太孤独了。"

夏春光眼圈红红的："小狗是小草惟一的小伙伴，小狗为保护她，被蛇咬死了，对她的伤害，太大了。"

赵英偏头看着夏春光："她最缺的，是母爱。"

"是啊！"坐在一旁的马明亮感叹地说，"有好几次，我在通往山外的路口见她抱着小狗，望着山外，她说她和花花在那里等妈妈，等她的妈妈，等花花的妈妈……"

马正毅看着夏春光："春光，你既然成了小草的爹，就应该考虑为小草找个妈妈。你都看到了，没妈的孩子，多可怜……"

夏春光看看马正毅，想说什么却又忍住了。

331

"村长，你的包裹，湘西寄来的。"

夏春光和马明亮正在治疗室里整理草药，陈林提着一个包裹，拿着从县邮电局新取来的报纸走进来。

马明亮看着陈林："湘西寄来的？"

陈林点点头。

马明亮又看着夏春光："肯定是阿曼寄来的。"

夏春光不说话，低着头整理草药。

陈林把包裹放在夏春光面前的桌子上："村长，看看，是什么好东西。"

夏春光拆开包裹，拿出一件毛衣，一封信。

陈林抢过毛衣："我看看，阿曼给村长的爱情信物。"

陈林说着，翻看着毛衣："不对啊，这是孩子穿的啊。"

夏春光看着信："本来就是孩子的嘛。"

陈林看着毛衣："这么说，是给小草的？"

夏春光看着信："阿曼在信中说了，是她专门给小草织的，早就织好了，就是一直没时间寄来。"

"阿曼给小草寄毛衣……"陈林说着，想了想，"看来，她还是想做小草的妈妈。"

夏春光有些难过，从陈林手里拿过毛衣，拿着信和毛衣走了出去。

陈林看着夏春光："村长，说不定……阿曼又要来找你了。"

马明亮走过来，拉拉陈林的手："你没看见村长已经不高兴了？"

陈林反应过来："噢……"

332

苦等苦熬中，麻风村的人们历经几个春秋，走进了1973年的秋天。

一个晴朗的早晨，夏春光外出挖草药时，在村道上遇到赵英，赵英对夏春光说："小草的小学课程我已教完了，这孩子非常有天赋，成绩很好，以我的水平，不可能往上教了，该把孩子送到县中学读书了。”

“噢，这日子，一熬就熬过了这么些年。”夏春光蓦然感觉到，小草从一个孩子长成了少女，一拍脑门，“看我，怎么没注意到，小草都该上中学了……”

“你打算怎么办?”赵英问道。

夏春光想了想，看着赵英：“我把小草领到县城去上中学，不过，她在城里也没什么亲人，只能让她住校了。”

“虽然她在城里没什么亲人，但只要和牛胜利同志说一声，他也会照料小草的。”赵英说着，想了想，“不过，应该让她自己住校，锻炼一下她的独立生活能力。”

夏春光点点头：“对，她长大后，毕竟要自己独立生活，也将面临各种难以预料的磨难，不如让她现在就锻炼独立生活的能力。”

“小草这孩子，从小在麻风村长大，没有小伙伴。”赵英说，“虽然她的童年生活很孤独，但她天真活泼，对生活乐观的天性没有变，一定能很快适应学校生活的。”

“这得感谢你和老马同志这几年对她的关心培养，你们面对任何困难和不幸，都十分乐观的生活和工作、学习的态度，成了她的榜样。”夏春光说，“当然，经历了一系列的打击之后，麻风病人们也学会了坚强，懂得了乐观面对不幸，怀着过上新生活的梦想，与病魔作斗争，这些，对小草也起到了潜移默化的作用。”

赵英点点头：“病人们能从生活的阴影里走出来，是你们的关爱，给了他们勇气和信心。”

“也有你们的功劳啊。”夏春光高兴地看着赵英，“你和老马同志，与他们一起劳动，教他们文化，他们来麻风村的时候，百分之九十以上的人都是文盲，现在都达到了小学毕业以上的文化层次。”

“好了，我们不要在这里互相吹捧了。”赵英笑道，“你不是要去挖药吗，快去吧。”

“我不去了。”

“不去了?”

“我今天就在家里做准备，明天就送小草去读书，学校已经是新学年开学了。”

“对对对。”赵英点头道，“再不送去，赶不上新学年，就要等到明年了，我这就回去帮小草收拾去。”

说完，赵英走了。

看着赵英离去的背影，夏春光感慨万千：“小草有福气啊，遇到这么好的奶奶爷爷……”

333

阿丹领着儿子走到娘家院门口，儿子林丹在门口喊道：“外婆、外婆……”

阿丹母亲走出来打开门：“哟，小林丹来了。”

看到母亲，阿丹眼里涌出酸楚的泪水，扑在母亲怀里：“妈……”

母亲抱着阿丹：“又和保山吵架了？”

阿丹眼泪汪汪地：“我和他……离了……”

母亲推开阿丹：“什么？离了？”

阿丹流着泪：“离了，这么多年，他没干过什么好事，倒干了不少伤天害理的事，还欠下几条人命，被抓了……”

“天呐……”阿丹母亲惊叫一声，晕倒了。

阿丹惊慌失措地抱起母亲：“妈、妈……”

林丹吓得哭起来：“呜呜……”

阿丹连忙掐母亲的人中，母亲醒了过来，阿丹看着母亲：“妈，你怎么了，我送你去医院……”

“我没事……把我扶进家……休息一会儿就好了……”

阿丹把母亲扶到床上躺着，坐在床前守着。

母亲看着阿丹：“阿丹，妈对不起你……”

阿丹安慰母亲：“妈，我不怪你……”

母亲又说：“是我，逼着你嫁的林保山……”

“唉……”阿丹叹气道，“要怪，只能怪我的命不好……”

母亲还是很愧疚：“要说命不好，是妈的不好，是妈的命克了你……”

阿丹哭泣起来："妈……你别说了……"

阿丹父亲买菜回来，听到阿丹和母亲说的话，有些责怪地说："我早就说过，林保山的人品有问题，这下知道了吧？"

父亲说着，把菜篮放在屋里，坐在茶几前，端起一杯凉开水，喝了一口。

林丹跑过来趴在外公的腿上："外公，我爹被抓走了。"

阿丹父亲看着走过来的阿丹，眼睛一瞪："真的吗？"

阿丹点了点头。

父亲："好啊，那还不快去跟他离婚！"

阿丹母亲在房间里答道："离了，这回留给你话柄了吧。"

阿丹父亲站起来，看着外孙林丹："走，外公给你买好吃的去。"

"好。"林丹高兴地跟着外公往外走去。

334

"校长，小草这孩子，自小就是孤儿，您无论如何，要照顾一下……"县中学校长办公室里，夏春光哀求校长道，"小草要是不读书，她今后能干什么啊……"

校长叹气道："唉，关键是她没有学籍，不好办呀！"

夏春光："小草特殊的身世和经历，我都说了，她去哪儿上学啊！"

校长摇头道："实在是没办法嘛！"

"我知道，这事很为难。"夏春光焦急地看着校长，"可是……校长……"

校长想了想："要不这样，让她去小学，从小学一年级开始读？"

"校长，您这不是开玩笑吗？"夏春光渴求的目光看着校长，"小草都这么大了，还从小学读起？再说，在麻风村，她已经学完了小学课程，校长，您就收下她吧……"

"她没有上过一天的小学，一来就读中学，没有这样的先例啊。"校长无奈地说，"要不这么办吧，我们开会商量一下，你们先回去等着……"

夏春光无奈地答道："好吧……"

335

大街上人来人往。

外公领着林丹穿梭在人流中，看着街上摆着卖的东西，问问这个，买点那个。

林丹看着外公："外公，从来没看你这么高兴啊。"

"外公这辈子都堵不上你外婆的嘴。"外公笑道，"现在啊，外公不但堵了她的嘴，而且还为你妈脱离了虎口高兴。"

"外公，老虎要吃妈妈吗?"

"差不多。"外公笑了笑，领着林丹往前走去，"走，今天你要什么，外公都给你买……"

336

招待所房间里，小草走到窗前，看着坐在窗前发愁的夏春光："爹，不就是县中学不要我吗？看把你愁的。"

夏春光叹气道："唉，他们说你没学籍。"

小草赌气道："爹，他们不要，赵奶奶、马爷爷要我，奶奶爷爷不要学籍，爹，我们回去吧。"

夏春光笑起来："傻孩子，这书，想什么办法，我都得让你读上。"

小草天真地说："他们不要我，我们也别求他们了。我回去跟你学医，为叔叔阿姨们治病。"

夏春光看着小草："好孩子，就是学医，你也得进学校，把文化学好了才行……"

小草难过起来："爹，我现在知道什么叫麻风了，学校是嫌我是麻风村的。"

夏春光安慰小草："这个……他们倒没说。"

小草看着夏春光："这还用说吗?"

夏春光看着小草："唉……"

337

县中学会议室里，校长对参加会议的学校领导班子说：“刚才，我们总结了近段时间的教学工作，下面我们讨论一件事，麻风村有个孩子叫小草，要求到我们学校读书，大家商量一下，怎么办。”

“会前，我和校长就谈过这件事。”教导主任接过话说，“小草的学籍是一个问题，她还有一个大问题。”

校长：“什么大问题？”

教导主任：“小草来自麻风村，学生们都害怕麻风，不敢和她同班嘛……”

校长：“其实，麻风倒不可怕，再说，那个小草，不过是在麻风村长大，又不是麻风病人。”

教导主任：“话是这么说，可是，大家都害怕麻风村的人啊……”

校长：“是啊，麻风病从古横行至今，难怪人们害怕啊！”

教导主任：“这个小草，我们收不收，还得认真考虑考虑！”

校长：“那就再考虑考虑吧，散会……”

338

夏春光领着小草走进百货大楼，来到卖衣服的柜台前，瞧了又瞧，指着挂着的一件花衣服，对售货员说：“同志，请你把那件衣服拿给我看看。”

售货员取下衣服，递给夏春光，夏春光接过衣服，对小草说：“小草，你试试！”

小草舍不得让夏春光花钱：“爹，太贵了，我不要。”

夏春光知道小草的心思，坚持要给小草买衣服：“到县中学读书，没有好一点的衣服怎么行。”

小草反驳道：“是去读书，又不是去做客。再说，人家要不要我读书，还说不定呢。”

夏春光下了决心："先不管这个，先把衣服买了。"

小草极力反对："爹，我真的不想要，你把钱省下来，给村里那些病重的叔叔阿姨买好吃的吧。"

"试试再说。"夏春光说着，把衣服套在小草身上，正合身，夏春光不管小草要不要，对售货员说，"同志，我买了，麻烦你包起来。"

售货员用纸把衣服包好，递给夏春光，夏春光付了钱，把衣服递给小草，小草把衣服抱在怀里，她知道，这件衣服包含了夏春光对她的几多疼爱，激动得泪花滚滚。

夏春光领着小草来到卖食品、香烟的柜台，往里看着。

小草看着柜台上的食品，忍不住咽了咽口水。

夏春光看看小草："小草，想吃什么，爹给你买。"

"爹，我不要。"小草嘴里说着不要，但眼睛却盯着柜台上的水果糖。

夏春光看着售货员："同志，水果糖怎么卖?"

售货员："五角钱一斤。"

夏春光把手伸进衣袋里，拿出一张贰角票："称二两。"

售货员接过钱，往秤盘里放糖。

夏春光盯着秤杆上的称花准星。

售货员把糖倒在柜台上，又找回一张壹角票。

夏春光一手拿过售货员找的钱，一手抓起糖，塞在小草衣袋里。

小草露出幸福的微笑，从衣袋里抓出两颗糖，塞在夏春光手里："爹，你也吃。"

"我吃一颗就够了!"夏春光高兴地说着，把一颗糖拿给小草，自己留下一颗。

小草撕去包糖的纸，把糖放进嘴里含着，高兴地笑着。

夏春光看着柜台上的香烟："同志，那烟怎么卖?"

售货员："春耕烟九分钱一包，金沙江二角九一包，红梅烟三角八一包。"

夏春光："给我来一条红梅、一条春耕。"

售货员把两条烟放到柜台上。

夏春光数着手里的钱，抬起头，尴尬地笑笑："同志，红梅烟不要了，换成金沙江行吗？”

售货员把红梅烟收起，把一条金沙江丢在柜台上。

夏春光付过钱，把烟装进挎包里，拉着小草走出百货大楼，在门口和阿丹父亲、小林丹擦肩而过。

339

县中学教师宿舍前的路灯亮着。

夏春光走过来，左瞧瞧，右看看，确认周围无人后，走到校长宿舍的房门前，轻轻地敲门。

校长夫人打开门，看着门口的夏春光：“你找谁啊？”

夏春光：“我找校长，他在吗……”

校长走到门口：“你怎么又来了？”

夏春光：“小草读书的事？”

校长有些不耐烦地：“不是叫你们先回去等着吗？”

夏春光为难地说：“我们村离县城远，来回一趟不容易……”

校长：“我们学校班子讨论过了，大家都不同意……”

夏春光哀求道：“校长，我求你了，我这辈子没向谁跪过，你要是收下小草，我给你磕头……”

校长：“你这同志，怎么这样说呢，好吧，你们不想回去，在县城等也行，我再和大家商量一下，不过，能不能收我也不敢保证。”

夏春光十分感激：“行，行，那谢谢了。”

夏春光说着，从挎包里拿出一条金沙江香烟，塞给校长。

校长严厉地：“干什么？你这是干什么？”

夏春光：“一条烟，一点心意。”

校长：“不行，我怎么能收你的烟。”

夏春光把烟塞在校长手里，转身离去。

校长喊道：“喂、喂……”

夏春光已经走远了。

340

河边。磨房里。

水磨转动着，磨出的面粉落在磨箱里。

黄一凤一边扫着面粉，一边想着心事："儿子，你怎么不写信来了……儿子，你还在学校读书吗？小草都长大了，你也该长大了。"

黄一凤说着，发起呆来。

许国书扛着一小袋玉米走进磨房，看见黄一凤发呆："一凤，想什么呢？是不是想儿子了？"

黄一凤回过神："嗯……"

许国书关切地："要不，回家去看看？"

黄一凤无奈地摇摇头："回去只会自讨没趣……"

"也是，有几个病友回家去探亲，家里人都不欢迎，哭着回来了……"

"得了这病，注定就要永远远离家乡，远离亲人，还回去看什么看。"

"唉，还是我清静，老婆孩子都远走他乡了，也无什么牵挂了啊……"

"算了，说点高兴的，赵老师和马老师说得好，活着，就要高兴……"

许国书想起什么似的："村长领小草去读书，早该回来了，怎么还不见他回来，真让人担心。"

"是呀，都好几天了。"黄一凤担心地说，"也不知小草能不能读上书……"

许国书叹气道："该死的麻风病……"

许国书正叹气，柳传香和李大娃从磨房门前走过，看见磨房里的黄一凤和许国书，柳传香开玩笑道："你们两个躲在里面亲热呀？"

"瞎说。"黄一凤笑道，"你们两个才亲热呢。"

"你文化高，我说不过你。"柳传香笑笑，和李大娃走了。

路上，李大娃伸出手，拉住柳传香的手。

柳传香惊慌地甩开李大娃的手："大白天的，不怕被人看见？"

"哪里有人吗？"李大娃说着，又拉起柳传香的手，往山那边走去……

341

傍晚，县城电影院门前的广场上人来人往。

夏春光拉着小草走到电影院门口：“小草，想不想看电影？”

小草疑惑地：“电影？”

夏春光点点头。

小草还是不明白：“什么是电影？”

夏春光这才想起小草从来没有看过电影：“唉，小草长这么大了，还没看过电影，好，今天，我们就看一场电影。”

小草好奇地：“在麻风村，赵奶奶讲过，电影里有好多好多的人……”

夏春光更坚定地决定，这场电影非看不可，便对小草说：“小草，你在这里等着，我去买电影票。”

小草点点头，在电影院门前的台阶上坐下。

不一会儿，阿丹拉着儿子走来。

夏春光拿着电影票走到小草面前。

阿丹低着头，拉着儿子走过来。

夏春光抬起头，看见阿丹，惊喜地叫道：“阿丹！”

阿丹抬起头，看见夏春光，身子微微发抖。

夏春光走到阿丹面前：“回娘家了？”

阿丹点点头。

夏春光看着阿丹的儿子。

阿丹笑笑：“我儿子。”

夏春光惊讶地：“哦，岁月不饶人呀，你孩子都这么大了。”

阿丹对儿子说：“林丹，叫大爹。”

林丹看看夏春光：“大——爹——”

夏春光抱起林丹：“乖！”

阿丹低着头：“老夏，明亮……他……还好吧……”

夏春光脱口而出：“还是一个人，老样子！”

阿丹一怔：“他……还没结婚？”

夏春光反问道：“长期蹲在麻风村，和谁结？”

阿丹欲言又止，从夏春光怀里抱过儿子：“老夏，我还有事……有空，到我家里坐……”

“嗯……”夏春光笑笑，拉着小草走向电影院。

342

书桌上的台灯亮着。

阿丹躺在床上望着屋顶，彻夜难眠，她和夏春光在电影院门口见面时说的话，一遍遍地在她脑子里回荡：

“老夏，明亮……他……还好吧……”

“还是一个人，老样子！”

“他……还没结婚？”

“长期蹲在麻风村，和谁结？”

马明亮还独身着，阿丹的心受到了极大的震颤，夜已经很深了，她还是无法入睡，把身子翻过去，把头蒙在被子里……

343

清晨。江梅和校长边走边谈，从大门内走到大门外。

夏春光拉着小草走过来，看见江梅，高兴地喊道：“江所长！”

校长走过来，看着夏春光：“不是叫你等着吗，孩子入学的事，我们还要研究……”

江梅看着夏春光：“老夏，夏大英雄……”

夏春光笑笑：“什么英雄，都是陈年旧事了……”

小草看着江梅：“江阿姨！”

江所长欣喜地看着小草：“你是小草？”

小草点点头，说：“江阿姨，我老是梦见你，我好想你，又不敢来看你……”

小草说着，眼泪涌出眼眶。

江梅感动得一把把小草搂在怀里，眼泪流了出来：“好孩子……这么多年过去了……你还记得我……”

校长看着江梅：“江局长，你们认识？”

江梅看着小草：“她是我的学生。”

江梅说着，又看着夏春光：“他是鼎鼎有名的大英雄呀。”

校长惊诧地：“大英雄？”

江梅想起什么似的：“对了，你调来我们县不久，不知道老夏的事。”

校长歉意地看着夏春光：“对不起，多有得罪……”

夏春光笑着：“校长言重了。”

江梅看着夏春光和小草：“你们进城有事吗？”

夏春光：“小草该读中学了。”

江梅：“好啊，就让她在县中学读嘛。”

夏春光把江梅拉到一边，低声说：“小草没上过小学，小学课程是老马和老赵教的，校长说小草没有学籍，不让小草读书。我又不愿去找牛胜利同志开后门……”

江梅：“学籍倒是个问题，不过，小草情况特殊……这样吧，我调到县文教局当局长了，这个后门，我来开开……”

江梅说着，走到校长面前：“校长，小草上学的事，能不能特殊情况特殊处理？”

校长：“既然局长都这么说了，也不是不可以，只是……我想出题考考小草，看她的小学课程学得怎么样……如果不行，我建议她从小学读起，这也是为她好……”

夏春光看着校长：“什么？要考试……”

344

马正毅夫妇坐在宿舍门口，张望着山那边山坡上进麻风村的山路。

“去了这么多天了，春光还不回来，会不会出了什么事？”

赵英说着，眼里露出担忧的神色。

马正毅想了想：“春光是个稳重的人，应该不会出什么大事。”

赵英不知道说什么好，期待地看着山那边进村的山路……

345

树上的知了无休止地叫着。

夏春光在教室外的大树下踱来踱去，焦急地等待着。

小草一个人坐在教室里答题，两个监考老师默默地看着小草。

346

夜里，夏春光坐在招待所宿舍窗前的桌子旁，把放在桌子上的笔、墨、文具盒装进给小草买的新书包里。

“呜呜……”

已经熟睡的小草突然在梦中哭了。

夏春光把书包放在桌子上，跑到床边，轻声呼唤着：“小草……小草……”

小草哭着醒来，看着夏春光：“爹，我梦见我考了100分……可是……可是……老师就是不要麻风村来的学生……”

“小草，梦是反的。”夏春光安慰小草，“老师一定要你的!”

小草看着夏春光：“真的吗?”

“嗯!”夏春光点点头，“快睡吧，早睡早起，明天早早起来，去学校看考试成绩。”

“嗯……”

小草答应着，闭上眼睛睡觉，眼角泪痕斑斑……

347

“不简单，不简单……”

校长办公室，校长激动地对江梅说着。

夏春光领着小草来到门口，轻轻敲了敲门。

校长偏头看见夏春光和小草，连忙招呼道："快进来……快进来……"

夏春光和小草走进来，校长欣喜地对小草说："一个没进过小学的孩子，有那么优秀的成绩，真不敢想象……"

"赵英同志和马正毅同志参加革命前，是省立师范学校的优等生，他们要不是师范毕业就跟着革命队伍走了，从事教育工作的话，一定是优秀的教育家。"夏春光高兴地说，"我就想，小草是他们教出来的学生，成绩一定不会差！"

"这些年，学生们今天学工，明天学农，没有好好读书，小草在赵阿姨他们的精心培养下刻苦学习，反而取得了优异成绩。"江梅说着，看着小草，"小草，你可以到县中学读书了！"

"谢谢江阿姨，谢谢校长……"小草说着，流下了激动的泪水。

校长看着小草，亲切地笑着："真是个懂礼貌的学生！"

348

教学楼门口，阿丹张望着，见校长、江梅、夏春光领着小草走过来，连忙迎上去："夏村长，想不到这么巧，我刚调回来，小草就成了我的学生，我是她的班主任。"

"什么？"夏春光疑惑地看着阿丹，"你又调回我们县中学教书了？"

阿丹点点头："现在还是借调，调动手续还没办。"

"阿丹以前我就知道，她是个优秀的教师。"江梅说，"看到她要求调回来的申请，我马上就批准了。"

"谢谢江局长对我的关心和信任。"阿丹说着，看着校长，"谢谢校长让我在教学第一线工作。"

"江局长说得好，不管其他地方的学校怎么办，我们的学校还是要以教学为主。"校长笑道，"我也打听过你以前在学校的情况，你确实是一个优秀的教师，应该挑大梁。"

"好了，小草就交给阿丹老师了。"江梅说着，转身看着校长，"我们去看看学校的那几间危房。"

“好！”校长答应着，和江梅一起走了。

夏春光看着校长和江梅：“谢谢你们了，慢走……”

小草招手道：“校长再见，江阿姨再见！”

江梅和校长回过头，向夏春光和小草招招手，往前走去。

夏春光回头看着阿丹，关心地问：“你丈夫也一同调过来了？”

阿丹偏过头：“我们……离婚了……”

夏春光十分惊奇：“什么？”

阿丹不知说什么好。

夏春光看着阿丹：“真离了？”

阿丹点点头：“离了！”

夏春光：“这……”

小草看看夏春光，又看看阿丹，不太明白他们谈论什么。

阿丹极力控制着不让眼泪流出来。

夏春光看着阿丹：“能告诉我为什么吗？”

“老夏，我要上课去了！”阿丹说着，拉起小草，转身疾步走了。

夏春光看着阿丹：“阿丹……”

阿丹停下片刻，没等夏春光再说什么，又拉着小草疾步走了。

夏春光看着阿丹的背影，思索着：“到底发生了什么事……”

349

夜晚。

马正毅夫妇宿舍里，马明亮看着夏春光，惊叫道：“什么？阿丹离婚了？”

坐在一旁的马正毅把茶杯放到桌子上，看着夏春光：“到底怎么回事？”

夏春光摇摇头：“阿丹没告诉我。”

“那年我去溪畴县找草上飞，看到林保山被他情妇的男人堵住，要炸死林保山，反被林保山砸死了，我以为阿丹的婚姻到头了……后来，我的老同学来信说，林保山在那次事件后，还官升一级，他和阿丹的婚姻，反而稳定了……”马明亮说着，看着夏春光，“怎么现在又离婚了？”

“依我看，林保山和阿丹没有坚实的感情基础。”马正毅说，“现在离婚，也没什么奇怪的。”

马明亮从身边的凳子上拿起香烟，抽出一支，点上火，深深吸了一口。看得出，他在为阿丹担心。

夏春光看着马明亮：“明亮……我知道，你心里放不下阿丹……”

马明亮低下头：“那又怎么样？”

夏春光：“我想，你应该去看看她……”

“你们聊着……”马明亮站起来，看着夏春光，“我出去走走……”

说着，马明亮走了出去。

看着马明亮的背影，夏春光和马正毅夫妇不知说什么好。

“春光，有阿曼的消息吗？”马正毅突然想起什么似的，“她结婚了没有？”

“她给我写过很多信，我都没有回。”夏春光苦笑道，“从她的信里看，应该还没有结婚。”

“唉，不是说，有情人终成眷属吗？”赵英叹气道，“阿曼对春光有情，明亮和阿丹有情，他们还是不能走到一起。”

“也许是有缘无分，我和阮秀情如海深，结局却是生死两隔……”夏春光说着，有些伤感，站了起来，“嗨，时候不早了，休息吧……”

夏春光说着，走了出去。

350

湘西。街道上。三三两两的行人在路灯下散步，夜风吹着街道两旁的行道树，不时有落叶掉下来。

高文辉和阿曼慢慢走在街道上，高文辉一边走一边对阿曼说：“你的心，一直被夏春光占据着……”

阿曼看看高文辉，欲言又止。

“我爱着你，那么多年了，我的爱，一直没能焐热你的心。”高文辉说着，停下脚步，低下了头，“我们既然有缘无分，我只好答应我们医院的阿娇，和她结婚了……”

阿曼一愣，看着高文辉，心里五味杂陈。她一直期盼高文辉放弃她，获得他自己的爱情和婚姻，当她的这种期盼突然变成现实，她却产生了猝不及防的感觉。

高文辉低着头：“阿娇……一直……追我……有好几年了……我不能……再耗费她的青春年华了……”

阿曼愣愣地看着高文辉，什么话也说不出来。

“我父亲去世后……母亲很孤独。”高文辉说着，眼泪流了出来，“她老人家一直催我，给她找个儿媳妇，等有了孙子，她领着孙子，就不孤独了，我父亲活着的时候，一直念着……要抱孙子，我没有满足他这个愿望……他就走了……我不能再让我母亲……没有抱上孙子就……”

阿曼装出笑容：“阿娇喜欢你，我早看出来了……祝福你们……”

高文辉抬起头，看着阿曼：“你真的不会……和我走到一起？今天……我算是最后一次向你求婚，如果，你能放下那个夏春光……”

“别说了，要是能放下，我早就放下了。”阿曼克制着内心的痛苦，笑着说，“你和阿娇，才是有缘有分之人……”

“阿曼，那我先走了……”高文辉失望地说，“那边……阿娇……在等我……”

阿曼笑笑：“快去吧，别让人家等得太久。”

高文辉盯着：“我真去了？”

阿曼笑着，点头。

高文辉：“阿曼，你真不想留下我？”

阿曼笑着：“你快去吧，我们是不可能的。”

高文辉看着阿曼，眼泪在眼眶里转。

阿曼笑着：“真的，文辉，你不能再失去阿娇了。”

高文辉闭上眼睛，眼泪从眼角流出来。

阿曼极力控制着，不让眼泪流出来，始终笑着。

高文辉绝望地转过身，流着泪跑了。

阿曼抬起头，仰望着天空，忽然狂奔而去，跑到城外无人的江边，望着湍急的江水号啕大哭：“呜……呜……呜呜……”

351

麻风村外的河边，马明亮靠在树上抽着烟，烟火在夜色中忽闪忽闪的。他又想起了和阿丹在县城河边约会的情景……

那是一个月朗星稀的夏夜。马明亮拉着阿丹的手，从桥上走到一棵小树旁。

阿丹靠在河边的树上，深情地注视着马明亮。

马明亮上前一步，抱住阿丹。

阿丹把头放在马明亮肩上。

"阿丹，假如我们以后遇到困难，你能跟我受一辈子苦吗?"

"几辈子……也能……"

马明亮把嘴贴到阿丹嘴上。

阿丹和马明亮热吻起来……

回忆着以前和阿丹在一起的点点滴滴，马明亮心里酸酸的，他在河岸上走来走去，夏春光说的话叩击着他的心扉："明亮……我知道，你心里放不下阿丹……"

352

傍晚，阿丹在院子里浇花，突然传来敲门声。

阿丹放下浇花桶，走过去打开院门，见赵英站在门口，万分意外："赵阿姨，怎么是您……"

"阿丹，我和老马刚从麻风村回来。"赵英关切地说，"听说你回来了，我来看看你。"

阿丹不知说什么好："赵阿姨……"

"怎么，不方便?"

"不，赵阿姨，请进吧!"

赵英跟着阿丹走进客厅里，阿丹母亲靠在椅子上剧烈咳嗽。

赵英看着阿丹母亲："老大姐，身体不舒服？"

阿丹母亲点点头。

阿丹搭话道："这段时间，我妈身体一直不好？"

赵英关切地问："上医院看了没有？"

阿丹母亲无所谓的样子："看了，老了，哪有一时半会儿看好的病……"

赵英欲言又止。

阿丹母亲接着说："阿丹，我身体不方便，先去睡了，你招呼一下赵阿姨……"

阿丹看着赵英："赵阿姨，到我房间坐坐吧！"

赵英跟着阿丹走进房间里，阿丹的儿子林丹躺在床上睡着了。

赵英在窗前的梳妆台前坐下，看着站在一边的阿丹："阿丹，你也坐吧。"

阿丹在赵英对面坐下。

赵英看着阿丹："阿丹，你的情况，夏春光同志给我讲了一些……"

阿丹起身："赵阿姨，我给你泡茶去。"

赵英拦住道："不用了，坐下吧，坐下说说话。"

阿丹坐下来，看着窗外，沉默不语。

赵英开导起阿丹来："阿丹，人活在世上，总是一路坎坷，把心放宽些，一切就都好了。"

阿丹低下头，不知说什么好。

赵英认真地说："其实，明亮心里一直没有放下你，我是替明亮来看你的，你不知道，明亮也是个苦命的孩子。"

阿丹一怔："他是苦命的孩子？"

"是啊，现在，公开他的身世，也没什么了……"

赵英说着，向阿丹讲述马明亮的身世……

353

马明亮拿着和阿丹的合影，在油灯下看着：

“阿丹，你为什么要离婚，离婚的是你，心疼的却是我，你怎么这样狠心……”

354

“呜……呜呜……”

听了马明亮的身世，阿丹难过得哭了：

“当初，我一再追问，明亮就是不告诉我，他为什么要去麻风村……要是知道这些……也许我……”

“他是怕连累你啊！”赵英无奈地说，“要是你们最终没有走到一起，如果别人知道他是麻风病人的弃儿，你和麻风病人的弃儿相爱过，就会歧视你啊……”

“怪不得，他说……只有我支持他去麻风村……他才告诉我为什么……”

“好了，别哭了。”赵英安慰阿丹道，“过去的事情，就让它过去吧……”

赵英说着，忽然看到了梳妆台上的长命锁，不由得愣住了。

阿丹见赵英愣愣地看着长命锁，疑惑地喊道：“赵阿姨……”

赵英盯着长命锁：“这是谁的？”

阿丹：“我儿子的。”

赵英：“我可以看看吗？”

“赵阿姨，你看吧，又不是什么稀罕物。”

赵英站起来，拿起长命锁细看，看见长命锁上刻着的细细的小字“马征”，情不自禁地喊道：“是它，是它……”

阿丹站起来，惊奇地看着赵英：“赵阿姨……你说什么？”

赵英急切地问：“这把长命锁是哪来的？”

阿丹：“这是孩子出生时，他爹送给孩子的礼物，一直戴在孩子身上……”

赵英追问：“孩子他爹叫什么名字？”

阿丹：“林保山啊……”

赵英：“看我……怎么糊涂了……还有没有其他名字？”

阿丹：“没有！”

赵英："难道，他就是……"

阿丹："阿姨，是什么？"

"噢，也许是巧合。"赵英把长命锁小心翼翼放回原处，心里很不平静，但她努力克制着，"阿丹，你能给我讲讲林保山的具体情况吗？"

"好吧……"

355

"林保山，你是个男人吗？有本事娶阿丹，却没有本事给阿丹幸福……"

马明亮愤愤地骂着，把他和阿丹的合影夹进一本书里，站起来，开门走了出去。

夜风扑进开着的门里，吹得桌子上的油灯忽闪忽闪的……

356

"这个林保山，真够坏的……"听了阿丹的讲述，赵英一阵感慨，"还好，你现在也算是跳出苦海了！"

阿丹擦擦眼泪："都是命啊！"

"唉……"赵英叹了口气，"阿丹，人的一生，会经历很多痛苦，忘记痛苦，愉快地工作，快乐地生活……"

阿丹点点头："谢谢赵阿姨……"

357

麻风村里，马明亮在村道上走着，思索着……

358

阿丹卧室里，阿丹拿着长命锁，猜测着："赵阿姨怎么对这把长命锁感兴趣……”

359

“老马……老马……”

赵英急匆匆回到家门口，用钥匙打开门，进屋后急切地呼喊着。

马正毅从卧室里走出来：“什么事？看把你急的！”

赵英急急走到马正毅面前：“你猜我看到什么了？”

马正毅：“看到什么了？”

赵英：“长命锁，当年我们儿子出生时，你给我们儿子的那把长命锁。”

马正毅一惊，不相信地看着赵英，“你会不会看错了？”

“我怎么可能看错。”赵英肯定地说，“这么多年来，那把长命锁老出现在我梦里，我怎么会看错了？”

马正毅：“长命锁在哪里？”

赵英：“阿丹手里。”

马正毅更加疑惑：“阿丹手里？”

赵英：“阿丹说，这是她前夫林保山的。”

马正毅惊奇地：“它怎么会在林保山手里？”

赵英：“太奇怪了……”

“我去找阿丹，把事情问清楚。”马正毅说着，急着要出门。

赵英：“这都什么时候了，阿丹睡了，明天再问吧。”

“看我急的。”马正毅说着，坐了下来。

赵英在马正毅身边坐下：“我们中年得子，看到它，就像看到了我们失踪的儿子马征，心里像刀割似的疼！”

“我的心情和你一样。”马正毅说着，往事浮现在脑海里……

那天，赵英要生孩子了，马正毅在战地医院帐篷外踱来踱去，帐篷里传来妻子临产前疼痛难耐的喊叫声，马正毅在帐篷外焦急地走来走去，突然听见帐篷里传来婴儿的啼哭：“哇……哇……”

一个女医护人员跑出帐篷，高兴地看着马正毅：“团长，生了！”

马正毅惊喜地看着女医护人员："生了?"

女医护人员："生了个儿子!"

马正毅激动地冲进帐篷，冲到赵英床边。

赵英躺在床上，刚出生的儿子枕在她的臂弯里。

马正毅欣喜地看着儿子："我当爹了，我有革命的接班人了……"

赵英露出甜蜜的微笑。

马正毅从上衣口袋里掏出长命锁，看着赵英："给儿子挂上，儿子就能健康成长!"

赵英笑着："你也信这个?"

"信不信那是一回事，但这是我出生时，我爹给我的。"马正毅看着手里的传家宝，"我早给儿子取好了名字，叫马征，我已经在上面刻上了儿子的名字，算是给儿子的祝福!"

赵英高兴地接过长命锁，给儿子戴上……

马正毅回忆着往事，心情异常激动，他坐不住了，站起来，走到窗前。

夜风吹动窗帘，马正毅拉开窗帘布，窗外不知什么时候下起了雨。

赵英走过来："睡吧，有什么事明天再说。"

马正毅摇摇头："儿子失踪那么多年了，现在突然出现我给儿子的东西，这怎么睡得着!"

赵英想说什么说不出来，默默看着窗外。

窗外，风雨交加。

马正毅凝视着窗外，往事涌上心头……

那天，十多个军官在战地指挥所里开会，马正毅展开军用地图，和大家一起看着，分析着。

帐篷外的草地上，马正毅两岁的儿子马征在草地上玩耍。

赵英抱着衣服走出帐篷。

一只小野兔在马征前面的草地上跳跃。

赵英走到帐篷外的木桩上拴绳子。

马征追赶小兔。

小兔跑跑停停。

马征不停地追。

赵英在两根木桩之间拴着的绳子上晾衣服。

小兔子跑进树林。

马征追进树林。

指挥所里，马正毅在讲话：“目前，敌人作最后的挣扎……”

传来报告声：“报告！”

马正毅：“进来！”

侦察参谋跑进来：“前沿侦察哨报告，敌人发现我部指挥所，正以十倍的兵力包抄过来，距离已不远了！”

马正毅：“通知部队，按预定计划，立即转移。”

帐篷外，赵英在草地上晾衣服。

马正毅骑马奔到赵英面前：“快，马上转移！”

赵英四处看看：“儿子呢？”

马正毅反问：“儿子不见了？”

“是啊。”赵英的目光四处搜寻着，“刚刚还在帐篷外玩啊！”

马正毅冲进帐篷，在帐篷内四处搜索。

赵英跑进帐篷：“找到吗？”

马正毅着急地：“不在，快到外面找！”

赵英和马正毅跑到帐篷外，四处张望。

赵英呼喊着：“征征……”

马正毅大声喊道：“征征……“

警卫员骑马奔来：“团长，敌人冲过来了，距离我们不到一公里了！”

马正毅看着赵英：“快上马，来不及了……”

赵英眼泪快掉下来了：“你们先走，我再找找！”

马正毅跳下马，把赵英晾晒的衣服收在一起，递给赵英抱着，强行把赵英抱上马，自己也跳上马，打马狂奔而去……

山路上，部队急速转移。

赵英和马正毅骑马奔跑在山路上，赵英转过头呼喊着：“征征……

征征……”

马背上，马正毅向队伍挥手：“快，加快速度……”

“算起来，马征的年龄和林保山的年龄倒是很相仿。”马正毅从往事中回过神来，对赵英说。

赵英望着马正毅：“难道林保山……就是我们丢失的儿子？”

“有这可能吗？”

赵英哭起来：“年轻的时候，因为战争，我们没有要孩子，生下马征后，我受了重伤，不能再生了，我对不起你，我一生就给你生了个儿子，还把他弄丢了。”

马正毅安慰妻子道：“怎么能怪你呢，你为革命负了伤，是你的光荣，也是我的光荣。孩子丢了，也怪不得你……”

赵英扑进马正毅怀里：“老马……”

马正毅轻轻拍着赵英的肩膀，眼泪流了出来。

360

赵英坐在县中学办公室里，不停地往窗外张望着，阿丹走进来，赵英连忙站起来：“阿丹……”

阿丹看着赵英：“赵阿姨，您找我？”

赵英走过去：“你儿子的那把长命锁，就是我儿子失踪时，戴在身上的那把。”

阿丹诧异地望着赵英：“什么？”

赵英十分难过：“这么多年了，儿子从没消息，现在这把长命锁突然出现了……”

阿丹惊疑地看着赵英：“林保山会是你失踪的儿子？”

赵英：“很难说。你不是说，林保山是他父母从逃荒路上捡来的吗？”

阿丹摇摇头：“世间不会有那么巧合的事吧？”

赵英以征询的目光看着阿丹：“你能陪我们去见见林保山吗？”

阿丹摇摇头：“我不想见到他……”

赵英不好勉强阿丹："你不方便的话，我们自己去就行了……"

"阿姨，还是别去了，林保山现在是什么样的人，我不是告诉您了，万一他真是您失踪的儿子，见到他现在的样子，您会受不了的……"阿丹说，"要是林保山不是你们的儿子，去找一回，还把埋在心里的伤疤揭痛了……"

"是啊，这林保山实在是坏透了。我的儿子要是还活着，他会变成那样的人？"

"阿姨，人的成长环境，会决定他一生的命运……就拿明亮来说，一个麻风病人的弃儿，不是被你们捡到，不是在你们身边长大，他的命运，会是今天这样吗？"

赵英有些不知所措："我这心里，从来没有这么乱过……"

阿丹劝慰道："阿姨，您还是再好好考虑考虑吧……"

赵英难过得眼泪滚滚。

阿丹看着赵英，不由一阵心酸。

赵英期待地看着阿丹。

"对不起，我该去上课了……"

阿丹说着，满怀歉意地走出了办公室。

赵英无助地看着阿丹的背影："阿丹……"

361

太阳躲在云层里。

冷风一阵阵吹来。

马正毅和赵英慢慢走向汽车站，赵英边走边说："阿丹说，林保山这个混账，那年他杀了他那个相好的丈夫，仗势躲过了一死，还升了官，后来他又和别人争夺女人杀了人，现在落入了法网，要对他新账老账一起算。"

马正毅摇摇头："我真无法想象，像他这样的人，是怎么一路飞黄腾达的。"

"这些年，不就是他这样的人钻了政治的空子吗？好在我们县，地处边远，领导班子又一直是我们一起出生入死，九死一生的老革命，才没有像其他地方那样乱。”赵英说，“在这样的背景下，像林保山这样得势的人，可是不少哇……”

“你说得对，我们不但地处边远，还有省里和北京的老首长支持，有幸躲过一次次劫难……”马正毅感慨地说，“阿丹说得不是没道理，不是我们儿子吧，去找一回，还把埋在心里的伤疤揭痛了……”

赵英眼里落下串串眼泪。

马正毅又说：“万一林保山真是我们的儿子，苦苦寻找那么多年，寻找到的儿子是个杀人犯，这让我们怎么承受得了？”

“我也知道，有些事，含糊一些好，什么都弄明白了，反而带来更多的痛苦。”赵英说，“我也想让一切都顺其自然算了，可做不到啊，难啊……”

马正毅和赵英边走边聊着，走进了汽车站，走向开往溪畴县的客车。

阿丹跑来：“赵阿姨……”

赵英和马正毅回过头。

阿丹跑到赵英面前：“赵阿姨，还是我陪你们去吧，我陪你们去，林保山的父母，会更好地配合你们。”

马正毅感激地看着阿丹：“这样最好不过！”

司机在车上催促：“去溪畴的快上车，车要开了！”

阿丹：“赵阿姨，马叔叔，我们走吧！”

“走。”赵英说着，和马正毅一起上车，阿丹跟了上去。

362

一条薄薄的竹片在一双苍老粗糙的手里飞舞。

林保山的养父坐在院里编竹筐，竹片在他手里舞动着。

“爹！”

阿丹领着赵英、马正毅走进院里，阿丹看见林保山的养父，亲切地喊了一声。

林保山的养父听到喊声，停下手里的活计，抬起头，见是阿丹喊他，怔怔地看着阿丹。

“爹!”

阿丹又喊了一声。

林保山养父的眼泪夺眶而出，他看着阿丹，泪流满面，嘴唇颤抖着说不出话来。

“爹……我是阿丹……”

阿丹喊着，眼泪涌出眼眶。

“阿丹……”林保山养父泣不成声，“回……回……回来啦……”

阿丹流着泪：“回来啦……”

林保山的养父站起来：“老婆子……阿丹……阿丹回……回来了……”

林保山的养母从屋里出来，呆呆地看着阿丹。

阿丹看着林保山养母：“妈，您还好吗……”

林保山的养母悲痛而泣：“呜……呜……”

阿丹跑过去，扑到林保山养母怀里，和林保山养母抱头痛哭。

林保山养父回头看了看闻讯赶来，在院门旁看热闹的孩子们，又看着赵英、马正毅，对老伴说：“客人来了……别哭……”

阿丹看着林保山的养父：“这是赵阿姨、马叔叔，他们找你们了解点事。”

“到家里坐……”

“家里坐……”

林保山养母、养父擦着眼泪，招呼道。

阿丹领着赵英、马正毅进屋坐下。

林保山养母难过地看着阿丹：“阿丹，是我们害了你……”

“妈，别这么说，都是命……”阿丹劝慰道。

林保山养父老泪纵横：“我们两口子不能生养，老天有眼，让我们在逃荒路上捡到个儿子，谁知把他养大，他成了个祸害，这都是命呀……”

赵英看着林保山的养父：“你们捡到孩子时，他身上都有什么?”

林保山养父：“脖子上挂着把长命锁，就是我孙子林丹带走的那把……”

赵英从包里拿出长命锁：“是这把吗?”

林保山养父接过长命锁看着："是，就是这把！"

赵英难以抑制复杂的心情："他背上有什么标记没有？"

林保山的养父："背上有一块伤疤……"

"天呐……"赵英惊叫一声，昏倒在地，马正毅连忙抱起赵英。

阿丹大呼："赵阿姨……赵阿姨……"

大家又是喊，又是掐人中，好一阵才把赵英弄醒。

363

一道铁窗，把监所与探视室隔成了两个世界。铁窗内是犯人待的地方，铁窗外有一排椅子，是探视人员的座位。

赵英和马正毅坐在长椅上，焦急地等待着，林保山的养父母坐在一旁，呆呆地望着铁窗内的铁门。

不一会儿，传来铁门的响声。紧接着，铁窗内的铁门打开了。

两个持枪的警察把戴着手铐脚镣的林保山带了进来。

赵英和马正毅站起来，怔怔地望着林保山。

林保山默默地看着铁窗外的养父母。

"保山……"林保山的养父喊着，站起来。

林保山转过身去，背对着养父母。

监所的一个领导走到铁窗外："林保山，这是你第一次，也是唯一的一次和你的亲人见面，你要珍惜这样的机会。"

林保山转身，走到铁窗前。

赵英看着林保山，激动地说："是他……是他……"

马正毅喃喃地说道："还看得出来小时候的模样！"

林保山看看赵英，又看看马正毅："你们是谁？你们来干什么？"

林保山的养母："保山，他们是你的爹妈！"

林保山狂笑："哈哈……哈哈哈……"

赵英的身子微微发抖。

笑过之后，林保山恨恨地说："爹妈？我爹妈？在我快要死的时候，竟然冒出两个人来，说是我爹妈！"

林保山养父：“保山，他们是你亲爹妈！”

赵英举起长命锁：“征征，你看……”

林保山看着长命锁，怔怔地看着赵英。

赵英拿长命锁的手颤抖着。

林保山看着长命锁：“这东西怎么在你手里？我儿子呢？”

赵英、马正毅：“征征……”

林保山惊疑地：“征征？”

赵英看着林保山：“那是你小时候的名字！”

林保山摇着头：“这不可能，不可能！”

赵英盯着儿子：“保山，我是你的亲生母亲，你的妈妈……”

林保山惊得目瞪口呆。

林保山养父：“你也知道的，你是我们捡来的，她是你的亲妈！”

林保山双手抱头：“天哪……”

马正毅眼泪汪汪地喊道：“征征……”

林保山抱头痛哭：“呜……呜呜……”

林保山哭着，突然抬起头，抓住铁栏杆，睁着冒火的双眼：“你们是我爹妈？这么多年，你们都跑到哪里去了？”

狱警严厉地看着林保山：“林保山，坐下，态度放端正点。”

林保山慢慢坐下，低头痛哭……

赵英失声痛哭：“呜呜呜……”

林保山养父拉老伴一把，和老伴悄悄离开。

364

阿丹站在监所外的高墙下，仰头看着天空发呆。

林保山养父母默默地走到阿丹身边。

阿丹看着林保山的养父母：“见着了吗？”

“见着了。”林保山养母小声说着，在阿丹身旁默默站着。

林保山养父看看天空，低下头，说不出话来。

阿丹仰望着天空中的飞鸟发呆……

365

铁窗外，马正毅老泪纵横。

赵英哭泣着告诉儿子：“你是在部队里生的，一次，敌人重兵突袭，部队转移时，你失踪了……”

林保山背对着赵英、马正毅。

马正毅接过话：“后来，我和你妈妈一直找你，就是找不到……”

林保山的身子颤抖起来。

赵英的眼泪越流越多：“今天终于找到你了……可是……”

林保山转过身仇视着：“我已经成了即将掉脑袋的流氓、杀人犯了，是吗?”

赵英用手抹着脸上的泪水。

林保山大喊：“难道，这全怪我吗？你们没有责任吗?”

赵英、马正毅听着儿子的叫喊，眼泪滚滚。

林保山哭泣着：“小时候……和小伙伴在一起玩……常常受到他们的欺负……”

“征征……”赵英喊着儿子，想说什么，说不下去，眼泪止不住地流着。

林保山继续说：“人家动不动就骂我无娘儿……骂我是捡来的野种……从那个时候我就发誓……我要成为人上人……我要让别人知道受人欺负的滋味……”

儿子的话，让赵英哭泣不止。

林保山昂起头：“这些年……我不害人，别人就害我，我不打人，别人就打我……”

马正毅抬起头，痛楚地喊道：“别说了……我的儿子……”

林保山低下头：“我不是你儿子，我是流氓，是杀人犯……”

林保山说着，慢慢抬起头：“可那都是我从小到大成长的环境逼的……”

马正毅摇着头：“这一切都不是理由，一个有理想、有良知的人，在任何环境下，都不会人性泯灭……”

林保山狂笑起来：“哈哈哈……”

赵英望着林保山，说不出话来。

林保山大喊：“我要回监舍!”

赵英眼泪汪汪地看着儿子：“征征……”

林保山走到门口，警察押走林保山。

赵英、马正毅抓着铁窗上的钢筋，望着林保山离去，大声呼喊着：“征征……”

366

清明节。

冷风“呜呜”地刮着，卷起地上的树叶飞舞着。

眼泪滴在赵英手里的长命锁上。

马正毅和赵英站在林保山坟前，赵英看着手里的长命锁流着泪。

马正毅看着赵英：“收起来吧，看了心里又难过。”

马明亮和林保山的养父母站在旁边，默默看着。

赵英流着泪，把长命锁放在林保山坟头上：“既然是给他的东西，还是留给他吧，免得以后看到它，又伤心……”

马正毅看着坟头上的长命锁，眼泪流了出来。

几只乌鸦“嘎……嘎……”叫着飞过，添了几分凄凉。

赵英控制不住，扑在坟头上痛哭：“呜……呜……呜呜……妈妈没照管好你，把你弄丢了……妈妈……对不起你……”

马明亮走上前，把母亲拉起来：“妈……”

赵英一把抱着马明亮，声泪俱下：“明亮……呜……呜呜……”

马正毅上前一步，抱住赵英和马明亮，流着泪说：“我们还有明亮……回去吧……”

泪流满面的林保山的养父母在一旁看着，林保山的养母终于忍不住号啕大哭：“呜……呜……呜呜……”

367

“爹……我回来啦……”

1977年冬天的一个傍晚，马明亮和夏春光正在治疗室里忙着，听到一个熟悉的喊声，他们惊喜地跑出治疗室，见小草和阿丹骑马来到治疗室门口。

“爹！”小草呼唤一声，跳下马，跑上去，扑进夏春光怀里，“呜呜呜”哭起来。

马明亮和阿丹对视着，不知说什么好。

夏春光热泪盈眶：“小草，回来了，还哭……”

小草哭着：“我想你……想我们麻风村……”

马明亮转身欲进屋。

阿丹轻声唤道：“明亮……”

马明亮站住。

阿丹看着马明亮：“小草考上大学了，我是送她回来报喜的！”

马明亮猛转身：“什么？你说什么？小草考上大学了？”

阿丹点点头。

夏春光推开小草：“小草，是真的？”

小草从书包里拿出录取通知书：“爹，马叔叔，你们看，我考上北京医学院了……”

马明亮激动地从小草手里接过通知书看着：“小草考上大学了……”

“刚才光顾着高兴，把我们的客人冷落了。”夏春光看着阿丹，热情招呼道，“阿丹老师，进屋进屋……”

“走。”小草拉起阿丹，走进治疗室。

马明亮站在门口，不知所措的样子。

“明亮，你先陪陪阿丹。”夏春光转身看着马明亮，“我去叫陈林弄点好菜饭，好好招待阿丹老师。”

“我去吧。”马明亮说着，往陈林宿舍跑去。

夏春光看看阿丹：“明亮也真是的，你调回来这么多年了，叫他去看看你，他就是不去，真拿他没办法。”

“其实，他也没必要去看我。”阿丹装出不经意的样子。

“你不知道，他心里一直有你。”夏春光笑笑，“每次小草放假回来，他总从小草嘴里打探你的情况，他就是死要面子。”

“就是。”小草笑道，“马叔叔总把我当小孩子，以为你们的事情我不懂，其实，我早就明白你们的事情了，就是给马叔叔一个面子，没有说破。”

“真是人小心大。”夏春光看着小草，笑道。

“其实，阿丹老师也是死要面子。”小草说着，看着阿丹，“我从麻风村回学校的时候，她也是总从我嘴里打听马叔叔的情况，我几次叫她和我一起来看马叔叔，她心里想来，却死要面子不来，这次要不是我考上大学，叫她一起回来报信，她还不来呢……”

“小草，可别瞎说……”阿丹阻止小草道。

小草看着阿丹：“你都脸红了，还说我瞎说，要是你心里没有马叔叔，你脸红什么……”

小草正说着，陈林跑了进来：“小草!”

“陈叔叔，饭好了吗?”小草高兴地看着陈林，“我都饿了……”

陈林看着阿丹：“阿丹第一次到我们这里，我得弄点好菜好饭，我杀了只鸡，马医生正在煮鸡肉，等煮熟就可以开饭了。”

“今天有好吃的了。”小草说着，看着阿丹，“走，我们去看马叔叔他们做饭。”

“我……”阿丹迟疑起来。

“走吧!”小草拉起阿丹的手，把阿丹拉了出去。

“小草不得了啊，考取北京的大学。”陈林看着走出去的小草，感叹道。

“都是她马爷爷、赵奶奶和阿丹老师的功劳。”夏春光说，“学校不好好上课的时候，她赵奶奶、马爷爷精心传授，使她的学习成绩比在校生还好，上中学后，许多学生受外界影响，不好好读书，她一丝不苟地学，阿丹老师也一心一意培养她，成绩当然错不了。”

“一考就考个状元，考到京城去了，真让人羡慕啊……”陈林感慨地说。

“上次她回来，说今年恢复高考，参加考试的人很多，我还担心她考不上，现在，心里的石头终于落地了。”夏春光说着，想起什么似的，看着陈林，“你赶快去做饭菜去啊，她们都饿了。”

陈林看着夏春光：“你呀，真笨！”

“我笨？”夏春光不解地看着陈林。

“刚才听我说马医生在煮鸡肉，人家小草多聪明，马上就拉着阿丹老师去帮忙了，那是小草借机让阿丹老师和马医生接触啊，小草把阿丹老师喊来麻风村，肯定是有意把她和马医生拉在一起。”陈林说着，从衣袋里掏出一包香烟，抽出一支递给夏春光，“我们就等着吃现成的吧！”

夏春光一拍脑门，笑道：“看我，还真是笨……”

陈林点上烟，吸了一口，对夏春光说：“我已经收拾好了一间房子。我现在搬两套铺盖过去，让小草和她的老师住。”

夏春光点头道：“快去安排吧，安排好了，我们和老马、老赵同志一起去陪阿丹老师吃饭。”

“好的。”陈林答应着，走了出去。

368

“阿丹终于来了，我该怎么办……”

深夜，马明亮坐在河岸上，想着心事，和阿丹相爱、别离，阿丹出嫁的情景，在他脑子里交替浮现着，他心里一遍又一遍地问自己：“我该怎么办啊……”

369

“这些年，我心里不知有多少话，想对明亮说，为什么见了面，却什么要说的话也没有……”

小草宿舍里，阿丹和小草都没有睡着，阿丹躺在床上，望着窗外沉沉的夜色，心里嘀咕着。

小草躺在床上，凝视着屋顶，在心里说：“没有见面的时候，阿丹老师总向我打探马叔叔的情况，马叔叔也问我阿丹老师的情况，现在把他们拉在一起，他们怎么像陌生人似的……唉……他们到底是怎么想的啊……”

370

马明亮在河岸上走来走去：“唉……见不到她……想见她，见了她，又躲着她……”

371

“唉，他们这两个人，真是让人琢磨不透……”小草躺在床上，思考着怎么帮助马明亮和阿丹重归于好，想来想去，也想不出什么办法，渐渐地睡着了。

阿丹从床上下来，打开门走了出去，反手把门轻轻拉拢，心情沉重地走上村道，心里问自己：“我是不是不该来？或者说我没有必要来？”

372

马明亮在河岸上走着：“不见她，心里难过，见了她，心里也难过，我到底是怎么啦……难道，所有的一切，真的不可以重来了？”

373

阿丹站在村道上，望着远方：“是不是错了一次，就不可以回头了……是不是走错了一步，就得一生喝苦酒……”

374

早晨，小草从外面回来，看到夏春光坐在宿舍里洗菜，走过去：“爹，我来洗。”

夏春光笑笑：“你不是和阿丹老师一起出去的吗，阿丹老师呢？”

小草："马爷爷说找她有事，把她叫去了。"

夏春光："那我去煮饭，等会儿把阿丹老师叫来一起吃。"

小草："爹……"

夏春光："怎么了？"

小草看着夏春光："爹，我想问你点事。"

夏春光在小草身边的竹凳上坐下："什么事？"

小草："爹，我想知道……我的身世。"

夏春光一愣，欲言又止，低着头洗菜。

小草："爹，小时候，你们总说，我妈去了很远很远的地方，现在我长大了，她怎么还不回来，有出远门一去不返的吗？"

夏春光思考着怎么和小草说她父母的事。

"爹，我这几年在县中学读书，是怎么度过的，我不说你也知道。"小草说着，眼泪在眼眶里转，"同学歧视我，我早习惯了，就是我的身世……我一想起来就想哭……"

"唉……"夏春光长长叹了一口气，"按理，你大了，一切都该告诉你了，可是……"

"爹，其实，我早从别人的议论和辱骂中，知道了我的身世。"小草看着夏春光，"我只是想让你再亲口告诉我，因为你是比我亲爹还亲的爹……"

"好吧……"夏春光放下洗着的菜，讲起了小草的身世……

375

马正毅宿舍里，马正毅和阿丹面对面坐着，阿丹低着头。

马正毅想了想，说："阿丹，我看得出，你心里还有明亮，明亮呢，心里也一直装着你……"

阿丹抬头看着马正毅："叔，我不知道，我是不是真的错了……"

"阿丹，对于当年你们的选择，不能简单地说谁对谁错，毕竟，麻风村是特殊的村庄。"马正毅说，"麻风病防治工作者，和麻风病人一样，是个十分特殊的群体，对于你的选择，任何人都不该有什么非议……"

阿丹默默地听着马正毅的话，想说什么，却不知从何说起，抱歉地对马正毅说："马叔叔，小草叫我去她家吃饭呢，我过去和小草一起煮饭。"

阿丹说着，站起来，转身走出门。

马正毅追到门口："阿丹，你再好好想想，有什么需要对明亮说的话，如果你不好说，可以告诉我，我转告他……"

"叔，我知道了！"阿丹回头答复了一句，转身离去。

马正毅看着阿丹："但愿他们，不计前嫌……"

赵英提着菜篮走进屋里。

马正毅看着赵英："你刚才去哪里了，我想叫你和我一起，劝劝阿丹，却找不见你。"

"我去菜地里摘菜。"赵英偏头看看屋外走远的阿丹，回过头看着马正毅，"你和阿丹谈得怎么样？"

马正毅摇摇头："和明亮一样，没一句有底的话。"

"他们两个，在感情上现在不是火，还在冰冻中。"赵英说，"得慢慢地焐，才能把他们的心再焐热。"

马正毅默默地点点头。

376

"呜……呜呜……"

夏春光宿舍里，夏春光讲完小草的身世，小草扑在夏春光怀里痛哭着。

夏春光抹去脸上的泪水："好了，一切都过去了，等有机会，我带你去给你爹上坟……"

小草擦着眼泪："爹，我不想去读大学了，想留在爹爹身边，照顾您一辈子。"

"小草，怎么尽说傻话，女儿大了，终究要离开爹妈的。"夏春光说，"不但要读书、工作，还要嫁人的，哪能留在父母身边一辈子？"

"爹，我想好了，将来我永远不嫁人了，就留在爹身边照顾爹！"

"瞎说，爹把你养大，不就是巴望你过上好日子吗，哪能一辈子守在爹身边？"

小草很坚定地说："我就要那样……"

夏春光打断小草的话："傻孩子，快去告诉阿丹老师，一会儿过来吃饭。"

"我已经交代阿丹老师了，她会过来的。"

小草正说着，阿丹来了。

小草站起来，看着阿丹："老师，马爷爷他们对你说了什么？"

阿丹笑笑："没说什么，就是聊聊天……"

"不对……"小草调皮地看着阿丹，"他们肯定说你和马叔叔的事了！"

阿丹："尽瞎说……"

夏春光笑道："其实也没什么不好意思的……"

阿丹："老夏，你怎么也跟着小草瞎起哄，再说我生气啦！"

夏春光笑着："好好好，不说了……"

377

"小草，我想去山上找一种花，你陪我去好吗？"

麻风村外的大山下，阿丹和小草慢慢走着，阿丹想起什么似的说道。

"什么花？"小草看着阿丹，眼里流露出神秘感，"是不是你说的那种忘忧花？"

阿丹迫切地问："能找到吗？"

小草想了想："试试看吧！"

阿丹指着身旁的大山："我们去这座山上找！"

小草点头道："行！"

小草和阿丹爬上山，走到一堵悬崖下，不时向山崖上张望。

小草的目光在山崖上搜寻着："老师，听说那种花很难找，能找到吗？"

"心诚就可以找到。"阿丹说，"只是，那种花一般都长在悬崖上，找到了也很难采到。"

小草看着阿丹："那多危险啊，我们回去了，不找了！"

"要得到自己想要的东西，不付出是得不到的。"阿丹很坚定，"就像幸福一样，不经历人生的风风雨雨，坎坎坷坷，甚至是大灾大难，哪来的幸福？"

小草想着阿丹以前讲过的故事："老师，这花，会像你讲的故事那么神奇吗?”

“我也不知道。”阿丹说着，继续向前走，观看着山崖上，突然看到了山崖上的忘忧花，惊喜地叫起来：“小草你看，忘忧花!”

小草看到忘忧花，高兴地喊起来，“呀，还真有这种花!”

阿丹兴奋地往山崖上爬去。

小草担心地：“老师，小心!”

阿丹往上爬着，抬头望着山崖上的忘忧花，露出幸福的微笑。

小草站在山崖下，盯着山崖上的阿丹，一阵阵紧张。

山崖上，阿丹向忘忧花爬去。

山崖下，小草紧张地看着。

山崖上，阿丹望着忘忧花，攀登着，手在石崖上滑动，寻找能抓牢的石角，然后抓住石角，一步步靠近忘忧花，终于爬到了离忘忧花不远的地方，她的左手紧紧抓住石角，伸出右手去采摘忘忧花，就在她的手指刚刚摸到忘忧花时，她的脚踩滑，摔下了山崖。

“老师——”小草大声呼喊着，扑到阿丹身边，见阿丹摔得遍体鳞伤，已昏迷过去，抱起阿丹，“老师……你醒醒……”

378

河边。马明亮把洗好的衣服晾在树丛上，活动着疲劳的双臂，四处张望着，突然看见小草背着阿丹走过来，心里一惊：“阿丹怎么了……”

小草看见马明亮，喊道：“马叔叔，快来帮忙……”

马明亮飞跑到小草身边：“小草，怎么了?”

小草喘着粗气：“阿丹老师……攀崖采花，摔了……”

“怎么不小心……”马明亮喊着，接过小草背上的阿丹，背着跑向麻风村。

379

治疗室里，夏春光在整理药物，把药物装进桌子上摆着的小瓶子里。

马明亮背着阿丹跑进治疗室，小草跟在后面。

芳芳从治疗室门口路过，看见马明亮背着阿丹跑进治疗室，跑到治疗室门口，往里看着。

夏春光看见马明亮背着阿丹进来，吓了一跳："怎么了？"

"她从山崖上摔下来了……"马明亮说着，把阿丹放到一张病床上。

"怎么会这样……"

夏春光说着，拿来药箱，和马明亮一起抢救着阿丹。

闻讯赶来的马正毅站在病床前，十分焦虑。

小草担心地看着阿丹。

夏春光把输液瓶挂在输液杆的铁钩上。

马明亮为阿丹包扎伤口。

陈林、芳芳跑进来："伤得重吗？"

夏春光示意陈林安静。

陈林、芳芳走到病床前，默默地看着阿丹。

马明亮给阿丹包扎好伤口，坐在床前，默默地望着昏迷中的阿丹。

"马叔叔，阿丹老师说，她要把山崖上的忘忧花采下来，送给你……"小草看着马明亮，"可是，她还没有采到花，就从山崖上摔下来了……"

马明亮望着阿丹苍白的脸，往事闪现在脑海里……

那天晚上，阿丹和马明亮拥抱着，坐在县城河边的长椅上。

阿丹："明亮，你知道一种叫忘忧花的花吗？"

马明亮："那是什么花？"

阿丹："那是一种与爱情有关的花！"

马明亮："一定很漂亮，是吗？"

阿丹："人们说，那花很神奇，相爱的两个人要是分开了，如果他们要重归于好，只要一方向另一方送上一株忘忧花，两个人就会忘却心灵的伤痛，重归于好……"

马明亮："世间真有这样的花？"

阿丹："花我倒见过，但它的神奇，像不像人们说的那样，我就不知道了。"

……

“阿丹，你真相信，忘忧花是那么神奇的爱情之花?”马明亮回忆着往事，在心里说，“阿丹冒死攀崖采忘忧花，看来是要送给我……我们，还能回到过去的时光吗……”

380

赵英在宿舍里煮着粥，心里担心着阿丹的伤，马明亮急急走进来：“妈，阿丹醒来了。”

“老天保佑，她终于醒来了。” 赵英一阵惊喜，眼里满是泪花，她拿起锅边的碗，打了一碗粥，“明亮，过来。”

马明亮走到母亲面前：“我还真饿了。”

赵英：“不是给你吃的。”

马明亮：“不是给我吃的?”

赵英：“我是给阿丹煮的，快给阿丹送去。”

马明亮：“还是您给她送去吧。”

“刚刚还急着把阿丹醒来的消息跑来告诉我，说明你心里挂着阿丹。”赵英责怪的目光看着马明亮，“怎么，叫你给她送点粥，你就放不下面子了?”

马明亮很为难的样子：“妈……”

赵英命令道：“不要再说了，快给阿丹送去。”

马明亮只好服从母亲的命令，端着粥走了出去。

381

“阿丹，你福大命大，遭这次难后，你就有幸福日子了。”

马正毅和夏春光坐在阿丹床前，马正毅安慰着阿丹道。

马明亮端着粥进来，夏春光责怪地看着马明亮：“阿丹刚刚醒来，你就跑哪去了，也不关心关心阿丹。”

马正毅看着马明亮："这粥是给阿丹吃的吧？"

马明亮："我妈叫我……给阿丹端来。"

夏春光装作生气地看着马明亮："那还不给阿丹端过去？"

夏春光说着，给马正毅递个眼色，走了出去。

马正毅意会，跟着夏春光走了出去。

马明亮端着粥走向阿丹的病床。

治疗室门外，马正毅和夏春光躲在窗下轻轻抬头往治疗室里窥视。

马明亮端着粥，坐在阿丹的病床前："你吃点吧。"

阿丹："我不饿，你吃吧。"

"你身体虚弱，不吃怎么行？"马明亮拿起碗里的小勺，舀粥喂阿丹。

阿丹仿佛又回到了以前和马明亮在一起的日子，心里充满了感动，张开嘴，吃着马明亮喂到她嘴边的粥，眼泪滚了出来。

马正毅和夏春光躲在门外窗下，轻轻抬头往治疗室里窥视一下，看到屋内的情景，又把头缩回窗台下，相视会心地笑着。

传来小草的声音："我爹和马爷爷在窗台下鬼鬼祟祟的干什么？"

马正毅和夏春光回头，看见小草和赵英走来，夏春光立即向小草和赵英竖起一根手指，示意小草和赵英不要出声。

马正毅向小草和赵英摆摆手，示意小草和赵英不要过来。

小草和赵英明白了马正毅的意思，赵英小声说："走，我们吃饭去。"

大家跟着赵英往宿舍走去，一边走一边高兴地聊起来。

"明亮和阿丹这对冤家，终于坐到一起了。"赵英十分高兴地说。

马正毅摇摇头："坐是坐到一起了，但他们的心结未必能解开。"

夏春光、小草、赵英望着马正毅，等待下文。

马正毅："以前，他们双方都曾经爱得很深，也曾经痛得很深，要他们现在抛弃所有的痛，回到最初的感情世界里，很难。"

夏春光："看来，心里的伤口，比身上的伤口难医。"

赵英："春光，你不要光说别人，你还不是一样。"

小草有些生气地："就是。"

夏春光："你们怎么又一概而论，我的情况和明亮不一样。"

赵英："你和明亮都会找理由，找借口。"

夏春光："看看看，看问题就是片面。"

"都别争了，我们争来争去，他们心里的那根筋弯不过来，我们也是白费口舌。"

马正毅生气地往前走去。

夏春光看着马正毅，笑道："老小孩，说生气就生气……"

382

山花次第开放。

阿丹和马明亮在河边走着。

"冬天过去了，春天来临了……"

阿丹感慨道。

"是啊，你和小草来到麻风村的时候，正是最寒冷的冬末时刻。"马明亮说，"现在已经是早春二月了，小草真幸福，赶上中断了十年后恢复高考的第一届高考，能在这一届高考中考取大学的人，是最幸福的一批人，是时代的幸运儿。"

"是啊，高考都恢复了，不知道其他的，能不能恢复……"阿丹说着，探寻的目光看着马明亮。

马明亮盯着阿丹，问道："你指的是什么？"

阿丹没有正面回答："明亮，感谢你这段时间对我的照料，没有你，也许我的伤，好不得这么快。"

"那是一个医生的职责。"马明亮笑道。

"仅仅是一个医生的职责？"

"怎么说呢……有的伤痛，可以很快治愈，有的伤痛……"

"是啊，有的伤痛要治愈，需要时间，甚至，有的伤痛是无法治愈的……"

"阿丹，不管如何，在我心里，你永远是朋友……"

"朋友两个字，有时候很温馨……有时候……听起来……好心痛……"阿丹说着，看着马明亮，"小草明天就要去上学了，我也该回去了……"

马明亮低下头："以后还来么？"

阿丹看着远处的山花："你……希望我来么……"

马明亮："我……"

383

第二天一大早，麻风病人们站在麻风村外通往山外的小路两边，为小草送行。

夏春光领着小草、阿丹走来，马明亮和陈林各牵着一匹马跟在后面。

马明亮看到阿丹眼泪汪汪的样子，抬头看了看天空，心里的话想说又咽了下去。

阿丹看看马明亮，想说什么，却什么话也说不出来……

马正毅和赵英急急赶来，走到小草面前，马正毅高兴地说："小草，大家都来送你上大学，你多幸福啊！"

小草激动地看着马正毅和赵英，又看看麻风病人，再看看夏春光、马明亮和陈林："谢谢！谢谢奶奶爷爷、叔叔阿姨们……"

黄一凤、柳传香、芳芳手里拿着钱，走到小草面前，黄一凤像慈母似的看着小草："小草，这钱是过年时，政府发给我们的慰问金，我们在这里看病治病、吃饭穿衣，都有政府提供，这些钱，是全村叔叔阿姨们的一点心意，你拿着当路费！"

"不不不。"小草摇着头，"阿姨，你们的情意，我永远记在心里，钱你们留着，买点补品。"

麻风病人们挤上前："小草，你一定要收下！"

夏春光看着麻风病人们："大家有这份心，就是深情厚谊了，小草去读大学，国家发给生活费，供吃供住呢，大家不用担心……"

许国书爱怜地看着小草："小草是麻风村的女儿，是我们大家的女儿，她要到北京读书啦，我们不能送她到北京，这是我们给女儿的一点路费，是我们的一颗心呀！"

麻风病人们喊道："小草，收下吧……"

夏春光和小草望着麻风病人，热泪滚滚。

李大娃："小草，收下吧，在北京要是想我们了，你就拿这钱做路费，回家来看看吧！”

麻风病人们又说：“小草，好女儿，收下吧。”

阿丹擦着热泪：“小草，收下吧，到了北京，好好读书……”

黄一凤、柳传香、芳芳把钱塞进小草手里。

小草捧着钱，从麻风病人们面前走过，流着感激的泪，和大家依依惜别。

夏春光、阿丹跟着小草往前走去，人群尽头，小草把大家给的钱放进背着的挎包里，夏春光把小草扶上马。

麻风病人们叮嘱道：“小草，到了北京，好好读书！”

小草下马，面向麻风病人们跪下，眼泪涌了出来：“我永远是麻风村的女儿……”

“走吧，走吧……”麻风病人们挥着手。

小草向夏春光深深鞠了一躬，跨上马，打马流泪而去。

马明亮把阿丹扶上马，阿丹看马明亮一眼：“再见了……”

阿丹说着，打马追小草而去。

大家挥着手，望着她们骑马远去……

384

“人的一生，有多少爱可以重来？”

阿丹走了，马明亮心里，又像当年阿丹离他而去时那样，空落落的，晚上，他坐在河边，望着夜空，对天说着，也对自己说着：

“假如我的爱可以重来，那些失去爱的麻风病人呢？他们的爱也可以重来吗……”

385

许国书宿舍里，黄一凤帮许国书整理衣服。

许国书看着黄一凤，一种冲动在他的血管里涌动，他控制不住，走到黄一凤背后，突然抱住黄一凤。

黄一凤一惊："国书……"

许国书把头贴在黄一凤背上："一凤，我……我喜欢你……"

"我……我家里有男人……"

"他不是在你得病时，就把你赶出家门了吗……"

"这种情况，也不是我一个人……哪个麻风病人的遭遇不是这样，等我病好了，不会复发了……还要回去……家里还有儿子。"

"他……还会要你吗？"

"不知道，我不知道……呜呜……"

许国书松开黄一凤："一凤，别难过，你难过，我心里也像刀戳一样……"

黄一凤转身，默默地看着许国书。

许国书低下头："一凤，我真的……喜欢你……"

黄一凤扑进许国书怀里："国书……"

386

柳传香开着宿舍门，坐在油灯下做鞋。

"传香……"

李大娃轻轻唤了一声，走了进来。

柳传香抬起头："我给你做双鞋，不知道合不合脚。"

李大娃走到柳传香面前："一定合。"

柳传香看着李大娃："就那么自信？"

李大娃点点头："当然！"

柳传香幻想着美好的未来："等到我们治好病的那天，我再给你，让你穿着它来娶我。"

李大娃笑道："一定会有那么一天的。"

387

阳光下，河面上。

阮秀划着船，眼睛呆呆地看着远方。

小满站在船头，拉起网，网里网上一条大鱼，小满惊喜地：“荷花，快过来拉鱼，网到一条大鱼。”

阮秀走神，没听见，没反应，继续划着船看着远方。

小满把鱼抓起来，丢进船舱里，鱼在船舱里跳跃着。

阮秀听到响声，回过神，看见船舱里的大鱼，欣喜地：“什么时候打上来一条大鱼？”

小满看着阮秀：“刚刚打的，我喊你，你没听见，又在想心事？”

阮秀：“我……”

小满高兴地：“荷花，打到这条鱼，我们有好运了。”

阮秀惊疑地看着小满：“好运？”

小满高兴地：“上次我到镇上卖山货，请一个算命先生算了，他说，今天是我们当年救你的日子，叫我今天带你来打鱼，如果能打到一条大鱼，说明我们会交好运。”

“什么好运？”

“算命先生说，我们把打到的大鱼，拿去当年救你的地方祭神，那个干扰你的影子就会消失了。”

阮秀十分惊喜：“真的？”

小满高兴地：“开始我也半信半疑，但今天我们确实打到了一条大鱼，我信了。”

阮秀急切地看着小满：“那我们快去祭神！”

388

青烟缕缕，飘向天空。

一张桌子摆在小满父子当年救起阮秀的地方，桌子上摆着香炉，香炉里的香火燃着，飘起缕缕青烟。

桂花把煮好的大鱼摆在桌上，回头，看着身后的阮秀、小满：“荷花、小满，快上前来。”

阮秀、小满走上前。

站在桌子旁的大福看着阮秀："荷花，当年你不知道为什么从山崖上滚下来，滚落在这里，我们就是在这里救起你的。"

阮秀抬头看着高耸的山崖："也算我命大，从那么高的山崖上跌落下来，竟然没有死。"

桂花："荷花，你福大命大啊，但愿今天祭神后，神灵能赶走那个干扰你的影子。"

小满看着父亲："可以开始了吧！"

大福："开始吧。"

阮秀、小满、桂花、大福在祭桌前叩了三个响头，在祭桌前跪定。

香火青烟缭绕。

大福闭着眼睛，口中念念有词："神灵保佑，让鬼魂永离荷花，让荷花安生过日子，不要让那个鬼影再来纠缠她……"

阮秀闭着眼睛，眼泪从眼角流下来。

389

残阳染红了山岭。

夏春光和马明亮背着草药从山垭口上走来。

夏春光看着马明亮："明亮，歇会儿再走，我累了。"

"我也累了。"马明亮放下装着草药的背篼，在一块石头上坐下。

夏春光在马明亮身边坐下。

马明亮掏出烟盒，抽出一支烟递给夏春光，自己抽出一支叼在嘴上，把烟盒放回衣袋里，从衣袋里摸出火柴点上烟，默默吸着。

夏春光从衣袋里摸出火柴点上烟，默默地望着出山的路发呆。

马明亮看着夏春光："又想小草了？"

夏春光看着山那边："怎么不想，她每次写信来，都说她很好，叫不要牵挂她，可看不到人，也不知道她是不是真的过得很好，学习怎么样。"

马明亮看着夏春光："要不，你去北京看看她？"

"我倒想去，可村里这么忙，我怎么去得了。"夏春光说，"再说，我去了，要是让她的同学知道，我是麻风村的，知道小草家在麻风村，对她不好。”

“小草怎么假期也不回来?”

“我写信叫她不要来的，来回要花很多路费不说，还耽误时间，我对她说，利用假期，好好补习功课。”

“小草以前成绩就很好，我相信，在大学里，她也一定是个品学兼优的学生。”马明亮说。

“能有小草这样的女儿，再苦再累，我心里都是高兴的……”夏春光说着，露出幸福的笑容……

390

一轮圆月升了起来。

李大娃默默地坐在宿舍门口，呆呆地凝望着天空中的圆月。

柳传香悄悄走到李大娃面前，看看李大娃，又看看天空中的圆月：“大娃，想家了?”

李大娃回过神来，看着柳传香：“你不想吗?”

柳传香在李大娃面前坐下：“我们都是有家不能回的人，这么多年了，家成了一种印象。”

李大娃低下头：“也不知道他们，过得好不好?”

柳传香看着李大娃：“他们? 谁?”

李大娃低着头：“我曾经和你说起过的余小波和唐小彬。”

柳传香看着李大娃：“余小波已经背叛了你，你还牵挂着他们?”

李大娃：“现在想来，小波离开我，也是迫不得已。”

柳传香：“你不恨他们了?”

“早就不恨了。”李大娃说着，看着柳传香，“我们俩在患难中认识，互相帮助，我们相伴一生，一定是世界上最幸福的夫妻。”

“我总盼望着走进结婚的殿堂，可是，我们的病，最终会怎么样啊?”柳传香说着，有些忧郁。

李大娃看着柳传香：“不管我们的病，最终会不会彻底好，只要我们在一起，互相照顾着，也是很幸福的。”

柳传香轻轻靠在李大娃身上：“大娃！”

李大娃轻轻拉着柳传香的手。

两人幸福地相拥着……

391

余小波在油灯下做鞋，唐小彬走过来，看着余小波：“小波，我听你念了几次，想去看看大娃……”

余小波：“我是说了几次，可你没吱声。”

唐小彬：“可我也没有反对啊。”

余小波默默地看着唐小彬。

唐小彬紧挨着余小波身边坐下：“我想好了，我和你一起去，去看看大娃。”

余小波：“我们都是他最要好的朋友。我们不去看他，也不会有人去看他了。”

唐小彬：“是啊，我和他爹提起过去看他，可他爹不愿去。”

余小波：“我听说，他妈倒是想去，就是他爹不让去。”

唐小彬看着余小波手里的鞋：“这鞋是给大娃做的？”

余小波：“如果去看他，也没有什么好东西给他带去，就做双鞋给他吧。”

唐小彬：“送鞋好，代表你对他的一片情谊。”

余小波：“不，代表我们俩对他的情谊。”

唐小彬激动地看着余小波：“小波！”

余小波轻轻靠在唐小彬身上，眼泪涌了出来。

392

“神也祭了，荷花看到的那个影子，还是没有消失……”

小满家里，桂花在灯下纳着鞋底，难过地说。

坐在一旁低头吸着水烟筒的大福抬起头："我就说，不可信。"

"唉……"桂花叹气道，"难道，我们前世做了什么坏事，上天非要惩罚我们？"

大福看着桂花："你小声点，被荷花听到，她又伤心。"

桂花："到底该怎么办？"

大福："小满走了几天了，也快回来了，等他回来，就知道有没有希望了。"

阮秀泪流满面地走过来。

大福看见阮秀："荷花，你还没睡？"

阮秀走过来，跪在大福、桂花面前："爹、妈，让我离开这个家吧，你们再为小满哥讨个好媳妇！"

大福一惊："荷花，你干什么？快起来！"

阮秀号啕大哭："爹、妈，我求你们了！"

大福看着桂花："快把荷花拉起来。"

桂花拉着阮秀："孩子，快起来！"

阮秀哭着："你们不答应，我就不起来。"

桂花："荷花，就是我们答应，小满也不答应啊！"

门外传来小满的喊声："答应什么？"

桂花转头看着门口："小满回来了！"

大福、阮秀转头看着门口。

小满推门进来，看到阮秀跪在地上，诧异地看着阮秀："荷花，你怎么了？"

小满说着，走过去，从地上抱起阮秀。

阮秀扑进小满怀里哭着："呜……呜呜……"

大福、桂花流下了眼泪。

小满看看父亲，又看看母亲："怎么了，我不在家这几天，发生什么事了？"

大福、桂花流着泪不说话。

小满摇着阮秀的身体："荷花，到底发生什么事了？"

阮秀抬起头："满哥，你让我离开你吧！"

小满惊愕地看着阮秀："荷花，你为什么要这样说？为什么？"

阮秀痛楚地看着小满："让我离开你，你重新娶个媳妇吧！"

小满气愤地推开阮秀："你为什么又说这话？你怎么那么无情无义，我等了你那么多年，好不容易和你结婚了，你现在还说这种话。"

阮秀哭着跑进房间里。

小满要追进去，大福喊道："小满！"

小满停住，看着父亲。

大福："就让荷花痛痛快快哭一场吧！"

桂花点点头："也许她哭够了，心里会好受些。"

传来阮秀的痛哭："呜……呜呜……"

大福看着小满："情况怎么样？"

小满摇摇头。

桂花着急地看着小满："到底怎么样？"

房间里，阮秀停住哭声，从床上坐起来，侧耳听着。

小满难过地对父母说："我在城里的医院问了好多医生，他们都说，荷花的病，时间太长了，无法医治……"

桂花难过地看着小满："看来，真是命了，不认命也不行了。"

大福看着小满："快去看看荷花。"

小满往房间走去。

桂花看着小满："小满！"

小满停住，回头看着母亲："妈，还有事吗？"

桂花："你要想让荷花不离开你的话，你得比以前更关心她，爱她！"

小满点点头，转身走进房间，阮秀从床上下来，看着小满，泪流满面，小满走过去，把阮秀紧紧搂在怀里……

393

黄昏。余小波和唐小彬从麻风村外的山路上走过来。

余小波看着前面："我们光从县城到这里，就走了一天，怎么还不到啊，这麻风村，怎么这么远？"

唐小彬："怪不得人家说，麻风村是个无人烟的地方。"

路边山坡上，李大娃和柳传香从山坡上下来。

李大娃提着竹篮，竹篮里装着野生菌。

柳传香高兴地："今天回去，我们又有菌子吃了。"

李大娃："给村长和马医生他们也分一点。"

"咦，那不是大娃吗？"余小波看见了山坡上的李大娃和柳传香，伸手指了指。

唐小彬顺着余小波指的方向看去："咦，真是大娃……"

"嘘！"

余小波伸出一个手指头，示意唐小彬别说话，拉着唐小彬，到路边的草丛里躲起来。

李大娃提着竹篮，和柳传香手拉手往前走着，下了山坡，走到回麻风村的路上。

"大娃，我累了！"柳传香撒娇道。

李大娃看着柳传香："我背你。"

柳传香高兴地："真的？"

"嗯。"李大娃蹲下身，"来，传香，我背你！"

柳传香扑到李大娃背上。

李大娃背着柳传香，起身往前走去。

柳传香："大娃？你愿意背我一辈子？"

李大娃："愿意！"

柳传香在李大娃背上笑着。

余小波和唐小彬在草丛里看着李大娃背着柳传香走远，眼泪涌出眼眶。他们一直默默看着李大娃背着柳传香越走越远，渐渐消失在他们视线里。

余小波擦擦脸上的泪水："小彬，我们回去吧！"

唐小彬疑惑地看着余小波："不去看大娃了？"

余小波："看来，他们相爱了，我们不去打扰他们了，免得惹他们难过。"

唐小彬默默地点点头，和余小波从草丛里走出来，往回走去……

394

煤油灯闪烁着，夏春光坐在宿舍里，看着小草的来信：

“爹，我快毕业了。我上次在信中提到的那个同学董少强，学习成绩很优秀，自从入学以来，他一直关心我，爱护我，他追求我三年多了，我一直没有答应他……”

夏春光抬起头来：“时间过得真快啊，这不知不觉间，小草就快要大学毕业了。”

夏春光说着，又看起信来：

“董少强不但学习成绩很优秀，还是北京的高干子弟，他父母也很喜欢我，还为我联系了北京的一家麻风病防治单位，那个单位答应要我，但我坚定毕业后马上回麻风村工作的信心，回麻风村陪伴爹，从事麻风病防治事业，我不愿耽误董少强的前程，所以拒绝了他。”

看完信，夏春光给小草写起回信来：

“小草，爹的好女儿。你要毕业了，爹很高兴。爹想了又想，你还是留在北京最好，北京有专门研究麻风病防治的单位和专家，你到那些单位工作，能更好地为麻风病防治作贡献……”

395

“我爹回信了。”

董少强坐在学校花园里看书，小草跑过来，把一封信递给董少强。

董少强迫不及待地从信封里抽出信，看完信，董少强高兴地说：“你的亲人都要求你留在北京，你别再犹豫了。”

小草看着董少强，不知说什么好。

董少强兴奋地拉着小草的手：“你爹说得对，你在北京，可以直接请教那些大专家，为麻风病防治，作更大贡献。”

“可是，麻风村更需要我。”小草为难地说，“我爹老了，需要我照顾他。”

“这倒是个问题。”董少强想了想，“你不是说，有个叫阿曼的阿姨很爱他吗，阿曼阿姨那么爱你爹，我觉得那个阿曼阿姨，最终会和你爹走在一起，你爹身边有人照顾，你就不用那么担心了。”

小草笑道：“不大可能了，都这么多年过去了，还有这个可能吗？”

“难说，难说啊……”董少强说，“感情这东西，有时候是说不清，道不明的，一切皆有可能。”

“但愿如此吧……”小草不置可否地笑道。

396

阿曼默默坐在宿舍里，突然响起敲门声。

阿曼起来，走过去打开门，高文辉提着一袋水果站在门口。

阿曼看着高文辉：“你孩子都那么大了，就不要隔三岔五地，往我这个单身女人的宿舍来了，让你媳妇多心。”

高文辉笑笑：“同事之间互相来往有什么，再说，我们之间，现在是纯洁的同事加朋友关系。”

阿曼看着高文辉：“你一直在关心我，我很感激，但你现在是副院长了，你那么关心我，很多医护人员都有微词，对你影响不好。”

高文辉笑着：“今天你没去上班，听你们主任说，你身体不舒服，我来看看，你就这么把我挡在门外？”

阿曼无可奈何地从门口闪开。

高文辉走进屋，把水果放到桌子上，四处看看：“怎么，还没吃饭？”

阿曼走过来：“我不饿。”

高文辉：“夏春光现在怎么样？结婚了没有？”

阿曼难过地：“我给他写了那么多信，他一封也不回。”

高文辉：“他怎么那样？就真是铁石心肠，也该被你的真情感化了啊。”

阿曼难过得流下眼泪来：“你别说了。”

高文辉看着阿曼：“你为什么要那么苦苦地等，你觉得还会有结果吗？傻瓜！天底下最大的傻瓜！”

“呜呜……文辉……”

阿曼控制不住，扑进高文辉怀里痛哭。

397

夕阳照在麻风村的屋顶上。

小草骑着马，驮着行李，走到治疗室门口，兴奋地跳下马，往治疗室里张望。

夏春光坐在治疗室里配药，背对着小草。

小草看到夏春光头上的点点白发，怔住了，心里说道：“爹老了，头上都有许多白头发了……”

夏春光没有发现小草的到来，专心致志地配着药，小草踮起脚尖，轻轻走到夏春光背后，伸出双手，紧紧蒙住夏春光的双眼。

夏春光一惊：“草儿，草儿……”

夏春光惊叫着，转过身看着小草。

小草凝视着夏春光，嘴唇嚅动着，说不出话来。

夏春光和小草对视着，嘴唇嚅动着，也说不出话来。

小草扑进夏春光怀里：“爹……你怎么知道是我？”

夏春光紧紧抱着小草：“草儿……爹有心灵感应啊！”

思念和感动潮水般涌到小草心头，她忍不住大哭：“呜……爹……呜呜……”

夏春光忍不住，眼泪夺眶而出：“你不在北京好好工作，跑回来干什么？”

小草从衣袋里掏出一封信：“这是我的分配通知，县里叫我亲自带来，我向你报到了。”

夏春光一惊：“向我报到！”

小草坦然地看着夏春光：“我现在是我们麻风村的医生了。”

陈林走到门口：“小草，不是说你留在北京工作吗，怎么……”

小草转过身看着陈林：“陈叔叔，我们麻风村是我的家，我的家需要我，我能不回来吗？”

陈林不知道说什么好，转身冲向门外。

小草深情地看着夏春光："老了，老了，爹爹又老了好多……"

夏春光笑笑："傻孩子，女儿都长大了，爹还不老？"

陈林奔跑在村道上大喊："小草回来了，小草回来了……"

陈林、马正毅、赵英和麻风病人们闻讯赶来，奔向治疗室。

小草和夏春光走到治疗室门口。

黄一凤赶来，看着小草："小草，你爹不是写信叫你留在北京工作吗，怎么回来了……"

"北京是祖国的首都，麻风村是我的家。"小草高兴地说，"我毕业了，该回家了，你们都是我的父母，我要回家孝敬父母……"

和病友们一起赶来的李大娃看着病友们："这么多年了，要是我们没有病，在家里早就当奶奶，做爷爷了，但我们因为麻风病，没结婚的，现在都还打单身，结了婚的，早已妻离子散，我们虽然不幸，可我们有小草，她是我们的女儿，好女儿……"

小草感动得泪流满面，走到柳传香、黄一凤、李大娃、许国书等麻风病人面前，和他们一一拥抱……

麻风病人们一一和小草拥抱着，热泪滚滚……

398

第二天早晨，治疗室门口，排起了长队。

治疗室里，小草在马明亮指导下，给麻风病人们作检查，排着队让小草检查的病人们都很兴奋，小草忙得不亦乐乎。

399

傍晚。

马蹄声声响。

四只马蹄在山路上疾跑，踏起一路黄尘。

县政府秘书小罗骑马奔进麻风村，跑到治疗室门口，急急呼喊：

“夏村长……”

夏春光、马明亮、陈林、小草、马正毅闻声走出治疗室。

小罗跳下马，跑到夏春光面前：“夏村长，牛副市长、市卫生局谷局长，后天来指导工作，我先来通知你们准备一下。”

夏春光看着马明亮：“难道是北京的专家要来了，牛副市长他们先来落实我们的准备工作？”

“有可能。”马明亮说，“我爹前段时间去市里，找过牛副市长，牛副市长说，他们很快就会把北京来的专家接来。”

“是啊。”马正毅走过来，“我去找牛胜利同志时，他就是这么说的。”

夏春光高兴地看着马正毅：“我们早就盼着专家们来了。”

“是你们的工作做得好，北京的专家们才决定，把我们麻风村作为他们进行科研的试点。”马正毅说着，看着小罗秘书，“小罗秘书，天快黑了，今晚就在麻风村住了，明天一早，我和你一起去县里，接牛胜利同志他们。”

“好的。”小罗秘书十分高兴。

陈林走过去，从小罗秘书手里牵过马：“我给你安排住处。”

“谢谢。”小罗秘书连忙道谢。

夏春光看着陈林：“陈林，你不但要安排好罗秘书今晚的住处，你还要尽快打扫出几间房子，牛副市长他们来才有住处。”

陈林高兴地：“早就打扫好了！”

“你有先知先觉？”夏春光看着陈林，“知道贵客要来？”

“哪里呀。”陈林笑道，“赵老师和马老师早就提起过，近段时间会有领导来检查工作，我早就作准备了……”

夏春光十分高兴：“这我就放心了，还有，到时候可要把他们的生活安排好。”

“知道了。”陈林说着，高兴地走了，“我先把罗秘书的马拉去喂喂，跑了一天，它也该饿了。”

小草看着夏春光：“你们说的牛副市长，是牛胜利爷爷吗？”

“是啊，还没告诉你，你牛爷爷调到市里当副市长了，分管卫生工作。”夏春光高兴地说，“他可帮了我们麻风村许多大忙呢。”

"太好了，有牛爷爷帮忙，麻风村的工作就好办了。"小草高兴地说道。

"大家都到我宿舍去。"马正毅说，"让老赵弄桌饭，一来算是招待罗秘书，二来算是给小草接风。"

"好啊。"夏春光高兴地看着小草，"小草，我们先去马爷爷家，我宿舍里还有块过年时留下来的腊肉，你去拿来煮了……"

"好!"小草高兴地走了，大家说笑着，跟着马正毅往宿舍走去。

"胜利他们应该是明天晚上到达县里，我明天回县城去迎接他们，后天早上和他们一起来麻风村。"马正毅说着，和夏春光、马明亮、罗秘书往宿舍走去。

"有你去接，老牛肯定高兴。"夏春光看着马正毅，"明天，我们在家里好好准备，等待你们的到来。"

"胜利刚调来和我在一起工作时，正是年富力强的时候。"马正毅说，"时间过得真快啊，再过几年，他也要退休了，他说，他最大的愿望是，在退休之前，看到麻风病防治实现历史的大跨越。"

"他也为麻风病防治操碎了心啊……"夏春光感叹道。

400

森林峡谷里，回荡着清脆的马铃声。

牛胜利和马正毅等一行，骑马爬上一道山坡。牛胜利高兴地看着骑马走在前面的马正毅："以前，我们一牛一马，拉一架车，今天，你这匹马和我这头牛，又并驾齐驱了。"

"今天可不一样喽。"马正毅笑道，"当年我们同拉一驾车，如今你是我的领导，我是平头百姓了。"

"你在麻风村帮忙，市报报道了你们的事迹，你的名气比我大啊!"牛胜利笑道。

"名气不名气，倒是无所谓，消灭麻风病，才是我晚年最大的奋斗目标。"

"麻风病防治，现在有了新突破，世界卫生组织的一个研究小组，刚刚提出的那个联合化疗的麻风病防治方案，如果能在我们麻风村进行临床试验，一旦成功，消灭麻风病的日子，就不会久远了。”牛胜利满怀希望地说。

“你赶快把北京的专家请来，一定要把这个联合化疗，争取到我们麻风村进行临床试验……”

“有我们的共同努力，一定有希望的。”

说话间，他们又爬上了一道山坡，勒马站在山梁上，马正毅指着山脚下的麻风村：“胜利，你看，麻风村内外，我们栽的那些果树，都长高了，现在的麻风村，美吧！”

“咦，麻风村成花果村了！”牛胜利激动得热泪盈眶，“说来惭愧，麻风村建起来后，我也没来过几次！”

马正毅突然看见夏春光、马明亮、李大娃带领麻风病人们跑向村口，高兴地对牛胜利说：“胜利，你看，他们出来了，好像是欢迎你来了！”

牛胜利激动地：“我们快走。”

陈林骑马从牛胜利他们对面的山路上跑来，远远看见牛胜利他们，连忙勒住马，掉转马头，兴奋地骑马奔向麻风村。

401

“救星来了，救星来了……”

陈林欢呼着，骑马从山路上奔来。

麻风村头，麻风病人们拿着脸盆、碗、水桶、筷子排成两行，站在路两边。听到陈林的欢呼声，伸头向山路那边瞭望。

不一会儿，牛胜利、马正毅、市卫生局长谷建骑马奔来。

人群沸腾起来：“来啦来啦……”

陈林骑马跑到麻风病人们前面，跳下马，许国书连忙把马牵到路边，陈林指挥麻风病人们：“一、二……”

麻风病人们用筷子敲响脸盆、碗、水桶。

牛胜利、马正毅、谷建骑马跑到麻风病人们前面，跳下马。

夏春光、马明亮高兴地迎上去。

牛胜利指着麻风病人们：“这是……”

“我们没有锣鼓。”夏春光说，“这是大家用脸盆、碗、水桶代替锣鼓，欢迎您们！”

陈林走过来：“牛副市长，听说北京的专家，要来我们麻风村了！”

牛胜利笑着：“他们已经从北京出发啦！”

小草走过来，看着牛胜利：“牛爷爷，听说来的是全国顶尖的专家？”

牛胜利笑着：“不但全国顶尖，在全世界麻风病防治战线上，也是一言九鼎的世界顶尖专家。”

牛胜利说着，看着和麻风病人们站在一起的小草：“小草，你不在北京工作，坚持回到我们麻风村来，爷爷都被你感动了。”

小草笑着：“牛爷爷，这里是我的家，我能不回来吗？”

马正毅走过来，看着牛胜利：“到治疗室里看看吧。”

“走！”牛胜利说着，和马正毅往治疗室走去。

谷建、马明亮、夏春光、小草跟了上去。

402

“这是北京的专家寄来的……”

治疗室里，谷建把一套资料交给夏春光：

“他们叫你们先熟悉一下，等他们来了，好配合他们的工作。”

夏春光接过资料，看着马明亮、小草：“明亮、小草，从今天开始，我们就学习这些资料，一定要在北京的专家到来前，把资料全面熟悉。”

马明亮、小草点点头。

牛胜利看着夏春光：“春光，你们在专家来到之前，还要和病人们做好宣传，让病人以全新的精神面貌，去迎接专家们。”

马正毅看着牛胜利：“这些，春光已经布置下去了，李大娃、许国书等几个病人，已经在病人中开展宣传了。”

“好。”牛胜利兴奋地看着马正毅，“我想，这其中有你的功劳，老领导，有你在麻风村帮忙，我这个分管麻防工作的副市长，也好当了。”

小草笑着：“可不是吗，马爷爷都快变成医生了。”

马正毅看着小草：“你这孩子，也学会夸奖我了，你夸奖我，我可会骄傲的啊!”

“哈哈哈……”大家都笑起来。

403

“明亮，要把你从我的记忆里删除，是那么的难……”

卧室里，阿丹坐在台灯下写着日记：

“很多时候，我想去看你，可是，见了你，我又能说什么呢……”

404

“笃笃笃……笃笃笃……”

阿丹父亲坐在客厅里看书，母亲半躺在靠椅上，听半导体收音机里播放的京剧，传来敲门声，阿丹母亲站起来，欲去开门。

“你身体不好，就歇着吧，我去。”

阿丹父亲说着，站起来，走到院子里，打开院门，见是良良和阿倩站在门口，高兴地说：“是你们啊!”

阿倩看着父亲：“良良大学毕业，分配到县里工作，我带他来看看您和他外婆。”

“良良，分配在那个单位?”随着话音，阿丹母亲走出来。

良良看着外婆：“外婆，我在县政府当秘书。”

阿丹母亲高兴地：“当秘书好啊，以后有机会当领导。”

阿丹父亲有点不高兴地看着老伴：“就知道当领导，不当领导，就不是为人民服务了?”

阿丹母亲刚想反驳，阿倩怕父母又吵架，连忙岔开话题：“妈，你的身体好些了吗?”

“你又不是不知道，老毛病，死不了，也好不到哪里去。”母亲说着，笑了笑。

父亲看着外孙和女儿：“站在门口嚷什么，进屋说。”

阿倩领着良良，和父母相继进屋。

良良把手里的礼物递给外婆："外婆，我给您们买的，天津特产大麻花。"

外婆接过礼物，放在桌子上："大老远，还带什么礼物？"

阿倩坐下，看着母亲："良良在外读书，没少挂念外公外婆，这不，才一分回县里工作，就来看您们了。"

阿丹父亲坐下，看着良良："以后要好好干工作。"

良良坐下："外公，你放心，我会像您一样，踏踏实实干好自己的工作。"

外公笑着，点点头："要对得起自己领的工资。"

母亲在阿倩旁边坐下，看着阿倩："你上次来，不是说良良要在天津工作吗？怎么回来了？"

阿倩看着儿子："他觉悟高着呢，他们学校已决定他留校工作了，他在报纸上看到小草放弃在北京工作的机会，主动要求回家工作的事迹，他也主动要求回家乡工作了，他说我们边疆地区正缺乏人才。"

"小草？"母亲惊奇地问，"麻风村那个小草？"

父亲看着老伴："可不是吗？小草的事迹报道我也看了，一个在特殊环境里长大的孩子，能回到自己受了不少屈辱的地方来工作的人，思想境界高啊。"

外婆看着良良："小草回来，你也要回来？良良，你是不是对小草有什么想法，才跟着小草回家乡来工作的？"

"小草的人生选择确实感动了我。"良良说，"看到报纸上的报道，使我想起小时候欺辱小草的事，我心里非常不安。"

听良良提起以前侮辱小草的事，外婆难过起来："良良，都是外婆不好，你小时候，是外婆教你侮辱小草的，可是，谁不怕麻风病啊？"

"都别自责了，过去的事情，自责也不能为人家挽回什么。"阿丹父亲说，"以后有机会，帮麻风村做点事就好了。"

阿倩看着母亲："阿丹睡了？"

母亲看看楼上阿丹的房间："不知道，这段时间从学校回来后，也很少和我们说话，老是一个人把自己关在房间里。"

"阿丹苦哇，婚姻家庭不幸，儿子林丹又考到市里上中学去了，难得见一面。”阿倩说，“听说她想和马明亮重续旧情，但又下不了决心。”

母亲难过地流下眼泪：“阿倩，你别说了，你说的这些，都和我有关，阿丹的苦难，是我造成的。”

良良安慰外婆道：“外婆，你也别责怪自己，很多事情，都不是我们自己所能预测和控制的。”

阿倩：“我上去看看阿丹。”

母亲点点头。阿倩起身离去。

405

阿丹从桌子抽屉里拿出一包烟，抽出一支，叼在嘴上，拿起抽屉里的火柴，点上烟吸了一口，被呛得咳嗽起来。

阿倩走进阿丹的卧室：“怎么，学会抽烟了？”

阿丹回头看着姐姐：“抽几口，解解闷！”

406

“良良，外婆看得出，你不仅仅是对小草内疚……”

客厅里，外婆看着良良：

“一定是喜欢上小草了！”

外公不满地看着外婆：“你又说什么？孩子的这种事情，你又问了干什么？又想干涉别人？你害了一个阿丹还嫌不够？”

外婆生气了：“我干涉什么了？是的，我有罪，罪大恶极，行了吧？”

良良看看外婆，又看看外公：“外婆，外公，你们都别吵，以前的事情，怪不得谁。要怪，也只能怪那可恶的麻风病……”

407

阿丹把未抽完的半截烟放在桌子上的烟灰缸里，坐在桌子前流着泪。

阿倩走到阿丹旁边坐下：“阿丹，如果你心里还有马明亮，他心里也还有你，你就应该主动地去找他，你们已经错过一次，不能再错过了。”

阿丹难过得哭起来：“呜……呜呜……”

408

马明亮坐在宿舍里，凝望着桌子上放着的和阿丹的合影照片，想着往事……

那年的七月初七夜，马明亮和阿丹相拥着，坐在县城河边，望着天空。

“今天是农历七月初七，是牛郎织女相会的日子，传说，今天晚上躲在瓜架下，会听到牛郎织女在鹊桥相会说话的声音。”阿丹说着，低头看着马明亮，“明亮，这是真的吗？”

马明亮低头看着阿丹：“那只不过是传说而已。”

“唉，牛郎和织女，原本是一对幸福美满的夫妻，最终也只能每年相会一次。”

“是啊，他们的爱情，最终留下的，是一个让人心痛的永恒。”

“明亮，我们会永远在一起吗？”

“相爱的人，都希望朝夕相伴，一生一世永不分离，但生活不会像想象的那样，永远只有和风细雨，没有暴风骤雨。”

阿丹轻轻捂住马明亮的嘴巴：“不准你那么说，我要你陪伴我一生，我只要和风细雨！”

马明亮轻轻抱紧阿丹：“愿我们相爱一生，永不分离……”

马明亮从往事中回过神来，看着照片苦笑：“那时候，我们都太天真了，世间哪有永远是和风细雨的爱情？”

409

“小草，一生一世，我都难以原谅我小时候对你的伤害。”

良良躺在床上沉思着，自言自语，儿时欺负小草的情景一幕幕展现在他脑海里，他躺不住了，从床上下来，走到桌子前，铺开信纸，外婆说的话在他脑子里回荡："良良，外婆看得出，你不仅仅是对小草内疚，一定是喜欢上小草了！"

良良笑笑，拿起笔在信纸上写起来："小草，那时候，对你的伤害，虽然我不应该承担过错，但我还是无法原谅自己……"

410

小草坐在宿舍里，读着良良写给她的信：

……小草，你回麻风村工作，感动了我，我也从天津回来了。在对伤害你的事件的忏悔中，我感觉到，我爱上了你，要是你愿意，我愿到麻风村来，和你一起为麻风病人服务，我要用我一生对你的呵护，弥补我的过失……

看着良良的来信，小草忍不住一笑，把信放到桌子上，走到窗户前，瞭望着远方："少强，你还好吗……少强，其实我也很爱你，但我不能影响你，我希望你能从我的世界里走出去，你会得到你的幸福的。"

411

董少强坐在卧室里，翻看毕业纪念册，翻到小草留言的那一页，看着小草的照片："小草，我给你的信，你收到了吗?"

母亲走过来，看见董少强在看小草的照片："少强，小草都走了，她从始至终，也没说过她爱你，你还是忘了她吧。"

董少强合上毕业纪念册。

母亲："你出国留学的事，要抓紧办啊，这才是人生大事。"

董少强看着母亲："妈，我心里有数，你去忙你的吧。"

母亲："心里有数就行，别再老想着那个小草啊，凭我们的家庭条件，你还怕找不到好对象?"

董少强有些不高兴地：“妈，你别唠叨了，让我安静安静好吗？”

“好好好，我不说了……”母亲无奈地离去。

412

“阿丹，世界卫生组织一个研究小组提出的麻风病联合化疗方案，被北京的专家，带到我们麻风村搞试验……”

马明亮坐在治疗室里写着日记：

“我和老夏、小草每天忙着观察、记录病人的服药反应，只好放弃了去看你的打算……”

写到这里，马明亮放下笔，默默看着窗外。

夏春光和马正毅走进来，看到马明亮在沉思，夏春光关切地问：“明亮，想阿丹啦？”

马明亮反问道：“如果是你，你会想吗？”

小草拿着报纸高兴地跑进来：“上报了，上报了……”

马正毅回头看着小草：“什么上报了？”

小草看着马正毅：“我刚刚取回来的报纸，我们麻风村上报了。”

马正毅从小草手里抢过报纸看了看，高兴地抬起头来：“春光、明亮，快来看，报上登了我们大家的事。”

夏春光、马明亮连忙围拢过来。

马正毅把报纸展开：“你们看，还登了我们那么大一张照片。”

小草兴奋地指着报纸上的大版面照片：“这是我爹，这是马叔叔，这是赵奶奶，这是马爷爷……”

小草说着，调皮地笑笑：“这是我……小草……”

马明亮看着报纸：“这篇报道，就是北京的专家来我们这里搞联合化疗试点时，一起来的那个记者写的吧？”

“正是。”马正毅说着，翻开报纸另一面，“这里还有北京专家到我们麻风村开展联合化疗试点的报道呢！”

夏春光满怀期待地说：“联合化疗要是成功了，我们消灭麻风病的日子，就不会久远了！”

413

小满家院门口，阮秀在门口张望着。

桂花走过来："荷花，在等小满？"

阮秀看着桂花，羞涩地："妈！"

桂花笑着："没什么不好意思的，以前你爹出山，到镇上卖山货时，我也是这样等他，盼他归来。"

"他都去了三天了。"阮秀说着，有些焦急。

"到镇上要走一天，第二天赶一天的街，把山货卖了，买要带回家的盐巴、肥皂、火柴……"桂花说，"第三天往家赶，也要走一天。"

阮秀："真是太远了。"

桂花："现在天下太平了，我多次劝你爹，搬到有寨子的地方，和大家一起生活算了，可你爹老说，还是住在这无人烟的地方好，免得和人争，和人斗。"

阮秀："我们一家生活在这里倒是自在，只是很多生活上的事不方便。"

传来小满父亲大福的声音："那是以前的想法。"

桂花、阮秀回过头。

大福从屋里出来："以前我一直想，在这里过完一生，这可是世外人间的生活啊，可将来我有了孙子，就不行了。"

阮秀突然难过起来。

大福意识到自己说漏了嘴，触到了阮秀心里的伤痛处，打了自己的嘴巴一下："看我这张嘴，荷花，对不起，我不是有意的。"

"爹，要怪只能怪我自己。"阮秀说着，眼里又起了泪花。

桂花看着大福："唉，以前为躲仇人，躲高利贷，逃到这里，过着与世无争的清静生活，真想一辈子不出去了，听小满赶集回来说，现在外面的变化，一天比一天大了，要不，我们就搬到镇上去住吧！"

大福望着远方："我再想想吧！"

小满挑着挑子从院外的小路上走来。

阮秀抬头看见小满，欣喜地："满哥回来了！"

小满看见院里的阮秀和父母，大声喊道："荷花，我回来啦！"

"花喜鹊，尾巴长，娶了媳妇忘了娘啊。"桂花笑着，看着大福，"你看，小满一回来，先喊的就是他媳妇啊！"

阮秀羞涩地低下头。

小满挑着挑子来到院门口："荷花、爹、妈，我回来啦！"

阮秀接过小满肩上的挑子："快回屋歇息吧！"

风吹来，院门口的野花摇动着。

阮秀把挑子挑进屋里，小满把采购回来的物品摆出来，把用报纸包着的一包烟丝递给父亲："爹，我给你买了点上好的烟丝。"

大福接过烟丝，拿起身边的烟筒，装上烟丝，点上火，"咕咕咕"地吸起来。

小满把一包东西递给母亲："妈，我给你买了点冰糖，你尝尝，甜不甜。"

桂花接过冰糖，笑眯眯地看小满把他采购的物品一件件从布袋里拿出来展示。

小满把用报纸包着的衣服递给阮秀："荷花，我给你买了件衣服，你看合身不。"

阮秀轻轻打开包衣服的报纸，拿起衣服观赏着，报纸落在地上，刊登着夏春光等人照片的第一版露在上面。

不经意间，阮秀看到地上的报纸，看到报纸上的夏春光，惊奇地说："哎，这人看起来怎么那么面熟？"

阮秀说着，把衣服放在身边的桌子上，拿起报纸，仔细端详照片上的夏春光。

照片上的夏春光笑着。

阮秀脑海里不断闪现着出现在她睡梦里和幻觉中的夏春光的影子，身子颤抖起来。

小满看着阮秀："荷花，怎么了？"

"影子，影子……"阮秀重复着。

"影子？"小满四处看看，"你又看到了那个影子？"

阮秀看着报纸上的夏春光："他，像那个影子……"

小满往报纸上看了看："他叫夏春光……"

"春……光……"阮秀重复着，"夏……春……光……"

"他是麻风村的医生。"小满说，"我在镇上时，把这张报纸看完了，这些麻风医生做的事情，把我感动得不得了，那个叫夏春光的，是麻风村的村长……"

"麻……风……麻……风……"阮秀惊叫起来，"麻风……"

"荷花，你到底怎么了……"小满急切地问。

小满父母惊诧地看着阮秀。

阮秀被照片上的夏春光和夏春光的名字，还有麻风病这些字眼一刺激，恢复了记忆，当年黄老八带人残害她和父亲的情景闪现在脑海里，她惊恐地抱住头，大声喊叫着："啊……啊……"

小满和父母不知所措地看着阮秀："荷花，怎么了……"

"大恶魔……黄老八……"阮秀惊叫着，"大恶魔烧死了我爹……"

阮秀喊叫着，黄老八残害她和父亲的惨景"轰"地闪现在她脑海里……

黄老八带领村民手持火把冲到阮秀家门口，喊叫着："烧死老麻风……"

屋内，阮秀父亲从梦中惊醒，竖起耳朵听着屋外的动静。

"烧死老麻风，烧死老麻风……"屋外，黄老八大声喊叫着，把火把抛上阮秀家茅草屋上。

村民们跟着黄老八，将火把抛上阮秀家茅草屋顶。

茅草屋顺着风势，"劈劈叭叭"燃起大火，火光冲天……

海啸般的燃烧声和夜风声，把阮秀惊醒了，她从床上跳下来，看着父亲："爹，怎么了？"

父亲一把拉住阮秀跑向门后："黄老八又带人来害我们了，快跑！"

父亲拉着阮秀跑到门后，拉门拉不开，偏头着急地看着阮秀："不好，门被锁了……"

情急之中，父亲看看后窗，拉着阮秀跑到后窗前，拿起窗前的长刀砍烂窗框，把长刀塞给阮秀："秀，快从窗子上翻出去逃命，要是有人阻拦，你就砍死他！"

阮秀惊恐地看着父亲："爹，我们一起逃！"

父亲着急地："黄老八铁了心要害我们，两个人一起逃会被他们发现，一个都逃不出去，你快逃出去，好好活着……"

阮秀抱住父亲痛哭："我生和爹在一起，死也和爹在一起。"

父亲推开阮秀："秀，你要是死了，九泉之下，我无法去见你早死的妈妈，快走！"

父亲说着，不容分说地把阮秀抱到窗台上，推出窗外。

一根被烧断的房梁燃烧着，从屋顶砸下来，砸在阮秀父亲头上，把阮秀父亲砸倒在火海中。

火海逃生的阮秀躲在树林里，惊恐地看着燃烧的房屋，从窗户上看见父亲从火海里爬起来又倒在火海里，惊恐得瞪圆了双眼，房屋轰然垮塌，把父亲埋在火海里，阮秀悲痛欲绝："爹……"

"爹……爹……"

黄老八残害阮秀和父亲的惨景，让阮秀惊恐万状："爹……爹……"

"荷花……"

"荷花……"

"荷花……"

小满和父母看着阮秀，不知所措地呼喊着。

和夏春光相亲相爱的往事，闪现在阮秀脑海里。

"天呐……"

想着和夏春光相亲相爱的往事，阮秀惊叫着，手里的报纸飘落在地，她惊叫着跑出门，从院子里跑到院子外的山路上，疯了一般奔跑着："想起来了，我想起来了……"

"荷花……"

"荷花……"

"……"

小满和父母呼喊着追过来。

“啊……想起来了……所有的都想起来了……”阮秀惊叫着，奔跑着，她坠崖的一幕不断在脑海里闪现着……

猫头鹰的叫声十分的凄厉，林子里弥漫着恐怖气息。

火海逃生的阮秀披头散发，灰头土脸，在深山老林里不断地逃命，她跌跌撞撞地走到悬崖边，突然眼前一黑，从山崖上摔了下去……

“天呐……天呐……”阮秀脑海里不断闪现着往事，呼喊着，扑到路边的一棵树上，抱着树干失声痛哭，“呜……呜呜……想起来了……我什么都……想起来了……呜……呜呜呜……”

“荷花……荷花……荷花……”

小满和父母呼喊着追向阮秀……

414

“阿曼，你这不是在折磨我，为难我吗?”夏春光坐在煤油灯下，看着阿曼的来信，苦笑着。

夏春光说着，把阿曼的来信放在桌上，点上一支烟，默默地吸着，烟雾在灯光下慢慢升腾着，他的脚旁已经扔下了几个烟头。

吸完一支烟，夏春光把烟头掐灭在烟灰缸里，抬起头来，看着窗外：“阿曼，我怎么放得下九泉之下的阮秀呢……不行，我得写信拒绝她！不能让阿曼再到这里来!”

夏春光说着，拿起桌子上的纸笔写起来……

415

“为什么？为什么……”

宿舍里，阿曼坐在窗前，看着夏春光给她的回信，痛哭流涕：“这是为什么？夏春光，你为什么就不要我……呜呜……”

416

“我们成功了！我们成功了！”

黄昏，夏春光欢呼着，骑马奔跑到治疗室门口，“呼”地跳下马，从挎包里拿出一沓报告单，欣喜若狂地站在治疗室门口大声疾呼：“我们成功了！我们成功了……成功了……”

小草、马明亮、马正毅、陈林、李大娃、赵英闻讯，先后从不同方向跑来，看着夏春光。

夏春光高举着报告单：“我们成功了！我们成功了……”

陈林不解地看着夏春光：“村长是不是疯了？”

夏春光高举着报告单：“我高兴得都快疯了，我们成功了！我们成功了！”

马正毅走上前一步：“春光！”

芳芳、柳传香、许国书等人和病友们纷纷跑来。

夏春光举着报告单：“我从邮电局，取回了北京的专家刚刚寄到的复查结论，专家组在我们麻风村实施的麻风病联合化疗试点试验，成功了，我们村的麻风病人，他们的麻风病治愈了……”

马明亮冲上前，从夏春光手里抢过报告单，急切地看了一阵，高兴地喊道：“真的成功了……成功了……”

“啊……成功了？成功了！”马正毅呼喊着，激动地看着大家，“我们可以大声宣告，麻风病再不可怕了……”

芳芳、柳传香、许国书和病友们激动地看着夏春光、马明亮、马正毅、陈林、赵英，激动地相互拥抱着。

小草望着远方，失声哭道：“爹，你在九泉之下听到了吗，麻风病不再可怕了，爹……呜……呜……”

人们转身看着小草。

夏春光难过起来：“小草想起她死去的亲爹了！”

417

村道上燃起一堆堆篝火，摆起了长龙似的长街宴。

夏春光、马明亮、马正毅、陈林、赵英、小草端着一碗茶站起来，高兴地望着围坐在宴席上，开心地笑着的麻风病人们。

“同志们，今天是麻风村最喜庆的日子!”夏春光大声说，“我们庆祝大家治愈了麻风病，我们麻风村的医生和工作人员，敬大家一杯……”

“慢!”

许国书大声喊道。

大家把目光转向许国书。

许国书看着大家：“请允许我们选出来的代表芳芳、柳传香，以歌代酒，先表达我们的感激之情……”

天下苦人，麻风为最
容貌丑陋，气难触人

芳芳、柳传香端着茶，唱着歌，从人群中站起来。

众人拒我，千里之外
我怕众人，逃之千里

芳芳、柳传香深情地唱着歌，慢慢走向夏春光、马明亮、马正毅、赵英、陈林、小草：

多少个夜晚望日出
多少年风雨盼天晴

麻风病人们的一双双眼睛，深情地看着夏春光、马明亮、马正毅、赵英、陈林、小草。

芳芳、柳传香唱着：

盼得共产党建了麻风村
盼得共产党派来好医生

麻风病人们合唱：

麻风病人有人怜
阵阵春风拂心田

芳芳、柳传香领唱：

政府送来关怀
医生托起希望

麻风病人合唱：

千言万语汇成一句话
感谢！感谢！感谢！
感谢共产党！
感谢人民政府！
感谢好医生！

芳芳、柳传香面向夏春光、马明亮、马正毅、赵英、陈林、小草，举起茶碗，一饮而尽。

夏春光、马明亮、马正毅、赵英、陈林、小草举起茶碗一饮而尽。

李大娃大声说："这碗茶，包含着党和政府对我们的关怀，包含着村长和马医生他们的心血，包含着我们以前的伤痛和今天的幸福，干杯！"

众麻风病人举起茶碗，一饮而尽……

418

“过段时间，市里的、省里的、北京的麻风病专家，就都要到我们这里，总结我们的临床试验经验。”明媚的阳光从门口、窗户照进治疗室里，马正毅看着坐在对面的夏春光、马明亮、小草，“你们三个，有什么问题需要向专家们请教的，在专家们到来之前，就要想好，这可是一次难得的学习机会。”

夏春光高兴地说：“我们得感谢北京的专家，是他们把世界卫生组织推荐的麻风病联合化疗方案引进我国，率先在我们这里开展短程联合化疗方案的试点，取得现场试验的经验，得到世界卫生组织专家和卫生部的肯定，即将在全国推广，然后在全世界推广……”

“是啊，联合化疗方案，攻克了几千年来，人类没有攻克的难题啊。”马明亮很激动，“麻风病不再可怕了，按麻风病人的话说，我们村的麻风病人，也由鬼变成人了……”

419

“小草，你们真了不起……”

董少强坐在宿舍里，看着报道夏春光等人事迹的报纸，看着报纸上合影照片中的小草，心情非常激动：

“小草，你回麻风村的选择是对的，在那里，最能体现人生价值……”

420

夕阳下，夏春光、马明亮、马正毅、陈林、赵英、小草在麻风村口等候专家组的到来。

传来马铃声，大家循声望去，牛胜利和卫生局长谷建骑着马，率专家组来了，夏春光、马明亮、马正毅、陈林跑上前去。

小草看到董少强和专家组一起走来，睁大眼睛：“少强！”

董少强冲到小草面前，默默地看着小草。

夏春光看着董少强：“他就是小草在信中提到的那个董少强？”

牛胜利高兴地说：“就是他。一路上，他和我们讲了他和小草的故事。”

董少强和小草默默对望着。

牛胜利招呼大家：“我们先到治疗室去。让小草和她的老同学说说话。”

421

“恢复得很好！”

专家组组长李教授是个慈祥的老妈妈，她带领专家们，给躺在治疗室病床上的芳芳复查着，脸上露出灿烂的笑容：“有孩子了吗？”

“我还没结婚呢……”芳芳羞涩地说。

“你的幸福生活就要开始啰。”李教授笑着，“你的病好了，可以结婚了，可以生儿育女了……”

芳芳看一眼站在门口的陈林，羞答答地笑了。

“好了。”李教授爱抚地说，“检查完了，你一点问题没有了。”

李教授说着，回头看着门外排着长队等候复查的麻风病人们，笑容可掬地喊道：“下一位！”

柳传香高兴地走进来。

芳芳从病床上下来，走到门口，看一眼在门口维持秩序的陈林，高兴地走出治疗室。

“芳芳，可以结婚了……”站在门外排队的黄一凤和几个麻风病人看着走出来的芳芳，打趣道，“可以生孩子了……”

“羞死了……”

芳芳说着，蒙上脸，高兴地跑了。

“哈哈哈……”病友们开心地笑起来……

422

小草领董少强参观麻风村的花果园，她不解地问董少强："你怎么也到这里来了？"

"你能回来，我就不能追来？"

"过几天随专家组一起回去么？"

"我不走了。"

"你说什么？"

"你可以回来陪伴你爹一生，我也可以追来陪伴你一辈子。"

"值得吗？"

"当然，追来陪伴你一辈子，只不过是我来这里的一个目的，我来这里，还有一个重要目的。"

小草疑惑地看着董少强："还有一个重要目的？"

"你们这里，是最早实施麻风病联合化疗的试点，现在，麻风病人都治好了病，但许多麻风病人已落下残疾，年纪也大了。"董少强说，"如何使他们康复后的生活过得更好，是麻风病防治的后续工作。"

小草点点头："是啊，他们治好了病，如何才能过上更好的生活呢？"

董少强看着小草："还有，他们原来没有家庭的，也将组建家庭，他们原来的家庭已破裂的，也将会有新的家庭，今后他们有了子女，他们的子女如何才能获得更好的教育呢？"

小草看着董少强："你看得很长远啊！"

董少强看着小草："我就是带着这些问题，申请调到你们这里工作的，我要在这里，对这些问题进行深入调查研究，把麻风病防治工作，延伸到更宽的领域，为有关部门更好地解决好麻风病康复者和他们的子女的生产、生活、教育等问题，提供有用的依据。"

小草忍不住扑进董少强怀里："我爱你！"

董少强紧紧拥抱着小草："终于听到你这句话了！"

两人紧紧拥抱着，眼泪涌出眼眶。

423

"感谢各位专家的指导。"汇报会上，夏春光看着专家李教授，"我的问题问完了。"

李教授微笑着点点头，看着马明亮："马医生，你还有什么问题要问吗?"

马明亮摇摇头："我的问题也问完了，今后有什么问题，我会给您和各位专家写信，请李教授和各位专家不吝赐教!"

"我非常愿意和你们一起交流，互相学习。"李教授说着，看着马明亮，想起什么似的，"对了，你和夏村长写的论文，我看了，很有见地，我已推荐给《世界麻风》杂志，估计很快就发表。"

"非常感谢!"夏春光看着李教授，"不过，这篇文章，主要是明亮同志写的，发表的时候，就不要署我的名了。"

"这怎么行?"马明亮看着夏春光，"这是我们共同的成果。"

"情况我还是了解的。"李教授笑道，"这篇文章，确实是你们两个合作的结晶，都不要推辞了，共同署名吧。"

夏春光还想说什么，牛胜利看着和小草坐在一起作会议记录的董少强，说道："对了，我差点儿忘记了一件事。董少强同志申请调到我们麻风村工作，卫生部十分重视，决定让他先和专家们一起来工作，调动手续很快就办好。董少强同志可是带着麻风病防治新课题来工作的。"

夏春光急切地问董少强："什么新课题，少强，给我们说说?"

董少强笑着，看着专家们："我主要是来学习的。"

"我来替他说吧。"牛胜利大声说，"顺便就他的新课题，听听专家们的意见。"

李教授点点头："我们非常想知道，大家对麻风病防治，有什么新的思考。"

牛胜利点点头："董少强同志到我们这里，他想做的主要工作是，对如何更好地解决好麻风病康复者，以及他们的子女今后的生产、生活、教育等问题，作专题调查研究。"

“这是个很好的课题。”李教授高兴地看着董少强，“这将是我们进行麻风病防治，又一个任重而道远的新课题。”

董少强笑着，看着专家们：“请各位领导、各位专家多多指教！”

牛胜利看着夏春光：“春光，我想，由小草和少强共同搞这项工作，你没意见吧？”

夏春光高兴地：“我怎么会有意见！”

董少强和小草互相看着，会心地笑了。

424

“一凤！”

黄一凤正在灶台上烧水，夏春光喊着走到她的宿舍门口。

黄一凤高兴地跑过来：“村长，你们不是去搞什么调研去了吗，回来啦？”

“是啊，专家们走后，我和明亮、小草、少强，还有马老师，分几路深入到麻风病康复者的家乡调研，刚刚回来。”

夏春光说着，看着黄一凤：“一凤，我在调研中获知一个情况，我想，还是及时告诉你为好。”

“村长，什么事？”

“一凤，你可要想开了。”

黄一凤笑道：“村长，我们经历了那么多的苦难，我没有什么想不开的了！”

“你丈夫……几年前……找了个女人……”

黄一凤一下愣住了。

夏春光想安慰黄一凤，却不知道说什么好。

“他们……过得好吗？”难过了片刻，黄一凤问道。

“听说，日子还算稳定，那个女的，是个外地人……”

“那就行……我……没什么……”

“当然，你和你丈夫，才是合法夫妻。”夏春光说，“你丈夫犯了重婚罪，你可以告他重婚罪，也可以起诉他离婚……”

黄一凤摇摇头："算了，不告了，也不起诉了。"

夏春光："但无论怎样，你们的婚姻应该有个了断。"

黄一凤："我和他协议离婚吧！"

"好合好散！那我就放心了。"

夏春光说罢，转身走了。

黄一凤看着夏春光："村长，你慢走……"

见夏春光走远，黄一凤连忙关上门，扑在门上，"呜呜呜"地低声哭起来……

425

董少强宿舍里，董少强和小草在整理房间。

小草把旧报纸往墙壁上糊："你既然来了，我也不能亏待你，把你的宿舍好好布置布置，让你住得安心。"

董少强整理着书籍："只要和你在一起，我就住得安心了。"

传来陈林的喊声："小草。"

小草回答道："我在这。"

陈林走进来，看着小草："我到处找你。"

小草看着陈林："陈叔叔，有事吗？"

陈林："有个小伙子来找你。"

小草惊疑地看着陈林："小伙子？谁啊？"

"我没问。"陈林说，"你快去吧，人家等你好半天了。"

董少强看着小草："你快去看看吧。"

小草看着陈林："陈叔叔，他人在哪？"

陈林："他叫我帮他来找你，他去马医生宿舍找马医生去了。"

小草看着董少强："少强，我们一起去看看。"

董少强把手里的书籍放在桌子上："好吧，我去看看，是哪个小伙子来勾引我的小草。"

小草忍不住一笑："你就是嘴贫！"

426

“是阿丹叫你来的?”

马明亮宿舍里，马明亮望着正在喝水的良良问道。

“我小姨也打算来看你的……”良良把水碗放在桌子上，“但她忙上课，就委托我代她来看你。”

马明亮心疼地说：“她也够辛苦的。”

“明亮叔叔，这么多年了，你耗尽了青春年华，仍然没有恋爱结婚，难道，你不明白这是为什么?”

马明亮反问良良：“为什么?”

良良叹气道：“其实，你和我小姨，都不是糊涂人，可你们都在装糊涂。”

马明亮看着良良：“装糊涂?”

“我回来后，听我妈讲，你一直没结婚，是因为忘不了我小姨。”良良说，“我小姨虽然结婚了，但她因为忘不了你，婚姻不幸福。”

“良良……”

“你别打岔，听我把话说完。”

马明亮点支烟，慢慢吸着。

“当然，我小姨的婚姻不幸，主要是她前夫的原因。”良良分析道，“不过，她回到麻栗皮后，心里依然有你，你们那么相爱，为什么在经历那么多苦难后，现在还不能走到一起呢?”

马明亮看着良良：“我们的事，你们小孩子不懂。”

“明亮叔叔，我不是小孩子了。”良良争辩说，“你也不是年轻人了，别在感情上自我折磨了。”

“良良，感情的事，不像你说得那么简单。”

“明亮叔叔，我是晚辈，你也别说我晚辈教训长辈，我说的都是心里话。”

马明亮想说什么，又不知道怎么说起。

良良继续说：“其实，感情并不复杂，你和我小姨，都把感情看复杂了，我小姨觉得你们的事，是她对不起你，所以不好主动和你走到一起。”

马明亮抬头看着良良。

良良看着马明亮：“你呢，既丢不下我小姨，又不肯下台阶。”

马明亮摇摇头：“良良，你错了，你想错了，不是那样的，不是那样的！”

良良反问道：“那是怎样的？”

“其实，我怕阿丹跟了我……”

“别说了，我知道你的心思，你是想，麻风村苦，生活上苦，精神上也苦，怕我小姨跟了你，受苦，被人看不起，是吗？”

马明亮看着良良：“难道不是吗？”

“你又错了。”良良说，“我小姨离开你后，她不是同样受苦吗，同样被人看不起吗？你别说她是自作自受，她毕竟是个女人，她几年前到麻风村来，听说为你采忘忧花，差点丧命。”

马明亮痛苦地抱住头。

“你知道吗？我小姨离婚后，多么地需要你分担她的痛苦，你虽然也还爱着她，可你在她面前，一直表现得含含糊糊，你是真爱她吗？”良良激动起来，“不，你这是在报复她。”

马明亮连连摇头：“没有，我没有报复她！”

“明亮叔叔，你要是还爱她，就尽快和她结婚吧，你们没有时间再耗下去了。”良良看着马明亮，真诚地说，“你要是不爱她，或者爱她，但无法接受她的话，你也赶快找个女人成家，让我小姨死了心吧。明白吗？你们不能再互相耗着，互相伤害了。”

马明亮站起来：“我还有事，我不听你说了。”

良良不解地看着马明亮：“你怎么老在逃避。”

马明亮转身走出门。

良良站起来气愤地喊道：“马明亮，你不是男人。”

马明亮气急地往前走，迎面碰上走来的小草和董少强。

小草看着马明亮：“马叔叔，你怎么了？”

“没什么，找你的人在我屋里，你去吧。”马明亮说着，气冲冲地往前走去。

董少强看着小草："马叔叔好像很不高兴。"

"可能和谁生气了。"小草说，"走，先去看看，是谁找我。"

良良在马明亮屋里转着看着："屋里连件像样的家具也没有，明亮叔叔的日子，也真够苦的了！"

小草和董少强进来，看着良良的背影："你找我。"

良良回过头，看着小草："小草！"

小草一怔："是你？"

良良："中学毕业后，还是第一次见到你，你还好吗？"

小草："刚才我见马叔叔很生气的样子，是不是你和他怎么了？"

良良忍不住大笑："哈哈哈……"

小草："你笑什么？"

良良："我故意气他的。"

小草："故意气他的？"

良良点点头："我想让他尽快结束单身日子，故意拿话气他。"

小草："不懂你说什么？"

"以后再和你细说吧。"良良看着董少强，"他是……"

"哦，忘了介绍了，他是我大学的同学，叫董少强。"小草笑着，亲昵地拉着董少强，"少强，我来介绍一下，他是我在托儿所和上中学时的同学良良。"

董少强看着良良："良良？他就是良良？"

良良惊疑地问董少强："怎么，你认识我？"

董少强摇头道："不认识，以前听小草说过你，说你小时候……"

良良尴尬地："说我小时候欺负她是吗？"

董少强笑起来："别误会，小草只不过是提起小时候的事情时，顺便说过她的童年，她可没有恨你怪你的意思……"

小草看着董少强："少强，你先出去一下，我和良良说说话，好吗，我们几年没见面了。"

"好的，那你们谈……"董少强笑着，转身走了出去。

427

马明亮闷闷不乐地坐在河边吸烟。

董少强走过来："马叔叔。"

马明亮抬头，看见是董少强，问道："怎么，不跟小草在一起，来找我有事?"

董少强笑着："没事，小草和她的老同学说话，我在旁边不方便，出来走走。"

马明亮："哦。"

董少强在马明亮身边坐下："马叔叔，我刚刚到麻风村，什么都不懂，你要多帮助我。"

马明亮笑着："工作一段时间，就熟悉了……"

428

马明亮宿舍里，小草看着良良："你写来的信，我收到了。"

良良难过地："小草，我以前……真对不起你。"

"我说了，那时候，我们都是小孩子，我不恨你。"

良良难过得流下眼泪："是啊，那时候，以为大人说的话，都是对的，所以，我外婆那么一说，我就……"

小草真诚地看着良良："别提以前的事情了，好吗？今后，我们会成为好朋友的。"

良良注视着小草："小草，在天津，从报纸上看了你的事迹后，我真的好后悔。"

小草笑道："你信中说你爱我，我真的很感动，不过……"

良良："你别说了，刚才看到你和你的大学同学那样亲密无间的样子，我就明白了，祝你们相爱一生。"

小草："也祝你找到一位能相伴一生的伴侣。"

良良："谢谢!"

小草："你回去，和你小姨说说，其实，马叔叔很爱她。"

"我会的。"良良看着小草，"我第一次到麻风村，明天一早就要回去，以后，恐怕也难有机会来，我出去转转，到处看看。"

"我陪你去转转。"

"谢谢你的好意，不过，我想我一个人自己走走看看。"良良说着，往外走去。

"良良！"小草看着良良的背影，心里涌动着一种说不清道不明的感觉，禁不住喊了一声。

良良停下，回头看着小草："还有事吗？"

小草走上前，默默地看着良良。

良良也默默地看着小草。

小草伸开双臂，轻轻抱住良良："我比你大一点，以后就叫我姐吧！"

良良抱住小草，眼泪止不住地流："姐！"

小草眼泪流出来："好弟弟！"

429

马明亮和董少强从河边站起来，往村里走去。

马明亮看着董少强："你能从北京来到这里，说明你和小草爱得很深，以后你们不管遇到多大苦难，都要相伴一生。"

董少强笑着："你说得对，爱就要同甘苦，共患难，我听小草讲过你和阿丹阿姨的故事，期待你们相伴一生。"

"我们和你们不同。"马明亮说，"在我们看来，相爱的人，只要能彼此守望对方，不在一起也是爱！"

董少强不置可否地摇摇头："怪不得村长守望着那个离开他的阮秀，那个我没见过面的，叫阿曼的阿姨又守望着村长，天各一方。"

"好啦，不说了。小草的同学良良来了，我们去做饭，大家一起聚聚。"

马明亮说着，加快了脚步，董少强跟了上去。

430

“马老师早！”

清晨，马正毅在运动场上锻炼，陈林拉着马走过来。

马正毅回过头，看见陈林，高兴地问道：“陈林，这么早就要出去了？”

“我去城里办事，马老师，您有没有事要办？”

“我还真有事要托你办。”马正毅说着，走到陈林面前，“良良回去的时候，老赵和他一起去看阿丹，去了好几天了，还不回来，不知道是不是生病了。”

“您想赵老师了吧？”陈林看着马正毅，笑道。

“怎么不想呢。”马正毅笑着，“都一起战斗、工作、生活几十年了，谁也离不开谁了。”

“好好好。”陈林笑着，“我一定把赵老师给您接回来。”

“快去吧。”马正毅挥挥手。

陈林骑马走了。

431

“马老师，信。”

陈林从县城一回来，就赶忙来找马正毅，见马正毅坐在宿舍门口看书，大声说：“赵老师给你的信。”

马正毅站起来，看着奔到面前的陈林：“她人没回来，就只捎来一封信？”

陈林摇摇头：“赵老师没回来。”

马正毅接过信：“搞什么鬼？”

陈林笑笑：“马老师，你慢慢看吧，我还有事。”

马正毅挥挥手：“去吧去吧……”

陈林转身走了，马正毅拆开信封，看着信，突然笑起来。

432

“春光，春光……”

夏春光正在治疗室里看着完稿的论文，马正毅喊着走进来。

夏春光抬头看着马正毅：“有什么好事，这么急。”

马正毅：“陈林刚从县城带回老赵捎来的信，她在县城遇到一个远方的客人，这个客人要到我们麻风村来，那客人说，要你亲自到县城接她，老赵叫你赶快去。”

“远方的客人？”夏春光疑惑地看着马正毅，“专家组的不会这么快就来吧？如果不是专家，会有远方的客人来？”

马正毅抖抖手里的信：“你要是不信，你自己看看，信上就这么说的。”

“没说是哪里的人？”

“没说！”

“也没说叫什么名字？”

“也没说。”

夏春光无可奈何地：“这个老赵，又搞什么名堂？好好好，我明天早上就去。”

433

“夏春光怎么搞的，这个时候还不到？”

夜里，赵英收拾着家里的东西，埋怨着。

“笃笃笃……”

赵英正埋怨着，响起了敲门声，她连忙走到门后打开门，看见夏春光站在门口，有些生气地说：“来啦……”

夏春光反问道：“你搞得神神秘秘的，到底怎么回事？”

“走，我领你去见个人，就知道了。”赵英说着，关上门，领着夏春光往外走去。

434

县委招待所门口，一个服务员正在打扫卫生，看见赵英和夏春光走到面前，连忙喊了一声："赵阿姨好。"

赵英点点头："我的客人在宿舍里吗?"

服务员："在的，要不要我带您去……"

"不用，你忙你的!"

赵英说着，领着夏春光走到一间客房前，轻轻敲门。

很快，门开了，阿曼走到门口。

"是你?"夏春光怎么也想不到，赵英让他来接的人会是阿曼，他打量着阿曼，"怎么会是你?"

阿曼看着夏春光，嘴唇颤动着。

赵英看着阿曼，递了个眼神："哪有这样站在门口说话的!"

"请……进……"阿曼不知是激动还是什么的，说话的声音颤抖着。

夏春光木然地站着。

赵英把夏春光推进屋。

夏春光紧张地东看看，西瞧瞧。

"阿曼申请调到我们麻风村工作来了。"赵英站在门口说，"你这个村长，不该亲自来接她?"

夏春光看着阿曼："什么？你……申请调到我们麻风村工作来了?"

阿曼轻声问："你……不欢迎……"

赵英悄悄离去。

夏春光看着阿曼，不知说什么好，但他的内心被阿曼的执着感动了。

阿曼心里本来有许多的话要对夏春光说，但此时此刻，却不知说什么好，猛然抱住了夏春光。夏春光不知所措地站着，眼泪流了出来……

435

治疗室里，小草收拾好桌子上的书本，往外走去，走到治疗室门口，看见夏春光、阿曼、赵英骑马走到门外，从马上跳下来，高兴地喊道："赵奶奶，爹，您们回来了。"

陈林赶来，把他们三人骑的马牵走，赵英跟着陈林走了，边走边对陈林说："我们去杀鸡，招待新同事。"

小草又看着阿曼："她是……"

阿曼看看夏春光："小姑娘，你好面熟哦！"

夏春光笑道："我女儿啊！"

"是她？"阿曼惊喜地走到小草面前，"岁月不饶人呀，小草都长成大人了。"

夏春光："是啊，她已经大学毕业回来工作了。"

阿曼看着小草："小草，祝贺你！"

小草盯着阿曼："你是谁？"

"我第一次见到你时，你还是小孩子……"阿曼端详着小草。

小草盯着阿曼仔细看了看，辨认着，突然惊喜地叫道："阿曼阿姨，你是阿曼阿姨……"

阿曼惊喜地喊道："你还能想起我，我太高兴了……"

"阿曼阿姨，快，进屋坐。"小草高兴地把阿曼引进治疗室。

436

"我听我妈说，阿曼这次来了，就不走了？"

黄一凤、许国书、李大娃、柳传香、芳芳、马正毅、马明亮、董少强等人赶往治疗室看望阿曼，马明亮边走边问马正毅。

马正毅刚要回答，紧跟上来的陈林抢先回答道："是啊，她已经调到我们麻风村工作了，前天我和赵老师从县里拿到了调动文件，这个阿曼太厉害了，她直接写信给市政府，申请调到我们这里工作，还要求市政府在她没来报到之前，不要把任何情况告诉麻风村的人。"

"这个阿曼，她在申请到我们麻风村工作的信中，不但表达了来麻风村服务的决心，还讲述了她和夏春光的故事。"马正毅笑道，"听说牛胜利被感动得一塌糊涂，按照她的要求，很快办好了调动手续。"

马明亮回头看看陈林："你们前天就拿到了阿曼的调令，怎么故意瞒着我?"

马正毅笑着："想给你们一个惊喜啊。"

马明亮苦笑道："就看老夏是不是惊喜了……"

"赵奶奶说得对。"董少强说，"让阿曼医生天天和村长在一起工作，他会被阿曼医生的真情感动的。"

"小草小的时候，就缠着村长，要阿曼医生做她妈妈。"黄一凤高兴地说，"我看，现在有可能变成现实了。"

李大娃摇摇头："不一定，村长在这个事情上，一直顽固不化。"

许国书看着李大娃："大娃，顽固不化这个词，是马老师教我们的，不能用在村长头上。"

芳芳笑着："村长在这个事情上，就是顽固不化嘛。"

大家笑起来："哈哈哈……"

437

"你们怎么来了?"

马正毅领着大伙走进治疗室，夏春光惊奇地问道。

"我们几个，把家里好吃的凑在一起，在陈林家做了欢迎宴席，为阿曼医生接风洗尘。"黄一凤大声说，"我们一起来请阿曼医生和你，还有小草入席。"

小草惊喜地喊道："太好了……"

陈林看着小草："你不是想着念着，要阿曼医生做你妈妈吗？现在，你的梦想有希望实现了啊!"

小草探询地望着阿曼："阿曼阿姨，您说呢?"

阿曼羞涩地低下头。

夏春光不自然地笑笑："你们可别乱说啊。"

马正毅挥挥手："走走走，吃饭去了，有说不完的，一边吃一边说。"

小草拉起阿曼："阿姨，走!"

大家笑着走出去。

438

黄一凤坐在宿舍门口缝新衣服，许国书走过来，看着黄一凤手里的新衣服："嚯，你缝的是男装嘛，是给我缝的吗……"

"想得美。"黄一凤笑道。

许国书疑惑地看着黄一凤："那是给谁缝的呢……"

"我们的病治好了，我想，我们即将回家了。"黄一凤说着，抬头看着许国书，"这几年，政府发给我的生活补贴，我没舍得用，前两天陈林进城，我请他帮我买了上好的布料，我缝件新衣服，回家时给儿子穿，算是给儿子的礼物……"

黄一凤正说着，传来陈林的喊声："黄大姐，你儿子来信了……"

许国书惊讶地看着陈林："哎哟，才说起儿子，儿子的信就到了。"

麻风病康复者们闻讯跑过来："来信了，我们麻风村的好儿子来信了。"

黄一凤高兴地站起来。

陈林跑到黄一凤面前，把信递给黄一凤："你儿子来信了！"

麻风病康复者们围拢来："快念念，看我们儿子写什么了？"

许国书笑道："每次还不是那句情真意切的'妈妈，我好想你！我长大了去看你！'"

李大娃："话虽是那句话，可我每次听了，都像第一次听到一样激动！"

柳传香："大姐，快念念，看看我们儿子写的，还是不是那句话……"

"也真是的，这么长时间没来信了。"黄一凤假装埋怨道，"我刚给他缝好新衣服，他就来信了。国书，来，你念念。"

"嗨，在麻风村学了那么多文化，终于派上用场了。"许国书接过信，拆开，觉得不妥，又把信递向黄一凤，"还是你念吧！"

黄一凤笑着："大家都把我这个儿子，当作大家的儿子了，儿子的信，哪个爹妈念不是一样，念吧……"

"国书大哥，念吧，我都等不得了。"柳传香说着，看看黄一凤，又看着许国书，"一凤大姐说了，你也是孩子的爹嘛，念吧！"

黄一凤羞涩地看着柳传香，红着脸低下头："你可别误会我的意思！我的意思是，你们既然都把我儿子当作你们的儿子，你们都是我儿子的妈，我儿子的爹……"

柳传香看着黄一凤："一凤大姐，要是你对国书大哥无意思，你脸红什么？"

黄一凤羞涩地："传香，你再瞎说，我不理你了！"

许国书连忙岔开话题："好，我念。大家听好了！"

麻风病人们激动地看着许国书："快念吧！"

许国书小心翼翼地展开信纸："妈妈，我要讨老婆了，我不能……"

许国书念到这里，突然打住，脸色大变。

李大娃高兴地喊道："我们儿子要讨老婆了，大喜啊，念啊，往下念啊……"

许国书呆呆地看着信纸，默不作声。

黄一凤催促道："我们治好了病，儿子也要讨老婆了，太好了。国书，往下念啊，看儿子说哪天举行婚礼，我们回家能不能赶上！"

许国书脸上露出不安的神色。

黄一凤一惊："国书，怎么了？"

"我们麻风村的儿子……要讨老婆了，我高兴……"许国书极力掩饰着，"一高兴……就想哭了……"

黄一凤悬着的心放下来："往下念，看儿子有没有写婚礼定在哪天……"

许国书拿信的双手不停地抖动。

芳芳："许大哥，你怎么光激动不念呢？"

李大娃从许国书手里拿过信："他不念我念。妈妈，我要讨老婆了，我不能去……"

李大娃也念不下去了，呆呆地看着信。

黄一凤惊诧地看着李大娃："怎么又不念了？"

李大娃忍不住哭起来："呜……"

黄一凤笑道："两个大男人，真没出息，不就是儿子要讨老婆了吗？一个高兴得只会激动，一个高兴得倒哭了，拿来，我念！"

李大娃提醒黄一凤："大姐，你千万千万要把心放宽！"

黄一凤笑笑："儿子讨老婆，又不是天塌下来，苦我都能挺住，喜还挺不住了？"

"一凤，那信，你别看了。"许国书说，"要是你一定要看，你得记住你刚刚说的话，千万要挺住。"

"妈呀，难道出什么大事了，拿来，我念，我不信，天塌下来了。"黄一凤从李大娃手里拿过信念起来，"妈妈，我要讨老婆了，我不能去……"

念到这里，黄一凤也念不下去了，悲戚地喊了一声："苍天呐……"

随着喊声，黄一凤晕倒在地。

麻风病康复者们大声惊呼："怎么了……"

"快把她抬到治疗室……"许国书喊着，和大家一起，抬起黄一凤，往治疗室跑。

439

"怎么回事？"夏春光、马明亮、小草、阿曼、董少强正在治疗室里商量工作，看见大家抬着黄一凤进来，都大吃一惊，夏春光抢先问道："一凤怎么了？"

"她受到刺激，晕倒了。"李大娃说着，把黄一凤收到的信递给夏春光。

"快抬到病床上。"马明亮指挥着，大家把黄一凤抬到病床上，抢救工作马上展开。

病床前围满麻风病治愈者，大家焦急地看着。

闻讯而来的马正毅从人群中挤到病床前："什么情况？"

夏春光把黄一凤儿子的来信递给马正毅。

马正毅展开信，念道："妈妈，我要讨老婆了，我不能去看你了。你来信告诉我，你的病治好了，我也很高兴，可是我和我的女朋友好上的那天，我就告诉她，我没有妈妈了，因为她一旦知道你在麻风村，她就不会和我好的，如果你突然回来，一定会把她吓跑的……"

马正毅念着信，痛苦地闭上了眼睛……

440

宿舍里，许国书把装上烟的烟锅凑到桌子上的煤油灯上点燃，闷闷地抽着烟锅，心里嘀咕着：

“这么多年了，一凤和儿子的两地书母子情，一直是大家的精神寄托，可她儿子……怎么要娶媳妇……就忘了娘呢……”

441

一根根布条落在地上。

黄一凤右手拿着剪刀，左手拿着给儿子缝好的新衣服，坐在宿舍门口，把新衣服剪成一根根布条，许国书站在旁边难过地看着。

夏春光走过来：“一凤，你干什么？”

黄一凤难过地：“村长，我回不去了……”

黄一凤说着，又从新衣服上剪下一根布条：“给儿子的礼物……也用不上了，把它剪了，烧了，免得看见添堵……”

许国书看着夏春光：“村长，你劝劝她吧……”

夏春光安慰道：“一凤，千万要往宽处想!”

黄一凤烧着信：“村长，你放心，为那些无情无义的人去死，不值得，对不起政府，对不起你……”

夏春光看着许国书：“国书，好好安慰一凤……”

许国书点点头。

夏春光的眼泪忍不住夺眶而出，转身走了。

黄一凤把给儿子缝的新衣服剪成一堆布条，从衣服口袋里掏出火柴，划燃一根，把地上的布条点燃，许国书看着，落下串串眼泪……

442

“又遇到什么难题了?”夏春光默默地坐在治疗室里，阿曼走进来，问道。

“难题大着呢。”夏春光站起来，“麻风病人们都康复了，还是一样地遭到人们的排斥。”

“是啊！”阿曼感叹着，在夏春光面前坐下。

“黄一凤以前被丈夫伤害，现在又被儿子伤透了心，把将来回家时给儿子做礼物的新衣服剪了，烧了。”夏春光难过地说，“这么多年来，她儿子一直是她的精神支柱，也是所有病人的精神寄托，现在，都随着她剪碎烧了的衣服灰飞烟灭了……”

阿曼难过得落下滴滴泪珠：“还是愚昧落后所致，人们对麻风病防治知识，太缺乏了。”

443

“市政府认真研究了麻风村呈送的《关于麻风病康复者生产生活的建议报告》。”

治疗室里，牛胜利向夏春光、马明亮、阿曼、小草、董少强、马正毅、赵英传达市政府的指示：

“解决你们提出的问题，刻不容缓。现在，世界卫生组织和专家已经确认，使用联合化疗，麻风病完全可以治愈，而且不会复发了，我们麻风村的所有病人，已经康复了，他们康复了，就该回到亲人身边去了，这是他们最强烈的愿望……”

444

村口的小路边，李大娃和柳传香默默地坐着，凝望着通向村外的山路。

“传香，你还记得吗。”李大娃注视着柳传香，“我曾经对你说过，要是我们治好了病，离开麻风村了，我要带你上省城，去北京……去看看外面的世界……”

“记得。可是我们……何时能回去呢？”

“既然我们的麻风病都能治好，就可以回去的。”

“盼望那一天早点来临！”柳传香说着，眼睛涩涩的。

李大娃把柳传香搂进怀里：“会的，那一天会到来的……”

445

治疗室里，夏春光激动地说：“牛副市长说得对，麻风病人们在麻风村这么多年，家是什么样子，都记不得了，亲人都变成什么样子了，他们也无法想象，现在，他们看到了康复回家的希望……”

“可是，现在康复了，他们的亲人也不希望他们回去。”马明亮接过夏春光的话，“康复了也不能回去，他们觉得，他们被亲人，被社会彻底抛弃了，他们现在比以前更孤独，更悲观，更失望，更伤心……”

夏春光：“如果我们不尽快消除他们心理上的绝望，他们康复了，但心里又有了比身体上的病痛更残酷的创伤……”

牛胜利：“这就是比麻风病还害人的恐麻病，要使他们和麻风村外的人一样，平等地生活，我们现在得走出麻风村，为麻风村外的恐麻病‘患者’治好他们的恐麻病，要不然，麻风病康复者还得在这个与世隔绝的麻风村里受煎熬。”

446

“爹，妈，我想回去看你们，又怕村里人知道我是……”

陈林宿舍门口，芳芳拿着缝补的衣服，坐在门口，想着心事，心里嘀咕着。

447

治疗室里，赵英期盼地看着牛胜利：“胜利同志，谈谈你对解决这个问题的具体想法……”

牛胜利点了点头，说：“要治好麻风村外的恐麻病，我们要做的工作，还是要抓住普及麻风病防治知识这个中心，把麻风病已经可防可治，麻风病不再可怕的知识，灌输给人们，特别要在边远民族山区，做好麻风病防治知识的普及……”

448

山岗上，许国书和黄一凤坐在一块岩石上，黄一凤望着远方：“国书，你的家，在哪里……”

许国书凝望着远处的山岗，看着延绵起伏的群山：“很远……很远……我的家，离这里……很遥远……”

黄一凤偏头看着许国书：“我可能……真回不去了……你……还能……回家吗……”

许国书伸出一只手，轻轻搂着黄一凤：“村长说……他们能把我们接到麻风村……也能把我们……送回家乡……”

449

治疗室里，大家热烈地讨论着，赵英说：“我们得加大‘现身说麻’的工作，我们的麻风病防治工作者，要带着各种宣传资料，深入各地举办各种专题讲座。”

牛胜利：“把国家领导人，国内外专家，各界人士到麻风村与麻风病人零距离接触没被传染麻风病，麻风村防治工作者与麻风病人在一起生活没被传染麻风病的资料搜集起来，制作成影视宣传片，发到农村、城市，组织人员播放……”

夏春光：“这个方法好！可以让群众通过观看录像，形象地了解麻风病防治知识。”

牛胜利：“那就这样定了，马上组织实施。”

“哎哟……”夏春光突然抱住胃部，痛苦地哼起来，“哎哟……”

牛胜利一惊：“春光……”

“啵……啵……”

夏春光突然激烈地干呕起来，吐出一口口血……

大家担心地望着夏春光：

“怎么了？”

“春光怎么了？”

……

夏春光突然从坐着的板凳上倒下，昏倒在地上。

牛胜利大喊一声：“快把他抬到床上。”

马明亮把夏春光抱到床上。

牛胜利、赵英、阿曼、马正毅、小草、董少强跟到床边，急切地呼喊着：

“老夏……”

“爹……”

“春光……”

“村长……”

……

马明亮给夏春光输液。输液管里的液体一滴滴往下滴。

夏春光躺在病床上一动不动。

陈林走进来，看见病床上的夏春光：“村长怎么了？”

马正毅回过头：“春光突发疾病，如果春光没什么事，我们马上到各地宣传麻风病防治知识，陈林，你先去把马喂饱。”

陈林担心地看着夏春光：“村长不会有事吧？”

马正毅看着陈林：“你先去喂马吧，这里有我们，你就放心吧……”

陈林担忧地看看病床上的夏春光，慢慢走了出去。

马正毅看着马明亮：“明亮，老夏他严重吗？”

马明亮点点头：“相当严重。”

小草看着马明亮：“明亮叔，我回来后，发现我爹吐血很多次了，你以前一直没发觉？”

“怎么会没发觉……”马明亮说，“这么多年来，我们一直过着风餐露宿的生活，吃饭没固定时间，饱一顿饥一顿的，吃的多是生冷硬、无营养的食物，我们都得了胃病，只是严重程度不同……”

董少强："严重的会恶化成胃癌……"

马明亮："老夏的胃病已有十多年了，我们这里是防治麻风病的，不具备治胃病的条件，我多次催促他到县医院治治，可他一直忙着，一直没去，拖到现在，已经……"

"我们都是医生，心里都有数……"阿曼说，"根据他这次吐这么多血，昏迷的情况看，他绝对多次胃出血了……"

马正毅坚定地说："这次，无论如何要把他抬到县医院去……"

阿曼摇摇头："我估计，县医院对他的病，已经不能治了……"

"阿曼说得对，得去省城，至少也要去市医院……"马明亮说着，眼里涩涩的，"我怕他的病已经无法……"

牛胜利大惊："什么，严重到了那种程度？"

马明亮、阿曼相互对望着，都点点头。

牛胜利咬咬牙，眼泪流出眼眶："花多大的代价，也一定要治好……"

小草哭起来："爹……呜呜……"

董少强安慰小草："小草，别哭，你爹不会有事的。"

"我看这样吧，我和小草、阿曼、董少强送春光上医院。"牛胜利说着，看着马正毅，"老马，到各地宣传麻风病防治知识的工作，你和陈林先去开展着，明亮和老赵留在村里，继续做好麻风村的工作。"

大家正说着，夏春光醒过来了，小声喊道："小草，明亮……"

牛胜利看着夏春光："春光，你终于醒了，这次你得去省城的大医院看看病了……"

夏春光看着牛胜利："省城医院就不要去了，我的病，我心里有数。"

小草大声说："不行，一定得去……"

夏春光摇摇头："市医院的治疗条件，已经相当不错了，要是市医院治不好，省医院也不会有办法的了，不必再去花那些不必要的钱，那是国家的钱……"

"老夏，你放心……"牛胜利说着，泪花闪闪，"只要能治好，就是花多少钱，我也要想办法……"

夏春光十分平静："你们的心情我理解，但医生得尊重科学，尊重医学。"

阿曼看着夏春光："老夏，省城的医院，条件始终要好得多，我陪你去省城看病……"

"谢谢你，阿曼。"夏春光小声说，"我去市医院看看就可以的，万一我要是有个三长两短，小草就交给你了……"

"你别想那么多。"阿曼安慰夏春光，"就像你说的，你不会有事的……"

小草忍不住要哭，她连忙紧紧捂住嘴巴，克制着不哭出声来。

董少强轻轻搂着小草的肩膀，给小草以安慰。

夏春光小声说："小草，你长大了，爹，也放心了。"

小草扑倒在病床上，失声痛哭："呜……呜……呜……"

董少强站在小草身边，眼泪控制不住流出来。

夏春光伸出手，轻轻摸着小草的头："小草，爹的事业还没完成，爹不会这样就死了……"

夏春光病倒的消息，很快传遍了麻风村，得知夏春光马上要被送去市医院治病，全麻风村的麻风病康复者赶来，聚在治疗室门口，为夏春光送行。

许国书、李大娃抬着担架，董少强在旁边扶着，走出治疗室。

牛胜利、赵英、阿曼、小草、马明亮、陈林、马正毅跟在后面走出治疗室。

麻风病康复者们涌上去，围住担架，凝望着担架上的夏春光。

夏春光吃力地笑着："大家不要为我担心，我还要回来为大家服务呢!"

麻风病康复者们忍不住哭泣起来。

大家护送着担架上的夏春光，走过运动场，走上了通往山外的山路。

"停……停下……"夏春光突然喊起来。

抬着担架的李大娃、许国书停下。

夏春光要从担架上坐起来，小草、董少强连忙扶起夏春光。

夏春光坐在担架上，看着麻风病康复者们："大家回去吧，我不会死的，要死，也要看到你们……回到亲人身边那一天……"

黄一凤走到担架旁："夏村长，你要挺住，要挺住啊……"

夏春光笑笑："一凤，是我……把你接到麻风村来的……我也要把你……送回家乡去……"

黄一凤扶着担架，失声痛哭："村长……"

一张张难过的脸面向夏春光。

芳芳和柳传香走到担架前，失声痛哭。

夏春光看着旁边的马正毅："老领导，我走了。这一去，万一……真的回不来了，你和明亮……一定要想办法……"

夏春光说着，看着麻风病康复者们："把他们送回家去……"

马正毅眼眶里满是泪花。

麻风病康复者们痛哭着："村长……"

李大娃、许国书抬着担架，走上通往村外的山路。

牛胜利、小草、阿曼、董少强护送担架向山外走去。

麻风病康复者们大声喊；"村长……你一定要活着回来，我们等你送我们回家……"

赵英看着李大娃、许国书抬着担架远去，止不住的眼泪流出眼眶……

450

"四方神、八方仙，求你们保佑村长，保佑他治好病，回到麻风村来……"

香火点点，青烟缭绕。

供桌上摆着瓜果，饭食，水酒等祭品。

黄一凤跪在桌前，反反复复祷告："夏村长是我们的恩人，他有菩萨心肠，求各路神仙显灵，保佑夏村长平安……"

麻风病康复者们围在黄一凤周围，口中念念有词："菩萨保佑……保佑村长……"

451

小草、阿曼、董少强坐在医院楼道的长椅子上，焦急地往医生办公室里张望。

小草害怕得身子有些发抖。

阿曼把外衣披在小草身上。

小草扑进阿曼怀里："我爹能治好吗……我好怕……"

"别担心，好人会有好报的！"阿曼拉着小草的手，"我们都是你的亲人，不管发生什么事，我们都会帮助你的！"

董少强把手里的馒头递给小草："饿了吧，吃个馒头。"

小草摇摇头："我怕……我吃不下……"

牛胜利参加完病情分析会，从医生办公室走出来。

小草、阿曼、董少强围上去，期盼地看着牛胜利。

"目前，对老夏的病，市医院也不敢下结论。"牛胜利说，"我已和省医院取得联系，省医院答应，派两个专家，到市医院会诊……"

452

"老夏，你千万要躺着出去，站着回来。"

马明亮站在治疗室门口，凝望着麻风村对面的山路："千万不要让我再承受更大的压力……没有你，我不知道麻风村的工作如何进行下去……"

453

"好消息。"

市医院周院长打开病房的门，对站在门外焦急地等待着的小草、阿曼、牛胜利、董少强说："经过省上专家的会诊，夏春光的癌症被排除了。"

牛胜利看着周院长，如释重负地："我心里的一块石头，终于落地了！"

小草激动得抱住董少强："我爹没事了……"

周院长："不过，他的病情……也不容乐观……"

"又怎么了？"小草放开董少强，紧张地看着周院长。

"由于他的生活长期无规律，饮食冷一顿、热一顿的，而且他的胃溃疡时间已相当长。"周院长说，"他的胃需切除三分之二。"

“什么?”小草不敢相信周院长的话，看着周院长，“胃要切除三分之二?”

“手术难度很大。”周院长说，“万一手术不成功，或者他在手术中坚持不过来，恐怕就……”

“院长……”阿曼看着周院长，难过得说不出话来。

周院长看着阿曼：“你也是医生，你应该明白，我们会尽全力的……”

董少强安慰阿曼：“阿姨，你放心，村长不会离开你，不会离开我们的。”

阿曼点点头，眼泪流出来……

454

阮秀坐在卧室里，拿着刊登着夏春光他们事迹的报纸，看着报纸上的夏春光，泪流满面。

小满走进来，看着阮秀：“荷花，哦不，阮秀……”

“满哥，你还是叫我荷花吧。”阮秀抬起头来，看着小满。

小满点支烟，深深吸了一口，看着阮秀：“你以前不是说，你离开我，让我重新娶个媳妇吗，我想好了，我们离婚……你去……找他吧……”

“满哥……”阮秀爬起来，扑进小满怀里，“你这不是……拿刀子……戳我的心肝吗……呜……”

455

阿曼、小草、董少强坐在手术室门口的长椅上等待着。

牛胜利在门口来回走着。

小草和阿曼的手紧张地拉在一起。

董少强看着小草和阿曼：“你们别怕，好人会有好报的……”

手术室的门终于打开，院长穿着白大褂，和省上来的专家疲惫地走出手术室。

小草、阿曼、牛胜利、董少强围上去：“院长，怎么样……”

院长解开口罩："算他命大，挺过来了，手术成功了！"

小草突然晕倒了。

董少强抱住小草，急切地喊着："小草、小草……"

456

"老领导，实在对不起，我们还很贫困，办公用车还很落后。"

马厂区政府门口，马正毅和区长走到一辆吉普车前，区长有些抱歉地对他说："您就将就一下。"

"我们以前的交通工具，几乎都是马，现在能坐上你的吉普车去开展工作，已经是鸟枪换大炮了。"马正毅高兴地说，"谢谢你们，把你们的车派给我用……"

区长诚恳地说："宣传麻风病知识，也是我们的职责，老领导，您就别说客气话了……"

"好啦，感激的话，我就不多说啦，时间紧，任务重。"马正毅看着区长，"我就下乡做宣传去了。"

区长打开车门："老领导，请上车。"

马正毅上车，区长看着马正毅："我没时间陪您去了，请您多多原谅。"

马正毅笑笑："你去忙你的。"

区长帮马正毅关好车门，驾驶员发动车子，车子驶出了区政府。

车内，马正毅看着车窗外，沉思起来……

457

病床上，小草慢慢睁开眼睛。

坐在病床旁的董少强惊喜地喊道："草，你终于醒了……"

"我怎么躺在这里。"小草看看董少强，又看着正给她输液的吊瓶。

"你晕倒了。"董少强疼爱地看着小草，"不过，你是疲劳过度，紧张过度导致的，休息一会儿，输液补充点能量就好了。"

“我爹……”小草担心地看着董少强，“我爹他……”

“你爹没事了……”董少强安慰小草道，“有阿曼阿姨照顾他，你就放心吧……”

458

夏春光躺在病床上，阿曼坐在床边，用小勺子舀起碗里的糖水，用嘴吹吹，喂到夏春光嘴里。

夏春光吞咽着糖水，感动得热泪盈眶。

459

马正毅在车上看着宣传资料，思考着宣传要点，车子驶上了乡村公路，突然下起了暴雨，光线黯淡起来。

“师傅，下雨了，开慢点。”马正毅嘱咐驾驶员。

“放心吧，老领导。”驾驶员说，“这条路我很熟悉的。”

山路上的雨水像小河一样流着。

视线越来越差，吉普车挡风玻璃上的雨刮器来回刮着雨水。

吉普车驶上弯道，在弯道中间，一辆手扶拖拉机突然迎面驶来，拖拉机占线行驶，眼看就要撞上吉普车，吉普车驾驶员只得紧急制动。

刺耳的刹车声刺破了风雨声。

吉普车与手扶拖拉机相撞，吉普车翻下山崖……

460

眼泪从夏春光眼眶里“簌簌”落下，泪眼婆娑中，夏春光怔怔地看着山那边的小路。

麻风村外，山风呜咽着。

路两边，站满了麻风病康复者。

夏春光、小草、阿曼、董少强站在麻风病康复者前面，默默往前面的山路上张望着。

黄昏时分，马明亮抱着父亲的骨灰盒，和母亲赵英骑马来到大家面前，勒马停住，下马。

夏春光定定地看着马明亮手里的骨灰盒，张大嘴巴说不出话来。

陈林上前搀扶着抱着骨灰盒，身子微微发抖的马明亮。

阿曼、小草上前搀扶着痛苦万状的赵英。

“老……马……”

夏春光突然发出惊天地泣鬼神的呼喊，奔了上去，从马明亮手里接过骨灰盒，眼泪滴落在骨灰盒上：“老……马……我从医院里……站着回来了……你怎么……招呼也不打一个……就走了……老马……”

董少强上前扶着悲痛的夏春光。

“呜……呜呜呜……”

麻风病康复者们失声痛哭，哭声震天动地，群山连绵，回荡着悲痛的哭声。

夏春光悲痛万分：“呜……呜呜……”

马明亮从夏春光手里接过骨灰盒：“村长……按我爹……临终前的遗愿……等你出院……回到麻风村……才把他的骨灰……带回麻风村……才让你知道……他遇难的事……”

“苍天啊，为什么……为什么……”夏春光握紧双拳，高高举着，挥舞着，悲痛地呼唤着，“为什么要夺去老马的生命……为什么不让我……替他去死……为什么……为什么……”

“村长……你刚刚出院……可不能这样啊……”马明亮喊道，“你要是……再急坏了身体……我爹九泉之下……也不会安宁的……呜……呜呜……”

“老马……回家了……”赵英大声喊起来，“我们把你……带回麻风村了……”

“爹……回家了……”马明亮呼喊着，抱着马正毅的骨灰盒，往麻风村里走去，人们跟在后面，“呜呜呜”哭着……

马明亮抱着马正毅的骨灰盒，在人们护送下，在麻风村里转了三圈后，来到麻风村后的山坡上，把马正毅的骨灰安葬在已经挖好的墓坑里。

夏春光和大家在新坟上立起刻有“马正毅同志之墓”的墓碑。

董少强扶着马明亮在墓前跪下烧纸。

小草搀扶着赵英，和阿曼、阿丹、陈林、董少强站在墓前。

麻风病康复者们在墓前低头默哀。

夏春光从许国书手里拿过冲锋枪，举起来，大声喊道：“老马……一路走好……”

夏春光喊着，对着天空扣动枪机。

“砰！砰！砰……”

连绵起伏的山谷，回荡着沉闷的枪声。

“呜……呜呜……呜呜呜……”

麻风病康复者们的哭声像决堤的洪水般响起，在麻风村上空漫开来，漫开来……

461

“……听众朋友，刚才播送的是新华社记者采写的长篇通讯《大爱如山》，说的是麻栗皮县麻风村的麻风病防治工作者的事迹……”

阿丹家客厅里，阿丹和父母、姐姐、良良围坐在一起，听收音机，大家早被麻风村的人和事感动得热泪滚滚，收音机里的女中音继续着：“为让麻风病人‘从鬼变成人’，马正毅以身殉职，夏春光九死一生，马明亮割舍爱情，陈林甘当麻风‘管家’，赵英余热增辉，小草放弃在北京发展的机会，回到麻风村从医，阿曼千里迢迢来到夏春光身边，董少强从北京调到麻风村开展麻防事业新课题研究。这段时间，全世界的新闻媒体，连续播发了他们的事迹报道，震撼了世界，感动了麻风村外的人，麻风病‘可防可治不可怕’成了人们的新认识，麻栗皮县麻风村的麻风病康复者，都被他们的亲人接回家，过上了幸福生活，找回了逝去的青春和爱情。这次新闻联播节目播送完了，听众朋友，下次节目再见！”

良良伸手关了收音机，流着热泪看着阿丹：“小姨，麻风病康复者的爱情都找回来了，你和明亮叔叔的爱情，什么时候找回来啊？”

阿丹摇摇头：“你还小，你不懂……”

“你小姨的爱情没有丢。”良良母亲阿倩接过话，“她和马明亮，彼此都还揣着他们的爱情，不过是死要面子……”

阿丹看着姐姐：“姐，你再这么说，我可真生气了。”

“都是我造的孽……”

母亲说着，眼泪流出来。

“妈，不怪你……”阿丹看着母亲，“怎么能怪你呢……”

“都过去了……”父亲看着老伴，“过去的事情，就别提了，按照中央说的办，团结一致向前看。”

“对对对……”良良说着，看着外公，“按外公说的办。”

“良良，你怎么也学会油腔滑调的啦?”外公说着，看着阿丹，“阿丹，你和明亮的事，真不能再这样不冷不热的了……”

阿丹看着父亲：“爹……”

462

一间新盖的大瓦房立在绿树环绕的小河边，门前是栽着果树的小院。这是许国书和黄一凤的新家。

许国书把鸟笼挂在屋前的树上。

一只画眉鸟在笼里跳来跳去，婉转地歌唱。

许国书站在鸟笼前，逗着笼里的画眉鸟，妻子黄一凤坐在门前，手拿补着的衣服，看着许国书，露出幸福的微笑。

许国书的前妻田翠和她的丈夫山子顺着河边的山路走来。

逗着画眉鸟的许国书突然转过身来，看见田翠，惊呆了，呆呆地望着田翠：“她怎么来了?”

听到许国书的惊叫，黄一凤抬起头，疑惑地看着许国书：“谁来了?”

许国书：“田翠!”

黄一凤偏头看见田翠，站起来，望着走来的田翠和山子。

田翠看见许国书、黄一凤，停住脚，凝望着许国书、黄一凤。

许国书默默地望着田翠，往日的悲欢涌上心头，嘴唇颤动着说不出话来。

田翠默默地望着许国书，眼泪在脸上流。

许国书默默地望着田翠，使了很大劲，终于喊出一句："田翠……"

田翠默默地望着许国书，泣不成声："国……书……"

463

大火地村李大娃的新家里，李大娃、柳传香和李大娃父母坐在饭桌旁吃饭。

李大娃母亲把一块肉夹进柳传香碗里："多吃点，等孩子生下来才有奶吃!"

柳传香羞涩地低下头。

"大娃!"

一声亲切的喊声传来，大家循声望去，看见余小波和唐小彬提着一篮鸡蛋走了过来。

余小波把鸡蛋递给李大娃母亲："听说传香要生了，也没什么好东西，这几个鸡蛋，给传香补补身子。"

柳传香看着余小波："你们家也不富裕，这些鸡蛋，是拿去街上卖了买盐巴的，怎么都拿来了。"

唐小彬看着柳传香："你的身体，比我们吃盐重要。"

李大娃看着余小波和唐小彬："客气话我就不说了，来来来，坐下一起吃饭。"

464

马明亮来到阿丹家院门前，见院门开着，阿丹母亲坐在院子里的小桌子旁，手拿半导体收音机听着京剧。

马明亮提着礼品站在门口，看着阿丹母亲，迟疑着。

阿丹母亲看见马明亮，内疚地："明亮，怎么不进来?"

马明亮走进院里，左右搜寻着。

阿丹母亲把收音机放在桌子上："阿丹上课去了，我老伴出去办事去了，就我一个人在家。”

“哦！”马明亮不自然地走到桌子前，把礼品放到桌子上，“大妈，听说您病了，好些了吗？”

阿丹母亲摇摇头：“唉，老毛病，断不了根了。”

马明亮担心地说：“您可要多找医生看看。”

阿丹母亲：“明亮，你也是医生，你知道，其他病有药治，心病无药治啊。”

马明亮疑惑地：“心病？”

阿丹母亲难过地低下头，老泪纵横。

马明亮安慰道：“大妈，您别难过。”

阿丹母亲抬起头：“明亮，我对不起你和阿丹！”

“大妈，您别这么说，我和阿丹的事，怨不得别人。”

“明亮，你有事就忙你的去吧，阿丹回来，我告诉她你来看我了！”

阿丹不在家，马明亮觉得有点别扭，只好说：“大妈，您保重身体，我走了。”

阿丹母亲：“去吧！”

马明亮站起来，转身走向院门。

阿丹母亲突然喊道：“明亮！”

马明亮停下，回头看着阿丹母亲：“大妈，还有事吗？”

阿丹母亲：“春节快到了，我们两家也那么多年没来往了，要不，今年我们两家聚在一起过个年吧，热闹热闹？”

马明亮犹豫着。

阿丹母亲：“要是你不愿意就算了！”

“我回去和我妈商量商量吧！”马明亮露出笑容，走了出去。

阿丹母亲点点头，眼泪又流了出来。

465

麻风村外的山坡上，夏春光蹲在马正毅墓前，往墓碑下的酒杯里倒酒：“老马，麻风病康复者们的生活，都过得很好，你就放放心心地休息吧！”

倒好酒，夏春光把烟一支支点燃，放在马正毅墓碑下。

坟头上的野花在风中摇动着。

夏春光在马正毅墓前坐了好一阵，来到民工小刘墓前，在墓前摆上水果：“小刘，你放心吧，小张那年从麻风村回去后，拜你父母为干爹干妈，像照顾他的亲生父母一样……照顾着你父母的生活……现在，你弟弟妹妹也长大了，你父母在小张和你弟弟妹妹照顾下，生活得很好。”

夏春光说着，转过身来，望着昔日的麻风村，麻风村早就撤除了，麻风村遗址上到处是断壁残垣。

看着断壁残垣，夏春光感慨万千，他感慨着，来到黑六墓前，点了一支烟插在墓碑下：“黑六，你害过麻风病人，也救过麻风病人，我也不知道，这算不算功过两抵，但不管怎么说，如今麻风病已经不可怕了，点支烟给你，让你也和大家一起，高兴高兴吧……”

夏春光说着，从山坡上下来，在昔日的麻风村中走着，走到村头的一堵残墙旁，望着残墙上的字：麻栗皮县麻风村。

看了好一阵，夏春光从写有“麻栗皮县麻风村”的残墙旁走过去，残墙轰然倒塌，夏春光回过头，凝视着残墙倒塌后溅起的灰尘，泪花闪闪……

466

许国书、黄一凤、田翠、山子坐在许国书家里，一边喝茶，一边聊着。

山子看着许国书、黄一凤：“我们从收音机里听到，麻栗皮县麻风村撤销了，所有麻风病人，全部治愈回家了，心里又高兴又担心，就赶来了……”

“我们担心国书今后的生活。”田翠说着，看看山子，“山子说，国书年纪大了，要是还一个人生活的话，就接他过去，和我们一起生活。现在看到，一凤大姐和国书组成了家庭，我们就放心了！”

黄一凤激动地：“真难得你们还挂着国书！”

许国书递给山子一支烟："孩子们都好吧？"

"你们的女儿，很快就要从医学院毕业了。"山子说，"她说，毕业后，她也去从事麻风病防治工作！"

许国书高兴万分："有出息，女儿有出息了……"

467

芳芳家门口，芳芳父亲提着行李包，和老伴、芳芳的弟弟、妹妹、侄子、侄女送芳芳出门。

"芳芳，麻风村虽然消失了，但麻风村的医生和工作人员，还在为麻风病防治工作着，为麻风病康复者服务着，陈林也还在为麻风病康复者服务。"母亲交代芳芳，"你要多多支持陈林的工作。"

"妈妈，我记住了，女儿不孝，不能在您们身边照顾您们……"芳芳看着母亲，依依不舍。

父亲安慰芳芳："见到你平平安安地回来，爹妈就满足了！"

芳芳的弟弟看着芳芳："姐，有空，常回家看看，我们想你。"

芳芳一只手搭在弟弟肩膀上，一只手搭在妹妹肩膀上："我也想你们。"

芳芳母亲难过地："那年你离开家，他们两个都还小，你走后，他们老问我，你去哪里了……"

芳芳看着弟弟、妹妹："回到家里，看到你们都有孩子了，姐很高兴……爹妈就靠你们照顾了……"

芳芳说着，又看着两个侄子、一个侄女："过两年，你们就该上学了，到学校要好好读书啊。"

侄子和侄女看着芳芳不说话。

弟弟笑道："姐，他们对你不熟，不会说什么，你别见怪。"

传来一个女人的喊声："芳芳！"

芳芳一家偏头看去，见陈林母亲提着一个包和老伴赶来。

芳芳迎上去："爹，妈！"

陈林母亲看着芳芳："今天是赶集天，陈林的哥哥嫂嫂，带着孩子赶集去了，不能来送你，他们叫我们来送你。"

芳芳笑着："妈，一家人，怎么那么客气！"

陈林父亲："芳芳，这么多年了，你第一次回家，陈林忙，也没陪你回来，我们也没好好招待你。"

芳芳笑着："爹，昨天，您们不是为我做了那么多好吃的菜吗？"

陈林母亲把手里的包递给芳芳："你和陈林在外面悄悄结的婚，我们也没能送你们什么礼物，这两件衣服，一件是你的，一件是陈林的，是我给你们准备的，你带去，留个纪念。"

"妈！"芳芳接过包，扑进陈林母亲怀里，"等我们有空，再回来看您们！"

芳芳母亲从老伴手里提过包，递给芳芳："芳芳，别挂念我们，快走吧，晚了就赶不上班车了！"

芳芳从陈林母亲怀里站起来，接过包："我走了！"

父母看着芳芳："走吧！"

芳芳看着陈林父母。

陈林父母："走吧走吧！"

芳芳难舍难分地提着包往前走去。

大家挥手送别着，泪水流了出来。

468

田翠、山子走了，许国书和黄一凤站在门口，为他们送行。

走在前面的田翠、山子回过头来。

"国书，你比我大，从现在起，我就认你做大哥吧！"田翠说着，眼泪流了出来。

许国书点点头。

田翠看着黄一凤："大姐，我们走了！"

黄一凤露出笑脸："以后，就把这里当作你的娘家吧，想家乡了，就回来看看！"

田翠点点头，眼泪止不住地流，山子拉着田翠离去。

许国书和黄一凤目送着田翠和山子，直到他们的身影渐渐模糊……

469

阿丹坐在宿舍里，看着桌子上粘贴好的和马明亮的合影，眼泪不断地流……

470

马明亮宿舍里，马明亮默默地看着与阿丹的合影，阿丹母亲的话在他脑海里重复着：“春节快到了，我们两家也那么多年没来往了，要不，今年我们两家聚在一起过个年吧，热闹热闹……”

马明亮站起来，看着窗外：“我们麻风村的麻风病人虽然康复了，但麻风病防治工作依然任重道远，要是阿丹跟了我，她和她的家人，同样还要吃很多苦，受很多气啊……”

471

阿丹宿舍里，阿丹坐在桌子前，流着泪，望着照片：“明亮，如果我们还能走到一起，以后就是再苦再难，有爱相伴，我们也会幸福的……”

472

夏春光宿舍里，夏春光和阿曼坐在一起打扑克。

夏春光出完最后一张牌，大声喊道：“你又输了！哈哈哈……”

阿曼亲昵地推了夏春光一把：“讨厌，你就不会让让我？”

“你不是不知道，我就是个一根筋的人。”夏春光说着，想起什么似的，“对了，我一直没有问过你，你家里还有什么人？”

“我爹以前是商人，1949 年病逝了。”阿曼说，“我哥嫂在福建工作，我妈和他们住在一起。”

夏春光笑道：“怪不得你无牵无挂的，原来家人都过得好。”

“谁说我无牵无挂了?”阿曼看着夏春光,“这么多年,我不是一直牵挂着你吗?”

夏春光心里酸酸的:“实在对不起,我让你……为我受苦了。”

阿曼站起来:“好了,我该回去睡觉了,明天还要去为康复者们作日常检查呢。”

夏春光注视着阿曼:“晚安。”

“晚安。”阿曼向外走去,步履有些蹒跚。

夏春光看着阿曼的背影,眉头突然锁住,心里说道:“老了,老了,她等我……等得人都老了……”

夏春光再也控制不住,喊起来:“阿曼!”

阿曼停下,看着夏春光:“还有事吗?”

夏春光凝视着阿曼,慢慢走向阿曼。

阿曼被夏春光的眼神所震撼,深情地看着夏春光,慢慢走向夏春光。

两人相互凝视着,慢慢走向对方。

好一阵,两人才走到一起,深情地、久久地相互凝视着,两人的身体因激动而颤抖着。

夏春光猛然一把抱住阿曼,急切地吻着。

阿曼推开夏春光,大声哭着跑开了。

夏春光看着阿曼的背影:“阿曼!”

阿曼哭着跑出门。

夏春光追向门外:“阿曼!”

473

宿舍里,董少强坐在桌子前写着。

小草走过来:“少强,在写什么?”

董少强放下笔,看着小草:“我要把我来到麻风村后看到的,听到的都写下来。”

小草:“我也想写!”

董少强高兴地:“好啊,我们一起写。”

小草伸出手，董少强伸出手，两人一拍巴掌，两只手紧紧握住："我们一起写！"

两人情不自禁拥抱在一起，幸福地笑着。

474

穿城而过的河流欢快地流淌着，马明亮默默走到河上的风雨桥上。

阿丹低头向风雨桥走来。

马明亮抬起头，看见阿丹从前面走来："那不是阿丹吗？"

阿丹抬起头，看见马明亮："那不是明亮吗？"

马明亮望着阿丹。

阿丹走上桥，和马明亮对望着。

马明亮："你怎么也来了？"

阿丹："你怎么也来了？"

马明亮："看来，我们又不约而同地……走到以前我们约会的地方来了！"

阿丹："是啊，这里有我们的梦！"

马明亮终于控制不住，几步冲上去，和阿丹贴得很近，凝视着阿丹。

两人的喘息声在夜空中弥漫开来。

阿丹也控制不住，扑进马明亮怀里，"呜呜呜"哭起来……

475

李大娃家门口，夏春光和阿曼、李大娃、董少强、柳传香坐在门口。

小草为挺着大肚子的柳传香量血压。

柳传香幸福地笑着，看着夏春光和阿曼："夏村长，阿曼医生，都这么长时间了，你们俩，还未考虑结婚的事？"

"是啊。"李大娃说，"你们要是结婚，别忘了请我们喝喜酒哦！"

"别乱说……"阿曼说着，看看夏春光，"人家还没明确告诉我，何时和我结婚呢！"

夏春光笑笑："都等了这么多年了，还在乎这一年半载的？"

夏春光说着，看着李大娃、柳传香："对了，牛副市长带市歌舞团，到县城为麻风病康复者举行迎新春文艺联欢会，对大家进行新春慰问，你们都接到通知了吧？"

"接到了。"李大娃笑着，"我和传香一定按时到！"

476

县城广场上灯火通明，笑声阵阵。

舞台背景上有一行大字：麻栗皮县麻风病康复者迎新春文艺联欢会。

舞台下，坐满麻风病康复者和他们的亲人朋友、观众。马明亮和阿丹、牛胜利、赵英、阿丹父母、阿倩坐在一起，阿曼和小草、董少强、良良坐在一起，李大娃和柳传香身边坐着父母、唐小彬、余小波、高大年、阿三、老曾头，许国书和黄一凤坐在一起，坐在陈林和芳芳两边的是他们的父母，大家说着，笑着……

夏春光走上舞台，拿起支架上的麦克风："同志们……"

阮秀和小满走到舞台一侧，看着夏春光。

夏春光继续讲道："新春佳节即将到来……"

小满指着夏春光："他就是夏春光？"

阮秀控制不住，眼泪涌出眼眶："嗯……"

"你去吧，我已经把你送到他身边了……"小满说着，转身跑开，忍不住哭起来，"呜呜……"

阮秀转身看着小满的背影："满哥……"

小满头也不回地跑远了。

夏春光在台上讲着："市委、市政府、县委、县政府，在这里举行麻风病康复者迎新春文艺联欢会……"

阮秀不由自主地，慢慢走上舞台。

舞台下的人们奇怪地看着阮秀。

夏春光看见台下人们诧异的目光，顺着大家的目光看去，见阮秀从天而降，出现在眼前，惊讶得张大嘴巴说不出话，手里的麦克风失手掉在地上。

马明亮看看阮秀，看看失态的夏春光，惊诧地看着牛胜利：“怎么回事?”

牛胜利看着台上：“她是谁?”

阿丹奇怪地看着阮秀。

阮秀慢慢走到夏春光面前，默默地看着夏春光，眼泪不停地流。

阿曼莫名其妙地看着赵英，赵英偏头看着李大娃。

李大娃摇摇头，看着小草。

小草惊诧不已：“这是谁啊?”

阮秀和夏春光面对面站着，默默凝视着，眼泪止不住地流。

小满躲在远处一间房屋的墙角后面，探头看着舞台上的阮秀，泪流满面，捂紧嘴巴，克制着不哭出声来。

阮秀和夏春光面对面站着，泪如雨下。

看着夏春光和阮秀，许国书和黄一凤愣住了。

柳传香看看这个，看看那个，又疑惑地看着夏春光和阮秀。

芳芳看着陈林：“那女的是谁?”

陈林摇摇头。

牛胜利忍不住喊道：“这演的是哪一出啊?”

夏春光突然发出深切的呼喊：“秀……阮秀……”

全场人惊奇地站起来，看着阮秀。

马明亮看着阿曼：“阮秀?”

阿曼惊叫道：“阮秀?”

牛胜利、赵英、陈林、芳芳、李大娃、小草、阿丹、柳传香、黄一凤、许国书等惊呼：

“阮秀?”

“阮秀……”

“……”

阮秀望着夏春光哭喊起来：“春……春……春光哥……”

阮秀呼喊着，因过度激动而晕倒……

夏春光扑向阮秀：“秀……阮秀……”

后 记

中国承诺到2020年消除麻风病危害，是世界上第一个提出消除麻风病危害的国家。

2016年9月17日，中华人民共和国主席习近平在《致第19届国际麻风大会的贺信》中指出，“创造一个没有麻风的世界”是全球麻风控制的终极目标。习近平强调，中国将为全球消灭麻风作出贡献。

谨以此作献给关注人类健康的人们！